The Dare

MECHANISM OF THE HEART

TOME 1

Ce livre est une fiction. Les noms, caractères, professions, lieux événements ou incidents sont les produits de l'imagination de l'auteur utilisés de manière fictive. Toute ressemblance avec des personnages réels, vivants ou morts, serait totalement fortuite.

Collection New Romance créée par Hugues de Saint Vincent et dirigée par Arthur de Saint Vincent
Ouvrage dirigé par Julia Delabays
Couverture : Ariane Galateau
Images de couverture : © Ana in Sweden / Katerina Kirilava – Shutterstock
Illustrations : Laura Maurer

59, quai Alphonse Le Gallo
92100 Boulogne-Billancourt
www.hugopublishing.fr

ISBN : 9782755675283 / 001
Dépôt légal : août 2025
Imprimé en France par Corlet en juillet 2025
sur papier provenant de forêts gérées de manière durable.
N° d'imprimeur : 25020377

PEFC/10-31-1510

NEW ROMANCE®

ALICIA GARNIER

The Dare

MECHANISM OF THE HEART

TOME 1

Hugo Roman

À tous mes anges qui veillent sur moi,
d'ici ou d'ailleurs.

PARTIE 1

Dawn

1. Tragédie

Ploc. Ploc. Ploc.

Le bruit de mes vêtements détrempés qui gouttent sur le sol est la seule chose à laquelle j'arrive à me raccrocher.

Ploc. Ploc.

Je ne pensais pas un jour me retrouver dans ce genre d'endroit, une pièce stérile, froide et impersonnelle. Tout est à l'opposé de l'homme qui repose dans ce lit, même si à l'heure actuelle, il ne doit être que l'ombre de lui-même, sa vie ne tenant plus qu'à un fil. Mon cœur se brise à cette pensée. Le savoir si fragile me plonge dans une sorte de torpeur, je tente de faire un pas de plus dans la chambre pour m'en défaire, cependant mes pieds refusent d'avancer.

Je reste figée.

Ploc.

L'une des nombreuses machines qui bordent le lit émet un son qui me fait sursauter. Malgré ma peur, je m'approche de lui sans oser le regarder. Je ne suis pas prête à le voir dans cet état.

Les larmes coulent librement sur mes joues et je peine à retenir les sanglots qui menacent de franchir mes lèvres.

Je ne peux pas le perdre, il est essentiel à ma vie, à mon équilibre. Comment pourrais-je continuer sans lui ? C'est impensable.

Mes yeux se posent sur sa main, légèrement blessée, puis instinctivement, je tends la mienne pour le toucher, mais une voix résonne soudain dans la pièce et m'en empêche.

– Comment oses-tu être ici ? Tout ça, c'est ta faute !

Dawn

2. Huit mois plus tôt

25 ans

Cæruleum, bleu céleste ou cérulé ?

Cela fait maintenant vingt minutes que je n'arrive pas à décider quelle nuance de bleu apportera la touche finale au tableau sur lequel je travaille en intermittence depuis bientôt trois semaines. Pour pouvoir finaliser cette commande, je n'ai pas fermé l'œil de la nuit. Je remarque d'ailleurs que l'aube s'infiltre doucement à travers les fenêtres de mon salon.

Je commence à tomber de fatigue, ce qui explique sans doute pourquoi j'ai tant de mal à faire un choix aussi simple que celui-là. Je ne suis pas loin de la crise de nerfs, je le sens. Il ne m'en faudrait pas beaucoup plus pour que je balance dans un accès de désespoir cette toile à travers mon appartement… J'essaie de respirer calmement afin de me raisonner et ne pas gâcher toutes ces semaines de boulot alors que je suis sur le point de finir.

Allez, Dawn, tu peux le faire ! me souffle une petite voix.

J'étire mon dos devenu douloureux à force de garder la même position depuis des heures, puis regarde successivement mon chevalet et ma palette.

Je me concentre avant de prendre conscience très vite que je me suis de nouveau égarée dans mes pensées. Je suis épuisée, mes yeux commencent à me piquer, mais je dois absolument finir cette commande aujourd'hui.

Je suis si proche du but, il ne me manque que quelques touches de bleu, et je serai libérée ! Mais c'est sans compter la fatigue qui me gagne de plus en plus. Je sais qu'il faudrait un miracle ou un cataclysme pour me sortir de cet état second.

Au même moment, la porte de mon appartement s'ouvre en grand, me faisant sursauter, et mon meilleur ami entre sans y avoir été invité.

Quand on parle de miracle et cataclysme…

Pour seul accueil, je me contente d'un grognement avant de lui tourner le dos. Toutefois, ce rapide coup d'œil ne m'empêche pas de remarquer le regard qu'il me jette. Il en dit long sur ce qu'il pense de moi et de mon état. En revanche, lui est comme d'habitude, impeccable et frais.

La vie est vraiment injuste parfois, il faut toujours qu'il soit là lorsque je ne suis pas à mon avantage… Ce qui est plutôt récurrent en ce moment, je dois bien l'avouer.

– Bonjour à toi aussi, charmant rayon de soleil, raille-t-il.

Même s'il ne peut pas le voir, je lève les yeux au ciel en réponse au sarcasme évident de cette simple phrase.

Je fais un point rapide sur ma tenue, qui n'en est pas vraiment une puisque je ne porte qu'un grand T-shirt informe, m'arrivant à mi-cuisses. Il était blanc au début de la nuit dernière, mais il doit être maintenant constellé de taches de peinture.

Je tourne la tête pour plonger mon regard dans ses yeux verts, vert glauque pour être précise. Et oui, j'aime lui rappeler de temps en temps leur couleur exacte, car elle lui sied parfaitement.

Je prends alors l'expression la plus sérieuse disponible dans mon répertoire après une nuit blanche.

– Cæruleum, bleu céleste ou cérulé ?

Ma voix sonne beaucoup plus grave que je l'aurais voulu, cela manque de le faire sourire, mais il se reprend vite et rentre dans mon jeu en devenant sérieux à son tour.

Il s'approche de mon tableau, observe attentivement les trois nuances de bleu entre lesquelles j'hésite, puis ma toile. Pour parfaire son rôle, il va même jusqu'à prendre son menton entre ses doigts et froncer les sourcils. Il ne lui manque plus que l'imperméable, et j'aurais l'impression d'avoir l'inspecteur Columbo à mes côtés.

Il finit par pointer la couleur cérulé.

– Bleu céleste, ça compléterait très bien… l'ensemble, conseille-t-il en montrant vaguement mon tableau.

J'explose de rire, et il comprend sans trop de mal qu'il s'est encore trompé de nom de couleur. Cependant, je trouve que son avis est une fois de plus pertinent. Sauf que je ne le lui dirai pas, il serait trop fier de lui et je veux à tout prix éviter un Garrett arrogant.

Je le chasse d'un revers de la main, et il me laisse l'espace dont j'ai besoin pour peindre, s'installant confortablement sur mon canapé. Je m'enferme dans ma bulle afin d'apporter les derniers détails à ma toile.

Lorsque je recule pour admirer enfin le résultat, je lâche un soupir de soulagement, que l'on doit entendre jusqu'à la côte ouest…

Je pose ma palette sur un petit meuble à côté de mon chevalet et étire tout le haut de mon corps, ce qui m'arrache un nouveau soupir.

J'entends Garrett taper des mains en rythme sur ses jambes, et je le connais suffisamment bien pour savoir qu'il est en train de perdre patience.

– Que me vaut l'honneur de ta présence de si bon matin, Garrett ? je lui demande en allant me préparer un thé.

Alors que je passe derrière lui, il se lève d'un bond et me suit dans la cuisine.

– J'étais sûr que tu oublierais ! Tu es supposée m'accompagner au parc, et oui, on doit partir aussi tôt pour capter la bonne luminosité, me coupe-t-il en voyant que je suis sur le point de protester.

Bien entendu, il a raison, ça m'est complètement sorti de la tête que je lui avais promis de l'aider aujourd'hui. Mais c'est inhumain d'extirper les gens de chez eux alors que le soleil n'est pas encore haut dans le ciel. Il sait que je déteste ça, mais il sait aussi que je lui dis rarement non, alors il en profite, le bougre ! Toutefois, je ne m'avoue pas vaincue tout de suite et utilise ma meilleure stratégie pour le moment : l'ignorer. Il tient juste le temps pour moi de mettre ma bouilloire électrique en route.

Quand je m'avance pour ouvrir le placard qui abrite mon thé, il plaque sa main dessus et une bataille de regards noirs s'ensuit. Il va même jusqu'à bomber légèrement le torse pour me regarder de haut. Ce qui en soi n'est pas bien difficile, puisqu'il culmine à un mètre quatre-vingt-cinq, soit vingt centimètres de plus que moi. Pourtant, je ne me démonte pas, je ne l'ai jamais fait face à lui, et ce depuis que nous sommes gamins.

Dawn et Garrett – 7 ans

On est cachés sur le palier devant ma chambre et on écoute nos deux mères parler de nous, comme d'habitude. On a fait une grosse bêtise et on a peur que, cette fois-ci, on ne s'en sorte pas avec une simple punition. Mais ce Da-Re était tellement drôle ! J'en ris encore alors qu'on s'est fait prendre la main dans le sac par maman. Je n'arrive pas à retenir un nouveau gloussement en y repensant.

La frimousse angoissée de mon « meilleur-ami-de-tout-l'univers » se tourne vers moi. Il semble choqué de me voir sourire.

– C'est pas drôle, Dawn, on va être punis ! Elles ont l'air…

Un éclat de rire le coupe, et nous nous jetons un regard surpris avant d'oser passer la tête par-dessus la balustrade qui donne directement sur le salon de ma mère. La mienne et la sienne sont là, en train de se tenir par le bras, tentant de faire le moins de bruit possible, mais elles ont vraiment du mal. Maman est obligée de se plaquer une main sur la bouche tandis que le corps d'Anna est secoué d'un rire silencieux.

– … Fâchées ?

En pivotant de nouveau vers Garrett, je comprends parfaitement pourquoi elles rigolent. Même si vider la presque totalité des tubes de peinture de maman dans la salle de bains n'était pas notre meilleure idée, nous sommes beaux. Chaque parcelle de notre peau est colorée, nous sommes de magnifiques arcs-en-ciel.

Je me penche vers lui, passe ma petite main dans ses cheveux qui lui tombent sur le visage et lui murmure :

– T'as perdu le Da-Re, Garrett ! Du coup, c'est encore à moi de choisir le prochain défi !

– Non ! C'est pas vrai ! J'ai vidé les tubes et je me suis roulé dedans, donc *j'ai* gagné ! s'exclame-t-il en fronçant les sourcils.

– Peut-être, mais le pari était de vider les tubes, se rouler dedans *et* ne pas se faire prendre, je réponds en faisant un grand geste théâtral pour désigner nos mères toujours en train d'échanger des messes basses.

Il prend une grande inspiration pour se calmer.

Il est comme ça, sans cesse à réagir trop vite. Je sais déjà qu'il va bouder, car en plus d'être une tête de mule, il déteste perdre, et encore plus au jeu qu'on a créé !

– Tu triches, Dawn. Je veux plus jouer avec toi à Da-Re, ça finit toujours mal !

Je ne bronche pas, je m'attendais à cette réaction. Alors qu'il se retourne pour rentrer chez lui, il revient vers moi et m'embrasse sur la joue, avant de descendre les marches. Un sourire se dessine sur mes lèvres car je sais qu'il arrêtera vite de me faire la tête et qu'il sera là demain pour tenter une nouvelle aventure à mes côtés.

Ça a toujours été comme ça entre nous, on est comme chien et chat, mais impossible de nous séparer trop longtemps.

En rentrant dans ma chambre, je me dis qu'on a le meilleur nom possible pour nos aventures, car Da-Re sonne super bien. C'est une combinaison de nos prénoms. On en a déjà tenté plusieurs : Ga-Da, Da-Et, Ga-Wn… Mais aucun ne nous donnait envie de nous lancer des défis, et puis Garrett a trouvé Da-Re qui veut aussi dire « oser ». On ne pouvait pas rêver mieux !

Je rigole en retournant à mes jeux pour préparer les nouvelles folies que nous ferons dès demain.

– La Terre appelle Dawn, dit-il en claquant des doigts devant mon nez. Allez, va t'habiller, on doit partir ! Enfin non, passe sous la douche avant, tu ne sens pas la rose…

Ma bouche s'ouvre devant tant de mesquinerie, mais il n'en tient pas compte et reprend :

– Et si tu ne le fais pas toi-même, tu sais comment ça va se finir…

Il doit voir une lueur de défi dans mon regard, car avant même d'avoir fini sa phrase, il lève les yeux au ciel, se penche et me charge sur son dos comme si je ne pesais rien… Pourtant, de manière générale dans la vie, j'aime me faire plaisir et cela passe aussi par la nourriture. Disons simplement que je ne rentre plus dans du S depuis bien longtemps. Mais cela ne semble pas le gêner le moins du monde, et il me transporte à travers mon appartement, monte l'escalier direction la salle de bains.

Me débattre ne servirait à rien, alors je le laisse faire. J'ai appris avec les années quelles batailles je peux, ou non, remporter. Quand nous arrivons à destination, il me dépose directement dans la baignoire, puis place la main sur le mitigeur, prêt à l'actionner, alors que je suis encore vêtue de mon T-shirt

Je jette un rapide coup d'œil au pommeau au-dessus de moi.

– Garrett Jamie Allen, si tu oses, je te le ferai payer d'une manière ou d'une autre…

Un sourire que je ne connais que trop bien lui illumine soudain le visage, et l'eau se met à pleuvoir. Je n'arrive pas à retenir un petit cri.

Elle est froide !

Pas étonnant que le sommeil quitte d'un coup mon corps, je suis entièrement trempée.

Alors que je m'attends à voir un air victorieux, la gêne remplace son sourire. Une légère rougeur apparaît sur ses joues, mais je n'en suis pas sûre, car il se détourne rapidement.

Même si on a grandi côte à côte depuis nos trois ans, l'adolescence a quelque peu… changé nos rapports. Autrement dit, nous ne prenons plus de bain tout nus ensemble.

Je crois que Garrett en ferait une syncope !

Je suppose donc qu'en ce moment, ma tenue est devenue transparente et qu'il préfère fixer mon carrelage que de poser les yeux sur moi. Dans un sursaut de courage, il me jette un coup d'œil par-dessus son épaule, ouvre la bouche pour dire quelque chose puis la referme aussitôt. Il lâche un juron avant de partir comme s'il avait le diable aux trousses. Avant de disparaître, il me lance une serviette au visage.

Garrett ou le courage incarné !

C'en est trop pour moi et mon manque de sommeil, mon éclat de rire accompagne sa fuite.

Quitte à être déjà sous la douche j'en profite pour me laver, puis prends tout mon temps pour me préparer, ça lui fera un peu les pieds. Il sait pourtant qu'il ne faut *jamais* me contrarier après une nuit blanche ou une soirée alcoolisée. Et encore moins me mettre sous un jet d'eau glacial !

Être amie avec Garrett n'est pas une chose facile, et je sais que d'un point de vue extérieur on peut nous trouver trop proches et soupçonner qu'il y a plus entre nous. Mais quand ça fait vingt-deux ans qu'on côtoie presque quotidiennement la même personne, il n'y a plus de secrets ou très peu de limites.

Le plus drôle reste que quand on nous connaît réellement, on comprend *très vite* qu'on passe plus de temps à se chamailler, voire à se prendre la tête, qu'autre chose.

J'aurais pu choisir une fille gentille pour devenir ma meilleure amie, une vraie confidente qui m'aurait conseillée et aurait compris certaines situations. Mais non, c'était mal me connaître, il a fallu qu'un brun aux yeux verts se tape l'incruste dans ma vie et me donne son avis sur tout et n'importe quoi sans que je le lui demande. Enfin, la plupart du temps…

Allez savoir pourquoi je ne l'ai jamais laissé repartir…

Dawn

3. La rencontre

Le soleil inonde mon visage.

Les yeux fermés, assise par terre, j'attends que Garrett finisse de prendre ses innombrables photos. Cela fait plusieurs heures que nous sommes dans ce parc qu'il voulait photographier.

Il a un gros shooting de prévu dans quelques jours et, avant de faire venir ses modèles pour le jour J, il voulait faire des tests.

Avec moi.

L'erreur.

Car entre ma nuit blanche, cette attente qui me semble interminable et le temps frais du mois de mars, je risque de m'endormir d'une minute à l'autre à cause d'une hypothermie. Oublié le badge de la meilleure des assistantes aujourd'hui.

En même temps, c'est si long… Je mets au défi quiconque de ne pas piquer du nez quand ça fait trois plombes qu'il mitraille la même zone du parc en silence.

Je ne pourrais pas exercer son métier de photographe. Le nombre de clichés qu'il faut prendre pour avoir la photo parfaite, la patience dont il faut faire preuve pour attendre la bonne luminosité, le bon vouloir des éléments extérieurs…

La perfection ne dure qu'un battement de cœur, et l'occasion nous glisse entre les doigts ! Quelle frustration !

C'est en partie pour ça que je peins d'ailleurs, je ne dépends de rien, seulement de mon imagination et de mes pinceaux.

Lorsque j'entends tout près de moi l'obturateur émettre son bruit si particulier, je reviens au moment présent et ouvre les yeux.

Éblouie dans un premier temps, je vois ensuite Garrett et son bonnet ressortir de derrière le reflex pointé dans ma direction. Il vérifie sur son écran le résultat de sa prise de vues.

Je regarde sur ma droite et remarque que le petit lac qu'il était en train de photographier est métamorphosé. Finie l'ambiance mystérieuse avec la légère brume qu'il y avait à notre arrivée. Maintenant qu'on approche du début d'après-midi, le soleil est haut dans le ciel, et c'est désormais un festival de couleurs.

Effectivement, la luminosité change beaucoup de choses…

Je me reconcentre sur Garrett qui sourit tout en regardant son appareil. Je sais qu'il prend des photos de moi depuis qu'il a décidé qu'il serait photographe, donc depuis ses 10 ans, mais j'ai rarement le droit de les voir.

Il sait que je tenterais probablement de les détruire, puis de les brûler avant de jeter les cendres aux quatre coins de Wilmington, notre ville.

Je n'aime pas être prise en photo, mais ça ne l'a jamais arrêté. Il dit qu'un jour, je serai heureuse d'avoir ces clichés de moi. *Je me demande bien quand cette révélation est supposée arriver, mais bon…*

Pour qu'il ne remarque pas que je cogite beaucoup trop à ce propos, je râle pour la forme.

– Tu as ce qu'il te faut ? J'ai l'impression d'être ici depuis mille ans. Je suis presque sûre que mon pantalon est détrempé à cause de la rosée, on se caille et j'ai faim ! Je n'ai rien mangé depuis hier midi, je te rappelle !

Pour appuyer mes propos, mon ventre émet un petit bruit qui fait souffler Garrett. Résigné, il commence néanmoins à ranger son matériel, je saute sur mes pieds pour l'aider à aller plus vite.

C'est fou, le nombre de gadgets dont il a besoin !

J'aimerais que l'on aille se chercher une pizza chez Joey. Mais vu l'heure, il faut qu'on se dépêche si on veut arriver avant la fermeture, d'autant qu'on a encore vingt minutes de route pour rentrer.

L'avantage d'habiter juste à côté du meilleur restaurant de notre quartier est que l'on a toujours un point de chute quand on n'a pas envie de cuisiner. Ce qui se produit assez souvent lorsque je suis en phase intensive de peinture, comme hier soir. Et puis, Joey m'aime bien, il m'offre souvent mes repas, ce qui est toujours appréciable.

Non pas que j'aie des problèmes d'argent, le fait d'avoir une mère artiste qui a réussi à percer dans le métier nous a toujours mises à l'abri du besoin.

Aujourd'hui, elle ne peint presque plus, c'est grâce à mes toiles et aux expositions que j'arrive à maintenir mon niveau de vie. Mais c'est elle qui m'a tout appris et qui m'a donné le goût de m'évader avec des pinceaux, ce dont elle se vante bien trop souvent selon moi. Toutefois, je suis fière d'avoir repris le flambeau de l'activité familiale, même si c'est dans une autre ville, à plusieurs heures de chez ma mère…

Après un trajet en voiture rythmé par une bataille pour le choix des musiques, nous arrivons enfin à côté de chez Joey. Son restaurant se trouve juste en face de ma galerie et donc de mon appartement, qui est au-dessus.

Garrett se gare en double file et je me précipite hors de la voiture en emportant seulement mon sac à main.

– Comme d'habitude ? je demande, pressée.

– Non, j'ai envie de changer un peu.

Je lève les yeux au ciel. *Il a bien choisi son jour pour faire son difficile.*

– Cogite pas trop, hein. Ce n'est pas bon pour ta santé et en plus Joey va bientôt fermer, donc…

Le regard noir qu'il me jette en dit plus que tout ce qu'il pourrait raconter. Je ne suis pas impressionnée pour autant et me contente de lui sourire.

– Prends-moi celle où il y a le plus de légumes et un soda, finit-il par répondre.

– Des légumes ? je m'étonne.

– Oui.

– T'es malade ? T'as de la fièvre ?

Pour l'agacer encore plus, je fais mine de me pencher vers lui pour lui toucher le front.

– Va chier, Dawn.

– Moi aussi, *je t'aime*, Garrett.

– Ouais, ouais… Je vais me garer et monter mes affaires, on se retrouve chez moi ?

Je me contente d'un salut militaire qui le fait ricaner malgré lui puis il redémarre pour tourner au coin de notre bâtiment, direction notre parking souterrain.

Je me souviens encore du coup de cœur que j'ai eu lorsque j'ai visité cet immeuble de deux étages avec une hauteur sous plafond impressionnante. Tout en moi me criait que c'était ici que j'allais pouvoir m'émanciper et ouvrir ma galerie : le Black Market.

Le fait d'avoir deux duplex à l'étage et un parking privé était un bonus parfait.

Ma mère trouvait que c'était trop grand, mais quand Garrett a décidé de me suivre à Wilmington, soudain ça faisait sens. Il a tout simplement emmenagé dans l'appartement en face du bien.

C'est d'ailleurs l'une des raisons pour lesquelles il peut entrer et sortir à sa guise de mon « sanctuaire ». Comme nous sommes les deux seules personnes à avoir accès à cette partie de l'immeuble, nos portes d'entrées ne sont jamais fermées à clé.

Après, ça serait mentir que de dire que je ne lui rends pas la monnaie de sa pièce. Une ou deux fois, je suis allée jusqu'à jouer la scène de la petite copine enragée de trouver son copain en compagnie d'une autre femme. Voir la tête de Garrett et de la fille à ce moment-là vaut toutes les disputes qui viennent immanquablement par la suite.

Nous sommes tous les deux impulsifs, mais une fois que les éclats de voix diminuent, tout redevient normal, les compteurs sont remis à zéro. Jusqu'à la prochaine boutade qui dérape ou un Da-Re trop ambitieux…

J'entre dans notre restaurant préféré et une odeur délicieuse m'accueille aussitôt. Mon estomac crie famine, ce qui me fait avancer plus vite vers le comptoir en bois foncé de l'autre côté duquel m'attend un Joey tout sourire.

– Bonjour, douce Dawn, où est ton ombre aujourd'hui ? me demande-t-il, sa voix se durcissant à la mention de Garrett.

Je suis surprise par ce changement de ton. Puis je me rappelle que lors de notre dernier passage ici, nous avons lancé un Da-Re qui s'est terminé par un Garrett avec du pesto plein le visage tentant de faire la bise à une cliente.

– Oh, Joey ! Tu ne peux pas lui en vouloir pour cette histoire, c'était tellement drôle ! Tes clients en parlent encore, j'en suis sûre, je dis en pouffant tout en m'asseyant sur un des tabourets qui lui font face.

– C'est bien tout le problème ! Je ne veux pas être le restaurant où on se fait attaquer au pesto, mais celui où on se régale avec mes sauces !

Un début de sourire le trahit malgré sa tirade et nous rigolons en regardant la scène que j'ai pris soin de filmer avec mon téléphone.

Garrett est ridicule avec du vert sur le visage, mais quand il se met à genoux, suppliant la cliente d'accepter de l'embrasser sur la joue, elle hésite avant de céder. Elles finissent toujours par craquer, de toute façon. Sa gueule d'ange y est pour beaucoup.

– Tu ne peux pas me dire que ce n'est pas hilarant, je lance.

– Il y a peut-être quelque chose de merveilleux à voir cette sauce collée dans les cheveux de Garrett. J'espère qu'il a eu du mal à faire partir tout ce gras !

On éclate de rire, attirant l'attention des quelques clients encore accoudés au bar.

– Tu es venue chercher une pizza ? me questionne Joey en retrouvant son souffle.

– Oui, la même que d'habitude pour moi, avec une eau pétillante.

– Avec une tonne de fromage en plus ?

– Tu sais parler à mon cœur, Joey.

Il me répond par un clin d'œil.

– Et pour Mister Pesto ?

– Celle qui a le plus de légumes dessus et un soda, je réponds, amusée.

– Il est malade ?

Je ris de plus belle. Cela ne lui ressemble tellement pas de manger aussi sainement que tout le monde le remarque.

– J'ai posé la même question, mais il m'a gentiment envoyée voir ailleurs.

Avec une légèrement grimace d'exaspération, Joey file en cuisine pour lancer ma commande. Je patiente mais trouve le temps long. Je me mets à gesticuler sur mon tabouret, puis à le faire tourner.

Soudain, un mouvement dans un des boxes de la salle attire mon attention. C'est alors que je le vois. Le plus bel homme qui ait croisé ma route depuis pas mal d'années. Voire depuis toujours.

Dans son costume sur mesure, il finit son repas tout en parlant au téléphone. De là où je me trouve, je peux entendre le timbre de sa voix, légèrement éraillé, ce qui me fait fondre sur place…

Lorsqu'il jette un coup d'œil dans ma direction, je me retourne précipitamment, les joues en feu.

À mon grand désarroi, ça ne s'arrête pas là, puisque mon rythme cardiaque s'accélère, mes paumes deviennent moites et j'ai de plus en plus chaud.

Quelle est cette sorcellerie ? Personne ne m'a jamais fait un tel effet avec un simple regard ! Je n'ose plus pivoter vers lui, de peur qu'il remarque l'émoi qui s'est emparé de mon corps.

Et j'ignore si c'est mon imagination qui me joue des tours, mais je jurerais sentir son regard sur moi.

– Tout va bien, Dawn ? me demande Joey en revenant.

– Hum, hum.

– Tu es sûre ? insiste-t-il. Tu es très… calme.

Je me contente d'acquiescer pour couper court à cette discussion qui pourrait prouver à l'Apollon derrière moi qu'il ne me laisse pas indifférente.

Comme s'il avait entendu mes pensées, je le vois du coin de l'œil aller régler sa note au bout du comptoir.

Joey le rejoint et je prends soin de regarder ailleurs. Cependant, quand il ouvre la porte pour sortir du restaurant, le mouvement m'attire automatiquement.

Comme si je me devais de l'admirer une derrière fois, mes yeux rencontrent les siens qui, eux, m'observent déjà, puis il me sourit. Un sourire en coin, sexy à souhait. Je le fixe comme s'il venait de danser la Macarena devant tout le monde, puis la porte se referme derrière lui.

Je peux alors reprendre mon souffle.

– Je comprends mieux, ricane Joey sans pour autant essayer de me tirer les vers du nez.

Je reste dans cet état second, à rêver au nombre d'enfants que j'aurais pu avoir avec cet homme, et je réfléchis même aux prénoms qu'on aurait pu leur donner.

Quand Joey me tend les boîtes à pizzas et les boissons, j'en suis déjà à six jolies petites têtes blondes. Je me mets une gifle mentale pour sortir de ce fantasme irréalisable, remercie mon ami, puis je paie ma commande avant de filer sans demander mon reste. Je me suis déjà assez ridiculisée pour une journée.

Lorsque je sors, le soleil m'éblouit, me forçant à plisser les yeux le temps de m'habituer.

Je me dirige rapidement vers le passage piéton pour traverser, mais je m'arrête dans mon élan.

Le père de mes enfants imaginaires patiente à côté d'un arrêt de bus. C'est l'endroit où les VTC se garent pour récupérer leurs clients. Le fait qu'il fixe son smartphone m'incite à croire que j'ai eu la bonne intuition.

Il n'est qu'à quelques mètres de moi, mais il ne m'a pas encore vue. Je remarque de mon côté que la lumière joue avec ses mèches blondes, et je me surprends à avoir envie de le peindre.

Oui.

Voilà ce que je vais faire de mon après-midi, reproduire le jeu de couleurs du soleil sur ses cheveux. J'appellerai cette toile : *Coup de foudre*.

Je m'égare dans mes pensées et remarque à peine l'homme qui marche vivement vers moi. Lorsqu'il me bouscule violemment, le choc me surprend tellement que mon repas me tombe des mains pour s'écraser sur le trottoir.

– Eh… je commence.

Je comprends soudain que celui qui m'a percutée essaie de m'arracher mon sac à main.

Ma mère m'a toujours dit que si je me retrouvais dans ce genre de situation, il fallait donner à la personne ce qu'elle voulait, ne prendre aucun risque.

Mais j'adore ce sac !

Ce n'est pas un simple sac à main, il contient presque toute ma vie, je ne veux pas le perdre !

Je m'y accroche alors de toutes mes forces malgré la peur qui m'envahit, car le regard de mon agresseur n'a rien de bienveillant. Je peux presque y lire sa haine.

Des pas précipités se font entendre derrière moi et au même moment, je me sens partir en arrière, mon précieux sac toujours dans les mains. Mon cœur bondit dans ma poitrine durant ma chute qui me paraît bien plus impressionnante qu'elle l'est en réalité.

Je me prépare à l'impact, mais on me rattrape en plein vol avant de me plaquer contre un corps massif.

Je vois mon agresseur détaler aussi vite que ses jambes le lui permettent. Quand il disparaît au coin de la rue et que mon rythme cardiaque reprend un rythme moins inquiétant, je me dévisse le cou afin de voir la personne qui vient de me sauver.

J'ai le souffle coupé pour la centième fois en quelques minutes en tombant sur des yeux bleus magnifiques. Ce sont ceux de mon mari imaginaire, père fictif de nos six enfants. Nous restons plusieurs secondes, minutes ou heures à nous dévisager avec mes lèvres seulement à quelques centimètres des siennes.

J'ai l'impression d'être dans une bulle, et je m'y sens très, *très*, bien. Mon cerveau se remet doucement en marche, et je prends conscience qu'il faudrait que je le remercie, mais il me devance en me donnant une petite impulsion pour me redresser.

– Vous allez bien ?

– Euh… oui, je crois, je réponds en regardant mon sac à main. Je n'arrive pas à croire ce qu'il vient de se passer.

Maintenant que l'adrénaline redescend, je me rends compte que tout ça aurait pu très mal tourner.

– Ça s'est passé très vite, je n'ai pas compris instantanément qu'il essayait de vous voler.

– Moi non plus, si ça peut vous rassurer, je tente de plaisanter.

J'échoue lamentablement puisqu'il fronce encore les sourcils.

– Est-ce que vous voulez que j'appelle la police ? Vous pourriez porter plainte.

– Pour meurtre de mon déjeuner ? je réponds en pointant les pizzas qui ont glissé de leurs boîtes dans la chute.

Ses lèvres frémissent.

Je crois qu'il va sourire, mais il se reprend.

– Je suis sérieux, mon Uber arrive, je peux vous le laisser et il vous conduira où vous voulez.

– C'est très gentil, mais ce n'est pas la peine. Mon sac est toujours là, j'aurais juste apprécié de ne pas perdre mon déjeuner dans l'opération.

Il jette de nouveau un coup d'œil aux dégâts sur le trottoir, puis semble se détendre et me sourit sincèrement. Si celui qu'il m'a adressé dans le restaurant m'a chamboulée, celui-là me percute de plein fouet. Mon cœur bat encore plus vite que lorsque je tentais de sauver mon sac.

– Merci… hum… Merci de m'avoir aidée, je bafouille en rougissant, je ne suis pas sûre que j'aurais eu une chance de gagner face à un mec de cette carrure !

– Vous vous en sortiez très bien.

– C'est faux, mais c'est gentil de prétendre le contraire ! Moi qui pensais ne rien avoir à craindre dans ce quartier, hormis la Faucheuse…

– La Faucheuse ? répète-t-il en fronçant les sourcils.

– C'est comme ça qu'on appelle cette intersection dans le quartier, j'explique en désignant la zone. Il y a souvent des accidents à cause de la mauvaise visibilité en sortant du virage. C'est la seule chose à laquelle je fais vraiment attention par ici.

Les yeux dans le vague, je me rends compte que je suis peut-être un peu plus secouée que je veux bien l'admettre. Mais je me reprends et balaie le sujet de la Faucheuse d'un geste de la main.

– En tout cas, merci beaucoup pour votre aide, je vais jeter tout ça et recommander quelque chose. J'ai encore plus besoin de reprendre des forces maintenant !

Il se baisse en même temps que moi, ce qui me surprend, mais je ne dis rien et le laisse m'aider. Ce qui restait de mon succulent repas finit dans la poubelle.

– Vous n'étiez pas obligé… je commence.

– Non, mais cela me fait plaisir.

Les papillons dans mon ventre à cet instant font disparaître ma faim comme par magie.

Une berline noire se gare à proximité et on comprend qu'il s'agit de son chauffeur. Ce moment surréaliste entre nous est sur le point de prendre fin.

– Encore une fois, merci pour votre aide, c'était très gentil, je dis tout en lui tendant la main.

Il l'examine, sourit, puis m'imite. Lorsque nos mains se touchent, une douce chaleur se répand dans ma paume, et je reste là, à serrer bêtement ses doigts, des étoiles plein les yeux.

– Vous avez dit que vous viviez dans le quartier, est-ce près d'ici ? J'aimerais vous ramener à bon port pour être sûr qu'il ne vous arrive rien.

Cette voix ! Elle me donne des frissons. Y a-t-il quelque chose de négatif chez lui ?

– J'habite au-dessus du Black Market, je dis en désignant la galerie du doigt.

Il hoche la tête avant de se diriger vers le Uber qui redémarre avant de partir.

– Prête ? me demande-t-il.

– Oui.

Il me guide pour traverser la rue tout en vérifiant que c'est sans danger. Je vois qu'il a bien retenu la leçon concernant la Faucheuse.

À peine arrivons-nous devant l'entrée de mon immeuble que la porte sécurisée s'ouvre, laissant sortir un Garrett… affamé. Je le sais car il a toujours cet air ronchon quand il a faim, je ne suis donc pas surprise par son ton plutôt sec.

– Mais qu'est-ce que tu foutais, Dawn ? Ça fait au moins six heures que je t'attends, j'ai eu le temps de…

Avant qu'il puisse terminer sa phrase, mon sauveur du jour s'interpose entre nous et le coupe d'une voix tranchante.

– Eh, on se calme ! Je pense que la dernière chose dont elle a besoin, là, tout de suite, c'est de se faire crier dessus !

J'arrête de respirer.

Mon meilleur ami n'est pas le dernier à foncer tête baissée quand quelque chose ne lui plaît pas. Il semble d'abord surpris de voir un homme avec moi, mais je lui jette discrètement un regard implorant, pour qu'il ne ruine pas ce moment en décidant de casser le nez du bel Apollon. Il paraît comprendre, puisque Garrett s'efface pour nous ouvrir la porte.

Nous lui emboîtons le pas dans l'escalier qui mène à notre étage, mais un silence pesant plane au-dessus de notre trio. Une fois devant la porte de mon appartement, je l'ouvre et me retourne pour remercier celui qui a bouleversé ma journée quand je me rends compte que je ne connais toujours pas son prénom. Je me contente donc encore une fois d'un « merci ».

– Avec plaisir, *Dawn*. Je ne pouvais pas rester les bras ballants à vous regarder vous faire arracher votre sac.

Je jette un rapide coup d'œil à Garrett, dont les yeux s'agrandissent de stupeur. Je sais qu'il ne laissera pas passer ça. Il va vouloir pourchasser le mec qui m'a fait ça, même s'il est déjà loin.

Mais je n'ai pas envie de garder un mauvais souvenir de ma rencontre avec l'homme parfait, je lui propose donc la première chose qui me vient à l'esprit.

– Je peux vous offrir un café, ou peut-être un thé pour vous remercier ? Enfin, si vous avez le temps…

– Je devrais passer un appel, mais j'accepte votre invitation avec plaisir, dit-il en me souriant doucement.

Je me décale pour le laisser entrer dans mon appartement et barre le chemin à Garrett, qui s'apprêtait à nous suivre.

– Oh non, l'ami ! je souffle. Tu vas gentiment rentrer chez toi, je n'ai pas envie de devoir gérer tes envies de meurtre en plus du reste…

– Je ne te laisserai pas seule avec un type qu'on connaît depuis même pas deux secondes, Dawn ! chuchote-t-il pour que moi seule l'entende.

– Promis, je te raconterai tout dès qu'il sera parti et je crierai très fort s'il y a un problème.

Je me mets sur la pointe des pieds pour l'embrasser sur la joue et lui ferme la porte au nez afin de me concentrer sur mon invité. Malgré moi, le regard blessé et énervé de Garrett ne me quitte pas…

Garrett

4. Coupe de cheveux

26 ans

Josh. Il s'appelle Josh.

Cela fait maintenant quinze jours qu'un inconnu a essayé de s'en prendre à Dawn, j'en ai encore des palpitations rien que d'y penser. Cela fait aussi quinze interminables jours qu'elle a rencontré Josh, son « Apollon ». Elle m'en parle tout le temps, me raconte à quel point il est attentionné, gentil, beau, drôle, cultivé…

Je n'en peux plus !

J'essaie de ne pas la brusquer, elle a l'air de sincèrement l'apprécier, mais je ne sens pas ce type. Je n'arrive pas à l'expliquer clairement, c'est vraiment une sensation physique, au creux de mon ventre.

On a un radar, nous, les mecs, qui nous permet de savoir si le type en face de nous est un con. Josh en est définitivement un. Tous mes voyants sont passés au rouge dès l'instant où il a ouvert la bouche, mais je n'ai rien dit sur le coup. J'étais surtout préoccupé par le fait que Dawn semblait perturbée.

Aujourd'hui encore, elle paraît sur une autre planète, mais pour une autre raison.

Ce soir Josh l'invite pour leur premier rendez-vous « officiel ». Dawn s'est illuminée comme un sapin de Noël dès qu'elle l'a su et depuis elle est extatique. Ça ne fait que repousser le moment où je devrais lui dire que ce mec n'est pas net. Mais aujourd'hui, je n'ai pas le cœur à briser son rêve.

Je tourne en rond depuis une demi-heure dans mon appartement, ne sachant pas quoi faire. Si je lui parle de mon radar, elle va me rire au nez et foncer tête baissée juste par esprit de contradiction. Il faut que j'évite ça, je ne veux pas qu'elle souffre, jamais, du moins pas si je peux l'éviter…

Je pourrais aussi lui dire de se méfier d'un mec qui porte le nom de « Josh », le seul qu'on a connu au lycée était un vrai naze. Mais je sais pertinemment que cette mise en garde ne tiendra pas la route deux secondes.

Je passe rageusement la main dans mes cheveux, parfaitement conscient que je suis dans une impasse.

Dawn est excessive dans plein de domaines, je suis sûr qu'elle a déjà réfléchi au nombre d'enfants qu'ils auront. Je dois donc trouver bien mieux comme argument, d'autant que jusqu'ici, il s'est comporté en gentleman. On dirait un chevalier des temps modernes.

Je recommence à faire les cent pas dans mon salon, ce qui semble être devenu mon nouveau sport favori ces deux dernières semaines. Je vais finir par creuser un sillon dans le tapis à force de passer au même endroit. Ce qui m'emmerderait parce que j'aime ce tapis et mon appartement de manière générale.

Je me connais, s'il y a le moindre défaut, je voudrais refaire toute la décoration. Je ne suis pas comme Dawn, je n'arrive pas à laisser le chaos s'installer. Je crois que n'importe qui mettrait les pieds dans nos salons respectifs verrait que l'on ne peut pas être plus différents sur ce point.

Le mien est à l'exact opposé de celui de Dawn, que ce soit au niveau de l'agencement des pièces ou de la décoration. Le sien est bordélique, bohème chic, plein de couleurs, avec des toiles commencées, finies et abandonnées semées aux quatre coins. Tandis que le mien pourrait sortir des pages d'un magazine. Rien ne dépasse, tout est à sa place et les tons sont neutres. La seule touche colorée est le miroir situé à côté de l'escalier en colimaçon qui mène à ma chambre. Sa teinte orange corail attire l'œil en premier. En se rapprochant, on se rend compte que le contour ovale en bois est incrusté de minuscules détails dans différents tons chauds. Sans surprise, il s'agit d'une création et d'un cadeau de ma voisine.

Je me dirige vers ce dernier, même si je sais parfaitement ce que je vais y voir, puisque je suis passé devant une bonne trentaine de fois en vingt minutes. On peut clairement lire la frustration sur mon visage.

Je passe encore la main dans mes cheveux et me rends compte qu'il faudrait que je les recoupe, ils commencent à être un peu trop longs à mon goût. Le problème est que la seule personne qui s'occupe de ma tignasse depuis près de dix ans, c'est Dawn. Et vu son état du moment, hors de question que je lui mette des ciseaux entre les mains.

Un ricanement m'échappe lorsque je repense à cette tradition et comment elle a commencé.

Garrett & Dawn – 17 & 16 ans

– Tu as vraiment une sale gueule, dit-elle en me fixant de ses yeux ambrés perçants.

Les années à côtoyer ma meilleure amie m'ont appris à ne pas réagir dans ce genre de situation, même si ce n'est pas l'envie qui me manque de la jeter par la fenêtre. Fenêtre qu'elle est d'ailleurs en train d'enjamber pour entrer dans ma chambre.

– Tu aurais pu passer par la porte d'entrée, mes parents ne sont pas là, je me moque.

– Quel serait le défi que de faire comme tout le monde ?

Je la regarde depuis mon lit et reprends tranquillement le morceau de guitare que j'étais en train de jouer à son arrivée. Mais je ne peux m'empêcher de remarquer la tache de peinture sur son oreille et le pinceau plein de couleurs qui tient ses cheveux en chignon par je ne sais quel miracle.

Je dissimule un sourire en coin derrière mes cheveux et me mets à fredonner la chanson. Dawn arpente ma chambre en mettant son nez dans mes affaires, puis elle s'assied en tailleur au milieu de la pièce à même le sol. Le regard qu'elle me lance est si sérieux que je m'arrête et hausse un sourcil pour l'interroger silencieusement.

– Je m'ennuie à mourir ! On est samedi soir, j'ai bientôt 17 ans, je suis intelligente, plutôt jolie et très sympa. Tu peux me dire, toi, pourquoi aucun mec ne m'invite à sortir ? m'interroge-t-elle tandis qu'une rougeur délicieuse colore ses joues.

Cette fois-ci je n'arrive pas à me retenir de lever les yeux au ciel et recommence à gratter doucement les cordes. Mais le doute qui perce dans sa voix lorsqu'elle reprend me coupe instantanément.

– Je suis sérieuse, Garrett, tu es un garçon aussi. Et je crois que tu es le seul qui pourrait me dire mes quatre vérités sans que je me vexe. Je ne suis pas jolie, c'est ça ? Il faut que je perde un peu de poids pour devenir attirante ?

ALERTE ROUGE ! ALERTE ROUGE !

Je sens mon rythme cardiaque s'emballer, car je vois dans ses yeux que pour une fois, elle attend une réponse sérieuse de ma part.

Dawn, pas attirante ? Si elle savait les rêves qu'il m'arrive de faire à propos d'elle et de son corps… Cette idée n'effleurerait même pas son esprit !

C'est à mon tour de rougir et, pour dissimuler mon malaise, je me cache derrière mes cheveux qui retombent devant mon visage. Je prends le temps de choisir mes mots avec soin avant de lui répondre.

– Tu es *belle*, Dawn… Les mecs de notre lycée sont des nazes, pour autant, je suis sûr que quelqu'un t'a remarquée.

Il doit juste avoir peur de ta… forte personnalité et n'ose pas t'approcher, je la taquine.

Je vois bien qu'elle tente d'accrocher mon regard, mais je fais en sorte de garder la tête baissée pour me dissimuler derrière mes mèches trop longues.

Je l'entends alors se lever et refermer la porte de ma chambre derrière elle. Elle fait souvent ça, alors je ne m'inquiète pas. Elle reviendra quand elle aura d'autres questions ou qu'elle sera passée à autre chose.

Après avoir posé ma guitare à côté de moi, je m'allonge sur mon lit en poussant un long soupir de soulagement. Il va vraiment falloir que je me débarrasse de cette sensation que j'éprouve depuis quelque temps quand Dawn est là.

J'ai toujours eu des sentiments pour elle, mais c'est ma meilleure amie depuis l'enfance, alors je n'ai jamais assimilé ça à de l'attirance. Mais ça fait deux ans que les choses ont évolué. On a grandi et mon regard sur elle a changé… Les choses que j'adorais chez elle, comme la façon dont elle penche la tête en arrière quand elle éclate de rire, ont commencé à faire battre mon cœur plus vite, plus fort.

Soudain, la porte de ma chambre se rouvre, et je me relève d'un bond, comme pris en flagrant délit de je ne sais quoi. Dawn se tient devant moi en brandissant une paire de ciseaux, ce qui me fait automatiquement reculer et buter contre mon lit.

Question d'habitude et d'instinct de survie.

– Da-Re de me laisser te couper les cheveux ? lance-t-elle, une lueur de défi dans le regard que je connais par cœur.

– Hors de question que tu t'approches de moi avec quelque chose qui coupe. Tu serais capable de m'éborgner, je me défends d'un ton méfiant.

– Dans ce cas, tu dois courir pendant dix minutes dans le quartier…

Je ne pensais pas que mon gage pour refuser un massacre capillaire serait aussi facile. Elle sait que je me suis mis à courir régulièrement ces derniers mois.

Je m'avance pour sortir de ma chambre, mais lorsque j'agrippe la poignée de la porte, elle lâche le dernier mot de son gage.

– … nu !

Pour jouer à Da-Re depuis presque toujours, je sais qu'elle ne lâchera pas l'affaire. Quitte à ne plus m'adresser la parole, me torturer ou faire des tracts pour les coller sur les poteaux du quartier. Tant que je n'aurai pas pris de décision, elle fera de ma vie un enfer.

Je soupire, vaincu et me retourne vers elle. Le sourire victorieux qu'elle me lance est effrayant.

– T'es vraiment flippante, je lui dis.

– Tu crois ? répond-elle en s'amusant avec les ciseaux à côté de son visage.

Je m'apprête à renchérir lorsque je réalise que ses doutes à son sujet semblent s'être envolés.

Dawn en train de jouer au Da-Re, c'est ce dont elle avait besoin car elle est en terrain connu, ce qui au fond de moi me fait plaisir, même si je risque de regretter mes prochaines paroles.

– T'as pas intérêt à me foirer, je maugrée.

Son cri d'excitation me fait rire malgré moi.

Je cligne des yeux pour revenir au présent et dans la situation complexe dans laquelle je me trouve. Pourtant, mon regard est attiré par une photo de Dawn et moi, encadrée et posée sur une étagère.

Je me souviens qu'elle a été prise peu de temps après cette fameuse séance coiffure. Je le sais parce que tout allait encore bien entre nous à ce moment-là, il suffit de voir comment m'observe Dawn sur le cliché. Aucun ressentiment dans les yeux.

Cette coupe de cheveux a été un point crucial de mon adolescence. Car une fois la masse informe retirée de mon crâne, les filles se sont intéressées à moi. Peut-être ont-elles enfin pu voir qu'il y avait vraiment un être humain sous cette tignasse ?

Les premiers temps, Dawn était fière d'elle, elle ne cessait de me rappeler à qui je devais les nombreux SMS ou lettres enflammées déposées dans mon casier. Et même si au début j'étais gêné, petit à petit, je me suis dit que j'aurais vraiment été stupide de ne pas profiter de ce moment de gloire.

Après tout, l'adolescence était faite pour ça, non ?

Et on peut dire que j'en ai profité, je suis même très vite passé du statut de loser de Davidson High School à celui de petit copain que tout le monde désire. C'est à la même période que Dawn et moi avons traversé notre « vraie » première crise.

Bien entendu, on s'était déjà embrouillés avant ça, mais jamais rien de sérieux. Là, elle ne comprenait pas mon soudain changement d'attitude. Je sortais les week-ends, me faisais de nouveaux amis et m'étais mis à coucher avec des filles sans réellement avoir de sentiments pour elles. Bref, pas ma meilleure période, ce qui nous a éloignés.

J'avais la sensation d'être le roi du monde, je me sentais puissant et rien ne pouvait m'arrêter !

C'est aussi à ce moment-là que j'ai eu l'impression d'être cruellement vide. Pourtant, je me forçais à sauver les apparences, car tout est une question de paraître à cet âge. Alors pour compenser, je sortais encore plus et buvais toujours plus.

En même temps, je voyais l'inquiétude de mes parents, de mon frère et de ma sœur grandir. Malgré les nombreuses discussions que j'ai pu avoir avec eux, rien n'y faisait, je continuais ma dégringolade.

Avec le recul, je sais qu'au fond, la seule que je voulais vraiment voir inquiète me fuyait comme la peste et m'avait rayé de sa vie, ni plus ni moins.

J'ai tenu ce rythme pendant des mois, me détestant un peu plus chaque jour. Puis un soir, alors que je rentrais de soirée, passablement éméché, au moment de passer la porte d'entrée, j'ai jeté un regard instinctif vers la maison voisine.

Et je l'ai vue par la fenêtre de sa chambre.

Dawn était au téléphone, un pinceau à la main, et elle riait, la tête penchée en arrière.

Je me souviens que mon cœur s'est serré à cette vision, car avant, c'était moi qui la faisais rire comme ça. Ce soir-là, je n'arrivais plus à me rappeler la dernière fois que je lui avais seulement parlé.

Était-ce la semaine dernière, ou bien celle d'avant ?

La bile est alors remontée le long de ma gorge, et j'ai cru une seconde que j'allais vomir.

Comment pouvais-je ne pas me souvenir de la dernière fois que j'avais entendu le son de sa voix ?

Je me suis approché de sa maison quand elle a tourné la tête dans ma direction et m'a aperçu en train de l'observer. Son sourire s'est volatilisé, mais un espoir est né en moi, *ma* Dawn me voyait enfin. Elle a cligné des yeux, puis elle a parlé rapidement avant de raccrocher. Après un dernier regard vers moi, elle s'est éloignée de sa fenêtre.

Quelques secondes plus tard, la lumière s'est éteinte, et avec elle, la petite lueur qui tentait tant bien que mal de briller dans mon cœur.

J'avais sacrément merdé et le rejet brutal de ma meilleure amie me faisait ouvrir les yeux pour la première fois depuis trop longtemps.

Sans que je puisse les retenir, les larmes ont commencé à rouler sur mes joues. Le barrage cédait enfin. Le corps secoué de sanglots silencieux, je me suis dirigé vers le porche de chez mes parents avant de m'écrouler sur les marches.

Je ne sais plus combien de temps je suis resté là, à regarder les étoiles, laissant libre cours à ma tristesse. Mais la seconde d'avant j'étais seul, et la suivante, la voix de ma mère m'a enveloppé, en même temps que ses bras. Les sanglots ont redoublé, mais je me sentais soutenu, aimé, tandis que les mots réconfortants qu'elle me chuchotait pansaient une partie de mes plaies.

– Je crois qu'il est temps que tu ailles récupérer ta complice, Garrett.

– Crois-moi, Maman, elle ne veut pas me voir, elle vient de me repousser d'un simple regard depuis sa chambre ! je lâche entre deux reniflements.

– On parle de Dawn, là, elle doit attendre que tu ailles lui présenter des excuses en personne. Ou que tu lui donnes un nombre illimité de Da-Re à utiliser quand elle veut.

J'ai doucement rigolé avant de sécher mes larmes. Ça ressemblait bien à Dawn d'avoir un raisonnement pareil.

Je suis alors allé jusqu'à sa maison et j'ai sonné. Plusieurs fois même. Je risquais de réveiller sa mère, mais je m'en fichais. La porte s'est finalement ouverte, et elle se tenait là, dans un pyjama improbable, pas le moins du monde surprise de me trouver face à elle.

Je ne sais toujours pas ce qu'elle a vu sur mon visage, mais elle m'a dit ce que je rêvais d'entendre sans le savoir.

– Tu en as mis, du temps, idiot ! Ce que tu m'as manqué !

À cet instant, le vide en moi s'est comblé. Puis elle s'est jetée dans mes bras, ni plus ni moins. Des mois d'éloignement et de douleur, balayés d'un simple câlin. Je me souviens l'avoir gardée contre moi plusieurs minutes jusqu'à ce qu'elle se moque gentiment de ma réaction.

Depuis toujours, c'est tout ça que représente Dawn pour moi. La lumière de mes nuits les plus sombres.

Alors il est hors de question que je laisse un connard la blesser. Je me regarde une dernière fois dans le miroir et souris en fixant mon reflet pour m'armer de courage. Une fois prêt, je me dirige vers son appartement pour lui dire ce que je pense de son Josh !

J'ose espérer que ce n'est pas un avis honnête qui va nous séparer, on est bien plus forts que ça.

Garrett

5. Pas assez bien

Je traverse le palier et entre chez elle sans frapper.

La musique résonne dans tout son appartement et me percute dès que j'en franchis le seuil. Je scanne rapidement la pièce principale, et ne la voyant pas dans le salon ou la cuisine, je grimpe vers sa chambre.

L'escalier débouchant directement dans la pièce, en à peine quelques marches, je peux y jeter un coup d'œil. Je suis stoppé net, comme si un mur invisible me bloquait le passage.

Dawn est assise en tailleur à même le sol, uniquement vêtue d'un ensemble de sous-vêtements, entourée de ce que je suppose être la totalité de sa garde-robe. Mais ce qui me frappe immédiatement est son expression désemparée, elle fixe le vide, un profond air de tristesse sur le visage.

Elle ne me remarque pas tout de suite. Heureusement, autrement elle me demanderait pourquoi je la scrute comme si elle avait fait la plus grosse des conneries de la Terre.

Je la vois rarement dans un tel état, et jamais pour un homme. Cela me met dans une colère noire et je crois que je pourrais faire du mal à Josh rien que pour ça.

Je secoue la tête pour chasser cette vision de mon esprit, et grimpe les dernières marches. J'attrape un plaid abandonné sur un fauteuil, puis m'accroupis devant elle, tout en l'enveloppant de la couverture. Même si on se voit souvent en maillot de bain, c'est différent dans ce contexte et bien qu'elle semble s'en moquer, je préfère préserver son intimité. Maintenant que je l'ai vue dans cet état, je ne vais pas pouvoir en plus lui dire ce que je pense de son rendez-vous de ce soir.

– Dawn ? Éclaire ma lanterne, est-ce que j'ai envie de savoir comment tu en es arrivée là ?

Toujours utiliser l'humour avec elle si on veut avoir une réponse immédiate.

– Je n'ai rien à me mettre, rien du tout ! explose-t-elle.

Devant mon regard perplexe détaillant la montagne d'habits qui l'entourent, elle se lève, se débarrassant du plaid.

Bon, elle semble clairement beaucoup plus à l'aise que moi dans cette situation.

Je me redresse avec un temps de retard tant je ne comprends pas ce qu'il se passe. Elle me contourne pour attraper les premiers vêtements à sa portée et reprend son explication.

– Rien n'est assez bien pour ce rendez-vous, tu comprends. Josh est… spécial et je ne voudrais pas l'embarrasser ou quelque chose comme ça en portant une tenue qui ferait tache.

Mon sang ne fait qu'un tour, je *déteste* ce type, c'est officiel ! Je suis sur le point de lui dire qu'elle ferait mieux de laisser tomber ce rendez-vous, et ce naze au passage, si tout ça l'affole à ce point. Mais nos regards s'accrochent, et l'angoisse que je lis dans le sien me déchire le cœur.

Dawn n'est pas du genre à s'infliger un stress pareil, à moins que ça ne soit *réellement* important pour elle.

Comment est-ce que ce mec a pu prendre une telle place dans sa vie en seulement quinze jours ?

Une émotion sombre que je préfère ne pas identifier tord mes entrailles. Dawn n'a pas besoin de ça, pas ce soir.

Je souffle un grand coup, car ce que je m'apprête à lui dire m'écorche la gorge. Je m'avance vers elle et pose maladroitement les mains sur ses épaules pour qu'elle se concentre sur mes paroles.

Ses grands yeux ambrés plongent dans les miens comme si elle cherchait une bouée de sauvetage en plein naufrage.

– Je pense que Josh se fiche de ce que tu porteras ce soir. Il m'a l'air de s'intéresser à *toi*. Mets quelque chose dans lequel tu te sens bien, ni plus ni moins, finis-je avec un sourire forcé.

Elle me sonde et lorsqu'elle comprend que je ne me moque pas d'elle, les traits de son visage se détendent perceptiblement. Elle se dégage de mon étreinte pour attraper une robe noire qu'elle porte souvent lors des vernissages à la galerie.

« Parfait » est le mot qui me vient en tête. Elle sera ravissante, et si Josh ne le remarque pas, c'est que c'est vraiment un con…

Je descends au salon pour la laisser se préparer tranquillement, puis je m'assieds sur le seul bout de canapé qui n'est pas envahi par son bazar habituel.

Je fixe mes doigts encore tièdes du contact de ses épaules, et souris tristement avant d'observer la pièce. Il y a beaucoup de choses accrochées aux murs, la plupart n'ont aucun lien entre elles, hormis l'amour que Dawn leur porte. Une photo en particulier a une place de choix, elle est située juste au-dessus de l'endroit où elle s'installe toujours pour peindre, et c'est une des miennes. Il s'agit d'un portrait de nous deux que je lui ai offert pour ses 12 ans.

Elle est floue et mal cadrée, mais elle est parfaite, car elle nous rappelle instantanément l'importance de notre amitié.

On peut nous y voir, couverts de farine, en train de rigoler. Je repense avec nostalgie à cet anniversaire, tout était plus simple à l'époque. On ne voulait que s'amuser, se lancer des Da-Re, se fâcher pour mieux se retrouver. Ce jour-là nous nous étions fait une promesse : si aucun de nous n'était marié à nos 30 ans, nous le ferions ensemble. Promesse qui n'aura tenu que deux jours, puisque Dawn a épousé son poisson rouge durant une jolie cérémonie dans sa chambre. *J'étais bien entendu son témoin…*

Comme toujours lorsque je détaille cette photo, un sentiment de paix m'envahit, et je laisse les souvenirs me ramener plusieurs années en arrière.

Garrett & Dawn – 12 ans

Dawn est entourée de tous nos copains de classe, et nos deux familles sont là. Ellie, sa mère, est en train de parler avec la mienne. Papa essaie de calmer ma petite sœur, qui court partout, et Derek… Eh bien, mon frère reste un peu en retrait, mais il n'en rate pas une miette. Je le vois enregistrer chaque interaction bien qu'il n'ait pas l'envie, ou le courage, d'y participer.

Malgré toute cette petite assemblée, je sais que je suis celui que Dawn voulait absolument avoir à ses côtés. C'est elle-même qui me l'a dit, juste après m'avoir menacé si je ne réussissais pas à amener Derek avec moi… Ma meilleure amie adore mon frère et c'est réciproque, mais ils n'échangent que rarement. Ils sont trop chacun dans leur monde.

Alors, j'ai pris ma tâche très au sérieux ; Derek est bien là et dès que Ellie propose une nouvelle activité ou un jeu, je suis le premier à participer. Je veux que Dawn passe une super journée pour son anniversaire, c'est un peu ma mission en tant que meilleur ami.

C'est ainsi que je me retrouve à faire deviner des aliments à Dawn alors qu'elle a les yeux bandés par un foulard. Elle a déjà trouvé le sucre et la crème fouettée. Mais là, je tiens une cuillère pleine de farine devant sa bouche grande ouverte.

J'ai une main plaquée sur la mienne pour me retenir de rire, car je sais qu'elle va tout simplement détester manger ça. J'imagine déjà sa grimace et, en prévision, j'ai pensé à avoir l'appareil photo de papa à portée de main. J'aimerais arriver à immortaliser l'instant, pourtant, dès le moment où j'enfonce une partie de la cuillère dans sa bouche, deux choses se produisent presque en même temps.

Elle prend une grande inspiration. La farine se colle au fond de sa gorge et elle tousse. Cela provoque littéralement une explosion de poudre blanche qui m'atteint en plein visage.

Un grand silence s'installe.

Lorsqu'elle arrive à reprendre son souffle, entre deux quintes de toux, elle enlève son foulard. En me voyant couvert de farine, la cuillère toujours levée, elle ne peut s'empêcher de rigoler. Ce qui semble être le signal que tout le monde attendait pour rire.

Sauf moi. Je n'étais pas censé être ridicule !

Je décide donc de prendre une poignée de la poudre dans le pot et la jette au visage de ma meilleure amie. Elle cligne des yeux bêtement avant de faire la même chose pour tenter de se venger. Une véritable bataille de nourriture est lancée autour de la table, même les parents y participent.

C'est vraiment le meilleur anniversaire auquel j'ai pu participer. Jessie, du haut de ses 2 ans, s'en donne à cœur joie, et je vois mon frère poser son livre pour se joindre à nous !

Lorsque nous nous arrêtons, morts de rire, on est tous dans un sale état. Mais Dawn est rayonnante.

Je dois absolument garder un souvenir de ce moment.

Alors, je l'attrape par les épaules pour la rapprocher de moi avec l'appareil de papa dans l'autre main. J'espère que l'on sera dans le cadre, et appuie sur le bouton.

Voilà un jour que l'on n'est pas près d'oublier !

Je sors de mes pensées en voyant Dawn descendre de sa chambre. Comme prévu, elle est ravissante dans sa robe noire. Elle a relevé ses cheveux bruns en chignon simple mais élégant et s'est légèrement maquillée. Juste un peu de mascara et un rouge à lèvres discret.

Parfaite.

En arrivant à mon niveau, elle tourne sur elle-même en attendant que je lui donne mon avis.

– Tu ne devrais pas trop mal t'en sortir pour ton premier rendez-vous, je lance, un brin sarcastique.

– Rien de ce que tu pourras dire ne gâchera ma bonne humeur. Maintenant qu'elle est là, je ne la laisse plus partir, je l'ai enchaînée à mon corps ! Merci, d'ailleurs, d'être venu à ma rescousse…

Je m'apprête à répondre lorsque mon téléphone se met à sonner. Je l'attrape dans la poche arrière de mon jean et grimace devant le nom qui s'y affiche : Claire. Je ne décroche pas, ce qui intrigue ma meilleure amie qui s'est rapprochée pour voir qui est mon interlocuteur.

Elle finit par exploser de rire.

– Oh ! En voilà une qui ne perd jamais espoir, je devrais m'inspirer de sa ténacité pour certaines occasions, me raille-t-elle.

– Ce n'est pas gentil de te moquer de ton employée, je te signale. Et elle est très gentille et surtout canon, je lui réponds avec un sourire en coin.

Le sien se fane aussitôt, et l'inquiétude s'inscrit sur ses traits. Avant même qu'elle ouvre la bouche, je sais déjà qu'elle va me resservir le même discours que d'habitude.

– Ne joue pas au crétin, Garrett, tu sais que je ne peux pas me permettre d'avoir un conflit d'intérêts à la galerie. Si tu as une relation avec elle, je devrai me séparer d'elle ou de toi…

– Ton disque est rayé, Dawn, tu sais que si j'avais dû coucher avec elle, je l'aurais fait dès que tu me l'as présentée. À ce que je sache, j'ai été un parfait exemple de sagesse avec Claire.

– Tu veux qu'on parle de Taylor ? Ma première employée ?

Je grimace sans rien répondre. *Elle me tient.*

J'ai fauté avec Taylor et c'est pour ça que Dawn a fait inscrire sur les contrats de ses salariés et des artistes qui exposent chez elle une nouvelle clause. Tout le monde a su que c'était à cause de moi, ce qui a rendu la chose encore plus gênante.

Elle rigole gentiment, mais je n'échappe pas à une petite tape sur l'arrière du crâne alors qu'elle passe à côté de moi pour aller mettre ses chaussures à talons noires. À l'instant même où elle finit d'attacher la dernière lanière, la sonnerie de l'interphone retentit.

Elle se fige, puis regarde l'horloge. Il est pile à l'heure.

Bien entendu que Monsieur Parfait est ponctuel, comme si la liste de ses qualités n'était pas déjà interminable.

Cela la fait sourire, et elle se dépêche d'appuyer sur le bouton qui ouvre la porte de l'immeuble pour qu'il puisse la rejoindre.

Sans tarder, Josh se tient sur le palier, un bouquet de tulipes rouges à la main.

Il porte un costume qui doit coûter ce que je gagne en un mois.

Ouais, c'est officiel, je déteste ce mec…

– Bonsoir, Dawn, tu es ravissante, dit-il en l'embrassant sur la joue avant de lui tendre les fleurs.

Elle se penche en avant en vue d'en humer le parfum, et se dirige rapidement vers la cuisine un peu plus loin, pour attraper un vase, tout en l'invitant à entrer. Il reste prudemment près de la porte et patiente sagement.

Un point en moins, mon pote, les fleurs préférées de Dawn sont les lys !

Il aurait dû savoir ça, vu le temps qu'ils passent au téléphone depuis deux semaines. Fier de le voir se tromper dès le début de la soirée, je me lève pour rentrer chez moi.

Peut-être qu'il va continuer d'accumuler les erreurs, comme ça, je ne serais pas le méchant de l'histoire en donnant mon point de vue sur lui lorsque Dawn me le demandera.

Parce que ça finira inexorablement par arriver.

– Josh, je te présente mon meilleur ami et voisin, Garrett. Garrett, voici la personne à qui je dois d'être encore l'heureuse propriétaire de mon sac adoré ! Je n'ai pas eu le temps de faire les présentations la dernière fois.

Je m'approche de lui tout en le jaugeant, et il fait de même. Nous nous serrons la main sans échanger un mot. Finalement, je me décide à rompre ce silence inconfortable autant pour lui que pour moi, Dawn étant sur une autre planète, en train de mettre les fleurs dans l'eau.

– Alors, tu l'emmènes où ce soir ?

Il ne semble pas tiquer face au fait que je lui parle si franchement, ce qui est un bon point pour lui s'il veut survivre à une soirée avec Dawn. Elle est capable d'être copine avec le serveur au bout de cinq minutes.

– C'est une surprise, elle ne sait rien, et je préférerais que cela reste comme ça, rétorque-t-il, tout sourire, en regardant Dawn s'approcher de lui avec sa veste à la main.

Connard.

Comme si j'allais pouvoir lui gâcher le truc avant leur départ. Il ne veut juste pas que je sache où ils passeront la soirée.

Il aide Dawn à enfiler son vêtement puis ils se dirigent ensemble vers la porte. Mon cœur se compresse quand je remarque que Dawn n'a d'yeux que pour lui et semble avoir oublié ma présence.

Je vais pour leur emboîter le pas lorsque mon téléphone se remet à sonner.

Claire.

Je ne sais pas ce qui me pousse à lui répondre, alors que je la laisse toujours tomber sur ma messagerie. Peut-être le fait de voir ma meilleure amie me faire un signe de la main et partir avec un autre homme…

Ce qui est sûr, c'est que je ne réfléchis pas vraiment et fais glisser mon pouce pour décrocher.

– Allô ?

Dawn

6. Rêve éveillé

Il est parfait.

Le trajet en taxi est rythmé par l'échange de regards et de sourires timides et je fonds à chaque instant un peu plus pour lui. À notre arrivée au restaurant, il me dépasse pour me tenir la porte avec ce petit sourire craquant, le temps d'entrer.

Depuis notre première rencontre, on a passé beaucoup de temps au téléphone ou en FaceTime. J'ai cette étrange sensation de le connaître depuis très longtemps.

J'aime beaucoup de choses chez lui, mais ce sourire… À chaque fois que je vois cette expression sur son visage, j'ai envie de l'embrasser, mais une part de moi est terrifiée à l'idée de faire le premier pas.

Alors, j'attends sagement qu'il se décide à poser sa bouche sur la mienne.

Quand je parviens à décrocher mes yeux de lui, la beauté du lieu me coupe le souffle. J'ai déjà entendu parler de ce restaurant, mais je n'y ai jamais mis les pieds pour autant.

En temps normal, je me sens plus à mon aise dans les endroits moins guindés et Garrett n'est pas non plus du genre à vouloir mettre un costume pour aller manger. On est plus du style à prendre une pizza chez Joey à moitié en pyjama !

Mais pour une fois, ce soir, j'ai envie de jouer le jeu et de laisser Josh me convaincre que je pourrais m'habituer à ce type de soirée.

Une hôtesse nous accueille avec un immense sourire.

– Bienvenue à L'Alinéa. Avez-vous une réservation ?

– Oui, répond Josh en s'avançant, au nom de Wayne.

– Effectivement, bonsoir monsieur Wayne. Voulez-vous déposer vos manteaux au vestiaire ?

Je me contente de hausser les sourcils. Généralement, j'installe ma veste sur le dossier de ma chaise. Je ne suis clairement pas dans mon élément. En revanche, Josh, lui l'est complètement.

Il hoche la tête et un homme s'approche de moi en tendant une main.

– Timothy va prendre vos affaires, si vous le voulez bien, Madame, m'informe l'hôtesse.

Je hoche la tête et m'exécute. D'un coup, je me sens presque démunie, mais pas pour longtemps. Josh positionne une main sur le creux de mes reins pour me guider à la suite du serveur qui nous accompagne à notre table. Ce dernier tente de prendre ma chaise, mais Josh l'arrête.

– Ça ira, merci, je vais prendre le relais.

Il tire le siège, puis me sourit le temps que je m'installe. Moi qui pensais que cela ne se faisait que dans les films, me voilà en plein milieu d'un rêve ! Il est tellement prévenant, je n'ai pas l'habitude. Mes ex ne jouaient clairement pas dans la même cour, loin de là même ! Ce qui m'intimide plus que je veux bien l'admettre.

Lorsqu'il est resté une heure avec moi, le jour de notre rencontre, je n'en croyais pas mes yeux, cet homme sublime était chez moi ! Puis, au fil du temps, j'ai compris qu'il était bien plus qu'un beau gosse, il était intelligent, cultivé, et amateur de peinture. Donc quand j'ai enfin compris qu'il flirtait avec moi, mon cœur s'est emballé. Je n'en croyais pas mes yeux, je pensais rêver.

J'ai eu l'impression d'avoir de nouveau 17 ans, je rougissais au moindre compliment. Depuis, je suis sur un petit nuage, et le premier à en faire les frais est Garrett, il doit supporter cela en silence.

Avant aujourd'hui, Josh n'est revenu qu'une fois chez moi, en tout bien tout honneur, simplement pour prendre de mes nouvelles. Galant comme il est, il n'est pas venu les mains vides, puisqu'il a pris des pizzas de chez Joey !

Il est vraiment adorable et une partie de moi a complètement fondu pour lui dès le premier jour.

Quand il m'a invitée, il avait à peine fini sa phrase que j'ai tout de suite dit oui, ce qui l'a fait rire. Je n'ai pas eu le temps d'avoir honte de mon empressement, puisqu'il en a profité pour me déposer un baiser sur la joue avant de repartir.

Un vrai gentleman qui prend son temps, c'est rare de nos jours où les relations sont terminées avant même d'avoir commencé.

– Dawn ? Tout va bien ?

À son intonation, je comprends qu'il m'appelle depuis un moment. Je me force à retrouver mon calme et me concentre sur lui.

– Excuse-moi, je suis un peu intimidée, c'est la première fois que je viens dans un restaurant aussi élégant.

– Tu n'as pas à t'excuser, tu es ravissante lorsque tu es dans tes pensées.

Eh hop, je sens mes joues s'enflammer.

– Attends que je fasse quelque chose de déplacé, parce que ça finira par arriver… je lui dis sur le ton de la confidence.

– Rien de ce que tu pourras faire ne sera déplacé. À moins que tu aies prévu de poser tes pieds sur la table, on devrait s'en sortir.

C'est bien mal me connaître… Je pourrais tomber en allant aux toilettes, renverser un verre sur lui ou mal prononcer le nom d'un des plats. Je me ferai démasquer parce que je suis une intruse ici. Il va juste leur falloir quelques minutes pour s'en rendre compte.

Je lui souris avant de me cacher derrière mon menu pour couper court à cette discussion qui ne mènera nulle part. Il ne peut pas comprendre à quel point je me sens en dissonance avec cet endroit. Alors que cela semble être son quotidien. Je l'ai compris le premier jour en voyant son costume sur mesure de créateur.

Avant que la panique me fasse prendre mes jambes à mon cou, je tente de choisir mon repas. Tous les plats ont l'air succulents, je n'arrive pas à me décider.

J'opte alors pour la technique de Garrett : si tu vois le mot « pâtes » dans l'intitulé, prends. J'adore les pâtes, sous toutes leurs formes, je suis donc rarement déçue en suivant ce conseil.

Le temps d'un battement de cœur, mon meilleur ami me manque. Il aurait rendu cette situation bien moins stressante. En même temps, personne ne me met de pression si ce n'est moi-même…

– Tu as choisi ? s'enquiert Josh.

– Oui, je lui souris.

Un nouveau serveur arrive comme par enchantement et nous passons notre commande. Dès qu'il tourne les talons, j'essaie de me détendre et de remettre mon opération sur les rails. Je l'ai nommée : « Les confessions de Josh ». Malgré le temps passé au téléphone, je ne sais pas grand-chose sur lui, il me fait plus parler que l'inverse. Il est temps que ça change.

– Alors, Josh… Es-tu prêt à me raconter toute ta vie ?

Je tente de retenir une grimace, dans le genre subtil, on a connu mieux.

– Vaste sujet, rigole-t-il néanmoins. Plus sérieusement, j'ai 28 ans, ce que tu sais déjà. Je dirige l'entreprise familiale de construction avec mon père depuis cinq ans maintenant, et je sauve des inconnues dans la rue sur mon temps libre.

– Comment ? Je ne suis pas ta seule demoiselle en détresse, je m'offusque en prenant une expression faussement dramatique, ce qui le fait rire.

– Je plaisante, tu es la seule et unique, ne t'inquiète pas. Qu'est-ce que je peux te dire de plus… Mon travail m'oblige à beaucoup me déplacer, ici ou à l'étranger. Mon père est un homme… très exigeant. Du coup, je me donne à deux cents pour cent chaque jour pour que tout roule.

– Tu as beaucoup de pression sur les épaules, on dirait.

– Oui, mais ça fait partie de ma fiche de poste, tente-t-il de plaisanter.

Pourtant, son sourire n'atteint pas ses yeux. J'ai peut-être touché quelque chose de sensible, mais il n'a pas envie d'en parler, ce que je respecte.

– Qu'est-ce que tu fais pour évacuer la pression ?

– Beaucoup de sport, j'adore courir sur la plage, par exemple.

– Et moi qui croyais que ce physique de rêve s'entretenait tout seul !

Cette fois-ci son rire est plus franc et je me détends.

– Désolé, je n'ai plus rien qui me vienne à l'esprit me concernant. Il faut dire que tu me distrais beaucoup ce soir, je te trouve particulièrement magnifique.

Je le fixe, essayant de le jauger, de voir au-delà de l'apparence bien sous tous rapports qu'il affiche. Je suis plutôt douée pour lire les gens d'habitude, mais Josh est une page blanche. Bizarrement, je suis très emballée à l'idée de la remplir de mille et une couleurs. Mais pour faire en sorte de le découvrir vraiment, je dois lui parler comme je le ferai avec n'importe qui.

– Et toi, tu es beaucoup trop flatteur… C'est louche !

– Ah bon ? s'étonne-t-il avant de boire un peu d'eau.

– Oui, le portrait que tu viens de me dresser est limite trop parfait pour être vrai. Tu sais que je n'aurais pas peur si tu m'avouais traîner au lit le dimanche matin ?

– Oh, crois-moi, j'ai des tonnes de défauts ! J'espérais simplement pouvoir attendre notre deuxième ou troisième rendez-vous pour te raconter mes problèmes d'aérophagie et de transpiration excessive, me rétorque-t-il en baissant un peu la voix.

Interloquée, j'écarquille les yeux puis un gloussement m'échappe, du genre annonciateur de fou rire. Comme je m'y attendais, même si je tente de me contenir, les larmes perlent aux bords de mes yeux puis l'éclat de rire franchit mes lèvres. Qui, à ma grande surprise, est rejoint par celui de Josh. On a droit à des regards courroucés, mais cela ne fait que renforcer notre hilarité.

– Comme je le disais, tu es bien trop parfait ! je dis quand nous sommes enfin calmés. Tu as en plus le sens de l'humour ! Tu me réserves d'autres agréables surprises ?

– Ça, ma très chère Dawn, il faudra rester un peu pour le découvrir…

Le reste du dîner se déroule comme dans un rêve, nous rigolons beaucoup et le repas est délicieux. L'image lisse et parfaite que j'avais de lui en début de soirée s'estompe peu à peu, pour me laisser entrevoir un jeune homme de 28 ans plein de vie et de projets.

Cela me détend complètement, on se ressemble beaucoup au final. Nous faisons tous deux le maximum pour que nos parents soient fiers de nous, il aime la bonne nourriture et voyager. Son seul défaut est qu'il ne s'est jamais réellement intéressé à mes séries télé préférées. L'avantage, c'est que je peux y remédier assez facilement.

Hormis ça, j'ai l'impression d'être dans un rêve éveillé, il pourrait bien être celui que j'attendais. J'ai toujours imaginé que ce genre d'homme n'existait que dans les nombreux romans que je dévore, mais non, il est là en face de moi, en train de régler l'addition de notre repas. Cependant, il reste une question : pourquoi moi ?

À peine avons-nous mis un pied dehors qu'il se tourne vers moi.

– Ça te dirait de prolonger un peu la soirée en marchant ?

Une balade au clair de lune. Sérieusement ? Est-il seulement réel ? Je me pince légèrement pour m'assurer de ne pas rêver et lui souris en acquiesçant.

Sans hésiter, il me prend la main, puis nous nous mettons en route. La nuit est fraîche pour un début avril, mais je m'en moque, ce moment est bien trop agréable pour que je me soucie d'un futur nez qui coule.

Au fur et à mesure de nos discussions, je me détends à son contact. Je me confie autant qu'il le fait. On parle de tout, de lui, de moi, de nos projets respectifs, et je n'ai vraiment pas envie que cette soirée se termine. Même si, pour être tout à fait honnête, mes talons sont une véritable torture, et il me tarde de les retirer.

Soudain une bourrasque plus froide que les autres me fait frissonner, ce qui n'échappe pas à son regard.

– Il va être temps de retourner te mettre au chaud, Dawn.

– C'est bien dommage… J'adorais notre balade, mais c'est plus sage en effet, j'avoue en resserrant ma veste autour de mon corps.

Pour clôturer cette soirée surréaliste, il arrête un taxi d'un geste de la main, chose qui ne marche jamais quand c'est moi…

Il m'ouvre la portière, m'invite à monter dans le véhicule, mais je m'arrête à deux pas de lui pour lui sourire une dernière fois.

– Merci vraiment pour ce rendez-vous, j'ai passé un super moment, je déclare.

– Moi aussi et je suis prêt à recommencer quand tu veux. Tu as mon numéro, alors je te laisse disons… trois jours pour m'appeler.

Je penche la tête sur le côté pour le sonder.

– Sinon je le ferai… Tous les jours, jusqu'à ce que tu veuilles bien me revoir, précise-t-il en riant gentiment. Rien de flippant, promis.

Je pouffe comme une enfant.

– Tu n'as pas de soucis à te faire, je t'appellerai, je lui assure.

Je comble l'espace qu'il y a entre nous, mais au dernier moment j'hésite à l'embrasser. Finalement, je sens ses lèvres sur les miennes. Je ne sais pas qui de lui ou moi a eu le courage de faire cet ultime pas, mais tout cela n'a pas la moindre importance.

J'ai l'impression que des milliers de papillons tentent de se frayer un chemin hors de ma cage thoracique. Nous nous apprivoisons, ses lèvres bougent en même temps que les miennes, puis rapidement, je glisse les mains dans ses cheveux pour approfondir notre baiser. Il me répond en me plaquant contre son torse, et je pourrais jurer que je sens son cœur battre contre ma poitrine.

Avec regret, je me recule, le feu aux joues.

– J'ai imaginé ce premier baiser, mais je ne m'attendais pas à ce qu'il soit aussi intense, commente-t-il en sondant mon regard. Tout à ton image.

Que répondre à ça ? J'ai encore les jambes flageolantes au souvenir de sa bouche sur la mienne, alors je préfère me taire.

Après lui avoir souri une dernière fois, je m'engouffre dans le taxi en lui faisant signe derrière la vitre.

Durant le trajet retour, il m'est impossible de décrocher le sourire rêveur de mon visage. Je me touche plusieurs fois les lèvres, comme s'il s'agissait de mon premier baiser.

En sortant du taxi, mon téléphone sonne, et le nom de Josh illumine mon écran.

– Tu avais dit trois jours, je plaisante en décrochant.

– Ça me semblait bien trop long et j'ai oublié de te souhaiter bonne nuit. Alors, bonne nuit, Dawn et j'espère te revoir bientôt.

Il raccroche sans me laisser le temps de répondre.

Je suis devant mon immeuble et comme une personne mature de 25 ans, je me mets à faire une petite danse de la joie pour fêter cette soirée parfaite. Je dois m'y reprendre à deux fois pour entrer le code de sécurité afin d'ouvrir la porte tellement mes mains tremblent d'excitation.

Une fois de retour dans mon appartement, je retire les engins de torture que je porte aux pieds et prends directement une longue douche chaude avant de me mettre en pyjama.

J'étais frigorifiée, mais maintenant que je reprends vie, je réalise que je n'ai qu'une envie, foncer chez Garrett pour tout lui raconter et qu'il me donne son avis sur Josh !

Il faut qu'il me confirme que lui aussi le trouve génial, que je pourrais avoir trouvé la perle rare. Je connais trop bien mon meilleur ami pour ignorer qu'il meurt d'envie de vider son sac à son sujet. Peut-être que cela me permettra de temporiser un peu.

Je sais que j'ai tendance à m'emballer, j'ai déjà cru que certains de mes ex étaient « l'Élu ». Compte tenu du fait que je parle d'eux au passé, on peut dire que je me suis trompée plus d'une fois. Mais le point commun de toutes ces déceptions a été le jugement de Garrett, il se trompe rarement sur les gens. Il sait d'avance qui va me faire souffrir ou me faire passer un bon moment.

Du coup, j'ai pris l'habitude de lui demander ce qu'il pense de tel ou tel homme, afin de m'éviter des peines de cœur. Mais je crois que pour une fois, j'ai peur d'entendre ce qu'il a à me dire. Je ne supporterais pas qu'il m'annonce que Josh fait partie de l'équipe *bad guy*.

Raison pour laquelle j'ai sans cesse repoussé cette discussion en l'assommant de sujets plus ennuyeux les uns que les autres, comme si cela pouvait empêcher Garrett de m'avouer ce qu'il pense vraiment. Je sais qu'il est à deux doigts de m'asseoir sur une chaise pour l'écouter deux minutes. C'est tout ce qu'il lui faudra pour détruire tous mes espoirs.

Mais ce soir, après une si belle soirée, j'ai besoin de lui parler. De faire un petit point avant de me lancer à corps perdu dans cette relation.

Car j'en ai envie, plus que tout.

Cela fait bien longtemps que je n'ai pas été aussi emballée par un homme. Il n'y a rien qui cloche pour le moment, ce qui est rarissime.

En tant que meilleur ami et garde-fou, il est temps que je laisse Garrett s'exprimer. Dans ces moments-là, je peux toujours compter sur lui pour me dire la vérité. Même si elle est difficile à accepter.

Le cœur toujours aussi léger, mais avec une pointe de nervosité, je traverse le palier qui nous sépare.

Juste avant d'actionner la poignée de sa porte, j'entends un rire.

Qui n'est pas le sien…

Ou alors il a recommencé à jouer avec de l'hélium, ce qui ne serait pas improbable… Pour en avoir le cœur net, je colle mon oreille contre le bois et entends un soupir bruyant de plaisir. Je recule précipitamment comme si je m'étais brûlée.

Garrett a de la compagnie.

Comme pour m'ôter tout doute, je perçois un grognement typiquement masculin. En temps normal, je réfléchirais à un scénario pour lui faire honte, mais je me sens tellement bien ce soir que je n'en ai pas envie ! Et surtout, il mérite, lui aussi, de passer une agréable soirée.

Notre discussion peut attendre demain.

Peut-être que ce choix est également un moyen de garder la tête dans le sable encore quelques heures. Mais je l'assume.

Je m'étonne en prenant l'une des plus sages décisions de ma semaine et rentre chez moi pour me coucher.

Pourtant, je ne cesse de tourner dans mon lit, incapable de trouver le sommeil, je me mets à douter de « ma sage décision ». L'envie d'aller chez Garrett se fait de plus en plus forte, mais je me raisonne toujours à la dernière seconde.

À cause de mon cerveau en ébullition, j'abandonne l'idée de dormir. Je rallume la lumière, attrape mon livre, mais avant de me plonger dedans, je maudis mon meilleur ami.

– Il a intérêt à ce que cette fille vaille le coup !

Garrett

7. Oups...

J'ai signé mon arrêt de mort.

Je n'ai aucun doute quant au fait que Dawn va me tuer à petit feu si elle apprend ce que j'ai fait, alors je l'évite depuis plus de deux jours. Je ne sais pas comment un tel miracle est possible, mais elle n'a pas franchi la porte de mon appartement comme la tornade qu'elle est en temps normal.

J'ai passé mon week-end à tenter de trouver comment lui annoncer les choses sans qu'elle m'étripe aussitôt. Et à l'heure actuelle, je n'ai toujours pas eu d'illumination sur la manière de procéder pour qu'elle prenne bien la nouvelle. J'ai rarement été à court de mots dans ma vie, mais là, je sais que j'ai commis une erreur et qu'il n'y a rien que je puisse dire ou faire pour la réparer.

Toutefois, je ne perds pas espoir, les miracles arrivent bien de temps en temps. *Il faudrait peut-être que j'aille à l'église dans la journée…*

La sonnerie de mon téléphone me sort de mes pensées, et y lire le prénom de mon frère me redonne le sourire.

– Bien le bonjour, Maître, je lance en décrochant.

Depuis un an, le jour où il a eu son examen du barreau, je n'ai pas résisté à l'envie de le chambrer avec ce surnom. Mais il l'aime bien alors ça casse l'effet comique.

– Salut, l'Artiste ! Notre sœur préférée m'a fait la surprise de débarquer à mon bureau ce matin !

Je lève les yeux au ciel. On n'a qu'une sœur, deviner de qui il s'agit n'est pas trop difficile.

– Tout va bien ? je demande néanmoins.

– Oui, Davidson devenait juste un peu trop calme pour elle… Tu viens manger avec nous, on est devant la galerie ?

– Le temps de mettre une paire de chaussures et je suis votre homme !

Je me prépare rapidement. L'idée de les retrouver me remonte le moral. Lorsque j'arrive en bas, je les trouve en train de patienter, appuyés contre un arbre. Même si ça fait vingt-six ans que je côtoie mon jumeau, cela me fait bizarre de voir mon portrait craché déambuler en costume et dire des trucs totalement improbables.

Quand on était plus jeunes, on a tout fait pour se différencier, on ne supportait pas d'être confondus. Avec les années, je crois qu'on s'est fait une raison, il vaut mieux chérir cette connexion entre nous, et notre ressemblance, plutôt que de lutter contre.

On se serait épuisés pour rien de toute façon, la seule différence notable entre nous est le nez de Derek. Il y a quelques années, il se l'est cassé durant une bagarre dans un bar. Résultat, il est un peu plus large que le mien.

Notre sœur, Jessie, nous ressemble beaucoup, mais en nettement plus jolie. Ses traits sont plus fins, mais elle reste comme nous, brune aux yeux verts, comme nous. Du haut de ses 16 ans, elle brise déjà des cœurs, ce qui ne laisse rien présager de bon pour le futur. On va se faire des cheveux blancs plus vite que prévu, je le sens.

La porte de l'immeuble se referme derrière moi, et je les vois froncer les sourcils quand ils m'aperçoivent. Je me retourne pour regarder si j'ai manqué quelque chose. Ne trouvant rien d'étrange, je les interroge en arrivant près d'eux.

– Quoi ?

– Où est Dawn ? demande Jessie.

– Je ne sais pas. Ça vous pose un problème de manger uniquement avec moi ? je lâche.

Il est hors de question que je voie Dawn maintenant. Elle me tirerait les vers du nez en deux secondes. Ça serait le pire scénario que ça se produise devant Derek et Jessie.

– Houla ! Tu t'es levé du mauvais côté du lit ? répond mon frère. Dois-je te rappeler que vous êtes toujours fourrés ensemble ? On s'attendait à la voir débarquer en même temps que toi, c'est tout.

– Ouais, ben elle n'est pas là, j'élude en me grattant le bras. Bon, où est-ce que vous voulez manger ?

– Je pensais qu'on pouvait attraper des… commence Derek.

– Oh, regardez, Dawn est là ! le coupe Jessie en faisant des grands gestes.

Je ferme les yeux, ma poitrine se contracte de peur.

Merde. Je ne vais pas pouvoir y échapper.

Je me retourne vers la vitrine de la galerie que je connais par cœur. J'accroche son regard ambré dès la première seconde, et ce que j'y lis me blesse profondément. Un tourbillon d'émotions : colère, tristesse, incompréhension, mais la déception arrive en tête de cette misérable liste. *Elle sait.*

– Oh, Garrett, on dirait que t'as merdé. Elle ne t'a pas souvent regardé comme ça, murmure Derek.

– J'ai couché avec Claire, je lui réponds sur le même ton.

Je n'arrive pas à avouer mon erreur autrement. Comme si le dire à haute voix pouvait la rendre encore plus réelle, plus dévastatrice.

Le silence qui accueille ma déclaration me prouve que j'ai vraiment eu la pire des idées en décrochant mon téléphone vendredi soir. Mais je n'ai aucun moyen de revenir en arrière, sinon je le ferais sur-le-champ. Sans hésiter une seule seconde.

– T'es vraiment un connard, Garrett ! Faire un coup pareil à Dawn, t'es bien un mec ! s'énerve Jessie avant de me bousculer pour entrer dans la galerie et de nous planter là, Derek et moi.

Je suis toujours en train d'observer Dawn lorsque ma sœur arrive à sa hauteur. Je remarque seulement à cet instant que Claire est avec elles. J'entends mon frère souffler, puis il passe un bras sur mon épaule et me force à m'éloigner de ce spectacle déchirant.

– Allez, viens, tu vas tout me raconter autour d'une bière… ou deux.

Garrett, vendredi soir

– Allô ? je réponds tout en me rasseyant sur le canapé de Dawn.

– Salut, Garrett, c'est Claire ! Je suis en train de mettre en place ce qu'il faut pour ton exposition de la semaine prochaine. Et je me demandais si tu pouvais passer maintenant. On sera tranquilles, je viens de fermer.

Claire me fait des avances depuis le jour où elle a commencé à travailler pour Dawn. Mais cette dernière a été stricte sur un point : si elle devait former une nouvelle employée pour la gestion de la galerie, je n'avais pas le droit de tenter quoi que ce soit avec elle. Moi ou n'importe quel artiste étant sous contrat avec la galerie, car ça serait bien trop compliqué par la suite. Question de partialité, tout ça tout ça.

Si on prenait en compte mon passif avec Taylor… Je n'avais pas le droit de dire non.

Résultat : cela fait bientôt deux ans que je repousse le plus subtilement possible une femme magnifique. Et ça n'est pas simple, surtout face à autant d'insistance ! Une autre aurait compris le message, mais Claire semble persuadée qu'elle finira par m'avoir.

Ce qui aurait été le cas si Dawn n'était pas sa patronne.

– Ce soir, ce ne sera pas possible, je dois développer des photos pour un client que je vois bientôt, je finis par mentir. Mais je tenterai de passer lundi matin à la première heure. Dawn sera là aussi, elle pourra donner son avis, elle s'y connaît mieux que moi pour cette partie, de toute façon.

– Oh… Très bien, on fait comme ça, alors. À lundi, Garrett.

Malgré la déception que je peux entendre dans sa voix, je raccroche rapidement. Je regarde autour de moi et constate que l'appartement de Dawn est resté allumé. Il y a toujours de la musique venant de sa chambre, comme si elle allait rentrer dans cinq minutes, et non plusieurs heures.

Je lève les yeux au ciel en éteignant les différentes lumières et appareils, puis retourne chez moi.

En refermant la porte de mon appartement, je sens mon estomac se contracter, toute idée de manger envolée. Cette histoire de rendez-vous entre Josh et Dawn me perturbe plus que je veux bien l'avouer.

Je ne le sens pas et je ne serai pas tranquille tant qu'elle ne sera pas rentrée. Je sais qu'elle foncera chez moi pour tout me raconter. Ça sera l'occasion de lui dire ce que j'en pense.

Pour le moment, je n'ai plus envie de rien, mais je m'approche quand même du frigo, sors une bière et allume la télévision pour végéter devant, en attendant que Dawn se pointe.

Les bouteilles vides s'accumulent, preuve que ça doit faire déjà plusieurs heures que je suis allongé sur le canapé. Je fixe mon écran sans réellement m'y intéresser. Je zappe plusieurs fois de films, j'essaie de jouer à un jeu vidéo mais rien n'y fait, l'envie n'y est pas.

Quand je me lève pour attraper une dernière bière, j'ai la tête qui tourne légèrement. Boire autant sans rien avoir dans l'estomac n'est pas un bon plan.

Je regarde l'heure sur mon portable et vois qu'il est une heure du matin. Dawn n'est toujours pas rentrée. L'inquiétude prend le pas sur tout le reste et je m'apprête à l'appeler lorsque trois petits coups retentissent contre ma porte. Ma vision se trouble, mais je me dirige quand même vers l'entrée pour demander à Dawn pourquoi elle frappe chez moi.

J'ai une vanne toute prête sur la langue en ouvrant.

Mais ce n'est pas elle. Je me fige en voyant la grande blonde devant moi.

– Claire ?

– Bonsoir, Garrett, murmure-t-elle de sa voix suave.

– Que… Comment tu es entrée ?

– Je suis passée par la galerie. Tu sais que j'ai un double des clés. Mais je ne suis pas venue pour parler de ça, ou parler tout court, à vrai dire…

Je cligne bêtement des yeux alors qu'elle me repousse pour entrer dans mon appartement et claque la porte derrière elle d'un coup de talon.

– Claire… je tente vainement.

– Non, maintenant tu vas te taire et m'écouter attentivement. Ça fait deux ans que je t'envoie des signaux plus qu'évidents, Garrett, et je commence à perdre patience. Donc je vais aller droit au but : tu me plais vraiment.

Elle ponctue sa phrase en ouvrant son manteau, qui retombe sur ses avant-bras. Elle se dévoile à moi, vêtue d'une robe noire moulante qui ne laisse pas de place à l'imagination. L'espace d'un instant, mon cerveau me torture en créant une image de Dawn dans sa robe noire.

Les émotions qui font rage en moi sont aussi puissantes qu'envahissantes. Tout se mélange dans ma tête, jusqu'à ce que Claire abaisse une bretelle sur son épaule.

– Je te veux, Garrett… Et toi ? Tu peux m'avoir en un claquement de doigts, tu sais. Tu n'as qu'à te servir.

J'hésite, restant à deux mètres d'elle, puis je fonce finalement sur elle et commence à l'embrasser avec avidité, glissant mes doigts dans ses beaux cheveux blonds. Je mets dans ce baiser toute ma frustration de la soirée, mais je savoure la sensation de sa langue contre la mienne.

J'ai besoin de combler ce trou dans ma poitrine, au moins pour une nuit, et Claire est la solution idéale. Je fais tomber complètement son manteau et la fais reculer pour la coucher sur mon canapé. Étendue dans toute sa splendeur, elle semble sortie des pages d'un magazine. Grande, blonde, fine avec quelques légères courbes bien placées.

Je me couche sur elle et l'embrasse dans le cou, ce qui la fait rire.

Bien… Madame est chatouilleuse apparemment…

Une fois que j'ai terminé de raconter ma pathétique histoire, Derek reste silencieux en me jaugeant. À son expression, je peux voir qu'il réfléchit aux termes qu'il va employer, et j'attends la sentence. Car je sais que, tout comme Dawn, il ne me ratera pas sur quelque chose d'aussi grave.

Claire était une limite que j'ai franchie vendredi dernier et presque sans aucune hésitation. Derek est bien trop respectueux des lois pour me donner une tape dans le dos, et me dire : « Bien joué ! » Ce n'est pas pour rien qu'il a fait des études de droit. Lui l'aurait très certainement renvoyée chez elle en lui payant un Uber. Malheureusement pour moi, je ne suis pas mon jumeau et je dois désormais faire face à mes actes.

– Tu sais, en forçant un peu, je pourrais comprendre une partie de l'histoire… Claire est une beauté comme on en voit peu par ici. Le fait qu'elle soit venue chez toi, prête à s'offrir entièrement à toi était une tentation vraiment…

– Irrésistible ? je tente.

– J'allais dire compliquée. Avec un peu de volonté, tu aurais pu dire non, d'autant que tu connaissais la seule et unique règle de Dawn concernant son *employée*, dit-il en accentuant ce dernier mot. Donc, en partant de ce postulat, ce qui a pu se passer dans ton petit crâne pour que tu flanches aussi facilement me dépasse…

– J'avais bu ! je me défends.

– Pas à moi, Garrett… Je t'ai vu ivre et décliner des propositions similaires.

Avoir un jumeau est vraiment merdique, il me perce trop vite à jour !

– Dawn était à un rendez-vous avec un mec vendredi soir, je lui explique en le regardant droit dans les yeux.

Mon frère connaît tout de ma vie, alors je ne m'embête plus à lui cacher les choses. J'ai tenté de lutter pendant des années mais à quoi bon ? Il lui suffit de me sonder dix secondes pour dire si je mens ou si je lui cache un truc.

– Oh, je t'en prie, il y en a eu d'autres, ça ne…

– Pas cette fois, je le coupe. Ce type, *Josh*, il n'est pas comme les autres.

– À ce point ? demande-t-il en fronçant les sourcils.

– Je te jure, Derek, elle s'est transformée depuis qu'elle l'a rencontré, et ça ne fait que quinze jours !

Il doit entendre une intonation particulière dans ma voix ou lire quelque chose sur mon visage, car son expression devient sérieuse, mais il se contente de hocher la tête.

La réprobation est visible au fond de ses iris, pourtant il ne dit rien et attrape sa bière pour boire une gorgée. Je l'imite en espérant trouver un peu de courage dans ma boisson.

– Tu comptes continuer à voir Claire ?

– Ça ne va pas la tête ! Si Dawn ne l'a pas déjà virée, ce qui ne saurait tarder, elle va me détester, elle aussi ! À moins que ma meilleure amie en ait ras le bol et que ça soit moi qu'elle décide de virer…

– Crois-tu un seul instant que Dawn n'ait pas stipulé à Claire la mention dans son contrat de travail ? Que celle-ci n'était pas consciente de ce qu'elle risquait de perdre en venant chez toi ? Et je ne m'abaisserai même pas à répondre à ta dernière phrase…

Je sais que malgré toute sa colère, Dawn ne rompra pas mon contrat, ce qui me fait culpabiliser un peu plus. Je n'étais pas celui qui avait le plus à perdre en franchissant cet interdit.

Pourquoi Claire a-t-elle pris ce risque ?

Pour être franc, je ne me suis jamais réellement posé la question. Mais mon frère a raison, Dawn a obligatoirement mis Claire en garde. Cela signifie qu'elle savait très bien qu'elle pourrait perdre son job. Si c'est le cas, elle mérite un peu plus que le silence radio que je lui impose à elle aussi depuis vendredi soir…

En même temps, où est-ce que tout ça nous mènerait ? Si je continue à la voir, je risque de creuser un fossé de la taille du Texas entre Dawn et moi. Ce qui n'est pas envisageable. Entre Dawn et Claire, mon choix est évident.

Frustré, je passe la main dans mes cheveux. Cela faisait un moment que je ne m'étais pas senti perdu à ce point.

– Il y a peu d'occasions où je te dis que je n'aimerais pas être à ta place… Et si ma mémoire est bonne, à chaque fois c'est parce que tu dois affronter une Dawn en colère, me nargue-t-il.

– La plupart du temps, je n'ai pas peur d'aller au combat, tu sais très bien comment on fonctionne. Plus on se prend le bec, plus ça nous fait rire, au final. Mais là, c'est différent, je *sais* que je l'ai déçue. Je ne suis pas prêt à l'admettre à cent pour cent… Encore moins à lui parler, je ne saurais pas quoi lui dire : « Désolée d'avoir couché avec ton employée ! On se fait une pizza ce soir ? »

– Alors, je te propose de te terrer ici avec moi jusqu'à ce que je doive conduire Jessie à la gare pour qu'elle prenne son train. Les parents ont un savon à lui passer pour être venue jusqu'ici sans les avoir prévenus. Mais il va bien falloir que tu trouves le courage de lui parler, Garrett, elle mérite d'avoir des réponses aux dizaines de questions qu'elle doit se poser en ce moment.

L'heure que je passe à me cacher dans ce bar avec Derek me fait le plus grand bien. Je peux débattre avec lui de la situation Dawn-Claire. Il m'apporte quelques bons arguments, sa fonction d'avocat prenant le dessus.

Lorsque je laisse mon frère repartir, j'y vois déjà un peu plus clair, même si je ne suis pas complètement sûr de tenir à la vie. Parce qu'il est évident que Dawn va me trucider.

Dawn

8. C’est fini entre nous

Je ne sais pas comment c'est possible d'être encore sur mon petit nuage.

Pourtant, depuis vendredi soir, je n'arrive pas à redescendre. Ce rendez-vous avec Josh a été plus marquant que je ne l'avais anticipé. Dès que je pense à lui, des papillons dansent dans mon ventre et un sourire fleurit sur mes lèvres.

La seule ombre au tableau est l'absence de Garrett. Je n'ai pas réussi à le voir du week-end malgré mes SMS ou appels, ce qui est plutôt étrange nous concernant. Mais lorsque je suis passée chez lui à trois reprises, il n'était jamais là. Alors, j'ai arrêté d'essayer.

Peu importe puisqu'il a une exposition qui commence bientôt à la galerie, il va bien devoir montrer le bout de son nez. Au pire, je ferai le pied de grue devant sa porte.

Pour le moment, je dois me concentrer sur mon traumatisme personnel : le lundi matin. Je déteste ce jour depuis que je suis gamine et ça ne s'est pas arrangé avec le temps. Seulement, maintenant, je suis gérante d'un commerce et je ne peux plus prétendre que j'ai mal au ventre et rester sous la couette.

Je sors de mon appartement en emportant un mug de thé fumant, puis descends l'escalier qui mène à la galerie. Être si proche de mon lieu de travail est ce qui sauve ma ponctualité.

Avec mes précédents salariés, ce n'était pas gênant d'arriver un peu plus tard. Mais avec Claire… C'est une autre histoire. Bien que ça fasse deux ans qu'elle a commencé ici, le courant ne passe pas forcément entre nous. Si elle a eu le poste, c'est parce que Spencer, mon précédent assistant, me l'a vivement recommandée. Il faut dire que son CV était parfait.

Le seul problème, c'est le feeling.

Après, comme me le répète assez souvent ma mère, je n'ai pas besoin d'être son amie. Alors je fais avec.

J'ouvre la porte qui donne sur le fond de la galerie et affiche un sourire de circonstance.

On n'ouvre que dans dix minutes, mais Claire est déjà là, tirée à quatre épingles et aussi fraîche que si elle avait dormi trois semaines d'affilée.

Ce qui n'est pas mon cas.

– Bonjour, Claire. Tu as passé un bon week-end, j'espère ?

Elle consulte sa montre avant de me répondre.

– Le week-end était inintéressant, mais j'ai eu un vendredi… délicieux.

Euh… OK.

Préférant ne pas la lancer sur le sujet, je bois une gorgée et contourne le comptoir principal pour allumer mon ordinateur. Je consulte le planning de la semaine et les différents rendez-vous que je dois honorer. L'ordinateur de Claire est un peu plus loin sur ma gauche et tout est déjà prêt de son côté.

Je crois que c'est pour ça qu'elle m'agace autant, elle est toujours meilleure que tout le monde. Et dans « tout le monde » je veux bien entendu dire : moi. Heureusement que je ne m'aventure pas à me comparer à elle trop souvent, parce que ça me mettrait le bourdon. Difficile de concurrencer Miss Perfection.

Tandis que je m'attelle à répondre aux nombreux mails que j'ai reçus, je l'aperçois bouger des tableaux et photos. Elle a en charge la mise en place de l'exposition de Garrett et elle prend ça très, *très*, au sérieux. Peut-être un peu trop, d'ailleurs, mais je donnerai mon aval en fin de matinée quand elle me fera faire la visite. Si quelque chose me paraît bizarre, je n'hésiterai pas à entreprendre les modifications nécessaires.

Elle cherche à mettre Garrett dans son lit et ce n'est un secret pour personne. J'ai pourtant bien précisé la clause dans son contrat dès notre premier entretien. J'ai besoin que l'impartialité soit de mise ici. Je regroupe plusieurs artistes et je ne peux pas me permettre de perdre ces clients.

C'est grâce à eux que la boutique tourne.

Quand enfin je réponds au dernier mail, il est déjà 11 heures passées. C'est aberrant à quel point le temps passe vite lorsqu'on est devant un écran.

J'étire mon dos douloureux avant de partir à la recherche de Claire. Je la repère dans un recoin de l'exposition en train d'observer… un immense autoportrait de mon meilleur ami.

Je lève les yeux au ciel derrière elle et me racle la gorge.

– Prête à me faire la visite ?

– Oui, me répond-elle en faisant demi-tour pour repartir vers la porte d'entrée de la galerie. J'ai vraiment essayé de créer une immersion dans le travail de Gar'.

Je fronce les sourcils.

– De monsieur Allen, tu veux dire ? je la corrige.

Elle ricane.

Bordel, que la semaine commence mal !

– Donc, voici ce que j'ai prévu…

Elle m'explique durant toute la visite pourquoi telle œuvre est ici et ce qu'elle prévoit de dire aux potentiels acheteurs. Son discours est bien rodé, on sent qu'elle a vraiment potassé les fiches qu'a transmises Garrett.

Le clou du spectacle est l'autoportrait en noir et blanc. Il fixe l'appareil en fronçant les sourcils, se donnant un air de grand méchant.

C'est presque attendrissant.

Il sait que je n'aime pas ce cliché de lui, c'est pour ça qu'il l'a sortie en format XXL.

Lorsque nous revenons à notre point de départ, elle ne quitte pas son air rêveur, presque satisfait.

– Tu as fait du bon boulot, Claire. Il y a deux, trois ajustements mineurs, notamment au niveau des tarifs, mais pour le reste tout me semble en ordre. Bravo.

– J'ai eu beaucoup d'inspiration ces derniers temps, ça aide, rétorque-t-elle avec un clin d'œil qui se veut complice.

Elle a envie que je l'interroge davantage, sauf que je préférerais me casser une jambe.

Je jette un regard par la vitrine en espérant presque trouver un nouveau sujet de discussion, mais il n'y a rien.

– Eh bien… J'espère que ta muse peut rester dans le coin, je tente de plaisanter.

– Oh, mais je l'espère bien. Après ce qu'il m'a fait l'autre soir, je ne suis pas près de le lâcher.

Bien, bien, bien. Voilà qu'elle me parle clairement de sexe. Un lundi midi.

– Si cela peut…

– Tu n'as pas la moindre idée d'à quel point il est habile de ses doigts, de ses lèvres ou de… Tu vois ce que je veux dire.

Pourquoi je suis en train d'écouter ça ?

Le malaise m'envahit. On n'a pas ce genre de relation, elle et moi. Qu'est-ce qui lui permet de penser que j'ai envie d'en apprendre autant sur sa vie sexuelle ?

Alors que j'amorce un mouvement pour la laisser en plan, elle lâche un :

– Tiens ! Quand on parle du loup !

Je résiste une microseconde, avant de laisser ma curiosité l'emporter. Après tout, quel mal peut-il y avoir à jeter un coup d'œil à ce demi-dieu, si j'en crois ma salariée ?

En balayant la rue du regard, j'ai la bonne surprise de voir Jessie et Derek. Je m'apprête à les saluer, quand je repère Garrett qui me tourne le dos. Je fronce les sourcils, m'apprêtant à relancer Claire, quand ma bouche s'assèche subitement. Comme si mon corps comprenait avant mon cerveau ce que tout cela signifie.

Non.

Il doit y avoir une autre explication.

Il ne m'aurait pas refait un coup pareil.

Peut-être qu'elle parle de Derek ? Ça serait bizarre, mais largement préférable.

Puis Garrett se tourne lentement vers moi, presque au ralenti et quand nos yeux s'accrochent, mes doutes se confirment. Il suinte la culpabilité.

C'est bien de lui qu'elle parle depuis ce matin.

– N'est-il pas parfait ? souffle Claire au même moment.

Ses allusions, le surnom, tout fait sens de la pire des manières. Le couteau de la trahison s'enfonce douloureusement dans mon dos.

J'aperçois Jessie entrer dans la galerie et me caresser doucement l'épaule, mais je reste dans un état second jusqu'à ce que Derek embarque de force son jumeau. Dès qu'il n'est plus dans mon champ de vision, je reprends vie.

Il a osé me faire ça, après deux ans d'avertissements. *Mais qu'est-ce qui lui est passé par la tête ?*

Ma gorge se serre en même temps que mes poings, et une furieuse envie de le massacrer me fait trembler de la tête aux pieds.

La petite main de Jessie attrape la mienne pour me ramener au moment présent. Je me raccroche à elle, sa présence m'apaise légèrement, car la rage manque de me faire défaillir. D'autant plus lorsque je remarque qu'un petit sourire est greffé sur le visage de Claire.

Est-ce qu'elle ne voit pas la merde dans laquelle on est tous à cause de leur petite coucherie ?

Respire, Dawn, tu vas gérer ça de manière totalement professionnelle, et tout ira bien.

Je me répète cette phrase comme un mantra en espérant résister à l'envie de la traîner hors de ma galerie par ses cheveux blonds si parfaits.

Je prends trois grandes inspirations avant de déclarer d'une voix relativement calme :

– Claire, je vais te demander de vider ton bureau durant ta pause déjeuner. Tu recevras dans les prochains jours un courrier signifiant ta fin de contrat.

Mon employée me dévisage sans s'émouvoir puis croise les bras sur sa poitrine.

– Je m'attendais à une réaction de ce genre, mais je tiens à souligner que mon travail ici est *irréprochable*, tu viens même de le souligner ! Un licenciement serait abusif. Qui je fréquente ou non dans ma vie personnelle ne doit pas entrer en ligne de compte, rétorque-t-elle.

– Pas si tu *couches* avec un des artistes exposés ici. Dans ce cas, ça me concerne ! Il y a conflit d'intérêts avec les autres exposants. À moins que tu prévoies de coucher avec tous les autres, Claire ? Monsieur Oswald en serait ravi, je siffle, perfide.

J'entends Jessie pouffer, car nous savons toutes les deux que monsieur Oswald, du haut de ses quatre-vingt-deux printemps, ferait une crise cardiaque devant une telle proposition.

Voyant Claire rougir et ouvrir la bouche pour riposter, je l'interromps.

– Ne perds pas ton temps ou le mien en tentant d'argumenter, c'est écrit noir sur blanc dans l'une des clauses de ton contrat. Donc, je te le redemande poliment une dernière fois : remballe tes affaires et *dégage* de ma galerie !

Elle semble confuse. Croyait-elle que je bluffais lors de son entretien quand j'ai mentionné ce détail ? Je note mentalement de ne plus demander à Garrett d'être présent lors des recrutements, apparemment il capte plus l'attention que moi.

Le choc paraît s'abattre sur elle, mais elle reprend vite son attitude hautaine. Je la regarde mettre dans un sac le peu d'effets personnels qu'elle a ici.

Lorsqu'elle passe devant moi pour sortir, elle s'arrête pour me toiser.

– Ce que je retiens surtout de cette histoire, c'est que tout tourne autour de la jalousie. J'ai eu ce que tu n'as jamais réussi à avoir. Inutile de se demander pourquoi, finit-elle en me regardant de haut en bas.

Connasse.

Malgré moi, mes joues s'empourprent, mais heureusement elle continue son chemin. Si elle pense m'atteindre en parlant de Garrett, elle se trompe, je suis habituée à voir défiler les filles chez lui. Par contre, s'attaquer à mon physique pour me blesser est une tactique qui marche. Même si je suis à l'aise avec mon corps, je sais qu'il est loin d'être parfait, surtout à côté de celui d'une femme comme elle.

C'est un coup bas, qui fonctionne parfaitement.

Comment est-ce que j'ai pu la laisser gagner ? C'est elle qui m'a prise en traître. J'ai joué cartes sur table dès le premier jour dans toute cette histoire… Je me repasse en boucle toutes les fois où Garrett et moi avons ri des tentatives de Claire. Je pensais sincèrement qu'il avait retenu la leçon après Taylor…

J'ai été naïve.

Le découragement m'envahit, jusqu'à ce que je sente des bras fins m'entourer. Je rends automatiquement son étreinte à Jessie, mais je peine à retenir un soupir plus gros que moi.

Comment est-ce que je vais pouvoir gérer l'exposition en plus de tout mon travail et des commandes en cours ? Sans parler d'un potentiel recrutement… Je suis déjà débordée en temps normal sans être quotidiennement présente ici.

Jessie met fin à notre étreinte et me ramène une fois de plus à la réalité.

– Si tu veux mon avis, bon débarras ! Cette fille, c'est une garce ! Je n'ai jamais pu la sentir, elle est tellement froide, brrrr.

– Tu sais que j'ai de la chance de t'avoir avec moi. Viens me refaire un câlin, Jessie, j'en ai bien besoin.

Je m'amuse à la serrer contre moi comme une maman ourse, ce qui nous fait rire toutes les deux et me permet aussi de faire retomber un peu la pression.

– Tu sais que j'adore ton frère, mais je le jetterais bien sous un bus ! Je n'ai pas la moindre idée de ce que Claire a fait ou non la semaine dernière. J'ai deux expos à venir, je vais devoir annuler tout ce que j'avais prévu pour pouvoir être dans les temps ! Rectification, je hais ton frère qui n'a pas su garder sa braguette fermée ! je fulmine.

– Si ça peut te rassurer, je l'ai déjà traité de connard.

En lui souriant, je lui propose qu'on aille manger un bout chez Joey, ce qu'elle accepte avec grand plaisir.

Passer du temps avec Jessie est agréable, elle a le don de me faire oublier ma mauvaise humeur. Cette gamine est géniale, même si je la sermonne un peu d'être venue à Wilmington sans permission.

Lorsqu'en début d'après-midi, je regagne la galerie après avoir laissé Jessie avec Derek, je sais déjà que le reste de ma semaine va être beaucoup trop intense pour mon niveau d'énergie. J'ai tellement de tâches à mener à bien alors que je suis seule…

Cela n'est ni la première ni, malheureusement, la dernière fois, mais j'en veux vraiment à Garrett. J'en ai ma claque, d'encore réparer les pots cassés !

Je tourne la pancarte de la porte d'entrée sur « Fermé » et me mets au travail.

Comme prévu, cette semaine a été un enfer en tout point. D'abord je me suis rendu compte que Traîtresse n° 1 avait changé le système de classement sans m'en parler. J'ai donc dû tout reprendre afin de pouvoir travailler correctement. Ensuite, Garrett a tenté de m'appeler un bon millier de fois, il a même essayé de venir chez moi, mais j'ai déclaré la Guerre Froide.

Je n'arrive pas à lui pardonner, alors j'ai pris l'habitude de fermer à clé mon appartement ainsi que la galerie, que je n'ai pas pu ouvrir de la semaine.

Les achats spontanés sont plutôt rares, mais on a souvent des demandes de visites privées. J'ai dû en décaler deux et ce n'est jamais bon pour le business.

Dans l'enchaînement des mauvaises nouvelles, j'ai également dû annuler mon rendez-vous avec Josh. Il est depuis reparti à Chicago pour des réunions importantes avec son père, pour je ne sais combien de jours.

Pour finir ce bilan désastreux, nous sommes samedi soir, et cela fait déjà une heure que l'exposition a commencé. Mes talons aiguilles, comme toujours, me font souffrir le martyre. Je dois malgré tout garder le sourire, même si expliquer la vision de Garrett au sujet de son travail ne m'enchante pas du tout. Ce qui se ressent sur les ventes.

C'est mesquin de ma part, mais je me contente de petites victoires.

La contrepartie de tout ce travail supplémentaire, c'est que je suis exténuée. D'habitude, nous sommes trois pour ces grosses expositions. Quand l'autre soir, j'ai trouvé collé sur ma porte un mot de Garrett me demandant s'il devait venir m'aider samedi soir, je n'ai pas pu résister.

J'ai frappé chez lui, et lorsqu'il m'a ouvert avec son sourire en coin, je lui ai jeté son papier à la figure. Il n'a pas vraiment semblé surpris, mais lorsque je lui ai dit d'aller se faire voir et de rester loin de la galerie samedi, il a perdu son rictus.

Malgré leur absence de ce soir, Garrett et Claire arrivent à me porter préjudice, pourtant je maintiens une façade professionnelle devant mes clients.

Je déambule parmi les invités, répondant aux questions, puis lorsqu'un client retourne à la contemplation des œuvres, je le vois. Dans son costume noir, il est parfait. Je n'en reviens pas de le trouver là.

Il s'approche de moi, alors que je reste bêtement à le dévisager sans savoir quoi dire ou quoi faire.

– Bonsoir, Dawn.

– Josh… Mais que fais-tu là ? Je te croyais en déplacement à Chicago jusqu'à lundi !

– Tu me manquais.

– Au point de ne pas pouvoir attendre deux jours ? je tente de rigoler pour cacher mon émotion.

– Pour être tout à fait honnête, hier soir au téléphone, tu m'as semblé tellement triste… Du coup, je me suis débrouillé pour déléguer une partie de mon travail. J'ai sauté dans un avion cet après-midi, et me voilà.

Des larmes envahissent mes yeux sans que je puisse les en empêcher. Alors je me love contre lui et il m'entoure de ses bras. Je sens la tension dans mon dos s'alléger, mais elle ne disparaît pas complètement.

J'ai eu une semaine de merde, je pense qu'il n'y a pas d'autres mots. Cette Guerre Froide que j'ai instaurée me pèse déjà beaucoup, et maintenant que Josh est là, je me rends compte combien lui aussi m'a manqué.

Je m'étais simplement mise en pilote automatique, afin de pouvoir tenir bon jusqu'à ce soir.

– Merci d'être là, tu ne peux pas savoir à quel point j'en avais besoin, et ce que ça signifie pour moi.

– Je suis heureux d'être là et d'avoir une chance de te voir évoluer dans ton environnement. Tu vas pouvoir parfaire ma culture, ça devrait être intéressant, ajoute-t-il d'un air enchanté.

– Excusez-moi, Dawn, mais j'aurais des questions concernant une photographie autoportrait en noir et blanc, nous interrompt madame Ginger, une de mes meilleures clientes.

Je m'éloigne à contrecœur de Josh tout en lui souriant et revêts mon costume de directrice de galerie.

Le reste de la soirée se déroule sans accroc et Josh est adorable. Il m'apporte des rafraîchissements sans que j'aie besoin de le demander, reste à mes côtés, une main rassurante au creux de mes reins. Je l'entends même faire rire les personnes présentes lorsque je suis trop occupée ailleurs. Sans lui, je ne suis pas sûre que j'aurais réussi à créer une aussi bonne ambiance, et donc faire un tel chiffre d'affaires.

Parce que oui, malgré ma mauvaise volonté, presque tous les œuvres de Garrett se sont vendues. Même son faux autoportrait…

Lorsque je referme derrière le dernier client, je suis exténuée, mais ravie. Cela a été un excellent vernissage et surtout, je l'ai passé en merveilleuse compagnie.

Je me retourne vers Josh, il est accoudé au comptoir d'accueil, et je ne peux m'empêcher de le dévorer des yeux.

Je suis tellement chanceuse !

– Tu m'as été d'une grande aide ce soir. Sans toi, je n'aurais pas réussi. Merci, monsieur Wayne, dis-je tout en m'approchant de lui.

Il me sourit.

– Je n'ai pas fait grand-chose, mais si cela t'a permis de te sentir mieux, alors j'en suis heureux.

– Disons que la semaine a été difficile, et que je me demandais comment tenir encore une soirée. Puis je t'ai vu, et j'ai eu l'impression que tous mes problèmes s'envolaient. Tu aurais dû me prévenir lors de notre premier rendez-vous que tu avais des pouvoirs magiques !

Je suis désormais devant lui, et nous nous regardons en silence. Après l'agitation de la soirée que nous venons de passer, cela me fait le plus grand bien. Je n'ai qu'une envie, monter prendre une douche bien chaude et me coucher. Mais j'aimerais bien ne pas monter seule…

– Que dirais-tu de venir prendre un verre à la maison ? Je n'ai pas d'alcool, mais je peux te proposer… Eh bien, une tisane.

Il rit avant de prendre mon visage en coupe.

– J'adorerais. Mais d'abord, tu vas fermer cette délicieuse bouche et m'embrasser. J'en ai eu envie toute la soirée, me confie-t-il avant de capturer mes lèvres.

Je suis transportée par son baiser. Cette fois-ci, je m'y abandonne complètement, et très rapidement une merveilleuse excitation se niche dans mon bas-ventre.

Lorsque nous nous séparons, je prends sa main et le guide vers mon appartement, pleine d'espoir et de rêves.

Garrett

9. Panique

Une journée de plus au purgatoire.

Cela fait précisément dix-huit jours que je n'ai pas parlé à Dawn. J'ai tenté plusieurs fois de la voir pour m'expliquer, mais je me suis heurté à un silence qu'elle m'a très rarement infligé. Alors j'ai tenté de l'appeler, de lui envoyer des SMS ou des vocaux. Rien n'y fait, elle n'ouvre plus notre fil de discussion.

Le seul vrai contact que nous avons eu est lorsqu'elle m'a jeté mon mot au visage. Depuis, elle est même allée jusqu'à installer un tableau en liège sur le palier de nos appartements pour y épingler les informations importantes. Mes recettes de l'exposition ou ma part d'électricité à payer… On en est rendus là.

C'est pour dire à quel point elle m'en veut encore après ce qu'il s'est passé avec Claire. Je sais que j'ai merdé et que je suis « coupable », mais en temps normal elle m'aurait laissé une chance de lui raconter ma version des faits. Sauf que maintenant, elle est tout le temps avec son précieux Josh.

Il semblerait donc qu'elle peut facilement me rayer de sa vie.

Cela fait quelques jours qu'il est toujours fourré chez elle, je les entends rire depuis chez moi par moments. Ce genre de choses me rappelle un peu plus pourquoi je n'aime pas ce mec. Il est trop intrusif.

Je les ai croisés ensemble l'autre soir, alors que je sortais de mon appartement. Elle était en train de glousser pendant qu'il lui chuchotait quelque chose à l'oreille. Puis elle m'a vu, et son rire s'est subitement interrompu, remplacé par un silence froid et désagréable.

Ils sont donc passés devant moi, sans un mot, pour entrer chez elle. Au moment de fermer la porte, elle m'a regardé et a semblé sur le point de me dire quelque chose. J'ai fait un pas vers elle, mais elle a secoué la tête et verrouillé derrière elle, m'excluant une fois de plus de son univers.

Voilà une nouveauté que je déteste, nous avons toujours pu aller et venir l'un chez l'autre, dans la vie de l'autre. La voir me rejeter physiquement, qui plus est pour un autre homme, m'a donné l'excuse que j'attendais pour rappeler Claire.

Je sais que c'est mesquin, mais je ne vois pas ce que je gagnerais à la repousser, elle aussi. Dawn semble avoir déjà fait son choix me concernant, et au pire, il n'y a plus de souci avec un quelconque contrat de travail.

Une part de moi a besoin d'avancer comme ma meilleure amie, et surtout d'arrêter de me morfondre. Raison pour laquelle je regarde ce matin, le soleil jouer dans les cheveux de Claire, encore endormie à côté de moi.

Elle est vraiment magnifique et je suis un sacré petit chanceux de partager le même lit qu'elle. Depuis plusieurs jours, nous avons beaucoup parlé, appris à nous connaître un peu mieux et je me suis rendu compte que nous avions beaucoup en commun en fin de compte.

Je me sens bien en sa compagnie, elle m'a permis de sortir la tête de l'eau, et de retrouver un peu de calme. Ça aussi c'est une nouveauté pour moi, je pensais que je culpabiliserais vis-à-vis de Dawn, mais plus les jours passent et plus je me trouve des excuses solides.

C'est elle qui me repousse. Claire a été licenciée. Dawn file le parfait amour de son côté, pourquoi pas moi ?

Voilà avec quoi j'essaie de me persuader que je ne suis pas un enfoiré de première.

Ça ne fonctionne pas super bien, parce que je sais le rôle que je joue dans cette histoire. Mais surtout parce que je dois parler avec ma meilleure amie, tout mettre à plat et faire amende honorable. Je mentirais en disant que je n'ai pas vu ses cernes depuis qu'elle gère la galerie en plus de tout le reste.

– Arrête de me regarder dormir, je dois avoir une mine horrible, proteste Claire en papillonnant des cils.

– Ne dis pas de bêtises, tu es sublime, je lui réponds en déposant plusieurs baisers humides sur son épaule.

– Hum… Voilà un réveil auquel je pourrais très facilement m'habituer, Garrett. Qu'est-ce que tu as prévu aujourd'hui ?

Je la retourne sur le dos et l'admire.

Je craque un peu plus pour elle lorsque je vois ses yeux encore ensommeillés. Je me positionne entre ses jambes avant de m'étendre sur elle et de lui sourire.

– Je me disais qu'on pouvait passer la matinée au lit et, pourquoi pas, aller se promener après…

– Voilà un programme… alléchant, susurre-t-elle.

J'incline un peu la tête pour l'embrasser alors qu'elle crochète ses jambes autour de mes hanches. Je joue avec ses délicieuses lèvres avant de plonger ma langue dans sa bouche.

Au premier contact, je ne peux retenir un grognement qui semble la faire trembler entièrement. Nos bassins dansent ensemble, créant une friction presque douloureuse.

Alors que nous sommes sur le point de passer à la vitesse supérieure, j'entends mon portable vibrer. Je m'arrête et regarde l'heure sur le réveil de Claire.

Qui peut bien m'appeler si tôt ?

– Va répondre, finit-elle par dire, sinon tu ne seras plus concentré et je te veux très concentré pour ce qui va suivre…

Je rigole, lui vole un dernier baiser, puis me lève pour récupérer mon pantalon au pied du lit, avant de sortir de la chambre pour répondre.

Le temps que je m'isole, mon téléphone cesse de vibrer. En voyant l'identité du trouble-fête, je fronce les sourcils et le rappelle aussitôt. Lorsqu'il décroche à la première sonnerie, je ne lui laisse pas l'occasion de dire un seul mot.

– Derek, il est à peine 7 h 30, j'espère que tu as une bonne excuse, je le menace.

– Le monde appartient à ceux qui se lèvent tôt, mon cher frère. J'ai besoin de vérifier qu'on n'a pas pensé à la même chose pour le cadeau de Dawn. Deux ans de suite, c'est mignon, trois, ça serait lourd…

Je l'entends continuer à parler, mais je ne l'écoute plus.

L'anniversaire de Dawn.

Ces mots tournent en boucle dans mon esprit comme s'ils n'avaient aucun sens. Et pourtant…

Avec tout ce qui nous arrive, je l'aurais oublié si mon frère ne m'avait pas appelé.

Mon cœur s'emballe, je n'ai *jamais* oublié, en vingt-trois ans d'amitié. Il faut croire que mon cerveau est encore plus doué que moi pour faire l'autruche…

– Garrett ? T'es là, mec ?

– Oui, oui, pardon, je suis là. C'est juste que je n'ai rien prévu cette année, j'ai été plutôt occupé ces derniers jours…

Je tente maladroitement de me justifier, mais il n'y a rien à dire. Je me sens minable, et le silence de mon frère vaut tous les discours du monde.

– Je vais raccrocher, Garrett, et tu vas te bouger le cul pour organiser une belle soirée d'anniversaire à Dawn. Je me fous de savoir si elle t'a pardonné ou non. On parle de Dawn, pas d'une meuf que tu côtoies depuis quinze jours.

Le ton de mon frère est froid car il utilise sa voix d'avocat. Je le sais parce qu'il me présente souvent ses plaidoiries avant le grand jour. Et sa pique envers Claire n'est pas des plus subtiles.

Pour autant, je ne le corrige pas, il a raison.

– Pour information, je lui ai pris une tablette graphique.

Alors que je pense qu'il a raccroché, il ajoute :

– Tu as intérêt à assurer, frangin, car j'ai beau vouloir te soutenir… là, tu crains.

Sans plus de cérémonie, il coupe la communication.

Je m'assieds sur le canapé, encore sous le choc. Tout se bouscule dans ma tête, mais je parviens à dresser la liste de ce qu'il me faut mettre en place pour le 28 avril. Soit quatre petits jours.

Ma *to-do list* me paraît très longue, mais ce n'est pas impossible, j'ai déjà fait plus avec moins de temps.

On est vendredi, je dois encore pouvoir appeler nos proches qui peuvent se déplacer dans un délai aussi court et organiser une super soirée pour les 26 ans de Dawn. Parce que je sais que c'est ce qui comptera le plus pour elle : les personnes présentes. Rien ne fait le poids face aux gens qu'elle aime, pas même le plus beau des cadeaux.

La culpabilité qui me laissait tranquille ces derniers jours revient en force.

Comment est-ce que j'ai pu oublier une date aussi importante ? D'autant que Dawn a toujours été géniale pour mes anniversaires.

Le truc qui craint le plus quand on a un jumeau, c'est qu'on partage absolument tout. Même le jour qui est supposé être juste le nôtre. Dawn avait trouvé une solution pour mes 9 ans, une attention toute bête, mais qui perdure depuis…

Garrett & Dawn - 9 & 8 ans

Ça y est, j'ai enfin 9 ans. On fête ça avec nos amis. Dawn est là, Derek aussi. Ce qui n'était pas gagné, il a toujours du mal à voir autant de gens d'un coup. Il aurait sans doute préféré retourner devant son ordinateur, ou lire un livre, mais maman a beaucoup insisté pour qu'il profite de « notre grand jour ».

Et c'est ce qu'on fait, depuis le début de l'après-midi, on mange du sucre, on rigole, on joue… Une journée parfaite ! Ce qui est bizarre, c'est que j'ai besoin de faire une pause et de m'isoler de tout ça.

Papa et maman ont installé un château gonflable dans le jardin pour l'occasion, et tout le monde saute dedans ! Il y a encore quelques minutes, je m'amusais avec eux, mais je ne sais pas pourquoi, je me sens soudain triste. Après tout, c'est une super journée, mais il me manque quelque chose et je n'arrive pas à mettre le doigt dessus.

Une personne s'assied à côté de moi, ce qui me fait sursauter tant je suis perdu dans mes pensées.

C'est Dawn, elle a un sourire jusqu'aux oreilles et les joues rougies par l'excitation. Des mèches s'échappent de sa longue tresse. Je remarque finalement qu'elle me tend un cadeau.

– C'est quoi ça ? Tu m'as déjà offert une super BD aujourd'hui, je te rappelle, je dis tout en attrapant le paquet.

– Ça, c'était le cadeau devant les autres, tu es spécial dans mon cœur, Garrett Jamie Allen. Alors ce petit quelque chose est *juste* pour toi.

Sur ce, elle me fait une bise sur la joue et repart en courant vers le château gonflable, où je la vois sauter sur mon frère qui explose de rire.

De mon côté, je fixe mon attention sur l'objet dans mes mains. Je prends un temps fou pour défaire précautionneusement le nœud, puis le papier cadeau. Lorsque j'ouvre enfin la boîte et en sors ce qu'elle contient, un hoquet de surprise m'échappe.

Un lance-pierre, elle m'a offert un lance-pierre !

J'ai la meilleure amie du monde entier !

Je me lève d'un bond, plus du tout triste, et les vois. Mon jumeau et Dawn, en train de rire par terre. Je repose le cadeau dans sa boîte et cours les rejoindre pour profiter moi aussi de notre anniversaire.

Une fois de plus, Dawn a su lire en moi avant même que je sache ce dont j'avais besoin.

Je suis trop chanceux de l'avoir pour meilleure amie !

Depuis, tous les ans, je reçois un cadeau supplémentaire de la part de Dawn. Pour que je me sente un peu spécial lors de mon anniversaire. À chaque fois, il s'agit d'un petit quelque chose. Cette année, par exemple, j'ai eu droit à paquet de chewing-gums, mais j'étais aussi heureux que lors de mes 9 ans.

Prendre conscience de cela me procure l'électrochoc qu'il me manquait, je bondis et file récupérer mes affaires dans la chambre de Claire.

– Je suis désolé, il y a un changement de plan, je l'informe en sautant dans mon jean.

– Plus important que ce qu'on avait prévu de faire ? dit-elle en arquant un sourcil.

Je ne prends même pas le temps de réfléchir à ma réponse.

– Oui.

Je finis de m'habiller, dépose un rapide baiser sur ses lèvres. Je remarque son expression, mais elle ne cherche pas à m'arrêter lorsque je rentre chez moi.

Je passe la matinée à appeler tous nos amis en commun et nos familles. J'ai eu le temps de préparer également une liste de cadeaux potentiels et j'ai privatisé l'endroit pour l'occasion.

Je sais que cette année, particulièrement, je n'ai pas le droit à l'erreur. Il y a beaucoup trop en jeu. Même si, telle que je la connais, elle pourrait très bien faire demi-tour si elle apprend que je suis l'organisateur de la soirée. Je dois quand même donner mon maximum.

Soudain un SMS me coupe dans mon élan.

V. Junior

Salut, mec ! Est-ce que tu as les photos de mon enterrement de vie de jeune garçon ? J'aimerais bien pouvoir les montrer à mes potes !

Je grimace.

J'ai détesté faire ce job, mais entre deux expositions il m'arrive d'être un peu en galère et de devoir prendre des extras. Tout ce qui touche de près ou de loin au mariage rémunère plutôt bien, alors je mise toujours dessus. Cette soirée-là, pour Victor Junior, ça a été un enchaînement de clichés, des tenues aux discours…

Soudain, tout s'aligne dans mon esprit, telle une illumination. Je sais que je tiens mon cadeau idéal pour Dawn. Normalement, elle ne pourra pas partir avant la fin !

Garrett

Oui, les photos sont prêtes, je te les envoie dans la journée par mail !

Je repose mon téléphone et liste ce qu'il me manque pour que mon plan fonctionne. C'est relativement simple, mais même si ça me coûte, je vais avoir besoin de l'aide d'une dernière personne. Grâce à Internet, je trouve enfin le numéro de téléphone qu'il me faut.

– Construction Wayne, bonjour, veuillez patienter s'il vous plaît, me répond une voix féminine

Alors qu'une musique désagréable me transperce l'oreille, je continue mes investigations. Je trouve pas mal de choses, certaines me font revoir mon jugement peut-être un peu trop hâtif.

Comme quoi, les premières impressions ne sont pas toujours les bonnes et un certain radar devrait passer une petite révision…

– Merci d'avoir patienté, que puis-je pour vous ? reprend la secrétaire.

– Oui, bonjour, j'aimerais parler à Josh… hum… Josh Wayne, s'il vous plaît, je déclare en relisant le nom sur le site internet.

Forcément, il devait avoir le nom de famille d'un superhéros…

– Monsieur Wayne n'est pas disponible aujourd'hui, puis-je lui laisser un message ?

– S'il vous plaît, c'est important, pouvez-vous lui dire que c'est au sujet de Dawn ?

– Veuillez patienter.

Sans Josh, mon plan a peu de chances de fonctionner, il faudrait que je kidnappe Dawn autrement. Ce qui, avec l'aide de Derek, est envisageable…

Cette idée plutôt douteuse est en train de se former dans mon esprit quand enfin une voix d'homme me répond.

– Josh Wayne à l'appareil.

– Euh, salut, c'est Garrett Allen… l'ami de Dawn, je rajoute en grimaçant.

Je me maudis intérieurement de préciser des détails pareils, mais comme je ne l'ai croisé que deux ou trois fois, tout au plus, ça me semble pertinent.

– Bonjour, Garrett, l'ami de Dawn. Que puis-je faire pour toi ? me raille-t-il gentiment.

Après avoir pris une grande inspiration, je lui explique mon plan pour l'anniversaire de Dawn. S'il paraît réticent de prime abord, car il avait prévu quelque chose de son côté, il se prend rapidement au jeu. Il me fait même quelques bonnes suggestions auxquelles je n'aurais pas pensé.

Quand je raccroche, je sais que tout va fonctionner et qu'elle passera une soirée entourée des gens qu'elle aime. Et c'est ce qui compte.

Je fais un point sur ma liste et raye en rigolant : « Kidnapper Dawn. » Cela ne sera pas nécessaire en fin de compte même si, je l'avoue, cela aurait pu être drôle.

Avant de continuer à passer quelques appels, je me décide à envoyer un SMS à Derek :

Garrett

Merci. Sans toi, je pense que j'aurais oublié, et elle m'aurait atomisé !

Sa réponse me parvient presque aussitôt.

Derek

Peut-être aurais-je dû te laisser oublier en fin de compte… ;)

Ah, le soutien inconditionnel entre jumeaux, un vrai régal !

Dawn

10. Le grand jour

26 ans

Je suis Wonder Woman !

C'est du moins l'impression que j'ai, car ce début de semaine a été intense, mais j'ai réussi à tout gérer comme une pro. Par moments, j'ai même trouvé ça hyper-enrichissant.

Quand j'ai ouvert la galerie, je me suis très vite entourée d'un assistant pour pouvoir gérer le quotidien et me concentrer sur la peinture. Alors, c'est une vraie surprise pour moi d'aimer occuper ce poste.

J'aime peindre, c'est une partie importante de moi, mais conseiller les clients, recevoir des nouveaux talents, réfléchir à la mise en place des photos ou œuvres d'art... Je n'imaginais pas que c'était ma tasse de thé, jusqu'à récemment !

Ça m'a fait le plus grand bien de tenir ce nouveau rôle, et ça m'a permis de faire baisser la pression que j'avais sur les épaules avec toutes mes commandes. Tous mes clients ont été très compréhensifs et certains ont même approuvé le licenciement de Claire... Je ne m'étais pas rendu compte qu'elle pouvait avoir un comportement hautain.

C'est une erreur que je ne reproduirai plus. Je vais m'en tenir à mon ressenti avec la personne, ça sera aussi, voire plus important que le CV.

Ma mère m'a proposé de venir m'aider le temps que je trouve quelqu'un, mais je préfère continuer seule encore un moment. Toutefois, ça reste rassurant de savoir que je peux compter sur elle. Je fourmille d'idées pour développer mon affaire et je sais qu'elle pourrait me refréner... Pour elle, la peinture passe avant le reste.

Aujourd'hui, on est mardi, jour de mon anniversaire. Ce soir, je fête mes 26 ans, seule, chez moi, en compagnie d'un bon livre.

Pour certains, ça pourrait être horrible, mais c'est ce dont j'avais envie.

Il n'empêche que l'absence de Garrett me pèse beaucoup en ce jour particulier. Car d'aussi loin que je me souvienne, tous mes anniversaires ont eu un point commun : mon meilleur ami. Ça fait une vingtaine de jours que je m'efforce de rester loin de lui, mais c'est de plus en plus dur.

Il me manque, tout simplement.

Ce qui m'empêche de franchir ce foutu palier, c'est que je ne suis pas sûre de pouvoir passer au-dessus de la rancœur que j'éprouve à propos de sa trahison.

Il m'avait fait la promesse que ça ne se reproduirait pas. Le peu de fois où je le croise, je suis incapable de lui parler. Un nœud enserre ma gorge. Je ne sais pas si c'est de tristesse ou de colère. Mais ce qui est sûr, c'est que j'ai peur que mes mots dépassent ma pensée. S'il ose prendre ça à la légère, je me connais, ce sera l'explosion garantie.

Une part de moi craint que si on en arrive là, ça soit un point de non-retour entre nous.

En revanche, une note beaucoup plus positive, Josh est hyper-présent et il fait tout ce qu'il peut pour m'aider. Cette relation encore récente m'émerveille un peu plus chaque jour, même si une frustration grandissante gâche mon plaisir.

Dès qu'il est là, je suis automatiquement attirée par lui, et je sais que c'est réciproque, car il est tout le temps en train de me toucher, de m'embrasser.

Mais il ne tente rien de plus.

Quelques gestes doux et terriblement excitants, mais ça s'arrête là. Il a pourtant dormi plusieurs fois à l'appartement, mais cela a toujours été en tout bien tout honneur. Et maintenant, je me languis.

J'ai envie de plus, mais il ne semble pas en avoir besoin de son côté. Je lui ai demandé une fois s'il y avait un problème et il m'a répondu qu'il veut y aller doucement, qu'il n'y a aucune raison de précipiter les choses.

Si je l'admire pour avoir ce genre de retenue de nos jours, une part de moi meurt d'envie de lui enlever ses vêtements. Mais je respecte son besoin de temps et j'essaie de ronger mon frein le plus silencieusement possible.

Deux coups à ma porte me tirent de mes pensées, je pousse un soupir en me levant du canapé. Je traîne presque des pieds en me dirigeant vers l'entrée pour ouvrir.

Je cligne bêtement des yeux, n'en revenant pas de trouver Josh, avec un énorme bouquet de roses rouges.

– Bonsoir, lance-t-il en m'embrassant. Avant que tu dises quoi que ce soit, j'aimerais que tu ailles te doucher et enfiler une tenue qui te fera plaisir. Je t'emmène fêter ton anniversaire.

– Mais on s'était mis d'accord pour ne rien faire ou j'ai rêvé cette discussion ? je réponds, perdue.

– Un petit oiseau est venu me souffler une merveilleuse idée et je n'ai pas pu résister ! Je te promets que tu vas adorer. Donc, file te doucher, c'est un ordre, mademoiselle Warren.

Pour adoucir sa dernière phrase il m'offre ce demi-sourire qui fait accélérer mon cœur. Josh n'a rien d'autoritaire, et je trouve ça mignon qu'il essaie.

Je me douche en quatrième vitesse. J'écoute ses conseils, je m'habille comme j'en ai envie. J'opte pour un legging noir avec un grand pull blanc qui m'arrive mi-cuisses. Je me maquille très légèrement, avec juste une touche de mascara. Puis j'attrape un pinceau pour faire tenir mes cheveux en une sorte de chignon lâche.

Voilà, *ça*, c'est moi.

Je souris à mon reflet, et retourne auprès de mon invité surprise. Je le trouve dans la cuisine en train d'arranger le bouquet qu'il m'a offert dans un vase. Cet homme est vraiment parfait…

Il se tourne vers moi et observe ma tenue.

– Tu es ravissante.

– Ne te moque pas, je lui lance en me glissant dans ses bras.

– Ce n'est pas ce que je fais, j'aime la simplicité et je trouve que ça te va bien.

Ses mots me touchent sans que je comprenne pourquoi et je l'embrasse. Ses lèvres sont chaudes contre les miennes.

– Aussi délicieux que ce soit, on va finir par être en retard… Tu es prête ?

– Oui, j'attrape une écharpe et c'est bon.

Il saisit l'étoffe, l'enroule autour de mon cou et nous entraîne rapidement hors de mon appartement. Au moment où nous passons devant celui de Garrett, mon cœur se serre rapidement, mais j'essaie d'en faire abstraction.

Une fois dans le froid de ce début de soirée, Josh noue nos doigts ensemble et me fait traverser la Faucheuse. Nous n'allons pas loin, puisqu'il s'arrête devant chez Joey.

– On va manger une pizza ? je lui demande, surprise.

Ce n'est pas ce que j'appelle une « merveilleuse idée », mais je ne dis jamais non à de la bonne nourriture.

– Ouvre cette porte et tu verras.

– OK, Monsieur Mystère, je pouffe en actionnant la poignée.

On entre en même temps, et dès que la porte se referme, nous nous retrouvons dans le noir complet.

– C'est quoi ce bord…

Je n'ai pas le temps de finir ma phrase que les lumières se rallument d'un coup, et qu'un groupe de personnes se met à hurler :

– SURPRISE !

Ma bouche s'ouvre sous le choc tandis que mes amis viennent me prendre dans leurs bras en me souhaitant des « joyeux anniversaires » à tout-va.

C'est tellement inattendu de retrouver mes proches rassemblés au même endroit. Il semblerait que même ma mère ait fait le déplacement ! Du coin de l'œil, j'aperçois Derek, un immense sourire au visage. Automatiquement, je me mets à chercher Garrett des yeux, mais je ne le trouve nulle part. Une petite pointe de déception me transperce.

Cela sera mon premier anniversaire sans lui. Je suppose qu'il faut une première fois à tout…

Je refoule les larmes qui tentent de se frayer un chemin sur mes joues et me concentre sur les autres invités présents.

Je suis en train d'embrasser ma mère, lorsqu'une voix que je connais par cœur envahit le restaurant.

– Bonsoir, tout le monde. Je ne pense pas que les présentations soient nécessaires, mais je trouvais que ça faisait beaucoup plus classe comme ça, alors prétendez deux secondes ne pas me connaître. Je suis Garrett, *alias* le meilleur ami de notre reine du jour.

Les rires fusent.

Il a toujours été hyper à l'aise pour les discours, tout l'inverse de moi.

– Si nous sommes ici ce soir, c'est pour célébrer les 26 ans de Dawn, mais normalement vous savez déjà tout ça !

Il me pointe du doigt depuis son estrade improvisée et les gens se tournent dans ma direction.

– En revanche, ce que vous ne savez certainement pas, c'est que ça fait plusieurs semaines qu'on est en froid et qu'on ne se parle plus. Car une fois n'est pas coutume… j'ai merdé, explique-t-il sans détour.

Les gens rigolent, et font déjà des pronostics sur ce que va faire Garrett. Parce que s'il se donne en spectacle, il y a forcément une raison.

De mon côté, je me retourne pour chercher Josh. Il est plusieurs pas derrière moi, seul, mais il croise mon regard et me sourit. Avec un clin d'œil, il me fait signe de me concentrer sur ce qu'il se passe sur scène, alors je m'exécute et écoute Garrett.

Beaucoup trop de choses défilent dans mon esprit au même moment, notamment deux plus importantes que les autres : les cheveux de Garrett sont trop longs, et c'est quoi, cet accoutrement ?

– Certains parmi vous doivent se demander pourquoi je suis en peignoir et pourquoi je porte ma toque d'étudiant. D'ailleurs, ceux qui ne s'interrogent pas sur le sujet, il faudrait commencer à lever le pied sur la boisson…

Il se fait siffler, mais il adore ça.

– Ne vous impatientez pas ! Je vais vous raconter pourquoi. Durant notre dernière année de lycée, Dawn m'a lancé un Da-Re consistant à faire mon discours de major de promo avec pour seule tenue ma toque, ici présente…

Oh, bordel…

Si lui n'avait pas oublié, moi si !

À ce souvenir, je dissimule mon visage entre mes mains et le fait d'entendre les rires et sifflements autour de moi ne diminue en rien ma gêne quand je repense à ce pari stupide.

– C'est drôle comme ce garçon a de la mémoire pour ce qui l'arrange, me souffle ma mère à l'oreille en me prenant dans ses bras.

Son odeur de fleurs me rassure tout de suite. Je m'apprête à lui répondre mais des cris, notamment féminins, se font de plus en plus insistants, je relève malgré moi les yeux.

Je découvre Derek en train d'aider Garrett à enlever son peignoir. Ce dernier se retrouve finalement nu avec sa toque comme dernier rempart.

– Ne vous emballez pas trop, je n'ai pas eu le courage d'aller au bout, alors je porte un string ridicule… Mais je préférais que personne n'ait à le voir. Derek s'est déjà assez foutu de ma gueule !

Malgré sa position délicate, il paraît à l'aise et joue avec son audience en envoyant des baisers. Il faudrait être aveugle pour ne pas voir à quel point Garrett est beau. Brun aux yeux verts, un mètre quatre-vingt-cinq, et tant qu'à faire, musclé juste ce qu'il faut, comme ses abdominaux en attestent puisqu'il les exhibe fièrement.

Je ne peux retenir un petit rire nerveux, cette situation est hallucinante, il n'y a bien que lui pour faire un truc pareil. Je le vois me chercher dans la foule pour capturer mon regard avant de poursuivre son histoire.

– Vous vous doutez bien que j'ai refusé à l'époque, j'avais encore une dignité qui semble s'être fait la malle depuis… Mais pour me racheter de ma dernière erreur en date, j'ai décidé de lui préparer un discours d'anniversaire dans les conditions de ce vieux Da-Re, explique-t-il en se désignant d'une main.

Je ne sais pas ce qu'il envisage, mais je n'ai pas hâte de le savoir.

– Néanmoins, pour pimenter la chose, mon cher jumeau m'a conseillé d'ajouter une petite nouveauté. Pour que je sois absous de mes péchés, il faut que Dawn intervienne d'ici la fin de mon discours, sinon je devrai jeter cette stupide toque…

Les cris redoublent d'intensité dans le restaurant.

Je n'en reviens pas. Vient-il de dire qu'il va finir en string devant tous nos amis et nos parents pour se racheter ?

– Je pense que tu devrais le laisser aller au bout.

– Maman ! je râle.

– Quoi ? C'est vrai ! Pour une fois qu'il paraît déterminé…

Après avoir levé les yeux au ciel, je me concentre sur Garrett qui reprend, imperturbable.

– Donc, ma petite Dawn, te voilà aussi vieille que moi. Tu sais que j'adore cette période d'un peu plus de deux mois où je suis plus vieux que toi. Ça me permet de te taquiner sur ton âge, même si ce n'est que temporaire. Mais ce soir, je n'ai pas envie d'avoir le dessus, bien au contraire. J'ai envie de me faire tout petit et de simplement te demander pardon.

Son visage devient beaucoup plus sérieux au fil de ses mots. Il ne joue plus, il peut enfin faire ce pour quoi il a organisé tout ce cirque : me parler.

– Ces dernières semaines n'ont pas été simples, poursuit-il. Ne pas pouvoir te voir dès que j'en avais envie, n'avoir aucun cobaye pour tester mes meilleures blagues ou simplement passer du temps avec toi. Mais si je dois me montrer à cent pour cent honnête, ce qui m'a décidé à prendre la parole ce soir, c'est *surtout* que je ne supporte pas cette longueur de cheveux, elle ne me va vraiment pas !

Je rigole en même temps que les autres et vois une lueur de victoire dans ses yeux. Je me renfrogne aussitôt pour lui montrer qu'il faudra plus qu'une petite pirouette pour sortir d'affaire.

Rame, Garrett, rame !

– Tout ça pour dire que je suis désolé. J'aimerais que tu me pardonnes, pour que l'on puisse reprendre là où on s'est arrêtés. Cette situation est pesante et pas juste pour moi, je fais vivre un enfer à Derek. Donc, si tu ne me pardonnes pas grâce à mon sublime discours, pense à mon pauvre jumeau qui doit me supporter jour après jour avec mon humeur massacrante. Tu sais à quel point je peux être imbuvable dans ces moments-là.

Des « Ooooooh », « Qu'il est mignon ! » et même des « Allez, Dawn ! » s'élèvent dans la salle.

Malgré moi, je sens ma volonté vaciller. Je reconnais qu'il est vraiment touchant, presque nu sur scène à me demander pardon.

– Avant de continuer, je tiens à dire à ce même frère que je le déteste. Car il m'avait certifié que je n'arriverais pas à cette partie de mon discours, que Dawn m'aurait déjà « sauté dans les bras », raconte-t-il en mimant les guillemets d'une seule main.

Derek rigole sur le bord de la scène, pas le moins du monde désolé. Il savait que je ne lâcherais pas aussi facilement. Je suppose qu'il a autant envie que moi que Garrett se ridiculise et je l'aime encore plus pour ça.

C'est Derek qui m'offre sur un plateau d'argent mon cadeau d'anniversaire. Même si je ne suis pas certaine de vouloir que tout le monde voie Garrett en string, en commençant par celle qui me tient toujours dans ses bras : ma mère.

– Donc, vous me connaissez, j'ai fait confiance à mon frère, ça a été ma première erreur. Et la seconde a été de ne pas écrire un discours plus long puisque celui-ci touche déjà à sa fin. Donc, Dawn de mon cœur, si tu veux sauver le peu de dignité qu'il me reste, c'est maintenant ou jamais. Car je n'ai plus qu'à te dire : Joyeux anniversaire, Petite Démone ! Alors, qu'est-ce que t'en dis, Da-Re de me pardonner malgré tout ?

La plupart des invités présents se tournent vers moi. J'ai même l'impression que certaines retiennent leur souffle en attendant ma décision.

Je suis touchée par son discours, qu'il se mette en « danger » comme ça ne me laisse pas indifférente. Il a juste cru pouvoir négocier mon pardon en s'affichant en string. C'est là qu'il se trompe. Il a gagné seulement quelques points, c'est tout, alors je reste stoïque.

Je repère le moment exact où Garrett comprend qu'il n'aura pas gain de cause, qu'il va devoir aller jusqu'au bout de sa petite mise en scène.

Sa bouche se plisse et ses joues se colorent vivement. Pour que tout le monde comprenne bien le message, je croise les bras sur ma poitrine et un immense soupir provenant de la scène attire de nouveau l'attention.

– J'espère que tu sais qu'un jour, tu auras ma peau…

Il jette finalement sa toque sous les cris et les rires de toute l'assemblée. Sauf les miens.

Je me détourne avant qu'il ait terminé sa phrase pour détailler Josh. Ses yeux sont rivés sur Garrett, puis il remarque que je l'observe. Une émotion fugace traverse son visage lorsque nos regards se croisent, mais je n'arrive pas à comprendre ce qui vient de se produire. Avant que j'aie le temps d'en être sûre, on me tire en arrière et un chapeau s'enfonce sur ma tête.

Garrett

11. Surprise

Les sifflements m'accueillent.

Je sors de la réserve, enfin habillé, et m'incline devant tous les gens présents qui m'ont vu simplement vêtu d'un string doré à paillettes il y a à peine dix minutes.

Garder la face après ça ne va pas être facile, mais je me dis que si je la joue cool, d'ici dix ans on n'en parlera plus…

Je n'arrive pas à croire que Dawn m'ait laissé faire ça, mais au fond je sais que j'avais peu de chances qu'elle m'arrête. Si un jour on m'avait dit que je me serais montré pratiquement nu devant tout ce petit monde, je n'y aurais pas cru. D'autant qu'il me semble que celle qui a crié le plus fort n'est autre qu'Ellie, la mère de Dawn. C'est d'ailleurs ce qui m'a fait déguerpir de la scène.

Me voilà au milieu du restaurant, recevant des tapes dans le dos çà et là, mais je ne m'arrête pas pour discuter. Je suis trop concentré à chercher Dawn du regard, il est temps qu'on discute sérieusement.

Mais je ne la trouve nulle part.

Je n'y comprends plus rien, elle ne serait pas partie comme ça, je l'ai vue rire, même si elle s'est vite détournée. De toute façon, Josh est en pleine discussion avec mon père. S'il y a bien une personne, présente ce soir, qui ne serait pas là sans elle, c'est lui.

En attendant qu'elle refasse surface, je change de cible et m'avance vers mon frère pour l'insulter pour ses « précieux conseils », mais lorsque celui-ci se décale d'un pas, je l'aperçois enfin. Elle est affublée du pire chapeau d'anniversaire qui soit. Elle l'adore certainement puisqu'il est plein de couleurs.

Lorsqu'elle me remarque enfin, son sourire faiblit un peu, mais elle ne détourne pas le regard. Ce qui est déjà une énorme différence.

Alors, je pousse encore un peu ma chance et lui fais signe de me retrouver dans notre lieu secret ici : le bureau de Joey.

Cela fait cinq minutes que je l'attends, le stress prenant de plus en plus possession de moi. Ma jambe sautille presque toute seule tant que je ne saurai pas l'issue de cette discussion.

Je suis Dawn sur l'écran de surveillance qui filme la salle. Je l'observe discuter, sourire et petit à petit se rapprocher du couloir. Dès qu'elle a enfin le champ libre, je la vois inspirer profondément avant de me rejoindre.

Je me lève d'un bond du fauteuil pour m'asseoir sur un côté du bureau.

Elle entre dans la pièce et referme derrière elle avant de me dévisager. Un silence interminable s'installe entre nous et je déteste ça.

Depuis quand on ne sait plus communiquer, nous deux ?

Ce qui est un comble pour nous qui n'arrêtons pas de discuter d'ordinaire.

Peut-être que si tu n'avais pas couché avec sa salariée, vous n'en seriez pas là, me torture une pensée fugace.

– Dawn, je commence en me raclant la gorge, je ne sais pas quoi ajouter de plus. Je suis sincèrement désolé si j'ai pu te blesser. Rien de tout cela n'était prémédité de mon côté. C'est simplement arrivé…

Elle ouvre la bouche pour répliquer, mais j'ai tellement peur de ce qu'elle pourrait dire que je préfère continuer sur ma lancée.

– Tu sais que je ne te ferai jamais du mal intentionnellement et je sais que j'ai merdé, que tu aurais le droit de me rayer de ta vie, mais moi, j'ai juste envie que tout redevienne comme avant. Je suis même prêt à te laisser me lancer un Da-Re auquel je ne pourrais pas dire non ! Ou alors je pourrais…

En deux enjambées, elle est proche de moi et me coupe la parole en plaquant une main sur ma bouche.

– Si j'ai un droit de réponse, me coupe-t-elle en me faisant les gros yeux pour que je me taise, je tiens déjà à te remercier pour cette superbe soirée. Je ne savais pas que j'en avais besoin et revoir tout le monde m'a fait beaucoup de bien. Alors, merci.

Ses yeux ambrés débordent d'émotions contenues, mais je n'arrive pas à savoir lesquelles.

– Ensuite, si tu n'étais pas revenu vers moi, j'aurais fini par céder, peut-être pas tout de suite, mais c'était inéluctable. Tu me manques et pour être honnête, je ne suis pas sûre qu'on soit faits pour rester trop longtemps sans se parler. Je comptais juste t'en faire baver encore un moment pour le merdier dans lequel tu m'as mise.

Ses mots me frappent de plein fouet, mais ses doigts toujours sur ma bouche m'empêchent de répondre.

– Du coup, je te remercie pour ce joker du prochain Da-Re, je le garde, au cas où. Et pas de protestations, s'il te plaît, ajoute-t-elle en me voyant froncer les sourcils.

Elle enlève finalement ses doigts de mes lèvres et sa chaleur me manque instantanément. Puis elle recule d'un pas, le regard presque fuyant alors j'attrape ses mains avant qu'elle disparaisse. Quelque chose ne semble pas normal, pas comme avant, en tout cas.

– Alors, c'est OK entre nous ? je demande, soudain sérieux. Toi et moi, on est de nouveau meilleurs amis pour la vie ?

Un petit sourire accueille ma question et j'en viens presque à douter de sa réponse. Pourtant, rien d'alarmant ne franchit ses lèvres.

– Oui, Garrett, on est OK.

Comme pour me prouver que tout ça est bien réel, j'ouvre mes bras pour lui proposer un câlin. Le soulagement qui s'abat sur moi quand elle l'accepte est inqualifiable. J'avais presque oublié à quel point elle est petite, il faut dire que Claire fait ma taille, la différence est saisissante.

Avant que Dawn puisse échapper à mon étreinte, je la raffermis. Je lance enfin la bombe qui menace de faire exploser ma poitrine.

– Je continue de voir Claire.

Voilà, c'est dit.

Je sens ma meilleure amie se raidir entre mes bras, mais elle ne se débat pas, j'en profite donc pour poursuivre.

– Je sais que tu ne l'aimes pas beaucoup, voire pas du tout, mais je suis bien avec elle. On s'est découvert beaucoup de points communs et vu qu'elle ne travaille plus à la galerie… On s'est dit que ça ne poserait plus de problème.

Je déglutis péniblement, les mots peinent à sortir de ma gorge.

– Je ne sais pas où cela va nous mener, je reprends, mais j'ai envie de tenter le coup. Par contre, si tu me demandes de choisir entre vous deux, je n'aurai aucun mal à te choisir. Tu passeras toujours avant tout le reste.

Le silence est sa seule réponse, puis, après un soupir, elle déclare en resserrant son étreinte :

– Je te préviens que si elle te fait du mal, je la réduis en bouillie, n'oublie pas que je sais où elle vit.

Je ris doucement puis après m'avoir déposé une bise sur la joue, elle recule.

– Je ferais mieux d'y retourner, je suis quand même la star de la soirée, chuchote-t-elle en fixant l'écran de contrôle, comme pour éviter mon regard.

Je ne supporte pas de sentir un gouffre entre nous malgré ce qu'elle vient de me dire. Je descends vivement du bureau pour la suivre.

J'ai besoin de lui confier une dernière chose afin de la retenir un peu plus longtemps et de voir un sourire sincère sur son visage.

– Tu sais que c'est en partie grâce à Josh que cette soirée a pu se faire ? je lâche dans un souffle. Il m'a aidé à la finaliser. Il paie les VTC à tout le monde pour qu'on ne s'inquiète pour personne, une partie de la décoration vient de lui… Bref, ça m'a l'air d'être un chic type, même si ce n'était pas mon premier avis sur lui…

Je vois plusieurs émotions passer sur son visage, puis un ravissant sourire éclôt sur ses lèvres.

Un éloge sur Josh et nos vingt derniers jours loin l'un de l'autre semblent s'effacer. Comme par enchantement, je retrouve Dawn, ma meilleure amie. Tout dans son attitude change, ses épaules se détendent, les traits de son visage sont moins crispés et ses yeux pétillent enfin.

– Je ne doute pas une minute que tu ne l'appréciais pas au début ! Mais oui, c'est quelqu'un de bien, il se prive de temps libre pour m'aider à la galerie quand il est là.

Je grimace.

– C'est si horrible que ça ? je l'interroge.

Elle prend une inspiration ou deux avant de me répondre.

– Pas autant que je l'imaginais. J'ai plaisir à gérer pleinement la galerie.

– Ah ! Donc je t'ai rendu service en te faisant renvoyer Claire, je tente de plaisanter.

Face à son attitude soudain glaciale, je comprends que ce n'est pas le bon moment pour tenter des blagues sur le sujet.

– Trop tôt ? je demande avec une moue contrite.

– Bien trop tôt, oui.

J'attrape une de ses mains et la serre dans la mienne. Je m'apprête à lui mentir ouvertement, mais j'ai besoin qu'elle redevienne ma meilleure amie.

– Je suis heureux pour toi. Tu mérites quelqu'un comme Josh.

Elle penche la tête sur le côté et m'observe.

– Merci, c'est gentil. Josh est vraiment super. Il est plein de petites attentions… commence-t-elle en jouant avec le bout de sa manche.

Je la connais trop bien pour ne pas reconnaître les signes. Elle est nerveuse ou elle me cache quelque chose. Ou les deux.

– Mais ? j'insiste.

– Mais… il… Oh, laisse tomber, c'est trop embarrassant comme première discussion entre nous ! déclare-t-elle en se cachant derrière ses mains.

– Tu en as trop dit ou pas assez, là…

Je me déplace de façon à lui bloquer la porte, pour qu'elle soit obligée de m'affronter si elle veut sortir. Entre sa petite taille et son chapeau ridicule, elle ne m'impressionne pas vraiment.

– Allez, Dawn, crache le morceau ! C'est juste moi, on s'en est confié, des trucs gênants au fil des ans, hein.

– Promets-moi d'abord que tu ne riras pas, ou que tu ne feras pas de remarques, m'ordonne-t-elle.

– Croix de bois, croix de fer, tout ça, tout ça, je la taquine.

Elle n'ose pas me regarder dans les yeux, quand elle me dit d'une petite voix :

– Il… hum… il ne veut pas coucher avec moi.

Je l'observe sans réagir, car je suis sûr d'avoir mal compris. Sa gêne manifeste me fait pourtant comprendre que non.

En effet, c'est bizarre comme première discussion, et je suis franchement mal à l'aise, même s'il s'agit de Dawn. On a toujours pu rigoler de notre vie sexuelle, désastreuse par moments, mais *après*. Une fois que nous n'étions plus en couple avec les personnes concernées. Ici, je trouve ça intime, trop intime, et je vois Josh d'un œil différent. Ça rallonge ma liste des choses suspectes chez lui.

Je ne comprends pas comment c'est possible de ne pas coucher avec une femme comme Dawn. D'autant plus qu'ils sont ensemble depuis plus d'un mois, maintenant !

Mon amie se trompe en interprétant mon silence et s'agace en retirant son chapeau pour me le jeter.

– Franchement, Garrett, si tu penses que ton air condescendant m'aide, tu te mets le doigt dans l'œil, et jusqu'au coude ! Je n'ai jamais eu ce problème avec mes ex. Et le seul qui me plaît vraiment, dans le genre *vraiment*, il ne tente rien de plus que quelques caresses et bisous une fois dans un lit ! Je n'arrête pas de me demander s'il n'y a pas un truc qui cloche chez moi…

Toute la tristesse du monde semble s'abattre sur elle. Comme si sa confession l'avait vidée de son énergie.

Je me racle la gorge pour dissiper mon malaise.

– Si tu veux mon avis, je pense que tu devrais en parler directement à l'intéressé, comme tu viens de le faire avec moi. Sois aussi honnête et directe. Mais laisse-lui une chance de s'exprimer, je sais comment ça fonctionne dans ta petite tête, tu te fais une montagne de peu de choses. Il prend peut-être son temps, tous les hommes ne sont pas des porcs, tu sais…

– Tu crois ? me répond-elle, soudain pensive. C'est vrai qu'il est un peu vieux jeu sur certains trucs et ça fait partie de ce que j'aime chez lui. Mais j'espère qu'il ne va pas attendre de me passer la bague au doigt pour m'emmener au septième ciel, rigole-t-elle.

J'ai toujours eu du mal à rire lorsque Dawn parle de mariage, c'est un sujet bien trop sérieux pour moi, mais c'est encore pire quand elle évoque l'amour.

Cependant, je fais bonne figure et lui tapote l'épaule avant de l'inciter à retourner à la soirée.

– Allez, va conquérir ton homme ! Tu sais, *shake your booty*...

Devant le regard qu'elle me lance, je sais qu'une fois de plus je viens d'en faire trop. Mais cela n'entache pas ma bonne humeur tout juste retrouvée, je suis entouré des personnes que j'aime et j'ai enfin récupéré ma meilleure amie.

À notre retour dans la pièce principale, Dawn est accaparée par ma mère qui lui tend son téléphone.

– Tiens, ma chérie ! Jessie veut te parler de vive voix, elle n'a pas pu faire le déplacement.

– Salut, Jessie ! s'exclame Dawn en prenant la visio.

Je l'observe s'isoler le temps de l'appel. La voir exploser de rire me fait chaud au cœur. J'ai vraiment eu la sensation qu'il manquait une part cruciale à ma vie ces dernières semaines.

– Toujours vivant ? me demande Derek en me tendant un verre.

– Pas grâce à toi, en tout cas... Rappelle-moi de ne plus jamais écouter tes conseils !

– Rassure-moi, tu as conscience que ton petit discours tout simple n'avait aucune chance avant que je l'épice un peu ?

Je décroche le regard de Dawn pour le planter dans celui de mon frère. Il ne se laisse pas intimider, au contraire, il me nargue en s'adossant au mur, totalement détendu, ne se sentant visiblement pas coupable.

– Ta merveilleuse idée n'a servi à rien, elle ne m'a pas arrêté, tu te souviens ?

– Non, car elle s'est *vengée*. Maintenant, les compteurs sont de nouveau à zéro entre vous.

Sur cette vérité, il s'éloigne, me laissant seul, perdu dans mes pensées.

Soudain, le volume de la musique augmente, et une grande partie des invités se lancent sur la piste de danse improvisée pour la soirée. Dont Josh et Dawn, collés l'un à l'autre, alors que tout le monde se déhanche autour d'eux. Si j'en crois les étincelles qui crépitent entre eux, elle ne devrait pas trop s'en faire quant à l'attirance qu'il éprouve pour elle.

Josh est aussi accro à elle qu'elle à lui.

Je bois cul sec mon verre, l'alcool me brûlant la gorge au passage, et détourne le regard. Il est temps pour moi aussi de passer une bonne soirée. Je commence dès à présent à appliquer cette bonne résolution en allant me resservir un verre, avalé encore plus rapidement que le précédent. Puis j'attrape au passage mon reflex pour immortaliser l'instant.

J'arrive à capturer à tout jamais des scènes en des photos mémorables qui, je le sais, feront plaisir à Dawn lorsque je les lui donnerai. Une en particulier devrait lui mettre des étoiles plein les yeux. On peut l'y voir avec Josh, elle est en train de discuter avec sa mère tandis qu'il l'admire, comme s'il allait la dévorer sur place.

Je suis surpris par la sensation de chaleur qui se répand dans mon torse. Je suis heureux pour elle, il était temps qu'un homme la regarde comme ça.

Ou alors j'ai juste trop picolé et je ne pense plus clairement.

PARTIE 2

Dawn

12. Trois mois plus tard

Mais quel gamin !

Je rigole en regardant Garrett ramener à la porte une petite fille de 5 ans tout en lui faisant des grimaces. La pauvre est totalement tombée sous le charme et ne veut plus partir.

En même temps, je la comprends, même moi, il m'a fait rire une bonne partie de l'après-midi avec ses pitreries. Depuis le début de l'été, il m'aide deux demi-journées par semaine avec des groupes d'enfants.

En reprenant la galerie en main, j'ai lancé des activités secondaires pour attirer un nouveau public. Intéresser les plus jeunes à ce qu'on fait ici était en haut de ma liste.

Pour ce faire, on organise des ateliers peinture et photo, et les petits adorent. On ne s'attendait pas à rencontrer un tel succès, mais on est ravis. Cela donne un nouvel essor à mon entreprise.

Cela prouve, une fois de plus, que je peux faire autre chose que peindre tous les jours. J'ai trop eu tendance à suivre l'exemple de ma mère alors qu'il y a mille façons de s'y prendre. Je peux faire découvrir ma passion à d'autres personnes en y apportant ma touche personnelle. Pouvoir tracer mon propre chemin me rassure beaucoup, au fond.

Ces trois derniers mois n'ont pas été des plus simples, il a fallu que je prenne énormément sur moi. Pour rassurer mes proches, notamment ma mère, sur le fait que je ne me tuais pas à la tâche en gérant toute seule.

Cependant, si je dois me montrer honnête, le plus dur pour moi, c'est que Claire fasse toujours partie du décor. J'ai vraiment essayé de mettre de l'eau dans mon vin, de faire des efforts… Mais je n'arrive pas à l'apprécier.

Les premiers temps j'ai dû me retenir de ne pas l'étrangler chaque fois que je la croisais, puis petit à petit j'en suis venue à ne plus pouvoir encadrer le petit air hautain qu'elle me réserve. Puisque je n'ai pas beaucoup d'énergie, j'ai décidé que le plus sage était de faire comme si elle n'existait pas, même lorsqu'elle est là. Ce qui est plutôt rare, puisque généralement, autant Garrett que moi, nous évitons ce genre de situation.

Nous avons donc dû nous arranger pour nous voir. Désormais, ces deux après-midi par semaine ne sont rien que pour nous. Ces moments existent dans une petite bulle que l'on préserve, autant l'un que l'autre. J'y retrouve mon meilleur ami et durant quelques heures, nous sommes juste nous. Pas de couple, pas de projets.

Juste nous.

En dehors, c'est plus compliqué. Malgré son discours à mon anniversaire, je sens que quelque chose est différent, notre complicité n'est plus la même. La dynamique entre nous a changé alors que ça n'était jamais arrivé auparavant. On tâtonne, on essaie de cerner notre nouveau mode de fonctionnement.

De mon côté, je dois accepter qu'il semble réellement heureux avec Claire. Ils font plein de sorties, sont tout le temps scotchés l'un à l'autre et la dernière nouveauté en date est un projet de collaboration.

J'ai ma petite idée de *qui* est à l'origine de cette idée, mais ce n'est pas ma vie, je n'ai pas mon mot à dire. En revanche, si Garrett me demande mon avis, je pourrais lui faire un discours de trois heures pour lui exposer mes doutes.

Ce n'est pas parce qu'on a travaillé avec elle pendant deux ans qu'on la connaît réellement. Pour ce qu'on en sait, elle pourrait être une *serial killeuse* !

La fois où j'ai mentionné ce mini-détail à Garrett, il m'a rigolé au nez puis est passé à autre chose. J'ai décidé de ne plus me mêler de cette histoire. Après tout, ils sont adultes, ils feront face aux catastrophes si jamais elles doivent arriver.

J'ai déjà bien assez à faire de mon côté niveau travail. En ce qui concerne ma relation avec Josh, tout se passe au mieux. Quand il est là. Le mois dernier, je ne l'ai vu qu'un week-end. Il est constamment en déplacement professionnel. Je crois que c'est ce qui est le plus dur dans notre quotidien. Mais il semblerait que son père le teste sur la gestion de l'ouverture de cette succursale, ici, à Wilmington.

Hors de question de lui jeter la pierre, avec ma propre entreprise, je suis en mode travail six jours sur sept, mais pour être honnête, je ne m'attendais pas à ce que son boulot soit si prenant.

Ma partie rationnelle me rappelle qu'il crée beaucoup d'emplois dans le bâtiment avec tous les contrats qu'il obtient ici.

Mais ça n'en reste pas moins dur de le voir si peu. D'autant que, lorsqu'il est ici, il est souvent épuisé, et je ne peux pas lui en vouloir.

Au tout début, j'étais franchement perdue de me retrouver « seule » avec moi-même. Je sais que cela peut paraître bizarre, mais depuis mon enfance, j'ai toujours eu ma mère et Garrett. Puis en grandissant, j'ai eu des amis ou des relations plus ou moins longues avec des hommes. Je n'ai donc jamais réellement passé du temps seule et au début ça m'a terrorisé.

Ce que je ne m'attendais pas à découvrir dans ces moments de solitude c'est *moi-même*. Ma propre petite voix intérieure devrait aussi avoir sa place dans ma vie.

Dernièrement, je me suis rendu compte que Garrett prenait une place considérable dans mon quotidien et donc mes prises de décisions. C'est le revers de la médaille lorsqu'on est toujours fourré avec quelqu'un, on fait les choses par rapport à l'autre. Ma seule activité sans lui c'était peindre et dans ces moments-là, je suis obnibulée par ce que je crée et pas tournée vers mes émotions.

Josh étant peu présent ces derniers temps, j'ai eu l'occasion de réfléchir à ce que je voulais réellement pour moi. Lorsque la solitude me pesait trop et que Garrett était avec Claire, j'ai retrouvé mon partenaire de crime : Derek.

Il a toujours été super avec moi, il n'est pas comme Garrett et c'est ce que j'aime le plus chez lui. Il sait m'empêcher de partir dans tous les sens tout en me poussant vers l'autonomie.

Derek adore être seul. Il en a fait un art.

Alors, je prends exemple sur lui et ne cherche plus à meubler la moindre minute de mon temps. Une vraie révolution pour moi.

– La Terre appelle Dawn, rit Garrett en faisant des signes devant mon visage.

– Pardon, je réponds en clignant rapidement des yeux, j'étais perdue dans mes pensées.

Il penche la tête sur le côté, comme souvent quand il essaie de savoir si je lui cache quelque chose. Je m'assure de paraître neutre et lui sers même un petit sourire.

– Laisse-moi deviner, tu rêvais de Josh, je parie.

– Bien sûr, je ne sais rien faire d'autre que penser à lui toute la journée, je lâche, cynique.

– Ben quoi ? Ce n'est pas déconnant. Je pense souvent à Claire quand elle n'est pas là.

La réplique que je m'apprêtais à lui renvoyer meurt sur ma langue. Je ne sais pas comment il prendrait ma moquerie puisque ça toucherait sa précieuse petite copine…

Je pince les lèvres et regarde l'écran d'ordinateur en faisant semblant de consulter mes mails.

Du coin de l'œil, je le vois consulter son téléphone, puis répondre à ce qui semble être un SMS.

– Il me reste une heure avant de devoir partir, ça te dirait qu'on regarde un peu mes nouvelles photos pour l'exposition de samedi ? lâche-t-il sans lever les yeux.

– Oui, pourquoi pas ? Ça me permettra de m'avancer sur mon travail de demain. Josh sera de retour en ville normalement, si je peux grappiller un peu temps avec lui, c'est gagnant-gagnant.

Il se rapproche de mon bureau, puis sort son ordinateur de son sac.

– Ne sois pas surprise, j'explore un nouveau genre grâce à Claire.

– D'accord, je dis, méfiante. Tant que tu n'es pas parti dans du gore ça devrait all…

Je m'interromps au beau milieu de ma réponse quand je comprends ce que j'ai sous les yeux : une bonne vingtaine de photos très sensuelles d'un corps nu.

Certes, l'angle, la lumière et l'œil expert de Garrett font que l'on ne voit jamais rien de choquant, tout est dans la suggestion, mais je sais à qui appartient ce corps.

Aussi bizarre que ça puisse paraître, je n'arrive pas à décrocher le regard de l'écran alors que tout en moi me crie de foutre le camp pour aller hurler dehors à pleins poumons.

Dans le maelstrom d'émotions qui se déchaîne en moi, une en particulier prend le dessus : la déception.

Je pensais qu'on avait un accord tacite, lui et moi : ne pas trop aborder Claire, et voilà qu'il veut que je vende son corps dans ma galerie.

Ma gorge se serre et je sens les larmes monter.

Pourquoi est-ce qu'il me fait ça ?

– Tu n'aimes pas ? me demande-t-il face à mon silence prolongé. Je sais que je peux encore retoucher certaines zones d'ombre, mais…

– La réponse est non, je souffle calmement.

– Quoi ? Je ne t'ai pas entendue.

Pour être sûre qu'il ne rate pas une miette de ma colère ou de ma peine, je me tourne face à lui et plante mon regard dans le sien. Il semble dans un premier temps surpris, puis… las :

– Dawn…

Même son ton est moralisateur.

Parfait, il veut la jouer comme ça, ça me va.

– Tu m'as demandé mon avis en tant que directrice de cette galerie et ma réponse est non. Tu sais que je refuse depuis des années des corps nus. Si tu veux absolument sortir cette série, tu as l'adresse de Sam.

Mes doigts tremblent tellement que je dois serrer mon poing pour me contrôler. L'envoyer à la concurrence est un coup bas mais je ne m'y opposerai pas. Chacun est libre de faire ce qu'il veut de son art, j'ai juste imposé un cadre dans ma galerie. S'il veut sortir des clous, ça sera ailleurs.

J'essaie de déglutir, mais l'énorme boule qui obstrue ma gorge m'en empêche.

Je suis fatiguée par ce gouffre entre nous, on a beau prétendre que tout va bien, ce n'est pas le cas.

Garrett me regarde presque comme si j'étais une inconnue, puis je vois un éclair de colère dans ses yeux verts quand il lance :

– Claire m'avait prévenu que tu réagirais comme ça, je ne voulais pas la croire…

Ma respiration se bloque dans mes poumons et je suis à deux doigts de dire quelque chose de blessant. Dans un ultime effort pour préserver notre amitié, je préfère sagement le contourner pour quitter la galerie et m'aérer l'esprit.

Seulement, avant que je puisse refermer la porte, il abat mes dernières défenses.

– Je vais aller voir Sam, alors.

En un battement de cils, je me tiens devant lui, tremblante de colère contenue.

– Tu sais quoi ? Va chier, Garrett !

– Sérieusement ?

– Oui ! J'en ai marre de prendre des pincettes avec toi !

– Personne ne te l'a demandé !

– Ah non ? je ricane.

– Non ! Sois honnête, un peu !

– Tu veux de l'honnêteté, Garrett ? Parfait, en voilà : ton travail est en dessous de la qualité habituelle. Tu sais pourquoi ? Parce que tu as rabaissé tes compétences à une vision qui n'était pas la tienne et que tu obtiens un rendu moyen. Alors oui, tu les vendras chez Sam pour que des mecs pleins aux as puissent se branler devant les photos de ta meuf !

Ma dernière phrase explose entre nous et les mots semblent résonner dans la galerie. On se jauge en silence et je sens rouler sur ma joue une traîtresse de larme que je chasse rapidement.

Sans attendre, je rebrousse chemin et quitte ma galerie, en pleurs. Il fut un temps où je n'aurais pas douté un seul instant qu'il me courrait après pour s'excuser. Il serait allé jusqu'à me taquiner et on serait allés manger chez Joey avant de se faire une soirée devant un film.

Mais maintenant, ce n'est plus pareil.

Et je suis seule.

Ma promenade jusqu'au parc en est la preuve flagrante. Quelque chose s'est brisé entre nous. Peut-être définitivement. Pourtant, je veux qu'il soit heureux, c'est même l'une des seules choses dont je suis sûre dans ma vie.

Je crois surtout qu'une part naïve de moi s'était toujours convaincue que j'adorerais la femme avec qui il finirait. Claire ne coche certainement pas cette case.

Je secoue la tête en me rendant compte de mes propres pensées : *« cocher cette case » ?* Comme si j'avais mon mot à dire dans cette histoire. Garrett a plutôt été clair sur le sujet.

Il faut que je sois honnête, on n'a plus 10 ans, ce genre d'embrouilles ne devraient plus nous arriver. Il est peut-être temps que je laisse cette amitié, aussi précieuse soit-elle, se tasser un peu.

Mon cœur, déjà meurtri, me lance douloureusement à cette idée, mais un regain d'espoir naît en même temps dans ma poitrine. Je peux y arriver, je le sais car ce n'est pas la première fois que je ferais une pause avec Garrett.

Je profite des températures de cette fin juillet pour m'asseoir sur un banc devant le petit lac situé au milieu du parc.

Je me rappelle très bien la première fois où j'ai déjà ressenti ça, lorsque Garrett m'a à la fois fendu le cœur et rendu ma liberté. C'est aussi ce jour-là que j'ai pris la décision de ne plus attendre, de ne plus l'attendre, lui.

Dawn & Garrett – 18 ans

J'ai tenté de me faire belle aujourd'hui, car j'ai décidé de parler franchement à Garrett. J'ai remarqué les regards qu'il me jette quand il pense que je ne le vois pas. Ils sont très différents de ceux qu'il a pour moi d'habitude.

Si au début l'idée m'a mise franchement mal à l'aise, petit à petit j'ai commencé à y réfléchir.

Et je crois que j'ai moi aussi envie de plus avec lui.

Cette révélation a bouleversé mon monde.

J'ai déjà eu des sentiments pour lui lorsque j'étais plus jeune, mais Garrett n'a jamais semblé me voir autrement que comme sa meilleure amie. Alors, ainsi qu'on le fait quand on est enfant, je suis passée à autre chose.

En revanche, là, c'est différent. Je ne sais pas si cela vient de l'urgence de notre séparation imminente, mais tout est compliqué entre nous.

L'idée de ne plus pouvoir traîner avec lui tous les jours me mine le moral depuis des semaines. Mais il se contente de me prendre dans ses bras en me disant qu'on s'appellera. Sauf que rien ne sera plus pareil, il va entrer dans une fabuleuse école de photo à New York, juste après notre diplôme de fin d'année. Et je travaillerai ici, à Davidson, dans la galerie de ma mère.

Cette dernière année n'a pas été simple pour nous deux. Entre la transformation brutale de Garrett en *serial baiseur*, son retour inattendu dans mon quotidien et mes premiers flirts, on n'a eu que peu de temps pour nous.

Mais hier, alors qu'on regardait une romance bien mielleuse, suite à un Da-Re qu'il a perdu, il n'a pas arrêté de me fixer. Avec une flamme dans les yeux… J'ai passé une bonne partie de la soirée avec les joues rouges. Heureusement qu'on l'a visionné dans le noir, autrement il m'aurait bombardée de questions.

Je m'observe une dernière fois dans le miroir pour m'assurer que rien ne cloche.

Je porte un joli chemisier blanc et un jean moulant. Chose très rare, mais je veux être à mon avantage lorsque nous discuterons. Je m'arme de courage en souriant à mon reflet, ce qui ne s'avère pas être une bonne idée, je parais paniquée tout au plus.

Je tire la langue, puis file vers la maison d'à côté avant de changer d'avis et de me terrer sous ma couette. Je sais que je m'en voudrais de ne pas être honnête avec Garrett, d'autant plus sur un sujet aussi important.

Je ne m'arrête pas pour frapper à la porte des Allen et entre directement tout en grimpant l'escalier comme je le fais toujours, ce qui, une fois, m'a valu de tomber sur le père de Garrett en caleçon, c'était hyper-gênant ! Mais les habitudes ont la vie dure, surtout si ça fait quinze ans...

Je suis au milieu des marches lorsqu'un bruit sourd provenant de la cuisine m'interpelle. J'hésite avant de faire demi-tour pour vérifier ce que cela peut bien être.

Je me fige instantanément en découvrant l'origine. Garrett plaque contre le frigo Sara Miller et l'embrasse à pleine bouche. Je ne peux m'empêcher d'entendre leurs soupirs et de remarquer leurs mouvements de va-et-vient.

J'ai beau être toujours vierge, je ne suis pas bête pour autant, je *sais* ce qu'ils font.

Mon cerveau enregistre des détails que j'aimerais ne pas graver dans ma mémoire.

Mon Dieu, elle a encore son uniforme de *chearleader* et il est pratiquement habillé.

Je secoue la tête en espérant me tromper, que c'est mon imagination qui me joue des tours.

Mais non, ce n'est pas le cas.

Je me suis plantée sur toute la ligne. Garrett n'a pas de sentiments pour moi.

Je trouve la force de bouger et sors de chez lui en courant tout en laissant la porte d'entrée grande ouverte. Je ne m'arrête que lorsque je suis en sécurité dans ma chambre, où je pensais m'effondrer. Mais étonnamment, les larmes ne coulent pas. Mon cœur bat la chamade, même si chaque battement me fait un mal de chien, je le sens aussi s'endurcir.

J'ai été stupide de penser que Garrett pouvait m'aimer, surtout après cette dernière année. Nous sommes devenus bien trop différents et il est temps pour moi de faire face à cette vérité.

Garrett et moi, nous ne serons jamais un couple.

Il ne m'a jamais aimée autrement que comme une amie, ou au mieux, une sœur.

C'est mon confident, mon binôme, bref, mon meilleur ami. Voilà tout.

J'ai dû mal interpréter ses regards, c'est ma faute. Et à quoi bon compromettre ce qu'on a déjà pour quelque chose qui ne sera certainement pas aussi bien ? Mais surtout, prendre le risque de le perdre, si ça ne devait pas fonctionner, me détruirait. Il est une constante bien trop importante dans ma vie pour que je me hasarde à un pari stupide.

J'ai déjà été abandonnée par l'homme qui est supposé veiller sur moi toute ma vie, je ne suis pas prête à recommencer avec mon meilleur ami.

Après avoir enlevé mon maquillage, je change de vêtements et opte pour un vieux pull troué ainsi qu'un baggy plein de peinture.

La peinture a toujours été mon moyen de m'évader de la réalité lorsqu'elle devient trop pesante. Alors, je poursuis la nouvelle toile que j'ai commencée cette semaine.

Au fur et à mesure de mes coups de pinceau, je sens un changement s'opérer. J'ai la certitude que dorénavant, je ne m'autoriserai plus à avoir de sentiments pour Garrett.

C'était stupide, je dois l'accepter.

Lorsqu'il apparaît soudain, je suis toujours en train de peindre avec la musique à fond dans les oreilles. Il ne s'étonne pas que je ne lui parle pas, il ne se vexe pas. Il en a trop l'habitude. Il prend ses aises comme s'il était chez lui, se couche sur mon lit et attrape mon livre de chevet pour le commencer à son tour.

Voilà, lui et moi, c'est ça. Et rien d'autre.

Je ne lui ai jamais dit ce que j'avais vu ce jour-là. Et je n'ai surtout plus jamais pensé à Garrett autrement que comme à mon meilleur ami. J'ai fait mon possible pour oublier l'idée même des sentiments que j'ai eus pour lui.

Je reprends doucement conscience de ce qui m'entoure, et me rends compte que la nuit commence à tomber.

Je sors mon portable et vois que j'ai eu plusieurs appels et SMS, mais aucun de Garrett. Il doit être aussi vexé que moi.

Avec un certain regret, je jette un dernier regard au lac avant de rebrousser chemin. Je ne vais pas pouvoir faire l'autruche éternellement, il va bien falloir que j'accepte les conséquences de ce qu'il s'est passé entre nous.

Soudain, ça me frappe.

Pourquoi est-ce que ça serait à moi de perdre mon temps à détester Claire ou à être en colère contre Garrett ? Il faut croire que de leur côté, ça leur passe au-dessus de la tête. Autrement, ils ne m'auraient pas proposé cette série de photos.

Je ne sais pas à quel moment je me suis égarée ces dernières semaines, mais j'avais oublié la leçon que m'avait donnée Garrett : ne pas l'attendre.

Je dois redessiner une frontière très précise entre lui et moi. D'autant plus que nous sommes tous les deux en couple ! J'ai un homme merveilleux dans ma vie, qui m'apporte beaucoup, même s'il n'est pas souvent là. Certes, je vis une part de frustration importante due au fait que nous n'avons toujours pas couché ensemble, bien qu'il m'ait montré à de multiples occasions qu'il était très doué de sa langue et de ses doigts.

Je sais qu'il veut prendre son temps et faire les choses bien, c'est ce qu'il m'a confié après mon anniversaire lorsque j'ai eu le courage de lui poser la question.

Je n'ai qu'une certitude au milieu de tout ça, lorsque Josh et moi ferons l'amour, ça sera génial ! Avec lui, c'est obligé.

Je devrais me concentrer sur lui et sur ce possible avenir qu'on a ensemble, plutôt que de me prendre la tête avec les choix douteux de Garrett. Ça reste les siens !

Un poids s'envole de mes épaules, comme si toute ma rancœur, ma déception ou ma colère me quittaient d'un coup.

Un petit rire m'échappe, m'attirant les regards d'un couple que je croise. Je sors enfin du parc, bien plus sereine que lorsque j'y suis entrée lorsqu'un homme prononce mon prénom.

– Dawn ?

J'ai un moment d'hésitation avant de me rendre compte qui se trouve en face de moi.

– Derek ! je dis, soulagée.

Une part de moi n'est pas prête à voir à son jumeau.

– Comment ça va ? j'enchaîne. Ça fait quelques jours que je ne t'ai pas vu.

– Ça va bien, et toi ? s'enquiert-il en me prenant dans ses bras.

– Qu'est-ce que tu fais là ? je demande pour éviter de répondre à sa question.

– Je viens de finir mon footing, je cherche ma voiture pour rentrer. Tu es seule ? Tout va bien ? insiste-t-il.

Derek est bien plus observateur que Garrett, je suppose que c'est ce qui fait de lui un bon avocat.

– Oh, tu sais, je réfléchis à ma vie, rien de bien extraordinaire… j'élude comme je peux.

– Qu'a encore fait mon naze de frangin ? devine-t-il sans mal.

J'explose de rire, sans pour autant lui avouer ce qu'il s'est passé, puis prends son bras pour marcher un peu avec lui. Nous parlons de tout et de rien jusqu'à sa voiture. Derek a beau ressembler physiquement à Garrett, il est très différent de lui. Beaucoup plus posé et réfléchi.

Ça me change !

Ma vie aurait été moins mouvementée si Derek avait été mon meilleur ami. Je repense à toutes les fois où il a été là pour moi et je sais qu'au fond il a plus une place de frère pour moi qu'un ami. Il est un soutien constant sur lequel je peux compter à n'importe quel moment. Sans que l'on s'en aperçoive, les minutes défilent alors que nous sommes désormais appuyés contre sa voiture, trop occupés à discuter.

– Je commence à avoir faim, j'annonce en regardant l'heure. Ça te dirait de manger avec ta pote Dawn ?

– J'aurais adoré ! Le truc, c'est que je dois me lever tôt demain, je travaille sur une affaire importante…

– Pas à moi Derek… Je t'ai vu plus d'une fois à moitié bourré partir au travail !

– Ça, c'était quand j'étais jeune et fougueux.

– C'était il n'y a même pas deux mois ! je ris.

– Objection ! s'écrie-t-il. La preuve n'est pas pertinente.

Malgré moi j'explose de rire.

– D'accord, rentre chez toi, Monsieur l'avocat.

– Qu'est-ce que tu comptes faire de ton côté ? Josh n'est pas dans le coin ?

Je me retiens de grimacer.

– Non, il n'est pas là. Je ne sais pas, je vais certainement finir chez Joey à engloutir une quantité astronomique de fromage.

– Rah, les pizzas de chez Joey, salive mon ami.

– Oui, avec un max de pepperoni dessus.

– Traîtresse, dit-il avant de me sourire.

– Quoi, c'est toi qui tournes le dos à cette soirée *mer-veil-leuse* !

Je lui adresse un clin d'œil et je remarque le moment exact où il change d'avis. Il me fait signe de monter dans sa voiture et je ne me fais pas prier. Dès que je suis assise sur le siège passager, j'attrape mon téléphone.

– Salut, Joey, c'est Dawn ! Tu peux me réserver un coin pour deux ? Super ! Prépare-toi à servir beaucoup de tequila ce soir, je lui dis avant de raccrocher.

Je jette un regard à Derek qui feint l'ennui, alors que je peux voir qu'il lutte pour réprimer un sourire.

Je serre sa main posée sur le levier de vitesses et le remercie.

C'est en super compagnie que je me dirige vers une sacrée gueule de bois !

Garrett

13. Basculement

Cette situation m'oppresse…

Je ne sais plus quoi faire pour arriver à ménager Dawn et Claire. Elles sont deux pans de ma vie que je ne parviens pas à faire cohabiter. Le départ de la galerie de Dawn hier en est la preuve. Je ne pensais pas que la vision des photos pouvait la mettre dans cet état. Je savais qu'elles provoqueraient quelque chose chez elle, mais pas un tel rejet. La colère que j'ai lue dans ses yeux m'a laissé pantois. Ça, à la rigueur, j'aurais pu passer outre, mais ses dernières paroles…

« Tu veux de l'honnêteté, Garrett ? Parfait, en voilà : ton travail est en dessous de la qualité habituelle. Tu sais pourquoi ? Parce que tu as rabaissé tes compétences à une vision qui n'était pas la tienne et que tu obtiens un rendu moyen. Alors oui, tu les vendras chez Sam pour que des mecs pleins aux as puissent se branler devant les photos de ta meuf ! »

Je n'arrive pas à les digérer.

Parce que tu sais qu'elle a raison, me souffle une voix perfide.

J'ai été blessé par ses mots, puis qu'elle parte sans un regard. J'ai hésité à lui courir après pour qu'on se crie dessus une bonne fois pour toutes et qu'on crève cet abcès entre nous. Mais j'ai compris que ce n'était pas ce dont elle avait besoin, sinon elle serait restée.

J'ai donc fermé la galerie derrière elle et suis remonté chez moi pour détailler une à une les photos que je lui ai montrées.

Dans un premier temps, je me suis convaincu qu'elle avait tort, puis j'ai regardé celles vendues chez Sam. Celles dont on avait l'habitude de se moquer, et même si les miennes ne sont pas aussi crues… il n'en reste pas moins qu'elles auraient leur place chez lui.

J'ai vite compris que je voulais surtout retrouver Dawn, *ma Dawn*, celle qui n'hésite pas à me dire mes quatre vérités, même si elles me blessent. C'est la seule personne *au monde* qui peut faire ça.

Sauf que je m'y suis pris comme un manche, pour changer…

Au final, je l'ai blessée et j'ai peut-être aggravé notre relation déjà bancale.

Je me devais de lui parler, d'être enfin honnête avec elle. Je l'ai donc attendue jusqu'à 1 heure du matin, la porte de mon appartement grande ouverte pour ne pas la rater. Je refusais d'avoir cette discussion par téléphone.

Mais elle n'est jamais rentrée.

Au moment où je commençais à m'inquiéter car Josh n'est pas en ville, Claire qui dormait là, est venue me chercher pour que j'aille me coucher. Elle a fortement insisté puis a fermé la porte d'entrée. Quand je l'ai vue se fermer, un frisson m'a parcouru la colonne vertébrale. Comme si avec ce simple geste, Claire me forçait à tourner une page de ma vie, à laisser Dawn de l'autre côté et à poursuivre sans elle. Cette pensée m'a tenu éveillé une bonne partie de ma courte nuit.

Il est désormais 8 heures du matin et je suis toujours étendu dans mon lit avec un sacré mal de crâne. Je ressasse encore toute cette histoire, lorsque Claire surgit dans la chambre, déjà prête pour sa journée d'entretiens. Elle me regarde intensément avant de me dire :

– Si tu t'inquiètes toujours pour ta précieuse Dawn, je l'ai entendue rire dans l'escalier quand je me suis levée pour boire cette nuit.

Je bondis du lit, prêt à voir si elle va bien et ce qu'elle a foutu cette nuit, peu importe si je ne porte qu'un boxer. Cependant, Claire lève une main en fronçant les sourcils.

– Elle était accompagnée. Donc je pense qu'il faudrait que tu la laisses tranquille et que tu te concentres sur *nous* plutôt. Ça nous changerait un peu, murmure-t-elle.

Merde.

Voilà que j'ai réussi à la blesser elle aussi.

– Claire… je dis sans trop savoir comment poursuivre.

Cela n'a pas grande importance, puisqu'elle ne m'écoute déjà plus et redescend dans le salon. Je ne sais pas ce qui me laisse le plus sans voix, cette critique à peine dissimulée ou le fait que Dawn a passé la nuit dehors.

Josh serait-il rentré plus tôt ?

Je descends pour me faire un café, tandis que toutes ces questions tourbillonnent dans ma tête.

J'aperçois vaguement Claire, elle s'agite dans l'appartement pour rassembler les affaires dont elle a besoin.

Je me remémore sa dernière phrase : « Donc je pense qu'il faudrait que tu la laisses tranquille et que tu te concentres sur nous plutôt. Ça nous changerait un peu ».

Le pic de stress que je ressens lorsque j'imagine la fin de notre relation me surprend. Je n'ai jamais été du genre à m'engager sérieusement. Pourtant, Claire dort ici pratiquement toutes les nuits. Je tiens à elle à ma manière et je n'ai pas envie qu'elle pense qu'une autre femme occupe mes pensées. Même s'il y a une part de vérité là-dedans…

Certainement vexée par mon manque de réaction, elle ne prend pas la peine de m'embrasser, et opte pour un vague signe de main en guise d'au revoir. Je culpabilise de ne pas la retenir ou la contredire, mais cela reviendrait à lui mentir et je ne veux pas de ça. Ses talons claquent sur le sol et elle ouvre la porte d'un mouvement sec avant de s'arrêter net.

– Oh, souffle-t-elle.

Un simple mot à peine chuchoté et pourtant je me fige, la tasse de café à mi-chemin de ma bouche. Un bruit venant du couloir me pousse à m'approcher à mon tour, pour voir une scène que je n'aurais jamais imaginée. Mon frère à moitié nu sur le palier de l'appartement de Dawn. Il se débat pour enfiler son jogging.

Une puissante colère m'envahit et plusieurs insultes luttent pour franchir mes lèvres.

Lorsque Dawn arrive en courant, avec pour seule tenue un T-shirt qui ne lui couvre que le strict minimum, je bous de rage et serre mes mâchoires à m'en faire mal. Un voile rouge obscurcit ma vision.

Ils ne nous repèrent pas tout de suite, trop occupés à rigoler doucement dans leur coin.

Mais comme c'est souvent le cas entre nous, mon frère « perçoit » ma présence, et se tourne vers moi. Il remarque donc que nous assistons à leur petit spectacle ridicule.

Je suis en colère et franchement blessé. Ça aussi il le sent.

Mais il sait surtout que j'ai une imagination débordante sauf qu'il n'est pas en état de discuter pour le moment. Je peux voir qu'il a bu, *beaucoup trop*, comme Dawn. Alors, en froussard qu'il est, il ne dit rien. Il amorce un geste pour embrasser Dawn sur le front, mais se ravise après un coup d'œil dans ma direction. Mes yeux le fusillant sur place doivent être un indice suffisamment parlant pour qu'il ne jette pas de l'huile sur le feu.

Il part sans demander son reste. Claire le suit, non sans jeter un regard empli de dégoût à Dawn.

Je me retrouve seul face à une Dawn en piteux état. Ses cheveux ressemblent à un nid d'oiseau et les cernes sous ses yeux attestent de sa nuit agitée. Elle me regarde avec un air gêné et tire nerveusement sur son T-shirt. Ce simple geste fait déferler une colère vicieuse en moi.

Cela lui pose un problème que je la voie dans cette tenue et pas mon jumeau ?

Alors que j'imagine ce qui a pu se passer entre eux, toutes les bonnes intentions sur lesquelles j'ai travaillé cette nuit s'envolent en fumée.

Hors de question de la ménager.

– Je peux savoir ce que c'était ça ? je demande d'un timbre bien plus grave qu'à l'accoutumée.

Elle semble surprise par mon ton, mais se reprend très vite.

– Euh… « Ça », c'était ton frère jumeau. Tu sais, Derek, vous avez partagé le même utérus pendant huit mois ? ironise-t-elle tout en retournant dans son appartement sans fermer la porte.

Impossible de ne pas avoir mes réponses, alors je la suis, mais à l'instant où j'entre chez elle, ce que je n'ai plus fait depuis des mois, ma colère s'évanouit.

Il est parfaitement rangé, aucun tableau en vue, rien ne traîne, tout est à sa place.

L'opposé de ce que j'ai toujours connu.

S'il n'était pas aussi coloré, je me demanderais si je ne suis pas chez moi. Et je n'aime pas ça, mais alors *pas du tout*.

Dawn déborde de créativité et ça se ressent jusque dans son sanctuaire. Je m'inquiète de ne pas voir son chevalet avec sa dernière création inachevée, ou les commandes terminées attendant d'être livrées. Dawn a toujours peint depuis qu'elle sait tenir un pinceau correctement.

Je me rends compte que même si depuis trois mois nous avons retrouvé un faux-semblant d'équilibre à la galerie, le fossé entre nous n'a cessé de s'agrandir. Cette vérité m'éclate en pleine figure, je sens mon cœur s'emballer sous le coup de la peur.

Une tasse fumante de café apparaît devant mes yeux, ce qui me fait sursauter et déclenche un petit rire à Dawn. Puis elle grimace.

Elle ne se rend pas compte de l'état dans lequel je suis.

– Qui a allumé un marteau-piqueur dans ma tête ? dit-elle en s'asseyant dans son canapé avec son mug.

– Où sont passées tes toiles ? je lui demande brusquement.

– Ça fait plusieurs semaines que je n'ai pas eu le temps de peindre, m'explique-t-elle tout en regardant son appartement d'un œil vague. Je pensais que tu serais impressionné de voir ma maison rangée…

– Tu ne peins plus ? je répète, perdu.

Ce n'est jamais arrivé.

Jamais.

– Non. J'ai trop de travail à côté.

Elle parle si rapidement que je devine qu'elle a déjà répété plusieurs fois cette phrase. Elle s'en est même certainement convaincue.

Ce sont des conneries.

Dawn ne va bien que lorsqu'elle a un pinceau entre les doigts et de la peinture dans les cheveux !

Je m'apprête à pousser mon investigation plus loin, pourtant ce ne sont pas les mots que j'imaginais qui franchissent mes lèvres.

– Tu as passé une bonne soirée ? je lui demande en m'asseyant sur la table basse en bois face à elle.

– Oui, la soirée était super… C'est le lendemain qui est toujours décevant.

Voilà qui veut tout et rien dire.

D'habitude, Dawn est plus perspicace en ce qui concerne mes humeurs. Elle sait avant moi quand je suis frustré ou en colère, là elle semble juste… s'en foutre.

Je bois mon café pour m'aider à poser ma prochaine question, car sa réponse pourrait ne pas me plaire et changer beaucoup de choses entre nous.

Je ne sais pas comment m'y prendre alors j'opte pour la manière frontale.

– Tu as couché avec mon frère ?

La tête qu'elle fait à cet instant aurait pu me faire rire, si je n'étais pas aussi stressé. Ses yeux, puis sa bouche s'ouvrent sous le choc et elle me fixe comme si j'étais un extraterrestre.

– Va te faire foutre, Garrett ! Derek pourrait être mon frère, putain !

Le soulagement s'abat sur moi malgré la colère évidente de Dawn. Je n'aurais tout simplement pas supporté que ça arrive. Derek et Dawn, ensemble, ça aurait été… Je n'ai même pas de mots assez forts pour dire à quel point ça m'aurait détruit.

– Excuse-moi de douter de vous, mais après avoir assisté à votre petite scène tout à l'heure, je crois que j'ai légitimement le droit de me poser la question, je rétorque avec un regard appuyé vers ses cuisses nues.

– Je ne sais pas d'où te vient cette idée, mais je n'ai pas la force de me fâcher, dit-elle après une grande inspiration. Donc je vais gentiment t'envoyer voir ailleurs si j'y suis. Je ne voudrais pas réveiller la fanfare qui a élu domicile sous mon cuir chevelu. Mais ma gueule de bois ne m'empêchera pas de te botter le cul s'il le faut, Garrett. Alors, lâche-moi ! Néanmoins, pour ta gouverne sache que, non, je n'ai pas couché avec ton frère *jumeau.*

– Ravi de l'apprendre…

Nous sursautons tous les deux avant de regarder en direction de cette voix. Un Josh épuisé, avec un bouquet de lys à la main et une valise dans l'autre, se tient dans l'encadrement de la porte laissée ouverte. Dawn se lève d'un bond, oubliant sa gueule de bois.

– Josh !

– Salut, toi, répond-il en lui offrant un sourire chaleureux.

Elle se jette dans ses bras, puis il la serre fort contre lui. Il prend une grande inspiration, juste au creux de son cou, avant que son regard se braque sur moi.

Il lève un sourcil, ses yeux se font perçants, limite accusateurs. Je ne comprends pas tout de suite, puis je prends conscience que je porte uniquement mon boxer. Je n'ai plus pensé une seule seconde à ma tenue lorsque je suis sorti de chez moi.

Les apparences sont vraiment trompeuses ce matin.

Après avoir posé ma tasse de café sur la table, je prends le temps de lever les mains en signe de paix et repars vers mon appartement.

– Je vais vous laisser tranquilles.

– Fais donc ça, oui, me répond Josh.

Je retiens de justesse un rictus et serre les poings à la place.

Lui aussi, il me court sur le haricot, et ce n'est pas le bon moment.

– Dawn, on essaie de se voir en fin de journée ?

Mais ils ne m'écoutent plus, ils s'embrassent passionnément au point de me mettre mal à l'aise. Je me demande si ce n'est pas ce que cherche Josh, d'ailleurs. Marquer son territoire et m'indiquer où est ma place.

Ce qui m'agace le plus, c'est qu'au fond je peux comprendre. J'aurais certainement fait la même chose si les rôles avaient été inversés.

Je ferme derrière moi, mais avant d'avoir pu atteindre mon appartement, quelque chose, ou plutôt quelqu'un, est plaqué contre la porte de ma meilleure amie.

Dawn ?

Le gémissement que j'entends m'indique que j'ai vu juste. Je fonce chez moi, m'enferme et allume la musique au point de ne pas entendre ce qui se passe à quelques mètres de moi.

Essoufflé sans comprendre pourquoi, je réfléchis à toute vitesse à la demi-heure qui vient de s'écouler. Entre le fait d'avoir vu Dawn à moitié nue, le soulagement qu'il ne se soit rien passé entre elle et mon frère et son gémissement… Tout se mélange dans mon esprit. J'ai l'impression d'avoir de nouveau 17 ans, lorsque j'aimais Dawn un peu plus que comme une simple amie.

Des sensations que je connais par cœur tentent de prendre le contrôle de mon corps.

Claire, je suis avec Claire, et tout va bien entre nous !

Enfin, presque tout.

Je passe les mains dans mes cheveux, furieux contre moi-même.

Tout se mélange dans ma tête, je suis perdu.

– Putain !

Je ne peux retenir ce cri de frustration. Tout est tellement compliqué en ce moment que ça en devient ridicule. Je n'aime pas marcher sur des œufs avec Claire et encore moins avec ma meilleure amie. Je n'ai jamais eu à faire attention à mon comportement avec elle avant.

Comment Dawn et moi, avons-nous pu nous mettre dans une telle situation ? Qu'est-ce qui diffère de nos précédentes relations ?

Une multitude de questions me traverse l'esprit, je me sens sur le point de casser quelque chose chez moi. Alors, je ferme les yeux dans une vaine tentative pour me calmer, mais rien n'y fait. Je fonce dans ma chambre enfiler une tenue de sport.

Rapidement, je suis dans la rue et cours sans m'arrêter.

Dawn

14. Génie

Est-ce que le fait de le regarder dormir est bizarre ?

C'est la question que je me pose depuis dix minutes. Pourtant, ce n'est pas la première fois que Josh dort dans mon lit. En revanche, c'est la première fois qu'on passe deux jours nus, à faire l'amour comme si notre vie en dépendait. Je ne vais pas m'en plaindre, je suis sur un petit nuage depuis qu'il est revenu. Ce qui est sûr, c'est que je ne m'attendais pas à ce qu'on franchisse ce cap dans notre couple contre la porte de mon appartement ou sur le sol de mon salon.

Mais c'était parfait.

Je ne changerai rien.

Derrière toute cette prévenance se cache un amant comme je n'en ai jamais eu ! Il sait trouver le juste équilibre entre doux et fougueux et a un indéniable penchant pour la levrette.

Je souris en songeant que me passer de lui risque d'être encore plus dur maintenant. Son absence n'en sera que plus douloureuse. J'espère que son père n'aura pas trop besoin de lui dans les prochains jours. J'aimerais qu'il puisse rester à Wilmington un peu plus longtemps. Pas que pour le sexe, ça, c'est un bonus, mais parce que j'adore simplement sa compagnie.

Mes yeux s'égarent sur le mur en face de moi et sur le pêle-mêle de photos qui y trônent. Beaucoup sont de moi et Garrett. Soudain, ça me rend mal à l'aise alors que j'ai toujours adoré ces clichés. Sauf que je ne me suis jamais demandé ce que Josh en pensait. Certes, il est compréhensif et il sait depuis le début que Garrett a une place importante dans ma vie, mais je n'ai pas oublié sa réaction lorsqu'il a vu mon meilleur ami en boxer chez moi.

Pour Garrett et moi, c'est naturel, on s'en fout. Pour autant, ça peut ne pas l'être pour tout le monde. Je n'ai pas trop eu le temps de réfléchir à ma dispute avec mon meilleur ami depuis le retour de Josh, mais je crois que ma volonté de prendre du recul et de tracer une limite entre ma vie professionnelle et personnelle est indispensable. Je ne modifierai pas ma décision concernant ces photos, mais ça ne change pas ce que je pense de lui.

Il reste Garrett, mon Garrett.

Je me force à sortir de mes pensées beaucoup trop sérieuses, pour me lever le plus délicatement possible. Je compte aller nous acheter de quoi faire un petit déjeuner de rois. On s'est nourris uniquement de pizzas ces derniers jours et il est temps d'y remédier.

J'enfile rapidement un legging et un T-shirt avant d'attacher mes cheveux à la va-vite, puis descends mon escalier sur la pointe des pieds.

Je suis dehors en un rien de temps et savoure les rayons du soleil sur ma peau. Le mois d'août est magnifique, c'est un bonheur de se promener dans les rues de Wilmington à cette saison.

– Je pensais que tu étais morte sous l'effet du plaisir, lance une voix derrière moi.

D'un bond, je me retourne pour tomber nez à nez avec Garrett qui enlève ses écouteurs. Il est tout transpirant et vu sa respiration rapide, je conclus qu'il revient d'un footing.

– Est-ce que tu m'as espionnée ? je lance en essayant de ne pas rougir.

– Pas besoin. Tes cris sont arrivés jusqu'à mon appart.

Oh merde.

La honte me brûle les joues. J'essaie de décrypter son expression, mais j'échoue. C'est souvent le cas ces derniers temps, nous qui nous vantions de nous connaître mieux que nous-même. Tu parles…

– Je ne compte pas m'excuser de prendre mon pied, mais je peux te dire « désolée » pour la gêne occasionnée, je débite rapidement.

Lorsque je suis mal à l'aise, la plupart du temps j'essaie de sortir une vanne pour désamorcer la situation. Il le sait, je le sais. Ça pourrait ne pas fonctionner, pourtant, j'aperçois son petit sourire moqueur.

– Tu pourrais me faire une ristourne sur le loyer de ce mois-ci.

– Loyer que tu ne paies pas ? Celui-là ?

– Ouais. Lui-même.

– OK, je vais y réfléchir dans ce cas, je pouffe.

Mes épaules se relâchent en même temps que je lui souris.

– Tu vas où ? me demande-t-il.

– Au café, au coin de la rue. Tu veux venir ?

Il hoche la tête et m'emboîte le pas.

Dans un premier temps on ne parle pas, on se contente de marcher, l'un à côté de l'autre.

– Depuis quand tu as repris la course ? je le questionne, trop curieuse de le voir dans cette tenue.

– Depuis que tu t'envoies en l'air H24.

Je hoquette face à son honnêteté et cette fois mes joues me brûlent bel et bien. Je cherche quoi lui répondre, mais rien ne me vient. D'un geste que je ne vois pas venir, Garrett attrape ma main et me force à m'arrêter.

– Je suis désolé pour l'autre jour, les photos, c'était…

– Non, je le coupe, ravie du changement de sujet. Je n'aurais pas dû te parler comme ça. Je n'ai jamais eu à gérer cet aspect-là à la galerie, j'avais juste à valider le travail de mes assistants bien plus doués dans ce domaine. Et tu es toi et je suis moi, ce n'est pas simple de trouver le juste milieu.

– Ouais, répond-il en passant une main dans ses cheveux qui lui collent au front. Ça n'empêche, je n'aurais pas dû te proposer cette série, je sais que ça ne correspond pas au Black Market.

Mon cœur s'accélère un peu, le soulagement afflue dans mes veines. À cet instant, je retrouve mon meilleur ami, pas le semi-étranger qu'il est devenu depuis… eh bien, Claire.

– C'est gentil de le reconnaître.

Il me dévisage comme s'il voulait me dire autre chose, mais aucun mot ne franchit ses lèvres. Il se contente de me tenir la main, au beau milieu du trottoir. D'un mouvement de tête je l'invite à reprendre notre chemin.

Presque à regret, nos mains se séparent et on discute de banalités jusqu'à arriver à la boutique.

L'odeur de café mélangée à celle, sucrée, des pâtisseries est à se damner.

– Bordel, je viens de courir pendant une heure et je termine dans l'antre du diable…

– En même temps, la vie serait bien triste sans un peu de sucre, je réponds avec un clin d'œil.

– Bonjour ! Qu'est-ce que je peux vous servir aujourd'hui ? nous interpelle la vendeuse.

– Beaucoup de choses, je plaisante avant de lui dicter ma commande.

Garrett me fait les gros yeux, mais je me contente de lui tirer la langue.

– Et pour vous, Monsieur ?

– Un cappuccino avec un muffin au chocolat, s'il vous plaît.

– Parfait ! Je vous laisse patienter, je vous appelle quand c'est prêt.

On se dirige vers une petite table ronde pour s'asseoir, comme on l'a fait des dizaines de fois. Cela me fait un bien fou de retrouver cette normalité avec lui, dans un quotidien qui n'a plus rien de normal. Pourtant, dès qu'on est ensemble, c'est un peu comme si le monde semblait retrouver son axe.

– Qu'est-ce que tu as prévu aujourd'hui ? je lui demande.

– Je reçois monsieur Flint à la galerie. Il est intéressé pour m'acheter la photo du champ de Davidson.

– Oh ! J'adore cette photo, je suis contente pour toi.

Il s'agit d'un magnifique panorama d'un champ près de chez nos parents. Je me souviens qu'il m'avait extirpée de mon lit pour que je l'accompagne faire cette série de clichés lors d'un de nos séjours là-bas.

Comme quoi, certaines choses ne changent jamais.

– Propose-lui une de tes nouvelles, je lance, pince-sans-rire. Je suis persuadée que ça pourrait lui plaire.

– Ah, ah, ah, très drôle, grince-t-il. Il en ferait un infarctus plutôt.

– Y a des chances, je couine en me retenant de rire.

Qu'est-ce que c'est agréable de pouvoir le taquiner comme ça. Quand quelqu'un fait partie de votre vie depuis vingt-trois ans, c'est un peu une seconde nature. Enfin, chez nous, tout du moins.

Je ne sais pas combien de temps cette bulle entre nous va perdurer, mais je suis bien trop contente de la vivre pour ne pas pleinement la savourer.

Je triture distraitement les petits sachets de sucre devant moi.

– Ça fait quelques mois qu'on n'a pas joué à Da-Re, je lui dis.

Il penche la tête sur le côté.

Bien, il réfléchit.

– C'est vrai.

– Et de mémoire, c'était à ton tour d'en lancer un…

Il me regarde intensément, une émotion que je ne déchiffre pas luit dans ses yeux.

– Serait-ce ton offrande de paix, Dawn ?

Je grimace.

– Je ne dirais pas ça comme ça, parce que je n'ai rien fait de mal. Mais tu me manques et tout est déjà suffisamment compliqué au quotidien pour ne pas ajouter un peu de joie avec un Da-Re, ou deux.

– Ou trois ou quatre. N'oublie pas que je te connais, hein, je sais que quand ils commencent, ils débarquent en troupeau.

Je ris, parce qu'il a raison.

– Je ne t'ai jamais forcé à jouer si je me souviens bien.

– Non, pas besoin de me forcer, je vis simplement pour te battre à ce jeu, c'est tout.

– On a jamais tenu les scores, bon courage, l'ami !

– Tu sais très bien que si on le faisait, je serais en tête.

J'écarquille les yeux, choquée.

– Tu plaisantes, j'espère, Monsieur « je peux pas faire ça, pense à ma réputation » !

– Toi et moi, on sait que t'as toujours eu les arguments pour me faire passer outre ladite réputation.

Ses yeux verts sont remplis de malice, mais je ne le détrompe pas. Il fut un temps, je savais trouver les mots pour lui faire entendre raison… ou accepter un Da-Re. Mais ce temps-là est révolu, sinon il ne serait pas avec Claire ou aurait accepté sans sourciller de jouer.

– Dawn et Garrett, votre commande est prête, nous appelle la serveuse en souriant.

Je me lève pour récupérer le sac dans lequel se trouve l'énorme petit déjeuner qu'on va engloutir, Josh et moi. Je paie grâce à mon téléphone avant de me décaler pour que Garrett puisse faire de même.

On repart et ce n'est que lorsqu'on arrive devant la galerie qu'il reprend la parole.

– Da-Re de reprendre la peinture ?

Son pari me surprend tellement que je manque de lâcher le sachet. Je me tourne lentement vers lui et vois à son expression qu'il est déterminé à aller au bout.

– Je n'ai pas arrêté, je lâche, vexée.

– Si.

– Non !

– Si.

Je m'apprête à répliquer vivement lorsque je me rends compte qu'il est resté calme de son côté. Cela ne lui ressemble pas, d'habitude il monte sur ses grands chevaux quand on n'est pas d'accord.

Pourquoi est-ce que là, c'est différent ?

Parce qu'il a raison, me souffle une petite voix perfide.

Je me dandine sur mes pieds, mal à l'aise.

– C'est quoi la contrepartie si je ne le fais pas ?

À ses yeux, je sais que je ne vais pas aimer ce qu'il va dire avant même qu'il ouvre la bouche.

– Tu devras accepter ma série de photos dans ta galerie.

– Espèce de petit…

– Génie ? propose-t-il.

– Ce n'est pas tout à fait ce que j'allais dire, je rétorque en me dirigeant vers la porte sur le côté du bâtiment pour taper notre code. Je vais voir ce que je peux faire.

– Non.

Ce simple mot résonne dans notre cage d'escalier.

Je lui fais face en levant le nez pour qu'il voie bien ma détermination.

– Tu auras beau me dévisager autant que tu veux, Dawn, les règles sont ce qu'elles sont, soit tu acceptes le Da-Re, soit tu acceptes la contrepartie. Choisis.

Je me mords l'intérieur des joues pour ne pas lui balancer une insulte bien méritée. Voilà ce que ça me rapporte de me montrer gentille en lui rappelant l'existence de notre petit jeu.

– Da-Re, je grince.

– Parfait. J'ai hâte de voir ta prochaine toile et…

Je plaque mes doigts sur sa bouche.

– Tais-toi avant que je t'enferme dans la cage d'escalier qui monte au toit et que je perde la clé ! je le menace.

Il roule des yeux ce qui me donne envie de les lui arracher. Avec un soupir très sonore, je le plante là et monte les marches aussi vite que ma condition physique inexistante me le permet. Mais avant de pouvoir me réfugier chez moi, mon prénom retentit dans l'espace.

Je me penche par-dessus la balustrade pour le fusiller du regard. Quelle n'est pas ma surprise lorsque je comprends qu'il me prend en photo avec son smartphone, un sourire de vainqueur accroché aux lèvres.

– Pour la postérité, m'indique-t-il.

Je lève les yeux au ciel, agacée en reprenant mon chemin. Quand enfin je referme la porte de mon appartement derrière moi, toute la frustration causée par Garrett s'envole devant la vue la plus sexy de la ville : Josh en boxer dans mon salon.

Son air ensommeillé, ses cheveux en bataille et ses yeux bleus luisant d'une lueur joyeuse en me voyant me font craquer un peu plus.

– Salut, toi, dit-il.

– Bonjour à toi aussi, je réponds en m'approchant pour lui déposer un baiser sur les lèvres. Je suis allée chercher le petit déjeuner, tu as faim ?

– Oui, mais pas de ce qu'il y a dans ce sachet.

Oh.

Nos regards se croisent et quand sa bouche capture la mienne, j'oublie tout ce qui n'est pas nous.

Garrett

15. Idée du siècle

Encore quelques secondes et ça sera parfait.

Cela fait maintenant vingt minutes que j'attends, totalement immobile, que les rayons du soleil se positionnent exactement comme je le souhaite sur cette fleur. On est début octobre, alors obtenir une bonne luminosité tient parfois du miracle. Ce sont dans ces moments où la patience est de mise, que j'aime scruter le moindre détail des éléments qui m'entourent à travers mon objectif.

Je sais que d'ici quelques instants, la lumière sera parfaite et j'aurai une superbe photo à offrir à Claire pour Noël.

Enfin, lorsque les rayons du soleil jouent avec les pétales comme je l'espérais, je positionne délicatement mes mains sur mon appareil et retiens mon souffle pour être sûr de ne plus bouger.

Je visualise déjà le rendu et un sentiment de fierté m'envahit. Ça va être sublime.

Alors que j'appuie sur le déclencheur, la porte de mon appartement s'ouvre en même temps, me faisant sursauter et probablement tout gâcher.

– Je viens d'avoir l'idée du siècle ! déclare ma meilleure amie.

Je ferme les yeux tout en relâchant bruyamment ma respiration que je retenais.

Sans répondre à l'intruse, je me repositionne, mais je sais déjà que ce moment est passé. Ma photo ne sera pas aussi belle qu'il y a quelques secondes, même s'il serait possible de recréer certains des effets avec mon logiciel de retouches, je saurais que ce n'est pas réel.

Je me tourne vers Dawn, le regard meurtrier.

– Je te déteste, là, tout de suite. Ça fait plus d'une heure que je suis sur cette photo, je lui dis en étirant mon dos douloureux d'être resté si longtemps figé.

– Mon cher Garrett, je t'ai déjà dit te mettre à la peinture ! C'est bien plus simple, tu dois juste visualiser et… eh bien peindre. Tu arrêterais de dépendre de la pluie et du beau temps.

– Dawn, pitié, tais-toi, je râle pour la forme.

Je me dirige vers ma cuisine pour attraper une bière dans le frigo. En refermant la porte, je souris à la photo de ma meilleure amie, penchée par-dessus la balustrade, qui y est accrochée.

Je n'arrive pas à croire que cela va faire deux mois que je lui ai lancé le Da-Re de recommencer la peinture. Pourtant, je suis heureux de l'avoir fait, car depuis, tout est presque redevenu comme au bon vieux temps.

Avant que je puisse avaler une gorgée de ma boisson, la bouteille m'est arrachée des mains. La lueur espiègle dans les yeux de Dawn fait redescendre la frustration de ma photo ratée, alors je capitule.

– Tu ne vas pas me lâcher avant que je t'aie écoutée, alors vas-y… C'est quoi, ton « idée du siècle », Einstein ?

Maintenant qu'elle a toute mon attention, elle redresse les épaules comme pour se grandir.

– Tu sais que je pars pour trois jours à Davidson ?

Comment pourrais-je l'oublier ? Elle ne parle que de ça depuis deux interminables semaines…

Mon petit enfer personnel.

Dawn ne sait pas que ça me pèse toujours autant, car je suis devenu un pro quand il s'agit de masquer mon animosité envers Josh.

– Après presque six mois de relation, ma mère va me trucider si je ne le lui présente pas *officiellement*. Parce que tout le monde est d'accord sur un point, il est hors de question que leur première rencontre reste mon anniversaire où elle a vu ton cul en string, m'explique-t-elle en grimaçant.

Je ne peux retenir le petit rire qui monte dans ma gorge. Je n'avais jamais vu la situation sous cet angle.

Avant que j'aie pu dire quoi que ce soit, Dawn me donne une tape dans l'estomac puis me rend ma bière, la faisant légèrement déborder sur mes doigts. Elle déambule dans mon salon, les sourcils froncés, signe évident de sa nervosité. Elle n'est pas sûre de la réponse que je vais lui donner.

Voilà qui pique forcément ma curiosité, alors je la taquine pour qu'elle me donne toutes les informations.

– OK, jusque-là, je te suis : Josh, ta mère et mon cul splendide.

Mon raccourci la fait hoqueter, mais elle ne me reprend pas et poursuit sur sa lancée. Presque comme si elle avait peur que le courage lui manque si elle s'arrêtait.

– J'ai pensé que ça serait sympa que tu viennes aussi. On n'est pas retournés à Davidson ensemble depuis une éternité ! Tes parents et Jessie seraient heureux de te voir un peu. Enfin, je pense, ajoute-t-elle après une pause en fronçant le nez. Tu es un peu un cadeau empoisonné quand même, peut-être que je ne devrais pas leur infliger ça, en fin de compte.

Je bois une gorgée de ma bière pour me laisser le temps de réfléchir et de ne pas réagir à sa dernière pique. Je sais que c'est ce qu'elle cherche.

Je tente de ne pas trop grimacer sur le côté pourri de son idée : être enfermé dans la même voiture que leur parfait petit couple. Pendant plusieurs heures. Rien de tout ça ne fait partie de mes plans du week-end.

Claire, en revanche, oui.

On a prévu de voir une nouvelle exposition dans une petite galerie d'une ville voisine. Je ne peux pas annuler la veille pour le lendemain. Dawn doit voir mon hésitation, car elle me reprend la bière des mains, malgré le regard irrité que je lui lance. Quand elle a une idée en tête, c'est difficile de l'arrêter, alors je ne m'y essaie même pas.

– Sérieusement, ça pourrait être vraiment cool, insiste-t-elle en me faisant les gros yeux. Et tu pourrais… proposer à Claire de venir aussi, si tu veux. Elle verrait où tu as grandi et pourrait rencontrer ta famille par la même occasion.

Là, elle touche un vrai sujet sensible. Je ne compte même plus les discussions avec ma mère à ce propos. Mon père et elle commencent à penser que j'ai honte d'eux… Alors que ce n'est pas le cas, je ne me sens juste pas prêt à amener Claire chez eux, c'est tout. Mais je ne sais pas comment éviter les soupçons de Dawn sur le sujet tout en préservant les apparences.

– Essaie de me faire cette même proposition, mais sans ta petite moue dégoûtée accrochée aux lèvres. Là, je considérerai ce voyage, je lui réponds en tapotant sa bouche.

Pour seule réaction, j'obtiens un superbe doigt d'honneur, avant qu'elle reparte en direction de son appartement. Avec ma bière.

Cette fille aura ma peau un jour.

C'est un peu contraint, voire forcé, que je la suis jusque chez elle. Avant qu'elle puisse refermer sa porte, je la pousse gentiment à l'intérieur pour entrer et récupérer ma bouteille.

Son expression sincèrement peinée me fait l'effet d'un coup de poing dans l'estomac. Je n'aime pas savoir Dawn triste, et depuis toujours. D'autant plus quand je peux résoudre ça d'un simple claquement de doigts. Après tout, quel mal peut-il y avoir à retourner à Davidson ?

– Tu sais quoi ? je me lance. Je pense que tu as eu une bonne idée en fin de compte. Ça fait quelque temps que j'envisage de présenter Claire à mes parents. Parce que, ne nous voilons pas la face, le portait que Jessie leur a dressé n'est pas très flatteur. Ma mère a cru que je sortais avec une psychopathe.

Elle fait une petite moue qui indique qu'elle est plutôt d'accord avec cela, mais mon regard noir la dissuade de dire un mot sur le sujet. Elle pince les lèvres, baisse les yeux puis quand elle est sûre de ne pas rire elle dit :

– On pourrait montrer à nos deux visiteurs les endroits incontournables et les meilleurs restaurants du coin !

– Pourquoi pas, oui…

– Et pour parfaire cette proposition, je t'annonce que je pars demain matin seule, pour aider ma mère à préparer la maison. Tu ne serais donc pas coincé dans la voiture avec moi et Josh. Tu peux y aller de ton côté avec Claire ou faire le trajet avec moi.

Bordel, elle me connaît décidément beaucoup trop bien. Elle lit en moi comme dans un livre ouvert.

– Dans ce cas, je ne vois pas ce qui me retiendrait de faire ce voyage à Davidson !

– Oui ! lance-t-elle en même temps que son poing en l'air, en signe de victoire. Oh ! Si tu savais le nombre d'idées que j'ai pour ces trois jours…

Elle les énumère toutes et la plupart sont plutôt bonnes, je dois le reconnaître. Instinctivement, on se remémore des anecdotes embarrassantes. On fait souvent ça quand l'appel de Davidson, celui de rentrer au bercail, est un peu trop fort.

J'aime vivre à Wilmington, mais ma véritable maison n'est pas ici et je pense qu'il en va de même pour Dawn.

Nous sommes interrompus par mon téléphone qui se met à sonner et nos regards se posent automatiquement sur le nom qui s'affiche : Claire. Comme si la bulle qui nous entoure venait de s'évaporer, la réalité nous rattrape.

– Hey, justement, je pensais à toi, j'allais t'appeler, je lance en décrochant.

– J'aime t'entendre dire des choses comme ça. Ça me donne envie de t'embrasser et plus si affinités… chuchote-t-elle.

Je me lève précipitamment du canapé pour que Dawn n'entende pas, et m'éloigne jusque dans sa cuisine.

– Pourquoi pensais-tu à moi, Garr ? insiste Claire.

Je ne me fais toujours pas à ce surnom, mais je ne l'ai pas reprise la première fois qu'elle l'a utilisé. Je croyais ne plus la revoir, et maintenant je me retrouve comme un con…

– Hum… Tu me fais perdre le fil de mes pensées en me disant des choses pareilles, je déclare avant de me racler la gorge et de poursuivre. Dawn nous propose un petit week-end sympa dans notre ville natale et j'ai pensé qu'il était temps que tu rencontres enfin mes parents. Je sais qu'on avait prévu de voir cette expo mais…

– Oh, non…

Voilà qui n'annonce rien de bon.

– J'aurais adoré rencontrer tes parents, Garr ! Mais ça ne sera pas possible, c'est pour ça que je t'appelais au départ, pour annuler notre sortie. Mon nouveau boss m'a demandé de travailler quelques heures samedi matin. Étant encore toute nouvelle, je ne me vois pas refuser. Je suis désolée.

Un sentiment de déception m'envahit à l'idée que je ne verrai pas ma famille ce week-end. Après avoir passé la dernière heure à parler d'eux, j'étais presque impatient d'y aller et de retrouver Davidson.

Dawn me considère en fronçant les sourcils. Apparemment, mon expression lui met la puce à l'oreille.

– Claire travaille samedi matin, j'explique.

– Ah, répond ma meilleure amie en sortant son portable. Laisse-moi vérifier un truc.

Je la regarde pianoter tout en demandant à Claire de rester en ligne.

– Il y a un train qui passe par Charlotte. Ce n'est pas l'idéal parce que ça double presque le temps de trajet, mais elle serait là en début de soirée. Ça lui irait ?

Dire que je suis surpris par la gentillesse de Dawn envers Claire, serait un euphémisme. Autant, tous les deux on arrive à faire fonctionner de nouveau notre relation, mais sans nos partenaires. Dès qu'ils entrent dans l'équation tout devient plus compliqué.

Je mets le téléphone sur haut-parleur pour regarder l'écran que me tend ma meilleure amie.

– Tu as entendu, Claire ?

– Oui. Je vais voir ce que je peux faire, je comprends que me présenter à tes parents te tient à cœur, Garr.

Difficile de manquer l'expression de Dawn, elle lève si haut les yeux au ciel que je me demande s'ils vont redescendre un jour. Elle me fait signe qu'elle monte dans sa chambre et j'en profite pour discuter un peu avec Claire.

– Ça sera vraiment bien, je lui dis pour la troisième fois.

– Si je dois prendre le train sur plus de six heures, je l'espère bien, rétorque-t-elle avant de rire.

– Davidson ne te décevra pas, je lui promets.

– J'attends de voir. Tu sais je suis une fille de la ville, les coins paumés comme ça, ce n'est pas trop mon truc.

Pourquoi est-ce que sa phrase me vexe ? Elle a tout à fait le droit de ne pas aimer là où j'ai grandi.

Mon silence doit la mettre mal à l'aise parce qu'elle se racle la gorge et reprend :

– Mais je suis sûre que tu feras tout pour en faire un week-end mémorable. Je dois y retourner ! À ce soir !

Sans plus de cérémonie elle raccroche et je fixe mon écran en me demandant ce qu'il vient de se passer, puis je monte l'escalier pour retrouver Dawn dans sa chambre, en train de préparer sa valise pour ce long week-end.

– Alors ? demande-t-elle en pliant un pull.

– Elle viendra.

– Mais ?

Elle n'a même pas besoin de me regarder, elle continue sa petite vie.

– Claire n'est pas du genre à aimer les petites villes.

– Peut-être que Davidson la fera changer d'avis.

Je l'espère, vraiment.

– Je peux savoir pourquoi tu m'aides à faire venir Claire avec nous ?

Elle hausse les épaules, puis après un coup d'œil en coin elle m'avoue enfin :

– J'ai simplement compris à quel point c'était épuisant de devoir haïr quelqu'un. Surtout que ce n'est pas comme si j'y pouvais quelque chose, n'est-ce pas ?

Bordel. C'est dur.

Même si je comprends sa position.

– Dawn, je t'ai déjà dit que…

– Sérieusement, Garrett, tu crois vraiment que je ferais passer *mon* bonheur avant le tien ? me dit-elle en se retournant pour me faire face.

– Non, mais… je tente.

– Tu es heureux avec elle ? Genre vraiment ?

Ses yeux scrutent intensément les miens tandis que mon cœur bat des records de vitesse.

– Oui.

Elle hoche la tête avec un temps de retard.

– Bien, donc ça résout le problème. *Tu* es trop important pour moi et jamais je ne te demanderai de souffrir pour mon bon plaisir. On est des adultes maintenant, je peux faire des compromis.

– En supportant ma copine le temps d'un week-end ?

– C'est un bon début, oui. Et qui sait, peut-être qu'un jour on s'entendra si bien que je serai sa demoiselle d'honneur à votre mariage !

Sa petite déclaration aurait pu être convaincante sans cette dernière phrase. Je ressens néanmoins le besoin de la prendre dans mes bras pour lui montrer ma gratitude. Elle se laisse faire et referme les siens autour de moi. Je profite de chaque seconde de cette étreinte, avant de murmurer :

– Non, tu ne seras jamais la demoiselle d'honneur de ma future femme, puisque tu seras *mon* témoin, dis-je, lui rappelant la promesse que nous nous sommes faite il y a des années.

– C'est vrai. Comment j'ai pu oublier ce détail ? Allez, maintenant, fini les câlins, file préparer ta valise ! Demain, on part tôt !

– À vos ordres, Madame.

Après un clin d'œil, je la laisse seule.

Dawn n'a jamais voulu entendre que je n'ai pas besoin d'autant d'affaires qu'elle pour un week-end, mais je ne vais pas la contrarier pour si peu. En rentrant chez moi, je commence à ranger le matériel photo que j'ai mis en place pour le cadeau de Claire.

Une fois que tout est en ordre, j'attrape mon appareil et, par habitude, je regarde le rendu du cliché que Dawn m'a fait rater sur l'écran numérique. Je suis surpris de voir que la photo est magnifique, le fait qu'elle ne soit pas parfaitement nette accentue encore son charme.

Je secoue la tête en souriant, tout en me disant qu'il faudrait que je remercie ma meilleure amie pour son interruption, finalement.

Mon téléphone émet une sonnerie qui m'annonce l'arrivée d'un nouveau message.

Josh Wayne

Prends soin d'elle pour moi le temps que j'arrive. Et s'il te plaît, fais en sorte qu'elle ne stresse pas trop, tu la connais…

Durant ces derniers mois, mes rapports avec Josh ne se sont pas améliorés, mais ils ne se sont pas dégradés pour autant. On se supporte parce qu'on sait qu'on est importants, tous les deux, pour Dawn. Ce n'est pas toujours simple, mais on est obligés de maintenir cet équilibre si on ne veut pas que tout s'effondre.

Est-ce que certains jours, j'ai envie de lui dire de remballer son perfectionnisme à Chicago ? Oui. Est-ce que j'ai failli le faire plus d'une fois ? Oui. Est-ce que les mots ont franchi ma bouche ? Non.

Et c'est tout ce qui compte.

Avant que je puisse lui répondre, un nouveau SMS apparaît sur mon écran.

Petite Démone

Sur une échelle de 1 à 10, tu penses que ma mère va me faire honte à quel point ? 1 étant « pas du tout, tu n'as rien à craindre » (je ne te croirais pas, on parle de ma mère là, hein) et 10 étant « tu vas mourir de honte, tu veux que je prenne une pelle ? ».

Mon éclat de rire emplit mon appartement. Elle sait très bien dans quoi elle met les pieds, mais je trouve mignon qu'elle cherche à ce que je la rassure. Sauf qu'elle attend de moi la vérité, alors je lui réponds le plus sincèrement possible :

Garrett

`72.`

Sa réponse s'affiche aussitôt.

Petite Démone

`Ouais, c'est bien ce que je redoutais. Fais-moi penser à prendre la pelle dans le garage avant de partir.`

Malgré ses allures de « ça va être trop cool, on va s'éclater », il est clair que ce week-end la stresse. Josh commence à bien la connaître, je dois lui reconnaître au moins ça.

Je rouvre son message pour lui répondre avant d'oublier et de passer pour un connard de première.

Garrett

`Tu n'as pas à t'en faire, elle est entre de bonnes mains.`

Bon, bah maintenant, il faut que je réorganise mon planning de fin de semaine. Certes, je suis indépendant et fais plus ou moins ce que je veux, mais quand même.

J'aime quand il est plus ou moins fixe, ça me donne un cadre et ça donne un objectif à mes journées. Il n'y a bien que Dawn pour tout balayer d'un rire comme si ce n'était pas important. Mais le plaisir de retourner à Davidson en sa compagnie et présenter Claire à ma famille m'enchante réellement. Depuis le temps qu'elle me demande une preuve d'engagement…

Parce que depuis que j'ai retrouvé un équilibre précaire avec Dawn, je surprends Claire à me regarder plus intensément, pensant que je ne la vois pas. Elle ne mérite pas de douter de moi ou de mes intentions envers elle. Alors, pour la troisième fois, j'envoie un SMS.

Garrett

Il me tarde que tu rencontres ma famille et de te voir dormir (ou pas) dans mon lit d'adolescent…

Pour ne pas trop cogiter à ce qui m'attend demain et dans les prochains jours, je prépare mes affaires comme me l'a ordonné Dawn. J'ai presque fini lorsque je reçois la réponse de ma petite amie.

Claire

À aucun moment je ne m'imagine beaucoup dormir samedi soir… Commence à te préparer parce que je compte bien te faire oublier tous les fantasmes d'adolescent que tu as eus dans cette chambre ! Ils seront remplacés par de beaux souvenirs.

Je ne savais pas qu'un simple texto pouvait allumer un tel brasier.

Dawn

16. Davidson

C'est exactement comme au bon vieux temps.

Malgré les presque quatre heures de voiture que l'on vient de faire, nous ne sommes pas le moins du monde fatigués. Garrett joue parfaitement le rôle du DJ-copilote pendant que je conduis.

Arriver ce matin est pour moi impératif, il est hors de question que Josh puisse débarquer en même temps que moi et prendre le risque que ma mère ait laissé traîner des choses compromettantes. La dernière fois que je suis venue avec Garrett, il y avait une boîte de sex-toys sur la table du salon…

Même si cela signifiait prendre la route aux aurores avec un meilleur ami particulièrement grincheux, ça restait la meilleure solution.

De toute façon, Josh travaille aujourd'hui, il enchaîne les réunions avant de prendre la route en fin de journée pour arriver à l'heure du dîner. J'ai vraiment hâte qu'il soit là et de pouvoir lui montrer ma ville natale et les gens qui comptent réellement pour moi.

Comme chaque fois que je rentre à la maison, une petite pointe de nostalgie me gagne. Tout était tellement plus simple lorsque nous vivions ici, il n'y avait que les études, les sorties et les Da-Re.

On ne se rend pas compte lorsqu'on est enfant de la chance qu'on a. On est obsédé par une seule chose : grandir. Alors qu'une fois qu'on est adulte, on aimerait ralentir le temps et revivre cette période de notre vie.

Je jette un rapide coup d'œil à Garrett, lui aussi semble plongé dans ses souvenirs en regardant par la vitre.

– Qu'est-ce qu'il se passe derrière ces yeux vert glauque ? je le taquine.

Un tendre sourire se forme sur ses lèvres quand il m'observe, pourtant il ne répond pas tout de suite.

– Je pensais à la chance qu'on a eue de grandir ici et pas dans une grande ville. On a pu faire les quatre cents coups, Derek, toi et moi. Mais on ne risquait pas grand-chose au final, juste d'être punis par nos parents.

Il prend une pause et son expression devient sérieuse.

– Je me demande si mes enfants auront cette chance.

Il faut croire que la remarque de Claire hier, sur le fait qu'elle n'aime pas les petites villes, lui a donné du grain à moudre. Ce qui m'agace c'est qu'il se projette déjà sur un sujet particulièrement sérieux alors que rien ne dit qu'elle est la bonne ni que ça sera réellement un problème.

Alors je reste sur un ton léger.

– Waouh, c'est une réflexion bien trop profonde pour un vendredi à seulement 10 heures du matin !

Garrett ne semble pas vouloir passer à autre chose que cette discussion, alors tout en me concentrant sur ma conduite, je réfléchis à ces confidences.

– Après, je comprends ce que tu veux dire, je commente. La chance que tu as, c'est que ton travail te permet de bouger où tu veux, quand tu veux. Tu n'es pas bloqué. Donc, quand tu seras papa et que la mère de tes enfants sera d'accord, rien ne t'empêchera de revenir ici.

– Ouais, mais ça ne sera plus pareil…

J'attends qu'il développe sa pensée, mais il retourne dans sa bulle méditative, me laissant seule.

Au fil des années, j'ai appris à ne pas pousser Garrett à s'exprimer quand il ne veut pas. Cela ne ferait que le braquer. Alors, je pose ma main sur la sienne et la serre pour lui montrer que je suis là, avec lui. La petite pression de sa part en retour me rassure.

Je n'ai pas commis d'impair, il a juste besoin de temps pour réfléchir de son côté. Nous ne parlons plus, mais ce silence est agréable. Sans tension.

Lorsqu'on tourne dans la rue qui mène à nos maisons, on se sourit, presque excités. Puis les arbres qui entourent l'allée de ma mère apparaissent.

Dès que les pneus de ma voiture touchent la pierre blanche qui pave le chemin, je sens mon cœur s'alléger. Je me gare devant le garage, puis coupe le contact, mais aucun de nous n'amorce le moindre geste pour sortir.

On se contente d'observer les maisons qui nous ont vus grandir, puisque derrière les petits bosquets, celle des parents de Garrett est visible.

Tout a commencé ici.

J'avais tout juste 3 ans quand on a emménagé à côté de la famille Allen. Ma mère était fraîchement divorcée, le moral au plus bas et moi, je ne comprenais pas trop pourquoi j'avais été arrachée à mon quotidien. Elle me raconte souvent à quel point j'avais perdu « mon éclat ». Jusqu'à ce que je rencontre Garrett.

Je suis envahie par les souvenirs qui affluent, mais ce voyage dans ma mémoire touche à sa fin quand la porte d'entrée de ma maison d'enfance s'ouvre.

Nos regards sont automatiquement aimantés par la scène qui se joue devant nous. Un homme, que je ne connais pas, embrasse ma mère à pleine bouche. Pour parfaire le tableau, cette dernière porte toujours son peignoir de nuit.

– Tu disais que les choses ne seraient pas pareilles… Pourtant, il semblerait que certains trucs ne changent pas, je lance avant de rire.

Il m'imite puis nous sortons de la voiture pour récupérer nos affaires dans le coffre. Dès que ma mère nous aperçoit, elle n'a d'yeux que pour nous, et semble avoir oublié son Don Juan qui, d'ailleurs, part sans demander son reste.

À l'instant où je pose un pied sur les marches du perron, elle me serre contre elle. Je n'ai pas toujours été d'accord avec ses choix de vie, mais cette étreinte, cette odeur… Je sais que je suis chez moi lorsque je suis dans ses bras.

Un soupir de bien-être franchit mes lèvres sans que je cherche à l'arrêter. Je dépose un baiser sur sa joue avant de me reculer pour qu'elle puisse donner la même accolade à Garrett. Ce dernier étant habitué au côté affectueux de ma mère, il se laisse embrasser, tout en me regardant par-dessus son épaule, les yeux pétillants de joie. Il finit néanmoins par reculer, non pas sans avoir offert un sourire éclatant à ma mère.

– Je vais vous laisser entre filles ce matin et aller retrouver mes parents. Mais je reviens cet après-midi pour qu'on puisse tout préparer, si ça vous va.

– C'est parfait, je réponds avec un petit salut de la main.

– Alors à tout à l'heure, dit-il tout en ramassant son sac pour repartir vers le jardin voisin.

Il ne va pas en direction de la route, mais suit le chemin qui s'est creusé avec le temps entre les buissons. On l'a tellement emprunté que, malgré les années, l'herbe ne repousse plus. Je l'observe jusqu'à ce qu'il disparaisse de l'autre côté de la haie.

Je me remets soudain en mouvement en attirant ma mère à l'intérieur de la maison.

On passe toute la journée à préparer l'arrivée de Josh ce soir et celle de Claire demain. On planifie les endroits que l'on veut leur faire visiter et chacun y met son grain de sel en suggérant tel ou tel lieu, y compris nos parents et Jessie. Tout notre petit monde.

C'est parfait.

Ma seule ombre au tableau, c'est que j'ai envoyé plusieurs SMS à Josh durant la journée et qu'ils restent sans réponses. J'essaie vraiment de ne pas y voir un mauvais signe, mais une part de moi me dit que quelque chose ne tourne pas rond.

Nous sommes en train de mettre la table, ma mère et moi, mais je ne peux m'empêcher de scruter la pendule. Josh m'avait promis qu'il m'appellerait au moment de prendre la route et qu'il serait là maximum pour 21 heures.

Il est 20 h 45.

Une petite boule d'angoisse, mélangée à de la tristesse, se loge dans mon estomac. Ma mère m'attrape par les épaules pour me serrer contre elle. Elle sait très bien ce qui se joue dans mon esprit sans que j'aie besoin de le verbaliser.

– Il a dû avoir une grosse journée et partir directement après le travail. Il a certainement oublié de t'appeler, c'est tout. Allez, aide-moi à finir de mettre la table.

Au moment où elle termine sa phrase, mon portable se met à sonner. Je me rue dessus pour décrocher et le nom efface tous mes doutes.

– Hey, je commençais à m'inquiéter ! je lance, soulagée d'entendre sa voix.

– Dawn, je suis désolé… Je sors tout juste de réunion. Les choses ne se sont pas passées comme prévu. Un problème en entraînant un autre, nous finissons à peine…

Bordel.

Je n'aurais pas dû me réjouir trop vite. Je savais que quelque chose clochait. La soirée parfaite que j'attendais avec impatience vient de partir en fumée.

– Oh…

C'est la seule chose que je parviens à dire tellement je suis déçue.

– J'ai voulu plusieurs fois t'envoyer un SMS, mais j'avais laissé mon téléphone dans mon bureau pour être concentré. Résultat, j'ai perdu la notion du temps et je n'ai pas pu te prévenir.

Toutes ses excuses sont valables, mais je n'arrive pas à chasser la déception qui grandit à mesure qu'il parle et préfère me taire que dire quelque chose que je pourrais regretter ensuite.

– Tu es toujours là, Dawn ?

– Oui.

Un simple mot, mais à peine chuchoté. Je l'entends prendre une profonde inspiration comme s'il était aussi peiné que moi.

– Je suis vraiment désolé, je sais que cette soirée était importante pour toi.

Pour moi ?

Parce que rencontrer ma mère ne l'est pas pour lui ?

Je pince les lèvres tant ses mots me vexent, mais ce sont les larmes qui s'accumulent au bord de mes yeux qui m'enragent le plus. Il ne mérite pas que je pleure pour lui si ce n'était pas important pour lui.

– Excuse-moi aussi auprès de ta mère, poursuit-il, inconscient de sa maladresse. Et je te promets que je serai là demain matin sans faute, avec le petit déjeuner, s'il le faut !

Je sais pertinemment que le travail de Josh tient une grande place dans sa vie, il m'a prévenue dès le début. Son père exige beaucoup de lui, mais ce week-end à Davidson est prévu et préparé depuis *des semaines.*

Depuis le début de notre relation, je me suis arrangée pour ne jamais lui montrer que ça me pesait, mais ce soir je n'en ai pas la force. Je suis triste, blessée.

– Ça ne sert à rien que tu arrives si tôt, on a déjà des plans de prévus pour la matinée. Je vais t'envoyer le numéro de Claire, elle devait prendre le train, mais tu peux lui proposer de faire du covoiturage, ça sera plus sympa pour vous.

– Dawn… commence-t-il, prêt à argumenter.

Mais j'entends quelqu'un lui parler en arrière-fond et Josh lui répondre qu'il arrive dans une seconde. S'il pense que notre problème peut être aussi vite réglé, c'est qu'il n'a pas compris que je suis vraiment déçue.

– Bonne soirée, Josh, on se voit demain après-midi.

Je ne lui laisse pas le temps d'ajouter quoi que ce soit avant de raccrocher. Presque aussitôt, les larmes que je retenais tant bien que mal dévalent mes joues.

Avant de changer d'avis, je transfère à Josh le numéro de Claire, puis éteins mon téléphone. Je n'ai aucune envie de lui parler avant demain.

Je passe devant ma mère, effarée, elle n'a rien raté de la discussion, puis monte l'escalier rapidement pour m'isoler dans ma chambre.

Je savais que notre couple n'allait pas pouvoir rester dans cette phase idyllique éternellement, mais je ne pensais pas que ça serait à cause de son travail. Je suis moi-même une cheffe d'entreprise après tout, je comprends les sacrifices que cela engendre par moments. Mais il n'a pas jugé ce week-end assez important pour arriver à temps. Si ça avait été une réunion avec son père, il serait venu avec une heure d'avance !

Je m'en veux d'être si mesquine et m'effondre sur mon lit, en pleurs. J'ai besoin d'évacuer toutes mes émotions négatives. Si je garde cette tristesse en moi, rien de bon n'en sortira demain.

La porte de ma chambre s'ouvre, me faisant relever la tête de l'oreiller. Garrett entre et, à son regard, je comprends qu'il est au courant.

Ma mère ne sait décidément pas se taire !

– Raaaaah ! je râle avant de cacher mon visage.

– Ça me fait toujours bizarre de revenir dans ta piaule. J'ai l'impression que l'on a de nouveau 17 ans, me lance-t-il en s'asseyant à côté de moi sur mon lit. Ta mère est arrivée en catastrophe pour qu'on dîne avec vous. Personne n'a osé lui dire qu'on a déjà mangé il y a plusieurs heures.

– Nous ? je croasse.

Un bruit de vaisselle cassée nous interrompt.

– Oui, comme tu peux t'en apercevoir, ma mère est là, ainsi que mon père. Jessie aurait adoré venir, mais elle avait une soirée « immanquable ». Alors si tu veux bien sécher ces larmes et te joindre à nous, je suis sûr qu'on va quand même pouvoir passer une super soirée. Comme au bon vieux temps…

Je le regarde droit dans les yeux et tente de deviner ce qu'il ne me dit pas. Est-ce qu'il pense que ça me pendait au nez ? Que Josh passe beaucoup trop de temps au travail et que c'était presque une évidence, que ça finirait par arriver ?

Ou bien, il ne s'agit que de mes propres pensées…

Garrett retire une mèche de cheveux de mon front et me sourit.

– Da-Re de passer une bonne soirée et de laisser cette mauvaise humeur dans une petite boîte ?

– C'est à mon tour de lancer un Da-Re, je lui rappelle.

– Ce n'est pas tout à fait vrai, puisque tu n'as pas repris la peinture ni vendu mes photos…

Je ne peux pas retenir ma grimace. Il a raison.

– Donc, je suis en droit d'en proposer un autre et vu les circonstances, tu n'es pas en mesure de refuser, insiste-t-il.

Je prends une grande inspiration, sèche les larmes qui restent sur mes joues. Tout en me redressant, je plaque un grand et faux sourire sur mon visage.

Je m'apprête à passer devant lui pour sortir, mais il m'arrête.

– En aucun cas te *forcer* à passer une bonne soirée ne te fera gagner ce Da-Re…

– C'est tout ce que j'ai en réserve… Ma mère t'a dit non ?

Il balaie ma phrase d'un revers de la main et tente de capter mon regard, mais je baisse les yeux.

– Regarde-moi, Dawn, murmure-t-il.

Sans trop réfléchir je lui obéis et la chaleur qui illumine ses iris me fait instantanément du bien.

– Josh a eu un contretemps, il arrive demain. Il *va* venir. Je n'en reviens pas de devoir dire ça… mais il n'est pas ton père, il ne va pas juste disparaître et déclarer que tu ne comptes pas.

Ma respiration se bloque dans ma gorge. Je m'apprête à l'envoyer bouler, mais je sens au fond de moi qu'il a vu juste. Garrett vient de mettre le doigt sur quelque chose.

– Bien, maintenant qu'on est sur la même longueur d'onde et avant que je te charge sur mon épaule pour descendre, tu vas me promettre qu'on va passer une superbe soirée. Avec nos parents complètement déjantés.

– Parfois, je me demande ce que je ferais sans toi et d'autres fois, comme ce soir, je me demande pourquoi je te supporte, je lui rétorque en souriant.

– Parce que tu m'aimes, voilà pourquoi, répond-il avec un sourire sincère.

– Mouais… Ça, ça reste à prouver, je le taquine. Mais puisque tu me le demandes, Garrett Jamie Allen, je relève ce Da-Re. On va *tous* passer une bonne soirée !

Tandis que l'on descend l'escalier en se chamaillant, un grand silence s'est installé dans le salon où tout le monde nous regarde. Non, je rectifie, *me* regarde.

– J'ai promis de ne pas me mettre à pleurer des litres de larmes devant vous, alors ça devrait aller !

Leur air dubitatif m'agace mais je me contente de sourire et d'ajouter :

– J'ai un Da-Re à gagner…

– Voilà qui fait soudain plus sens, déclare Mike, le père de Garrett.

Plusieurs rires fusent dans la pièce. Anna, la mère de l'adelphie Allen, vient m'embrasser tandis que la mienne arrive avec des bouteilles de vin.

Nous trinquons ensemble, à nos retrouvailles, à ce repas imprévu, aux fabuleux souvenirs que l'on évoque avec plaisir. Tout devient prétexte pour un nouveau toast !

– Ça me fait tellement plaisir d'avoir presque tous mes petits de retour à la maison, commente Anna en regardant son fils.

– Maman… se plaint ce dernier. Tu sais que je repars dimanche, rassure-moi ?

– Malheureusement, oui.

– Anna, ce n'est pas gentil de faire du chantage affectif à ton fils, je ris.

– J'essaie toutes les solutions pour qu'il revienne plus souvent, finit-elle par admettre en souriant. Même Derek vient plus régulièrement !

Je jette un regard à mon meilleur ami, mais il ne semble pas mal prendre les propos de sa mère. D'un côté, ils sont vrais. Depuis qu'on a déménagé à Wilmington, nous revenons peu ici.

– Bon, et toi, Dawn, tu ne nous raconterais pas quelques anecdotes sur ce Josh avant qu'on le voie demain ? lance Mike. Parce que pour le moment, j'ai plus envie de lui donner un sermon qu'autre chose.

– Ça, je peux le faire moi, s'interpose Garrett. Josh est le mec parfait, beau, super intelligent et qui sauve les jeunes filles dans la rue !

– En voilà, un garçon avec beaucoup de qualités, dit Anna, sérieusement.

La petite blague de mon meilleur se retourne contre lui et je lui tire la langue. Je décide de ne pas en rajouter, mais d'inviter au contraire nos convives à se diriger vers la table. Ils ont peut-être mangé mais moi non, et je ne vais pas tarder à tourner de l'œil.

Ce dîner est exactement ce dont j'avais besoin, cela fait du bien de relâcher la pression, même un petit peu. Tout le monde est détendu, moi la première. Mon regard se pose sur Garrett. Il a les joues légèrement colorées et ses yeux pétillent de joie alors qu'il écoute ma mère raconter un souvenir.

– Mais vraiment ! Ce qui a tout changé et rendu ça d'autant plus incroyable, c'est que Clint était là, avec son manteau en cuir…

Comme à chaque repas arrosé, cette dernière se met à parler du grand amour de sa vie : mon géniteur. Et comme toujours, tout le monde l'écoute comme si c'était la première fois qu'elle nous racontait leur histoire. Aussi passionnée qu'éphémère.

Je ne sais pas pourquoi on est toujours captivés, mais je crois qu'on ressent tous la peine de ma mère, même après ce temps.

– Et toi, tu étais si petite, si mignonne dans ta petite robe fleurie. Un vrai paradis, ajoute-t-elle en touchant délicatement ma joue.

– Les robes à fleurs sont ce qui va le mieux à Dawn, encore aujourd'hui, déclare Garrett avant de manger une autre part de gâteau.

Pour quelqu'un qui a déjà dîné, il a un sacré appétit.

– Ah vous deux ! lance ma mère en nous regardant tour à tour. J'ai toujours pensé que vous finiriez votre vie ici, ensemble, à regarder vos enfants grandir. Vous avez ce genre d'amour que j'ai partagé avec Clint.

Bordel !

Heureusement que Josh n'est pas là, finalement !

Un silence s'abat dans la pièce. Plus personne n'ose parler, mais ma mère ne s'en rend pas compte. Elle se ressert un peu de vin comme si de rien n'était.

Je jette un coup d'œil en face de moi, Garrett regarde son assiette vide, comme si c'était la chose la plus intéressante au monde.

– C'est vrai, enchaîne ma mère, imperturbable, depuis toujours vous êtes fourrés ensemble. Un soutien sans faille pour l'autre. Je prévois votre mariage depuis vingt ans, avec Anna et Mike ! Il faudrait vous…

– Ellie, la coupe Anna en repoussant le verre de vin de ma mère. Dawn et Garrett ne sont plus des enfants et ils feront ce que bon leur semble…

– Bien sûr, j'ai élevé Dawn pour qu'elle soit forte et indépendante. Mais ça ne m'empêche pas de lui souhaiter de vivre le grand amour avec son âme sœur.

Est-ce qu'elle vient bien de dire ce que je crois qu'elle vient de dire ?

J'admets que j'ai aussi bu quelques verres de vin, mais pas de là à imaginer un truc pareil. Il faut que je l'arrête avant qu'elle se mette à raconter n'importe quoi ou qu'adolescente, j'ai eu des sentiments pour lui…

– C'est une théorie intéressante, je me force à reprendre sur un ton léger. J'aimerais connaître l'avis de *Claire* et *Josh* sur le sujet.

Le regard d'avertissement que je lance à ma mère ne lui fait ni chaud ni froid. Elle ne compte pas me faciliter la tâche ce soir.

Rappel pour demain : ne pas la laisser s'approcher d'un verre d'alcool.

– Ces jeunes gens m'ont l'air formidable, mais ils ne feront pas le poids face à ce qu'il y a entre vous deux. C'est trop fort, trop lumineux. Comme ce que j'ai eu avec ton père.

– Maman ! je m'énerve en haussant le ton pour qu'elle comprenne que le débat est clos. L'histoire que tu as eue avec mon père a pris fin en un battement de cils. Garrett est dans ma vie depuis plus de vingt ans, donc ne compare pas ce qui n'est pas comparable, s'il te plaît.

Mes joues sont rouges de colère et mes mains tremblent, alors je les dissimule sous la table par habitude. La culpabilité me gagne dès lors que je remarque les larmes briller dans ses yeux.

– Ton père t'aime, ma chérie. Il a simplement choisi de vivre autre chose que cette existence-là. Mais Garrett n'est pas comme ça, tu le sais.

Il faut qu'elle arrête de tout mélanger, elle m'embrouille plus qu'autre chose.

– Bien sûr que je le sais. Et je n'ai rien contre Clint, ses cartes à Noël me suffisent. Mais ne t'avise plus de comparer votre histoire à mon amitié avec Garrett, je lui réponds en me levant de table. Nos sentiments sont purement amicaux.

J'ai besoin d'espace, de ne plus être observée de tous les côtés. J'adresse un regard d'excuse à Anna et Mike puis me réfugie dans ma chambre. J'ai presque honte de mon comportement, mais la journée a été extrêmement longue et le yo-yo émotionnel, éreintant. Quand j'arrive dans cette pièce qui fut tout mon monde lorsque je vivais ici, mon cœur se serre un peu plus.

Entre ces quatre murs, j'ai tout vécu.

Je m'approche de la fenêtre, là où un chevalet vide trône encore. Je le touche du bout des doigts, sentant toutes les aspérités sous ma peau. J'ai l'impression que ça fait des années que je n'ai pas peint alors que tout mon être me crie de le faire. Mais je n'y arrive plus. J'ai trop de choses en tête pour m'évader ou me concentrer.

Soudain, j'ai besoin de respirer, alors je fais coulisser la fenêtre pour laisser entrer l'air plus frais d'octobre. La nuit est calme, le seul bruit provient d'un chien qui aboie plus loin dans la rue.

C'est si différent de Wilmington, où avec la Faucheuse, il n'est pas rare d'avoir un ou deux crissements de pneus dans la nuit.

– Tu vas finir par tomber malade.

La voix de Garrett me surprend, je pensais qu'il serait retourné chez lui. Pourtant, il s'approche de mon lit pour déposer son butin. Une bouteille de tequila et deux shooters.

– Je me suis dit qu'on pouvait picoler jusqu'à oublier que cette soirée a existé. Ça te dit ?

Je referme la fenêtre et me vautre à ses côtés.

– Ça ressemble à un bon plan.

Il me tend le petit verre, le remplit puis nous trinquons et buvons cul sec. L'alcool me brûle la gorge, mais je lui tends mon shooter, dans lequel il s'empresse de verser la tequila.

Après quatre verres, je me sens comme anesthésiée. Peu m'importe que Josh ne soit pas là, ou les paroles de ma mère. Tout est oublié.

J'ai tout ce qu'il me faut, Garrett et de la tequila

– Buvons à ça ! déclare-t-il en levant son verre.

Ah ! Voilà que je me mets à parler à voix haute sans m'en rendre compte, ça promet…

Garrett

17. Il se pourrait que...

La tequila est une vraie garce !

J'avais naïvement oublié à quel point c'est une traîtresse. Au début, on se dit qu'on gère super bien et tout d'un coup, boum ! Parfois, j'ai l'impression de voir deux ou trois Dawn, en fonction de la manière dont j'incline la tête.

On est toujours dans sa chambre, étendus sur son lit, un film défile en arrière-plan, mais aucun de nous n'y prête attention. On est trop concentrés à détruire nos foies… C'est tellement plus drôle.

Je sais que la solution que j'ai proposée à Dawn n'est pas idéale, mais sur le moment, c'est tout ce que j'ai trouvé. C'est vrai qu'Ellie a le chic pour mettre les pieds dans le plat. Je n'arrête pas de me dire que si Josh avait été là, ça aurait pu être catastrophique. Bien qu'il ne semble pas du genre jaloux, comme moi, mais avec ce genre de propos…

Il va sans dire que je ne m'aventurerai pas sur la pente glissante de penser à ce qu'aurait pu faire Claire si elle avait été autour de cette table.

Planter une fourchette dans l'œil d'Ellie aurait pu être une option…

Heureusement pour nous, mes parents ne diront rien et je mettrais ma main au feu que Dawn aura une sérieuse discussion avec sa mère demain matin.

– Je n'en reviens pas qu'elle ait dit ça, bougonne ma meilleure amie.

Je me tourne vers elle pour lui accorder toute mon attention. Enfin autant que possible puisque je vois double…

– Il va falloir que tu sois plus précise parce que ta mère a raconté pas mal de trucs ce soir.

– Déjà, parler de Clint n'était pas nécessaire, même si on en a l'habitude. Mais te comparer à lui ! J'ai cru que j'allais lui jeter un verre d'eau au visage pour la faire dessoûler.

Ses joues se colorent et dans un mouvement soudain elle se redresse sur son lit pour retirer son pull et se retrouver en débardeur.

– Sérieusement ? Toi et mon géniteur ? D'où la comparaison lui est venue à l'esprit ? s'énerve-t-elle en jetant son vêtement plus loin.

– Pour sa défense, elle a juste comparé notre relation à la leur… j'interviens en m'adossant contre la tête de lit.

Le regard courroucé de Dawn me fait lever les mains en signe d'apaisement.

– Tout ce que j'essaie de dire, c'est qu'elle a été maladroite. On ne peut pas nier que toi et moi, on a une relation assez fusionnelle. Je pense que de l'extérieur, des inconnus pourraient penser qu'on est ensemble.

Son expression passe de la colère au choc.

– Quoi ? je demande, sur la défensive.

– On n'est pas *si* fusionnels.

– Parfois, tu fais preuve d'une telle mauvaise foi, je rigole.

L'alcool ralentit mes réflexes, raison pour laquelle je n'arrive pas à arrêter l'oreiller qui m'atteint en plein visage avant de retomber mollement sur mon ventre.

– Ce n'est pas de la mauvaise foi, c'est la vérité ! On est amis, rien de plus. On a défini nos limites et si ça ne plaît pas aux autres, bah… qu'ils aillent se faire voir !

Amis.

Rien de plus.

Pourquoi est-ce que ses mots me dérangent autant, alors que c'est la vérité ? C'est peut-être vrai aujourd'hui, mais il y a quelques années, si elle avait voulu plus, j'aurais sans hésiter répondu un « oui » magistral.

– Est-ce que tu… rougis ? Je te préviens que si t'es en train de fantasmer ce que tu vas faire à Claire demain, dégage de mon lit !

Son cerveau me fascine toujours autant, je ne sais même pas comment elle en est arrivée à cette conclusion. Mais elle me donne une échappatoire.

– Ou quoi ? je la taquine.

– Ou je te botte le cul moi-même jusque chez tes parents.

Sa menace me fait sourire. Je vois mal comment elle pourrait y arriver.

– Tu ne m'en crois pas capable, c'est ça ? devine-t-elle avec une nouvelle lueur de défi dans les yeux.

– Je crois que tu pourrais *essayer*, mais…

Avant que je puisse terminer ma phrase, Dawn me saute littéralement dessus. Ses ongles s'agrippent à mon T-shirt et elle tire dessus pour me faire tomber du lit.

Rapidement, je reprends le contrôle de la situation. Malgré mon état altéré, je parviens à lui faire lâcher prise avant de la prendre dans mes bras et de me lever du lit. On se tient au milieu de sa chambre, avec pour seules lumières la guirlande au-dessus de son lit et la télé. Pourtant, j'ai l'impression de voir aussi bien qu'en plein jour. Le fait de la tenir tout contre moi et de sentir la chaleur de sa peau traverser mon T-shirt, fait vaciller mes certitudes.

Le trouble se lit sur son visage et je jurerais avoir vu ses yeux se poser sur mes lèvres. C'était rapide, mais j'en suis persuadé.

Est-ce qu'elle a songé à m'embrasser ?

Mon cœur bat soudain la chamade et tout se mélange en moi.

Je suis avec Claire, je me répète.

Je suis heureux et Dawn est ma meilleure amie, rien de plus.

Rien de plus.

Rien de plus.

Rien…

Dawn est *tout.*

L'inspiration que je prends lorsque cette évidence me foudroie, fait sursauter Dawn. À cause de notre proximité, je ne peux lui dissimuler à quel point je suis chamboulé.

– Tout... tout va bien ?

– Ouais, impec, je mens.

– Tu pourrais me poser ? Je crois que t'as assez prouvé que je ne pourrai pas te botter le cul ce soir.

Au moment où je la dépose sur le tapis, elle vacille. Je la rattrape par le coude pour la stabiliser et nos regards s'accrochent. Avec ses cheveux qui cascadent autour de son visage, sa poitrine qui se soulève au rythme de ses respirations, ma vision se brouille. Je m'imagine prendre son visage en coupe et l'embrasser comme j'en ai rêvé des centaines de fois. Puis elle me pousserait sur ce lit et on laisserait enfin place à tous nos fantasmes refoulés...

– Il se pourrait que je n'aie pas été tout à fait honnête ce soir, dit-elle en me ramenant à la réalité.

– C'est-à-dire ?

– Quand j'ai dit que nos sentiments étaient amicaux.

Je fronce les sourcils, mais Dawn interprète mal ma surprise.

– Calme-toi ! Je ne vais pas te faire de déclaration enflammée, pouffe-t-elle.

Je recule d'un pas en la tenant à bout de bras.

– Tu vas devoir quand même développer pour que je comprenne ce que tu essaies de dire, j'insiste, l'adrénaline pulsant dans mes veines.

Elle fouille sa chambre du regard puis se dirige vers le mur de Polaroïd avant d'en détacher un. Sur celui-ci, on nous voit tous les deux couchés dans l'herbe, c'était juste avant que je parte à New York pour mes études.

– Quelques jours avant cette photo, j'ai essayé de t'avouer que j'étais amoureuse de toi et que je voulais qu'on essaie quelque chose.

Ma bouche s'ouvre, je suis sous le choc.

– Répète un peu pour voir ?

Elle rit doucement en remettant une mèche de cheveux derrière son oreille.

– J'étais persuadée que tu ressentais quelque chose pour moi, toi aussi, mais je me suis plantée sur toute la ligne, débite-t-elle précipitamment lorsque je m'apprête à répondre.

C'est à mon tour d'être confus, car j'ai toujours été amoureux de Dawn d'aussi loin que je puisse m'en souvenir. J'ai tenté de combler le vide de mon existence avec des relations éphémères, mais je n'ai jamais été amoureux d'autres femmes qu'elle.

– Qu'est-ce qui t'a fait croire ça ? je grogne.

– Rien. C'est ce que j'ai vu qui m'a fait prendre conscience que tu n'étais pas intéressé.

– Je dois être plus bourré que je le croyais, je ne comprends pas un mot de ce que tu racontes, je lâche en perdant patience.

– Le jour où je suis venue te voir pour t'avouer mes sentiments, je t'ai surpris en train de « pilonner », je crois que c'est le mot que tu utilisais à l'époque, Sara Miller.

– De quoi tu parl… je commence avant de me souvenir de ce jour-là. Oh…

Sara Miller n'avait été qu'une fille de passage, elle avait envie de sexe, moi aussi. Rien de plus. Si j'avais su ce que je perdais en couchant avec elle à ce moment-là, jamais…

– Ouais, répond-elle en interrompant mes pensées avant de s'éloigner pour engloutir un nouveau shot de tequila.

J'ai essayé d'enlever cette image de mon esprit, mais encore aujourd'hui je vous revois dans ta cuisine.

Putain, moi aussi j'ai besoin d'un verre.

Sans lui répondre je m'en sers un, puis un autre, puis un troisième.

– T'as honte à ce point ? rit-elle. Promis, je suis partie avant de voir quelque chose de trop compromettant si ça peut te rassurer.

Elle me prend la bouteille des mains et boit directement au goulot avec une grimace.

– Bref, je voulais…

– Moi aussi, j'étais amoureux de toi, je l'interromps d'un ton grave.

Mes mots la laissent sans voix.

– Tu te souviens de la première fois où tu m'as coupé les cheveux ?

Elle acquiesce doucement.

– Ça m'a tué de te parler des autres mecs alors que je…

Un silence pesant s'étire entre nous. Nos regards sont dans le vague et mon esprit se remplit de « et si ». C'est fou comme la vie a pu jouer avec nous.

– Eh bah, reprend-elle, heureusement qu'on est toujours amis et heureux chacun de notre côté maintenant.

– Ouais, je me force à dire. Heureusement.

Ses yeux sondent les miens, mais je me détourne rapidement.

– Da-Re de finir cette bouteille ? je lance en lui montrant la bouteille de tequila presque vide.

– On risque de le regretter très fort demain, tu le sais ?

– Je n'ai pas peur.

Son rire emplit la chambre et mon cœur manque un battement au passage.

– Da-Re. De toute façon, on sait que j'ai une meilleure descente que toi ! se vante-t-elle.

Et juste comme ça, on enterre le sujet de nos sentiments l'un pour l'autre. Cela m'aide à ne pas perdre de vue que Claire arrive demain, même si je ne m'en réjouis plus autant.

Je ne me suis pas senti aussi vivant depuis très longtemps. Le fait d'être si proche de Dawn, dans cette chambre dans laquelle on a passé des heures, les aveux que l'on vient de se faire… J'aimerais mettre le monde sur pause pour profiter encore un peu de ce moment.

J'ai déjà peur de ce que sera demain.

Mais tant qu'on est ici, dans cette bulle, on peut prétendre que les autres n'existent pas.

On rit tout en réalisant notre Da-Re. Je sens bien que mon alcoolémie est largement au-dessus du raisonnable lorsque j'explose de rire quand Dawn bégaie.

– T'es bourrée !

– Toi non, peut-être ? s'exclame-t-elle, les joues rouges. Ton œil gauche part en sucette depuis une demi-heure !

On se connaît sur le bout des doigts, ainsi que nos réactions dues à l'alcool. Il est temps de dormir. Comme pour confirmer mes pensées, Dawn bâille à s'en décrocher la mâchoire.

– Demain va être horrible, lâche-t-elle en se couchant dans son lit.

Devant mes yeux ébahis, elle se tortille pour retirer son jean. Elle finit en débardeur culotte devant moi, puis se faufile sous sa couverture.

– Tu veux rester dormir ? me propose-t-elle.

– Non, je vais rentrer, c'est plus sage.

– Garrett, c'est un coup à ce que je te retrouve la tête dans les fleurs de ma mère parce que t'auras trébuché. Promis, je ne compte pas te sauter dessus.

Elle tapote l'espace vide à ses côtés et j'essaie de trouver la force de refuser, mais rien ne me vient. J'ai *envie* de rester là. Alors, comme dans un rêve, je me vois enlever mon T-shirt et mon jean puis me glisser à ses côtés.

– Bonne nuit, Garrett, me dit-elle avant d'éteindre la télé et la guirlande. Désolée d'avance si je ronfle, tu sais que c'est possible avec l'alcool.

L'obscurité nous enveloppe et le sang pulse dans ma tête sous l'effet de la tequila. Tout tourne trop vite et le silence devient oppressant.

J'ignore depuis combien de temps je suis là, les yeux ouverts sur le néant, mais soudain la voix ensommeillée de Dawn, à peine plus haut qu'un murmure, transperce le voile de mes pensées.

– Tu sais… je crois que je t'aime encore…

J'arrête de respirer.

C'est aussi simple que ça.

– Quoi ? je souffle en réponse.

Rien.

Je prends appui sur mon coude pour m'approcher d'elle.

– Dawn, qu'est-ce que tu viens de dire ?

Sa respiration lente m'indique clairement qu'elle dort.

Putain !

S'il y a bien une chose que je ne suis pas près de faire maintenant, c'est dormir !

Presque malgré moi, je m'entends pourtant lui avouer :

– Moi aussi, je t'aime, Dawn. Plus que tu l'imagines.

Garrett

18. Da-Re

Comment est-ce que je peux me sentir aussi bien ?

Mon bras est totalement engourdi par le poids de la tête de Dawn. J'ai chaud, soif et une migraine a élu domicile dans mon crâne.

Mais tout ça n'a pas d'importance.

Je ne me suis jamais senti aussi complet que ce matin. Le sentiment de paix qui a pris possession de moi hier soir me tire un sourire. Je profite du fait que Dawn dorme encore pour la regarder tranquillement.

Elle a la trace de l'oreiller sur la joue, et je suis pratiquement sûr de sentir de la bave sur mon bras.

Mais rien de tout cela n'a d'importance. Depuis quelques heures, tout me paraît plus beau, plus vrai.

Les mots qu'elle a laissés échapper en s'endormant : « Je crois que je t'aime encore », ne cessent de tourner en boucle dans ma tête. Le frisson qui me parcourt à ce souvenir est intense. J'ai très peu dormi tant je repensais à tout ça.

J'en suis arrivé à la conclusion que si Dawn m'aime comme je l'aime, je suis prêt à tout tenter pour que ça fonctionne. Peu importe Claire ou Josh, on mérite notre chance.

Mon soupir fait bouger Dawn et un adorable grognement lui échappe. Je vois alors ses yeux papillonner, puis se poser sur moi, avant de s'ouvrir d'un coup.

– Garrett ? lance-t-elle en s'asseyant vivement dans le lit.

Le mouvement brusque lui tire une grimace et elle plaque une main sur son front. Elle prend une petite inspiration, puis m'observe comme si je n'étais qu'une hallucination. L'incompréhension se peint sur son visage, puis laisse place à la panique. D'un geste qu'elle espère discret, elle soulève le drap pour vérifier si elle est nue.

Le bonheur que je ressentais il y a quelques secondes se fige comme de la glace dans mes veines. Tout mon être se tend en comprenant avant moi ce qui est en train de se passer.

Dawn a oublié notre soirée.

Il n'y a aucune chance qu'elle se souvienne de nos confidences.

J'ai l'impression que mon âme est broyée en un million de morceaux.

Je n'ai pas beaucoup d'autres options et très peu de temps pour me décider. Le visage de ma meilleure amie est en train de se vider du peu de couleurs qu'elle avait. Je fais donc ce que je sais faire le mieux : enfouir mes sentiments et ma peine au fond de moi, puis lui lance un sourire goguenard, tout en mettant un bras derrière ma tête.

– Alors, heureuse ?

– Que… J'ai… Bordel, Garrett ! Qu'est-ce qu'il s'est passé ! ? Et pitié, dis-moi que si je soulève ce drap, tu ne seras pas nu !

– Soulève le drap pour vérifier par toi-même, je lui dis avec un clin d'œil. Mais je tiens à préciser que c'est le matin…

Je vais être malade !

La seule chose que j'ai envie de faire tout de suite, c'est la prendre dans mes bras et lui rappeler notre soirée. Mais elle n'est pas en mesure de m'entendre, rien que l'horreur peint sur son visage, me prouve que j'ai raison. Une Dawn sobre ne veut pas avoir affaire à moi.

Ma vie est une torture permanente, je devrais être habitué.

– Ce n'est pas vrai ! couine-t-elle, comme si elle vivait son pire cauchemar. Dis-moi que tout ça a une explication logique qui m'échappe…

Mon cœur se serre douloureusement devant sa panique, mais je me reprends vite pour ne rien la laisser voir.

– Tu as été une petite sauvageonne cette nuit, voilà ce qu'il s'est passé ! Et j'ai été tellement incroyable que la police est venue prévenir ta mère que les voisins s'étaient plaints du bruit ! Mes propres parents !

Une petite lumière s'allume dans son regard embrumé et je vois l'instant où elle comprend que je suis en train de me moquer d'elle. La tension qui habitait son corps disparaît aussitôt.

Comme si elle n'avait plus de forces, elle se recouche à côté de moi, le drap replié sur ses cuisses nues.

Mon rythme cardiaque bat des records de vitesse, mais je n'ose pas bouger d'un centimètre. Il faut croire qu'elle a plus de courage que moi puisqu'elle plante son regard dans le mien.

– Du coup, tu m'expliques ce que tu fais à moitié nu dans mon lit ? me nargue-t-elle.

Je me réveille de la meilleure nuit de ma vie et toi, tu ne te souviens de rien.

Je ne sais pas pourquoi le visage de Claire et celui de Josh choisissent ce moment précis pour faire irruption dans mes pensées.

Il ne manquait plus que ça alors qu'une tonne d'émotions contradictoires m'assaille.

– On a beaucoup bu hier soir et tu m'as proposé de dormir là, c'est tout.

Puis, tu m'as avoué m'avoir déjà aimé et que c'est toujours le cas.

Voilà ce que j'aimerais lui dire, mais cette dernière phrase meurt sur mes lèvres.

– Comme à chaque fois que tu bois, t'as eu chaud et tu as enlevé ton jean avant de te coucher. Tout va bien, je lui réponds en me levant et en remettant mes vêtements aussi vite que possible. Je vais rentrer chez mes parents pour me préparer avant l'arrivée de… Claire. Tu ferais bien d'en faire autant, tu as un nid d'oiseau sur la tête.

Le prénom de ma petite amie m'écorche la langue. Il y a cinq minutes j'étais prêt à la quitter, et maintenant, je suis perdu. Je ne sais plus quoi faire de moi.

Il faut que je parte d'ici et vite, mais avant d'avoir pu atteindre la porte, sa voix m'arrête.

– Merci.

Je suis dans l'incapacité de me retourner, j'ai trop peur de me mettre à genoux devant elle et de tout foutre en l'air.

– Par rapport à quoi ? je grogne.

– Pour hier soir, ton soutien, ton amitié. Pour tout, en fait !

Si tu savais.

Sans lui répondre, j'ouvre la porte et fuis.

Depuis la fenêtre du salon de mes parents, je vois la voiture de Josh remonter l'allée de chez Ellie. Il se gare derrière celle de Dawn et je dois faire un effort surhumain pour les rejoindre. Le temps que je traverse les buissons entre nos deux maisons, Josh aide déjà Claire à sortir sa valise du coffre.

– Tu peux le faire, mec, je m'encourage en avançant vers eux.

Moi qui m'attendais à voir Dawn courir vers lui et lui sauter dans les bras, je suis surpris qu'elle ne bouge pas du porche. Il semblerait que les tensions d'hier n'ont pas complètement disparu et une partie de moi s'en réjouit. Je m'en veux aussitôt d'avoir ce genre de pensée, parce que

Josh et Claire ne méritent pas de subir ma méchanceté pour ce que Dawn a oublié.

Alors, je m'approche de ma petite amie et la prends dans mes bras, mais lorsqu'elle essaie de m'embrasser, j'esquive pour serrer la main de Josh.

– J'espère que vous avez fait bonne route, je dis pour meubler le silence.

– Oui, en partant en milieu de matinée, ça a bien roulé, répond Josh tout en regardant Dawn. Dans quel genre de mouise je suis, tu penses ?

Sa question aurait pu me faire rire dans d'autres circonstances, mais là, je suis déjà au maximum de mes capacités simplement pour être ici. Alors je me contente de hausser les épaules avec une moue peu convaincue.

– Eh bien, je vais bientôt le savoir, murmure-t-il en se dirigeant vers ma meilleure amie.

– On va déposer tes affaires chez moi, si ça te va ? je propose à Claire en tournant ostensiblement le dos aux retrouvailles.

– Comme tu veux.

Avec un sourire que j'espère chaleureux, je la guide chez mes parents, qui patientent devant la maison. Le teint de mon père est cireux. J'ai pu me rendre compte ce matin que Dawn et moi n'étions pas les seuls à avoir une gueule de bois. J'ai cru comprendre que nos parents ont continué à boire même après mon départ pour rejoindre ma meilleure amie. Je ne sais pas dans quel état est Ellie, mais en ce qui concerne mes parents, ils accusent le coup.

– Bonjour, Claire, bienvenue à Davidson ! lance ma mère avec un sourire accueillant.

– Merci, madame Allen, je suis ravie de vous rencontrer.

Mon père se présente à son tour lorsque Jessie nous fait l'honneur de sa présence.

– Et tu connais déjà ma petite sœur, je dis en la désignant.

Le regard qu'elles échangent en dit long sur l'ambiance qui règne entre elles. Si ma sœur devait désigner une équipe, elle choisirait toujours celle de Dawn. Elle ne m'a pas pardonné d'avoir déçu ma meilleure amie et encore moins d'avoir poursuivi ma relation avec Claire.

– Margot, c'est ça ? l'accueille Jessie en lui tendant la main.

Bordel de merde.

Je lui fais les gros yeux, alors que ma mère s'étouffe à moitié.

– Non, c'est Claire.

Le ton de ma petite amie est glacial.

– Ah oui, Margot c'était celle d'avant, ou d'encore avant ? Rafraîchis-moi la mémoire, cher frère, je perds le compte à force.

– Jessie ! la réprimande mon père alors que je la menace en levant un doigt accusateur.

– Ah, mais il ne fallait pas me forcer à être là ! Je vous avais expliqué que je ne le voulais pas !

– Veuillez nous excuser, j'ai deux trois choses à dire à ma fille, intervient ma mère avant de tirer Jessie à l'intérieur.

– Eh bien, voilà un bon aperçu de notre famille et de nos enfants, tente de plaisanter mon père. Le seul à être plutôt calme, c'est Derek ; manque de pot, il n'est pas là.

Je me frotte la nuque, puis attrape la valise de Claire avant de l'entraîner à ma suite pour la conduire jusqu'à ma chambre avant de redescendre manger un déjeuner tardif.

Bizarrement, Jessie n'est pas présente. La seule à faire honneur au repas est Claire, puisque mes parents et moi avons l'estomac bien trop fragile après la soirée d'hier.

Lorsque nous remontons dans ma chambre, Claire ne tient plus et me pose les questions qui lui brûlent les lèvres.

– Tu n'as pas l'air très bien, tu as à peine touché à ton assiette. Tu es malade ?

– Non, ne t'inquiète pas.

– Dans ce cas, tu veux bien me dire ce qu'il se passe ?

Si je ne la côtoyais pas depuis plusieurs mois, j'aurais pu passer à côté des signes étranges. Elle triture une de ses bagues et ses pupilles sont dilatées. Elle est inquiète et certainement mal à l'aise avec le fait d'être ici, déboussolée.

Je m'approche d'elle et lui attrape la main.

– Je suis désolé pour tout à l'heure, mais je me suis réveillé il n'y a pas longtemps et la soirée a été arrosée. Je suis encore un peu vaseux, je lui réponds avec un sourire.

À son air dubitatif, je sais qu'elle ne croit pas à mon excuse, alors j'utilise la seule technique imparable. Je l'embrasse. Elle n'hésite pas une seconde à me rendre mon baiser.

Et je me fais horreur.

Quand je pense qu'il y a quelques heures j'étais prêt à rompre comme si elle ne comptait pas. Un sentiment de culpabilité monte en moi si vite que je n'arrive pas à l'endiguer. Je suis pris au dépourvu, alors je recule.

– Je vais te laisser te rafraîchir, puis on ira en ville pour se balader avec Josh et Dawn. Vous allez avoir le droit à la meilleure visite guidée de Davidson !

– OK, dit-elle en me fixant. Je n'en ai pas pour longtemps, je te retrouve en bas.

Je m'enfuis presque de ma propre chambre pour m'enfermer dans la salle de bains au rez-de-chaussée. Je reste là, le temps de reprendre mes esprits. Après m'être passé de l'eau sur le visage, je tente en vain d'endiguer la panique qui tord mes entrailles.

Je dois me ressaisir et oublier ce qu'il s'est dit hier soir. Sans l'alcool, je ne l'aurais jamais su. Peut-être même que j'ai mal entendu ou qu'elle ne parlait pas de moi ?

« Je crois que je t'aime encore. »

La brûlure que provoquent ses mots dans mon cœur est horriblement douloureuse.

Comment est-ce que je vais bien pouvoir faire semblant de ne pas voir plus en Dawn maintenant que je sais ça ? D'un côté, est-ce que je peux prendre le risque de perdre notre amitié alors que je ne suis sûr de rien ? Quand je repense à son visage paniqué de ce matin, j'ai envie de pleurer.

Non, le plus sage est de prétendre que tout ça n'est jamais arrivé, qu'elle ne m'a jamais dit ces mots. Ça sera mieux pour tout le monde.

Sauf pour moi.

Fort de cette décision, je prends une profonde inspiration pour me donner le courage nécessaire et sors de ma cachette.

– Alors, que pensez-vous de notre petite ville ? demande Dawn.

Nous avons passé l'après-midi tous ensemble, visitant nos endroits préférés en les ponctuant d'anecdotes, très vieilles pour certaines. Nous sommes désormais assis sur la terrasse d'un salon de thé, tandis que le soleil fait une timide apparition que nous savourons pleinement.

– C'est très petit, mais mignon ! Comme je le disais, je suis une fille de la ville, donc je ne pourrais pas passer des mois ici, explique Claire, mais le temps d'un week-end c'est dépaysant.

Du coin de l'œil, je vois Dawn tiquer, prête à lui répondre, mais Josh la coupe.

– Je suis un peu pareil, j'ai grandi à Chicago, donc forcément, tout ici paraît minuscule. Mais j'aime beaucoup, c'est reposant.

Il ponctue sa phrase en déposant un baiser sur le nez de Dawn. Ce geste me fait tourner les yeux vers le lac qui longe une bonne partie de la ville.

– Et toi, Garrett, tu apprécies ton séjour ? me questionne Claire. Tu es tellement silencieux aujourd'hui.

– Hum… Oui, c'est sympa de revoir tout le monde et de vous faire découvrir Davidson. C'est une partie importante de nos vies.

– Sympa ? Comment ça, *sympa* ? s'offusque Dawn. Tu adores Davidson, et là, ça devient juste « sympa » !

Elle tente de voir clair dans mon jeu, mais je me renferme. Je me contente de hausser les épaules pour seule réponse. La frustration que je peux lire sur son visage m'aurait presque donné envie de rire, mais je n'y arrive pas, pas aujourd'hui alors que mon cœur me blesse à chaque battement.

– Avant de partir, je vais faire un tour aux toilettes, excusez-moi, annonce ma petite amie.

Je regarde Claire partir en direction du café, me sentant presque démuni. Comme si le fait de l'avoir entre moi et Dawn était une sorte de protection. Heureusement qu'il reste Josh.

– Et moi, je vais régler nos consommations, dit-il.

– Je peux y aller, je propose en me levant.

Il m'imite avec un sourire forcé.

– Je m'en occupe.

Merde, me voilà seul face à ma meilleure amie.

– Da-Re de m'expliquer ce qu'il se passe dans ta tête ?

Et voilà. Fallait bien que ça prenne cette tournure.

– Ou bien ? je grommelle.

Je ne prends même pas la peine de la regarder, je préfère contempler l'étendue d'eau. Je sais pourtant que ma réponse l'a surprise, je choisis rarement cette option dans nos Da-Re. Il faut dire qu'elle est généralement ridicule.

– *Ou*… tu dois sauter dans ce foutu lac tout habillé !

Qu'est-ce que je disais…

Malgré mon cœur meurtri, je ne peux pas m'empêcher de ricaner sombrement.

Je la regarde enfin, ainsi que les milliers de questions qui dansent dans ses yeux. Je sais qu'elle crève d'envie de les poser, mais il est hors de question que je lui raconte notre soirée. Elle verrait ça comme de la tromperie et s'en rendrait malade. Au point de tout gâcher avec Josh, alors qu'elle semble très clairement l'apprécier. Du coin de l'œil, je repère Claire et Josh revenir vers nous. Je connais Dawn, elle ne baissera pas les bras, elle voudra des réponses, coûte que coûte. Ça ne la dérangera pas de devoir s'en charger devant eux.

Ce qui est inenvisageable.

Je sais ce qu'il me reste à faire. Je me lève avant de changer d'avis et m'approche du lac.

– Oh putain !

À l'exclamation de Dawn, je comprends qu'elle n'imaginait pas une seconde que je choisirais cette solution. Elle était persuadée que je parlerais.

Erreur.

À peine arrivé sur le ponton, je commence à enlever mes chaussures, puis mon manteau. Dawn arrive en courant, hésitant entre rire et me frapper.

– Garrett, *c'est bon*, j'ai compris, tu ne veux pas me dire ce qu'il se passe ! Mais tu n'es pas obligé de sauter, c'était plus pour te faire réagir qu'un vrai Da-Re de toute façon. Voilà, je retire mon Da-Re, insiste-t-elle en agitant les mains.

– Tu sais aussi bien que moi qu'on ne peut pas annuler un Da-Re…

Je ne lui donne pas l'occasion de réagir, j'enlève mon pull et recule de plusieurs pas. Merde, la surface de l'eau est presque noire avec ce temps gris et le vent glacial qui fouette mes bras nus n'aide pas à me donner envie de sauter.

Mais je n'ai pas le choix.

Après avoir soufflé un bon coup, je m'élance.

En quelques enjambées, j'arrive au bout du ponton, là où m'observe toujours Dawn. Sans trop réfléchir aux conséquences, je l'attrape dans mes bras et plonge avec elle.

Le cri qu'elle pousse en s'enfonçant dans le lac est magnifique !

Je reste sous l'eau froide plus longtemps que nécessaire, fier de ma blague, mais pas assez courageux pour assumer le courroux qui va me tomber dessus.

Lorsque je remonte à la surface, je me retrouve face à une Dawn, les cheveux collés au visage, claquant des dents et me regardant comme si j'étais un ovni.

Mes yeux cherchent Claire par automatisme et son attitude me montre qu'elle oscille entre colère et gêne. Josh est plus énigmatique tandis qu'il observe Dawn, nageant tout habillée. Je peux par contre très clairement lire l'avertissement silencieux qu'il m'adresse quand il pose ses yeux sur moi. Il n'aime pas le tour que j'ai joué à sa précieuse petite amie.

Une pointe d'irritation prend vie dans mon ventre, mais je n'ai pas le temps de m'attarder dessus.

– Tu… es… complètement… allumé ! hurle Dawn en m'éclaboussant à chaque mot.

Pour éviter de recevoir une nouvelle gerbe, je l'attrape et la coule sans difficulté. Cette fois-ci, lorsqu'elle remonte, elle rigole enfin. J'évite de regarder sur la berge et profite de cet instant de répit même si c'est dans une eau gelée.

Quand Dawn tente de me couler en appuyant sur mes épaules, je me laisse faire de bonne grâce.

Je lui dois bien ça…

Une fois sous la surface, je savoure simplement la sensation de ses mains sur moi, de son rire lointain que j'entends. Puis je me surprends à prier pour qu'elle se souvienne de ses paroles, peu importent les conséquences…

Garrett

19. Respire

Ce week-end n'est pas du tout ce que j'avais prévu.

Je peux presque dire que c'est un cauchemar, mais en repensant à la soirée du vendredi avec Dawn, c'est impossible. Même ce Da-Re auprès du lac hier en valait le coup. En revanche, la soirée qui a suivi a été une torture. Claire s'est renfermée sur elle-même, elle ne m'a pratiquement plus adressé la parole et je n'ai pas eu la force d'aller vers elle. On a simplement dormi l'un à côté de l'autre.

Enfin, dos à dos serait plus précis.

Raison pour laquelle je n'ai pas fermé l'œil, je suis bien trop tiraillé entre la culpabilité de ne pas réussir à être à cent pour cent avec Claire ni honnête avec elle et les « et si » qui tournent en boucle à propos de Dawn.

Je suis largué. Jamais je n'ai été aussi paumé de ma vie.

Aimer Dawn fait partie de ma vie. Parfois ça a été plus intense et parfois à la limite de l'inexistant, mais il y a toujours une lueur d'amour pour elle.

Sauf que je pensais qu'il n'était pas réciproque.

Alors savoir que je suis passé à côté d'une relation avec elle ou qu'elle pourrait encore avoir des sentiments pour moi… Ça me retourne le cerveau. Si seulement…

Une petite tape sur l'épaule me ramène au présent et je vois Claire qui me regarde, attendant visiblement une réaction de ma part.

Ce matin, après le petit déjeuner on a décidé d'aller se promener dans ce parc que j'adore, juste derrière chez mes parents. Je pensais que ça pourrait nous faire du bien, mais on n'a pas échangé un mot du trajet.

– Excuse-moi, Claire, j'étais ailleurs. Tu peux répéter, s'il te plaît ?

La colère brille un moment dans ses yeux et je me demande depuis combien de temps elle me parlait. Je ne peux même pas lui avouer pourquoi je suis si distant.

Très rapidement, son exaspération laisse place à la lassitude. Je sais d'expérience que ce n'est jamais bon signe, cela marque un point de non-retour. La colère était préférable, elle prouve que la situation la touche, j'aurais pu la gérer. Mais Claire ne semble plus en éprouver, elle plante justement son regard dans le mien, puis prend une grande inspiration.

– Est-ce que cet « ailleurs » s'appelle Dawn ?

J'ouvre la bouche, prêt à lui mentir, mais je n'ai pas le temps de lui répondre qu'elle me coupe l'herbe sous le pied.

– Non, tu sais quoi, ne me réponds pas, Garrett. Je suis fatiguée de me battre… Je ne devrais même pas avoir à m'inquiéter de savoir si tu as quelqu'un d'autre en tête alors que je suis à côté de toi, bon sang !

Mon cœur s'emballe. Comment peut-elle savoir que je pensais à Dawn ? Est-ce à ce point évident pour chacun ? Mon cerveau tourne à plein régime afin de trouver une échappatoire, je ne suis pas prêt à avoir cette discussion avec elle. Tout est encore trop frais, ça m'embrouille. Certes, d'un côté il y a Dawn, mais j'apprécie ce que j'ai avec Claire, car c'est réel.

Je tente de me rattraper comme je peux.

– Il ne se passe rien avec Dawn…

J'essaie de lui prendre les mains mais elle se dérobe.

– Pourquoi tu réagis comme ça à chaque fois que je passe du temps avec Dawn ? je lâche, soudainement agacé. Avant même qu'on se mette ensemble tu savais qu'elle a une place importante pour moi. C'est ma meilleure amie depuis toujours, je ne peux pas et ne veux pas la rayer de ma vie…

Son visage devient livide et je comprends que je n'ai fait qu'aggraver la situation.

– Le mot le plus important dans ta phrase est « amie », s'emporte-t-elle en haussant le ton. Je ne sais pas ce qu'il s'est passé avant mon arrivée, mais quelque chose a changé entre nous.

Comme si elle ne pouvait plus tenir en place, elle se lève du banc sur lequel nous sommes.

– Je n'aime pas ça, tu t'éloignes de moi, *elle* t'éloigne de moi ! poursuit-elle. Même quand tu es avec moi, je sais que mentalement tu es loin, très loin.

– Ce n'est… je tente.

– N'ose pas me dire le contraire, je suis là depuis un jour, tu m'as à peine embrassée ! Ne parlons même pas du fait que tu ne m'as pas touchée, je n'aimerais pas avoir à te rappeler ce qu'on s'est dit avant que je vienne ici, crache-t-elle.

« Je compte bien te faire oublier tous les fantasmes d'adolescent que tu as eus dans cette chambre ! Ils seront remplacés par des souvenirs. »

La honte et la culpabilité dégoulinent de tout mon être, j'ouvre la bouche pour lui présenter une nouvelle fois mes excuses, mais elle lève la main pour m'en empêcher.

– Je vais passer rapidement chez tes parents pour récupérer mes affaires et rentrer chez moi. Tu vas avoir l'espace nécessaire pour réfléchir à tout ça.

Quoi ?

Mon cerveau se met à bourdonner, je n'arrive plus à former de phrases cohérentes.

Elle me quitte.

– Mais Garrett, si jamais tu tiens à moi, comme je l'espère, m'achève-t-elle, tu vas devoir faire un choix : c'est elle ou moi.

Elle part sur cet ultimatum sans se retourner. Je suis cloué sur ce satané banc, mon cœur bat des records de rapidité.

Comment un week-end supposé idyllique a pu virer si vite à la catastrophe ?

Mes questions incessantes et les accusations de Claire tournent en boucle dans ma tête. Une sensation familière me gagne lentement. Ma bouche s'assèche, mes oreilles se mettent à siffler et mon cœur s'affole. Je perds mes moyens et je ne sais pas exactement pourquoi.

Parce que Claire a raison ? Ou parce que je vais devoir parler avec Dawn de ce qu'elle m'a avoué avant que ça me rende fou ? Quelles seront les conséquences pour elle, pour moi ou même pour nous ?

J'essaie de me calmer, mais j'ai de plus en plus de mal.

Cela fait des années que je n'ai pas eu une crise d'angoisse, j'avais presque oublié à quel point c'est effrayant. J'en faisais surtout, enfant, lorsque le stress prenait trop le pas sur le reste, ça s'est atténué grâce à la thérapeute que mes parents m'ont incité à consulter.

D'habitude, j'arrive à endiguer la montée avant qu'elle soit hors de contrôle, mais aujourd'hui c'est trop tard.

Ma gorge se serre violemment, me privant d'un peu plus d'air. Je crispe les mains sur le rebord du banc, les jointures blanchies, prêtes à céder. Je suis tellement concentré à essayer de respirer normalement que je ne l'entends pas arriver. Mais lorsque Dawn pose sa main sur mon épaule, je braque mes yeux paniqués dans les siens.

Je vois ses lèvres bouger, mais je ne comprends pas ce qu'elle dit. Je n'entends rien, hormis mon cœur affolé. Plus j'essaie de contrôler ma respiration, moins j'y parviens. Des étoiles se mettent à danser devant moi, je cligne frénétiquement des yeux pour les chasser.

Dans un ultime recours, je sens Dawn m'attraper violemment le menton pour que je la fixe. Elle continue à me parler, mais se laisse gagner par la frustration face à mon absence de réponse. Elle serre donc un peu plus fort. La douleur transperce mon voile de panique, et j'entends enfin son ordre.

– Respire avec moi !

Comme lorsque nous étions enfants, elle attrape ma main droite qu'elle arrive à arracher du banc pour la poser sur son épaule. Je m'accroche à elle au point que je dois lui faire mal, mais c'est plus fort que moi, je ne suis plus maître de mes gestes.

Elle attrape ma nuque et plaque son front contre le mien, puis je ferme les yeux. Grâce à ma main sur son épaule, je sens son corps se soulever à l'inspiration et son souffle sur mon visage à l'expiration.

Elle respire, je respire.

Elle inspire. J'inspire.

Elle expire. J'expire.

Nos respirations se mélangent et mon angoisse reflue par vagues.

Petit à petit, je récupère l'ouïe et mes palpitations se calment. Je finis par réussir à détacher mes doigts de Dawn.

Lorsque je suis sûr que la crise est terminée, je recule et observe ma meilleure amie. Les joues rouges, elle est aussi essoufflée que moi. Je secoue la tête, encore piégé par mes souvenirs et ce qu'il vient de se passer. J'essaie de lui parler, mais l'avoir si proche de moi, et son odeur… Je n'arrive pas à me concentrer. Je tente de me lever, mais elle me retient et me maintient assis.

– Garrett ! Arrête d'essayer de me fuir ! Dis-moi ce qu'il se passe ! Ça fait des années que tu n'as plus fait de crise de panique, alors parle-moi, *s'il te plaît*.

Sa voix se fait suppliante et c'est quelque chose qui n'arrive jamais. Dawn ne supplie pas. J'essaie de trouver les bons mots, ils sortent finalement de manière plus naturelle que je le pensais.

– Je crois que Claire vient de me quitter, je lui réponds d'une voix enrouée.

C'est en partie vrai, mais vaut mieux ne pas lui mentir entièrement, elle le saurait. La stupeur se peint sur son visage, puis elle se relève vivement. Elle plante ses poings sur ses hanches et je pourrais presque voir la fumée sortir de ses narines.

– Comment ça, tu crois ? Elle a déboulé chez tes parents en jetant un froid polaire sur tout le quartier. Elle nous a expliqué qu'elle devait rentrer plus tôt et qu'elle aurait besoin que quelqu'un la dépose à la gare. Mais il n'y avait pas de train avant 15 heures, alors elle a tapé la crise du siècle. Du coup Josh s'est proposé de la reconduire à Wilmington !

Parfait petit Josh.

– J'ai dû batailler pendant dix minutes pour qu'elle me dise où tu étais. Elle n'a lâché l'information que parce que ta mère a haussé le ton, avoue Dawn en serrant les poings. Je suis venue aussi vite que j'ai pu, j'ai couru, tu te rends compte ! Alors il va me falloir un peu plus qu'un « je crois »…

De toutes ces explications, je ne retiens que deux choses : Claire est vraiment partie et Josh a une fois de plus le rôle du prince charmant. Je lui raconte néanmoins ce qu'il s'est passé, en omettant les suspicions de mon… ex sur ce week-end.

Elle lâche des insultes particulièrement créatives à l'encontre de Claire. Je ne sais pas pourquoi elle est si remontée, mais connaissant Dawn, c'est certainement parce qu'elle pense que c'est ce que j'attends d'elle en tant que meilleure amie.

Je me redresse enfin et lui attrape la main pour la serrer doucement. Cela l'arrête net dans ses plans farfelus de vengeance.

– Merci d'être venue me chercher et d'avoir eu les bons réflexes pour endiguer ma crise. Mais je préférerais que tu me laisses régler ça à ma manière, je dis doucement.

Je vois bien son regard dubitatif, comme si elle jugeait mon état mental. Elle finit malgré tout par hausser les épaules.

– Comme tu veux… Mais si jamais tu décides de te venger, je me porte volontaire pour mettre un grand coup de ciseaux dans sa chevelure si parfaite !

– Promis, je réponds en rigolant, tu seras ma partenaire de crime si je choisis d'emprunter cette voie-là.

Nous rebroussons chemin et décidons de ne pas nous attarder plus longtemps. Ce week-end a été en partie un grand fiasco. À mon arrivée chez mes parents, ma famille me tombe dessus. L'inquiétude est palpable, mais c'est la colère de Jessie que j'ai du mal à apaiser.

– Elle t'a laissé seul alors que tu faisais une crise de panique ! hurle ma sœur.

– Elle ne pouvait pas savoir, c'est arrivé après !

– Je m'en fous ! Elle est dangereuse ! Qu'elle ne remette plus jamais les pieds ici ou je jure que je lui plante une fourchette dans l'œil.

– Jessie ! la réprimande ma mère.

Je leur explique donc la situation du mieux que je peux. Mais la réprobation est unanime, ma famille n'a pas apprécié les manières de Claire. C'est à mon tour d'être las, j'ai envie de rentrer chez moi.

Dawn voit très bien que je suis à deux doigts de perdre patience et vient à ma rescousse. Elle m'aide à ranger mes affaires dans mon sac puis fait de même chez elle.

Rapidement, nous prenons le chemin du retour.

J'ai insisté pour conduire afin de pouvoir me concentrer sur quelque chose et ne pas trop penser.

On ne parle pas beaucoup, alors je me renferme sur moi-même et Dawn finit par s'endormir, bercée par le silence qui règne dans l'habitacle. J'en profite pour l'observer à la dérobée.

Comment peut-elle avoir oublié notre soirée ?

L'alcool a-t-il pu à ce point brouiller son jugement ? Ce n'est pas la première fois qu'on boit ensemble. Généralement, elle danse, chante et parle plus fort, mais elle ne ment pas. Son aveu était forcément sincère.

Mais si elle apprend la vérité, notre amitié sera-t-elle en danger ? Sa réaction d'hier est encore gravée au fer rouge, elle semblait horrifiée de se réveiller à mes côtés.

Elle ne m'a pas avoué avoir des sentiments pour Josh, mais si c'est le cas, elle ne se pardonnerait jamais de le trahir de la sorte. Je connais très bien les principes de Dawn et ce que représente la fidélité, c'est très ancré en elle. Un reliquat du départ de son père pour une autre femme.

La réalité s'impose à moi, je vais devoir être fort pour deux : avancer tout en sachant la vérité et ne rien révéler à Dawn.

Après m'être garé dans notre parking souterrain, je la réveille doucement puis nous montons l'escalier qui mène à nos appartements.

– Bon, ce n'était pas comme ça que j'avais imaginé la fin de notre week-end… reprend-elle. Tu as envie de quelque chose ? On pourrait *chiller* devant Netflix ? Ça fait des années-lumière qu'on n'a pas fait ça, et ça me manque.

Je réfléchis, en effet, notre dernière session film remonte à avant mon histoire avec Claire.

Claire.

Le simple fait de penser à elle me noue l'estomac. J'ai besoin de me retrouver au calme, loin de Claire… Et de Dawn.

– La route m'a pas mal fatigué, je lui mens. Je vais rentrer me reposer.

Je sais qu'elle n'en croit pas un mot mais je m'en fiche. Une fois à l'abri chez moi, je glisse le long de la porte et laisse couler mes larmes trop longtemps retenues.

Pour l'instant, je ne cherche pas à leur donner une signification, je sais juste qu'il faut qu'elles sortent maintenant autrement je vais m'écrouler.

Dawn

20. Ma muse

Il a l'air si paisible…

Ça fait si longtemps que je n'ai pas eu l'occasion d'avoir Garrett chez moi. Rien que nous deux, sans tension. Je pensais vraiment que sa rupture avec Claire me réjouirait, mais j'ai bien vu que cela l'affecte plus qu'il veut bien l'admettre.

Il est là sans être là et ça fait une semaine que ça dure. Les cernes sous ses yeux prouvent que ses nuits sont courtes. Je nous ai donc prévu une petite séance TV avec pop-corn, et malgré la bonne ambiance, je vois cette ombre sur son visage.

Il pense être subtil, mais je l'ai grillé plus d'une fois à me regarder de manière beaucoup trop intense. Je sens chaque regard qu'il me lance à la dérobée. Comme s'il était à deux doigts de m'avouer un secret avant de se raviser.

Il me cache quelque chose.

Ce qui me frustre le plus, c'est que je sais que ça n'a rien à voir avec Claire, ça nous concerne nous. C'est très certainement lié à ce qu'il s'est passé le vendredi dans ma chambre. Je sais que j'ai oublié une partie de cette soirée, car j'ai vu la déception dans ses yeux ce matin-là. Ça n'a duré qu'un battement de cils, mais quand on connaît quelqu'un aussi bien, on ne rate pas ces détails.

Je pensais pouvoir lui tirer les vers du nez, mais il est tellement perdu dans ses pensées que je n'arrive plus à l'atteindre.

Depuis une semaine, je me repasse en boucle mon réveil ce jour-là, dans le même lit que lui. Avec le recul, je sais que ma réaction a été disproportionnée. Mais entre la situation plus qu'inhabituelle, ma gueule de bois et l'absence de plusieurs souvenirs, j'ai paniqué. Dès son départ précipité, je me suis levée pour prendre une longue douche qui m'a aidée à éclaircir la situation.

Je devais lui parler. J'ai essayé près du lac, mais il a préféré sauter dedans que m'avouer ce qui le tracasse.

Mes soupçons n'ont fait que se renforcer lorsqu'on n'était que tous les deux. Il s'est passé quelque chose.

Mais quoi ?

Je ne vois pas ce qui explique un tel comportement de sa part.

On n'a pas couché ensemble, je l'aurais senti et je ne pense pas qu'il aurait pu me cacher quelque chose d'aussi… important.

Est-ce qu'on aurait pu s'embrasser et il en aurait honte ?

La petite angoisse que j'éprouve en observant Garrett ne me dit rien qui vaille. Si seulement je n'avais pas autant bu !

Je tente une énième fois de me concentrer pour essayer de faire remonter la moindre parcelle de souvenirs. Mais rien ne me vient malgré mes efforts, tout s'arrête au moment des shooters de tequila et de la moitié d'un film plutôt nul.

Je perds la notion du temps à le regarder profondément endormi sur mon canapé, le visage enfin détendu. Il donne l'impression de ne pas avoir dormi aussi bien depuis des semaines.

Je laisse échapper un bruyant soupir, mais il ne bronche pas, ce qui me fait sourire. Il a toujours eu le sommeil lourd et, autre particularité nocturne, il lui arrive de parler en dormant. Si cela pouvait arriver ce soir, ça pourrait m'aider. Je secoue la tête devant ma bêtise, et alors que je m'apprête à me lever pour nettoyer la table basse, je sens comme un fourmillement dans mes mains.

J'ai envie de créer, de dessiner, de peindre !

Cela ne m'était pas arrivé depuis des mois, mais quelque chose dans cette atmosphère familière me ramène aux sources. Et donc à la peinture.

Dawn & Garrett – 19 ans

Cela fait une demi-heure que je l'attends sur les marches devant la maison de ses parents. Ma jambe tressaute d'impatience et je me ronge les ongles.

Une voiture s'engage enfin dans notre rue et mon cœur bondit dans ma poitrine. Ma joie est de courte durée, puisqu'elle passe devant chez nous sans s'arrêter.

Trois mois que je ne l'ai pas vu.

C'est long, très long.

C'est la première fois que l'on est séparés physiquement durant une aussi longue période. Même pendant nos disputes, je pouvais toujours avoir un œil sur lui. Maintenant, il est dans son école de photo, à plus de neuf heures de route d'ici, et moi, j'aide ma mère à préparer les expositions dans sa galerie.

La séparation a été brutale, on est passés de tout à rien.

Mon meilleur ami me manque, *peindre* me manque. Une autre conséquence de son absence a été mon incapacité à finir une toile, ou même simplement à en commencer une. L'envie s'est tarie en même temps que son départ pour New York.

Je passe les mains dans mes cheveux pour la millième fois et lève les yeux pour observer le ciel étoilé. Je fredonne par automatisme la dernière chanson qu'il m'a chantée dans ma chambre avant de partir : *Wannabe* des Spice Girls.

Un sourire naît sur mes lèvres comme à chaque fois que je repense à cette scène. Je le revois chanter et jouer de la guitare comme s'il était réellement en face de moi, en train de se déhancher.

Je m'interromps en entendant une portière de voiture claquer non loin.

Et comme par magie, il est devant moi.

Il a les traits tirés à cause de la fatigue et a pris quelques kilos. Mais il est enfin rentré. Garrett est de retour à la maison.

Je me lève et cours vers lui pour me jeter dans ses bras grands ouverts. Je m'imprègne de lui, de sa chaleur, de son odeur et même de son rire. Je le serre une dernière fois avant de reculer et de lui dire doucement :

– Salut.

– Salut, Petite Démone.

Il me détaille de la tête aux pieds, il doit lui aussi évaluer les choses qui ont changé chez moi. Il y en a une en particulier, mais il ne peut pas le deviner tout seul. Pourtant, il fronce les sourcils, perdu.

– Il y a quelque chose de différent chez toi, lâche-t-il en me dévisageant. Je n'arrive pas à mettre le doigt dessus, tu sembles plus… épanouie ?

Sa dernière phrase sonne plus comme une question.

Il ne peut pas *savoir* que j'ai perdu ma virginité durant son absence, c'est impossible. Pourtant, c'est l'événement majeur qui s'est produit depuis son départ.

La vie d'adulte a commencé sur les chapeaux de roues pour moi. J'ai découvert les rendez-vous et les premières fois maladroites, mais formatrices. Ce qui est sûr, c'est que je n'ai absolument pas envie que notre discussion tourne autour de ça, alors je balaie sa remarque d'un geste de la main.

– Il était temps que tu rentres ! je lui avoue à la place. Je suis en panne d'inspiration depuis que tu es parti.

– Ça me flatte, mais je ne crois pas que ça soit possible, répond-il en riant.

– Je te jure ! Ma mère a tout tenté et elle a fini par faire le lien avec ton départ. C'est logiquement la seule explication plausible.

Son attitude est différente. Je sais qu'il note que j'ai changé de sujet, mais il décide de jouer le jeu.

– Je t'ai toujours dit que j'étais ta muse ! se vante-t-il. Mais tu t'obstinais à me contredire, maintenant, on en a la preuve. Il m'aura fallu dix ans pour avoir enfin ce petit instant de gloire !

Il se penche dans sa voiture pour attraper ses bagages. Je m'avance pour lui en prendre un et nous avançons vers sa maison.

– Tu es peut-être ma muse, mais tu es aussi un abruti, je lui assure en rigolant avant de déposer un baiser sur sa joue.

Je souris à ce souvenir et repense aux conversations par FaceTime que nous avons mises en place pour que ma « muse » reste accessible. Le pire dans tout ça, c'est que ça a fonctionné. Les toiles ont de nouveau pris vie sous mes doigts.

Aujourd'hui, même si Garrett ne m'a pas quittée à proprement parler et qu'il vit de l'autre côté du couloir, on se voit moins. On a chacun nos vies et il faut croire que cela m'a chamboulée plus que je le pensais.

Tout s'exprime par la peinture avec moi, c'est mon exutoire en temps normal. Mais Josh a pris une place importante dans mon quotidien, bien qu'il ne soit pas là tous les jours, on passe de nombreuses heures au téléphone. D'autant plus que depuis le week-end dernier, il tente de se faire pardonner de son arrivée tardive. Il ne veut pas me croire que c'est déjà de l'histoire ancienne.

Je me lève lentement du canapé pour attraper mon carnet et un fusain, avant de me rasseoir à côté de Garrett. Je le détaille, son visage, son torse, ses mains, ses jambes, et finis par ses pieds tordus. Ces derniers m'arrachent un sourire, comme à chaque fois. C'est donc naturellement que je commence par les dessiner.

Je crayonne sans pouvoir m'arrêter et ça me fait un bien fou. D'un coup, je m'évade. Je définis les contours, rajoute des ombres, estompe le tracé avec mes doigts…

Lorsque je peins ou dessine, une sensation de bien-être s'installe en moi. J'ai l'impression de laisser tous mes problèmes de côté, du moins pour un certain temps.

Je me demande comment j'ai pu ne pas peindre pendant si longtemps, d'autant plus avec tout ce qui m'arrive. Entre ma relation avec Josh qui devient de plus en sérieuse, la galerie à gérer seule, ce que me cache Garrett…

Bien besoin de pauses !

Agacée par mes pensées, je pose mes affaires sur la table basse, puis monte l'escalier pour aller dans ma salle de bains et me laver les mains. L'eau tiède m'apaise un peu et je décide de prendre une douche. J'espère que ça finira par me détendre et surtout par occulter toutes les questions qui m'accaparent depuis ce fameux matin.

Garrett me ment, je le sais, et le fait qu'il ne veuille pas me dire pourquoi me blesse. Sans que je puisse les retenir, des larmes dévalent mes joues, elles coulent librement en même temps que l'eau sur mon corps. Je pleure mon meilleur ami et notre amitié. Elle est en sursis depuis des mois et je déteste ça. Car si Claire a pu être gênée par quelque chose, il y a de fortes chances que Josh ressente la même chose.

Je ne veux pas perdre Josh, ça, j'en suis sûre.

Il est tout ce que j'ai toujours rêvé. Il m'apporte tellement de choses positives, mais est-ce que je serais prête à sacrifier Garrett, s'il me le demandait lui aussi ?

À quel moment on décide qu'une amitié, aussi forte soit-elle, devient un frein ?

Il semblerait que Claire, elle, n'ait eu aucun problème à en faire part à Garrett.

En sortant de la douche, je prends pour une fois le temps de me regarder dans le miroir. Ce que j'y vois me désespère. Même lavés, mes cheveux sont emmêlés, mes yeux sont rouges et gonflés et ma peau aurait bien besoin d'être hydratée.

Je prends les choses en main et ressors de la salle de bains avec le corps crémé, les cheveux démêlés et les yeux bien moins congestionnés. Bizarrement, prendre soin de moi m'a un peu apaisée et je savoure ce sentiment de paix.

En revenant dans ma chambre seulement vêtue d'une serviette, je tombe sur Garrett. Il est sur la dernière marche de l'escalier, en train de bâiller. Dès qu'il me repère, toute trace de sommeil quitte son corps. Je m'arrête tandis qu'il me fixe avec une telle intensité que je me sens rougir.

Personne ne m'a jamais contemplée ainsi.

Personne.

Je me surprends à tirer sur le bas de ma serviette qui, je m'en rends compte maintenant, ne couvre pas grand-chose. Je lâche un petit rire gêné.

– Ça va aller, tu t'es bien rincé l'œil ?

Moi et le cynisme… Ma seule tactique quand je ne sais pas quoi faire. Mais il ne mord pas à l'hameçon.

Au contraire, après un moment d'hésitation, il s'avance vers moi. Je recule automatiquement jusqu'à me retrouver dans la salle de bains, contre le lavabo. La pièce n'est pas très grande et Garrett me donne l'impression de prendre tout l'espace. Je ne me sens pas menacée par lui car je sais que si je dis d'arrêter, il le fera sans hésiter.

Alors, pourquoi est-ce que je ne le fais pas ?

Certainement parce qu'il me regarde enfin sans fuir mon regard. Peut-être qu'il va finalement m'avouer ce qu'il s'est passé vendredi dernier.

Il m'attrape le menton, me prenant au dépourvu, pour me relever la tête. Je suis aussitôt happée par ses iris verts qui naviguent entre mes lèvres et mes yeux, comme s'il attendait ma permission.

Les doutes qui se logent dans mon ventre se réveillent soudain. Est-ce que c'est bien ça ? On s'est embrassés ?

La tension entre nous est palpable, mais aucun de nous ne bouge. Nous sommes figés, enveloppés d'un silence total, troublé uniquement par nos respirations haletantes.

Je me rends compte au même moment que si Garrett m'embrassait là, tout de suite, je ne le repousserais pas.

Cette pensée me fait peur, me fait presque hésiter. Mais une part de moi, bien plus grande, veut aller au bout pour savoir ce que j'ai potentiellement oublié. Alors, je franchis les derniers centimètres.

La sonnerie de mon téléphone retentit dans ma chambre avant que nos lèvres se rejoignent. Le charme est rompu, cela nous fait comme un électrochoc. Il recule comme si je l'avais brûlé.

Je pose mes doigts sur mes lèvres. Le moment est passé, et je n'ose plus le regarder. Qu'est-ce que je m'apprêtais à faire ? Je suis en couple, bon sang ! Je ne suis pas comme mon père !

Je suis submergée par des vagues puissantes de honte tandis que je me faufile derrière Garrett pour attraper mon portable resté sur la table de nuit.

La photo de Josh et moi prise par Garrett lors de mon anniversaire illumine mon écran.

Accusatrice.

Ma gorge se noue et ma vision devient floue lorsque je décroche.

– Hey, alors comment ça se passe à Chicago ?

J'essaie de prendre un ton léger, mais même à mon oreille, ça sonne faux. Je n'ose pas me retourner, de peur de devoir affronter Garrett. Lorsque j'entends ma porte d'entrée claquer, je ferme les yeux. De tristesse ou de soulagement, je n'arrive pas à me décider.

Dawn

21. Ah, les enfants...

Je ne pensais pas devenir une vraie ninja…

Pourtant, en quatre jours, j'ai réussi à éviter la discussion que tente d'amorcer Garrett à chaque fois que l'on se voit. Autant dire que je mérite la médaille de l'esquive !

Je sais que je ne pourrai pas fuir éternellement, mais tout se mélange dans ma tête pour avoir une discussion sérieuse avec lui. Garrett finira par trouver un moyen de vider son sac, que je sois prête ou non. Alors chaque minute où j'évite cette confrontation est un soulagement.

Je sens que cette prochaine conversation pourrait tout changer. De plus, je n'ai plus envie de savoir ce qui a pu se passer chez ma mère ou même de me souvenir de ce « moment » dans mon appartement à notre retour.

Il ne s'est rien passé entre nous.

Je ne cesse de me répéter cette phrase en boucle.

Le seul point positif de cette tentative avortée entre nous, c'est que ça m'a remis les pieds sur Terre.

Ce que j'ai ressenti en étant si proche de lui m'a perturbée… C'est Garrett, mon meilleur ami, je ne devrais pas avoir envie qu'il m'embrasse. Et puis, bordel, je suis *en couple* ! Je ne dois pas non plus oublier la promesse que je me suis faite le concernant !

Plus jamais je ne penserai à lui en ces termes.

Dans ce cas, pourquoi est-ce que la culpabilité me ronge, alors qu'il ne s'est rien passé ? On ne s'est même pas embrassés. Enfin, je crois.

Pour la soirée chez ma mère, je ne suis sûre de rien et morte de trouille de le découvrir. Faire l'autruche est clairement plus simple.

Mais ce qui me fout hors de moi, c'est que j'en avais envie.

Sauf que Josh ne mérite pas ça. Personne ne mérite de voir sa confiance trahie de la sorte.

Rien que d'y penser, je me taperais bien la tête contre un mur. Ce qui serait une mauvaise idée, étant donné que la galerie est remplie d'enfants, tandis que Garrett me fixe depuis l'autre bout de la salle. Aujourd'hui, nous animons un atelier avec des groupes scolaires qui viennent tous les lundis matin.

Je pensais qu'avec la rentrée en septembre les demandes pour ces ateliers baisseraient. Au contraire, nous sommes déjà fin octobre et chaque lundi matin nous animons un atelier photo et peinture, grâce à l'aide de Garrett. Depuis, on suit plusieurs groupes ensemble. Notre rencontre était inévitable.

Je m'avance au centre du cercle pour attirer leur attention et oublier mon meilleur ami quelques minutes.

– Alors, les enfants, qui a envie de nous parler de sa peinture ?

Plein de petites mains, plus tachées les unes que les autres, se lèvent en même temps, ce qui me met du baume au cœur. J'aime l'insouciance de cet âge où on n'a peur de rien et où on veut toujours être le premier.

– Jessica, vas-y. Explique-nous ton dessin, je dis en désignant l'une des plus adorables petites filles que j'ai rencontrées depuis le début de ces ateliers.

Elle s'avance pour exposer sa toile sur le chevalet prévu à cet effet. Elle semble remarquer qu'il lui manque quelque chose et retourne chercher un marqueur. J'ai le temps d'apercevoir son dessin avant qu'elle revienne et ce que j'y découvre me fait sourire.

J'aime tellement contempler l'imagination des enfants à travers l'art ! Le bonus est que je leur transmets un peu de ma passion pour la peinture en même temps, mais mon moment préféré reste quand ils expliquent les histoires derrière leur créativité.

– Aujourd'hui, se lance Jessica, j'ai dessiné un cœur, parce que j'aime venir ici, c'est le meilleur moment de la semaine. Vous êtes toujours gentils avec nous et c'est trop cool de sortir de la classe !

Tout le monde rigole, sauf madame Jones, l'institutrice, qui lui fait les gros yeux par principe.

– C'est adorable, nous aussi on aime vous avoir avec nous, je lui réponds en souriant.

– Mais en peignant, j'ai compris pourquoi j'adore venir.

Soudain, elle pointe Garrett du doigt qui hausse les sourcils d'étonnement.

– Garrett a toujours les meilleures blagues, il ne s'énerve jamais, même la fois où Kyle a fait tomber son gros appareil photo.

En voyant plusieurs petites filles autour de moi hocher la tête, je jette un coup d'œil en direction de mon meilleur ami. Il écoute attentivement Jessica et l'encourage en souriant, ce qui la fait rougir, mais elle continue quand même.

– Mes amies et moi, on aimerait trop avoir un amoureux comme Garrett quand on sera plus grandes.

À ce stade, je ne sais pas quoi répondre, j'aurais préféré qu'elle dessine un chat, j'aurais été moins prise au dépourvu.

Jessica interprète mal mon silence.

– Je… je sais que ça ne sera pas Garrett parce qu'il est à toi, Dawn, bafouille-t-elle en rougissant. Alors, je serai patiente et j'attendrai le mien. Du coup, ce dessin est pour vous deux…

Bordel.

Que le sol s'ouvre sous mes pieds, ça sera toujours mieux que d'assister à ça.

Devant mes yeux écarquillés, elle se retourne, nous masquant son gros cœur rose cerise puis à l'aide de son marqueur noir, elle ajoute « D & G » au centre.

Mon sourire, qui s'était figé il y a quelques instants, se transforme en rictus. Je crois même que mon cœur rate un ou deux battements. N'osant plus regarder dans la direction de Garrett, je scrute stupidement ce dessin, ne sachant toujours quoi faire ni quoi dire.

Pourtant, je remarque Jessica qui m'observe, attendant une réaction de ma part, mais j'en suis incapable.

– Jessica, c'est vraiment un très joli dessin, je suis certaine qu'on devrait pouvoir lui trouver une place dans la salle de classe, tente madame Jones pour détourner l'attention lorsqu'elle comprend que je suis comme figée.

Mauvaise stratégie, puisque les petits yeux de Jessica se remplissent de larmes. Non, il est hors de question que je blesse quelqu'un d'autre, ça suffit. Après une bonne gifle mentale, je retrouve l'usage de la parole.

– C'est très gentil, Jessica… Ton, hum… dessin, est très joli. Mais tu sais, Garrett n'est pas à moi, j'affirme en rougissant jusqu'à la racine des cheveux. Puis, tu sais, on n'appartient jamais réellement à quelqu'un.

Un silence suit ma déclaration, la plupart des filles présentes me regardent, n'en croyant visiblement pas un mot. Même leur institutrice, apparemment…

– Mais pourquoi ? Vous allez si bien ensemble et plusieurs fois on vous a vus finir les phrases de l'autre ! s'exclame la petite Heather.

– Voilà une question qui mérite toute notre attention.

Je ferme les yeux au son de la voix de Garrett, il n'a pas le droit de me faire ça. Pas comme ça, pas devant cette classe. Je m'arme de courage et plante mon regard dans le sien avant de déclarer d'un ton dur :

– Parce que c'est comme ça !

Seulement quelques petits mots, mais je suis essoufflée. Je me force à répondre d'une voix plus douce pour Heather qui n'a pas à subir ma frustration envers Garrett.

– J'ai déjà un amoureux et ce n'est pas Garrett, ma puce. Mais j'aime quand même beaucoup ton dessin, Jessica, j'explique en lui souriant sincèrement. Je suis désolée de ne pas te l'avoir dit tout de suite. Si tu es d'accord, je te propose de l'afficher juste au-dessus du bureau de l'accueil jusqu'à la semaine prochaine. Comme ça tout le monde le verra.

Sa joie lui fait oublier rapidement cette histoire. Tant mieux pour elle, mais ce n'est absolument pas le cas pour Garrett… ou pour moi.

La tension monte d'un cran tandis que nous continuons de faire passer d'autres enfants, qui heureusement n'ont pas en réserve des surprises du même type. Je me détends petit à petit grâce à leurs explications passionnées. Je m'attache un peu plus à eux chaque semaine, j'espère pouvoir poursuivre l'année prochaine.

La fin de matinée passe à une vitesse folle, et il est déjà l'heure de les laisser partir. Au moment de monter dans le bus, Jessica revient vers moi et me tire la main. Je m'accroupis pour être à sa hauteur. Elle lance un regard noir à Garrett pour lui faire comprendre qu'il n'est pas convié à cette discussion. Il lui ébouriffe gentiment les cheveux, puis disparaît à l'intérieur de la galerie.

J'ai presque envie de lui demander de m'apprendre à faire ce regard, j'en aurais bien besoin.

– Je pense que tu devrais choisir Garrett. Vous êtes comme ces couples que mamie regarde à la télé ! me dit-elle avec tout le sérieux qu'elle possède.

– Je ne sais pas si cela est un compliment, je commente en rigolant, mais merci de m'avoir donné ton opinion, ma puce. Comme je te l'ai expliqué tout à l'heure, j'ai déjà un amoureux et je suis heureuse avec lui. Il est très gentil et très beau aussi…

– Plus beau et gentil que Garrett ? me coupe-t-elle.

Sa question me prend de court, car je ne me la suis jamais sérieusement posée. Je ne pense pas qu'on puisse les comparer physiquement parlant. Ils ne sont pas sortis du même moule, comme dirait ma mère. Garrett est grand, brun et musclé. Josh n'a pas la même carrure, mais il est très bien proportionné. Pour ce qui est de leur gentillesse, Garrett est hors catégorie, je le connais depuis toujours. Quant à Josh, il est tellement parfait…

Il est tout ce dont pourrait rêver une femme et il me surprend un peu plus tous les jours. Mais je n'ai pas envie de m'aventurer plus loin, alors que je me sens toujours coupable de ce qui aurait pu se passer dans la salle de bains, ou pire, ce que j'ai pu oublier durant notre séjour à Davidson.

– Dawn, se moque Jessica en agitant ses doigts devant moi.

– On va dire qu'ils sont à égalité, ça te va comme ça ? je demande en battant des cils rapidement.

– Mouais… Mais si tu n'es pas l'amoureuse de Garrett, ça veut dire que quand je serai grande, je pourrai l'épouser ?

– Ça, jeune fille, il te faudra le lui demander, je lui lance avant de la prendre dans mes bras. Allez, file, tu vas faire attendre tes camarades !

Elle court vers le bus, mais se retourne une dernière fois pour me faire un signe de la main, puis disparaît.

Après leur départ, la réalité me rattrape et l'angoisse qui pollue ma vie reprend le dessus. Je sais qu'il y a très peu de chances que Garrett laisse passer une occasion pareille. Il doit m'attendre pour entamer cette discussion que j'ai trop laissé traîner.

Si je suis honnête, malgré la peur de ce qui m'attend, j'ai hâte que ça soit derrière moi, qu'on puisse reprendre nos vies.

Alors, en m'armant du courage qu'il me reste, je rejoins l'entrée de la galerie. Après l'avoir fermée à clé, je m'enfonce dans le local pour finalement le repérer devant l'accueil.

– Cette petite est adorable, tu ne trouves pas ? Et son dessin est… intéressant, attaque-t-il.

– Garrett… je réponds avec une lassitude évidente dans la voix.

Il se retourne vivement vers moi, une colère bouillonnante à peine contenue dans les yeux.

– Quoi, Dawn ? lâche-t-il. Tu vas encore inventer un coup de téléphone urgent à passer ou un rendez-vous oublié ?

– Je… Non… Pas cette fois. Il est temps que l'on parle de l'autre soir.

Il a l'air surpris, il ne s'attendait pas à ce que j'aborde ce sujet aussi frontalement. Mais le peu de courage que j'avais est en train de me filer entre les doigts.

Le voir aussi blessé alors que j'ignore ce qu'il se passe me terrorise. Il plante les mains dans les poches arrière de son jean, prêt pour le combat.

– Quand tu dis « l'autre soir », tu veux parler de quel moment ? demande-t-il, un certain espoir transperçant dans sa voix.

Sa question me désarçonne, mais mon cerveau est en ébullition. Je lutte déjà assez pour trouver les mots que je me suis répétés des dizaines de fois. Il faut que l'on règle ce malaise.

– Tu… Nous… je bafouille misérablement en détournant les yeux.

Pourquoi est-ce si dur ? Les mots, pourtant simples, refusent de sortir de ma bouche, comme s'ils étaient trop lourds de conséquences.

– Nous avons partagé… un moment, dit-il en faisant un pas dans ma direction.

Cette fois, nos regards s'accrochent. Dans le sien, je lis de l'espoir et autre chose, mais je ne sais pas de quoi il s'agit. De mon côté, je dois plus ressembler à un lapin pris dans les phares d'une voiture. Toute notre amitié défile devant mes yeux. Les bons moments comme les plus difficiles.

Je sais qu'il est loin de se douter de ce qui me passe par la tête, car son regard vert est clair et déterminé. Pourquoi est-ce que tout doit être aussi compliqué entre nous ? Notre vie était si simple il y a quelques mois, encore la semaine dernière, nous avons retrouvé plus ou moins notre équilibre.

Sauf que là, on est en train de tout briser, je le sais. Chacun de mes os hurle pour me prévenir de l'impact violent qui nous attend. On s'apprête à dire quelque chose qui changera tout et l'un de nous restera au sol. On a vécu trop de hauts et de bas pour se relever indemnes, surtout si j'en crois la flamme qui danse dans ses yeux.

Mon rythme cardiaque s'accélère brutalement et l'impatience dans mes jambes est difficile à refréner. Je veux fuir et quitter cette pièce.

Peut-être qu'il est encore temps de le distraire et nous éviter de nous déchirer. Je ne veux pas le perdre pour une histoire de baiser qui n'a même pas eu lieu ! La frustration me gagne et mélangée à la peur, je sais que ce n'est pas un bon cocktail.

Comment avons-nous pu nous retrouver dans un tel pétrin ?

– Garrett, je parviens enfin à dire, il ne s'est rien passé l'autre soir. Il n'y a pas eu de « moment », tu étais perdu et à moitié réveillé, c'est tout. Mais c'est ma faute, j'ai repoussé cette discussion et ça n'a fait qu'accentuer un malaise qui n'aurait pas dû exister. Au final, ce n'était…

– Si tu oses dire « rien », Dawn, je te jure que je te scotche la bouche pour de bon ! crie-t-il presque avant de subitement s'immobiliser. Attends… Tu veux parler de ce qu'il s'est passé dans ta salle de bains ?

– Bah oui ! je m'agace à mon tour. De quoi crois-tu que j'essaie de discuter depuis tout à l'heure ! De la vie sur Mars ?

En un instant, il passe de la stupeur à la rage, et pour la première fois de ma vie, j'ai peur de Garrett. Pas de ce qu'il pourrait me faire, jamais il ne lèverait la main sur moi, mais de ses mots. Parfois, ils peuvent être tout aussi violents.

À cet instant, il est sur le point d'exploser, les tremblements qui l'agitent me le prouvent. Garrett est du genre à s'exprimer avant de réfléchir aux conséquences en temps normal. Dans une situation pareille, il pourrait se montrer blessant très facilement.

Mais est-ce qu'on pourra continuer à être amis si on ne va pas au bout de cette discussion, si on ne remet pas les compteurs à zéro ? Je peux compter sur les doigts d'une main nos grosses disputes, mais elles ont toutes été bénéfiques.

Je fais un pas de plus dans sa direction. Je le défie de me prouver que j'ai tort, qu'on n'est pas en train de faire n'importe quoi. N'ayant pas de réponses, je prends ça comme une incitation à continuer.

– Garrett, il ne s'est rien passé de plus que lors de nos nombreuses soirées. Par contre, je tiens à m'excuser si je t'ai laissé penser qu'il pouvait y avoir autre chose.

– Tais-toi, Dawn ! explose-t-il enfin.

Sa voix résonne dans toute la galerie, comme un écho destructeur. Et je me fige. Ça y est, nous sommes au point de non-retour, je ne peux que me préparer à ce qui va m'arriver.

– Tu sais aussi bien que moi qu'on a toujours eu une relation particulière. Nos familles le savent, nos amis le savent, même cette fichue classe s'en est rendu compte ! On l'a toujours contrôlée car on a peur. Peur que ça ne marche pas, que ça ne soit pas bien, qu'on perde plus qu'on y gagne…

Chaque mot me fait l'effet d'un coup de poignard. Même si, plus jeune, j'aurais eu envie de les entendre, aujourd'hui, je n'en suis plus certaine.

Je secoue la tête dans une vaine tentative de me protéger de ses aveux. Il prend alors une grande inspiration, essoufflé. Il n'en a pas fini avec moi. Pas encore.

– Tu sais, poursuit-il, j'ai beaucoup pensé à ta mère, à ce qu'elle a dit lors du repas. Comme quoi nos parents préparaient notre mariage depuis longtemps, qu'ils nous avaient toujours imaginés en couple, toi et moi…

Arrête-toi. *Pitié.*

Voilà ce que je devrais lui dire.

Alors, pourquoi mon corps ne bouge pas pour réagir ?

– Et plus j'y pense, plus j'en ai env…

Une puissante décharge traverse mon corps en attendant la suite. Alors avant qu'il puisse terminer sa phrase, je lui plaque une main sur la bouche, mon cœur menaçant de sortir de ma cage thoracique. Tout le quartier doit entendre son rythme effréné, alors que ma voix refuse d'être plus forte qu'un murmure.

– S'il te plaît, ne dis plus rien…

Je plonge enfin mon regard dans le sien et le mélange de tristesse et de souffrance qu'il contient me fait automatiquement monter les larmes aux yeux.

– Si on n'est jamais allés plus loin, c'est qu'on n'est pas faits pour ça. Et je ne suis pas prête à perdre ce *qu'on a déjà* pour une hypothétique histoire. Je ne peux pas.

À ce stade, chaque respiration est douloureuse. Notre amitié est sur le point de prendre fin. C'est aussi simple que ça.

– Mais surtout, j'ai Josh… Il est gentil, attentionné, et on a beaucoup de points communs. Je pourrais faire ma vie avec lui.

Si un regard pouvait tuer, celui de Garrett serait redoutable. Mais je ne peux plus m'arrêter maintenant que je suis lancée.

– Et puis qui sait, peut-être que tout n'est pas perdu avec Claire. Tu voulais lui parler, recoller les morceaux ou du moins t'expliquer. Ça prouve que toi aussi tu tiens à elle et que tu n'as pas envie que votre histoire se termine ou que…

Avant que j'aie pu terminer ma phrase, il retire ma main pour poser son front contre le mien. Ses paumes se posent de chaque côté de mon visage, ses pouces caressent mes joues, nos souffles se mélangent une fois de plus. Je ferme les yeux tant les sensations sont aussi douces que cruelles.

Nous sommes tous deux secoués de tremblements, il est aussi mal en point que moi. Mais ça ne l'empêche pas de nous porter le coup fatal.

– Da-Re de me dire que tu n'as pas envie de plus avec moi ?

Juste comme ça, mon monde explose en millions de morceaux.

Les larmes coulent librement sur mon visage, car ma réponse va nous blesser. Profondément.

Chaque parcelle de mon corps et de mon cœur, me hurle de ne pas répondre. Peut-être que l'on pourrait rester comme ça, front contre front pour l'éternité. Mais on ne vit pas dans un monde utopique.

– Pitié, Garrett, je ne veux pas te perdre… je souffle entre deux hoquets.

Ma voix se brise sur ce dernier mot et mes larmes coulent de plus belle. Ma réponse n'est pas celle qu'il attendait. Ses mains quittent mon visage comme si me toucher était trop pour lui. Pourtant, son front s'attarde, puis ses lèvres le remplacent avant de me jeter un dernier regard empli de douleur, de regrets et d'autres émotions.

Finalement, il parvient à faire le premier pas pour nous séparer définitivement, puis un second et un autre jusqu'à disparaître derrière la porte qui mène à l'escalier de nos appartements.

Le souffle me manque et mes jambes se dérobent sous moi. Je tombe à genoux et laisse le désarroi m'envahir. J'aimerais crier mais rien ne sort. Je n'ai pas assez de force pour hurler ma douleur.

Je ne sais pas combien de temps je reste là, à pleurer. Ça m'est égal, je sens au plus profond de moi que j'ai perdu mon meilleur ami. Chaque fibre de mon être souffre. Ne pas avoir de solution pour remédier à cette situation me détruit un peu plus…

Garrett

22. Je suis complètement paumé

Un mail, un putain de mail !

Après un silence radio d'une dizaine de jours, elle me contacte par mail ! Et pas n'importe lequel : un truc groupé, bien impersonnel et froid pour me convoquer et tous les autres artistes, à une réunion ce soir, à 20 heures. Comme si elle pensait que nous étions à sa disposition.

Ou tout simplement, comme si elle gouvernait ma vie !

Je lutte *depuis des jours* pour ne pas lui écrire, ou l'appeler ou juste franchir la distance entre son appartement et le mien. Pour au final recevoir un truc pareil.

Je me retiens de justesse de jeter mon téléphone à travers mon appartement.

Je commence à faire les cent pas, ce qui devient une habitude ces derniers temps. Je tourne comme un lion en cage depuis… Je secoue la tête, ne voulant pas y repenser. Car malgré mes efforts, il n'y a pas grand-chose pour apaiser la douleur lancinante qui me déchire la poitrine.

Je prends un retard monstre dans mon travail, mais je m'en fous. J'ai mis une réponse automatique à mes mails professionnels et je ne réponds ni aux appels de mon frère ni à ceux de ma sœur. Je ne suis plus disponible pour rien ni personne.

Déjà qu'il me faut une sacrée dose de motivation pour sortir de mon lit, et encore, c'est juste pour rejoindre mon canapé. Je suis comme en deuil. La perte de mon amitié avec Dawn est trop douloureuse, alors l'alcool est devenu mon meilleur ami. Il m'anesthésie le temps de quelques heures, et me permet de penser à autre chose. Mais par moments, ça ne fonctionne pas, je revis la dispute avec Dawn, ses mots, son regard, ses larmes…

Son rejet.

Putain que ça fait mal.

Même après dix jours, les lacérations sur mon cœur ne se sont pas refermées. Elles continuent à m'élancer chaque seconde de chaque journée.

Soudain, je manque d'air, il faut que je sorte de chez moi. Avant de me démotiver, je fonce dans ma chambre pour me changer. J'enfile un jogging, un hoodie, mes chaussures de course et saisis au vol mon porte-monnaie. Je ne prends ni mon téléphone, ni mes clés, étant donné que la porte de notre immeuble est fermée par un code.

Dès que mes pieds foulent le bitume, je fais le vide dans mon esprit. Je ne me focalise plus que sur une seule chose : ma respiration.

Je m'élance, sans m'arrêter.

Lorsque mes jambes se mettent à crier grâce, je pousse encore un peu plus loin, savourant cette douleur. Au moins, celle-là est nouvelle, ça me change. Il y a quelques mois, je n'aurais rien senti en faisant cet effort, mais j'ai lâché prise là-dessus aussi. Sauf que ce n'est pas une bonne chose, je ressens pleinement ma paresse durant cette course. Quand je pense qu'il y a peu, je courais chaque semaine, à raison de deux ou trois sessions.

Quand je m'arrête enfin, je suis à bout de souffle et vacille légèrement. Mais je me sens vivant, mes idées ne sont plus aussi embrouillées. Même si ce répit n'est que temporaire, je l'accueille chaleureusement. Un coup d'œil à ma montre m'apprend que cela fait un peu moins d'une heure que je suis parti et je n'ai pas la moindre idée d'où je suis. Mais je m'en moque.

J'incline le visage vers le soleil, de sortie aujourd'hui, et m'imprègne de sa chaleur. Il va bientôt se faire plus rare alors j'en savoure chaque rayon.

Finalement, je pousse jusqu'à un parc que je devine à travers les arbres. Je me reposerai comme il se doit là-bas.

À peine arrivé, je m'écroule sur un banc, pour reprendre mon souffle.

Ça fait un bien fou.

J'avais oublié à quel point cette sensation est grisante, lorsque la seule chose sur laquelle je dois me concentrer est de respirer, en enchaînant les foulées.

Je n'ai pas envie de rentrer chez moi, rien qu'y penser me fait horreur, alors je me balade dans le quartier environnant jusqu'à trouver un café-librairie. Pour la première fois, je m'assieds dans un lieu public avec pour seule compagnie un livre et un café.

Le bonheur.

Je sens la tension quitter mon corps au fur et à mesure des pages qui se tournent. Peu importe qu'il s'agisse d'un thriller et que des gens meurent dans d'atroces souffrances, c'est une échappatoire à ma propre existence.

Quand je me décide enfin à rentrer et à demander mon chemin, je me rends compte qu'il est déjà 19 h 30 et que je ne serai jamais à l'heure pour la convocation de Dawn. La partie la plus mesquine de moi se réjouit de contrecarrer ses plans millimétrés.

Malgré l'épuisement physique, je reprends ma course à cause du manque de visibilité avec la nuit qui s'installe. Cette fois-ci, je ne retrouve pas cette sensation de sérénité que j'avais à l'aller. Les pensées se bousculent dans ma tête, car même si j'arrive en retard, je vais devoir m'y rendre pour connaître la raison de sa convocation. Après tout, elle a exigé la présence de tous ceux qui exposent dans sa galerie.

Bizarrement, le retour est beaucoup plus rapide et j'arrive dans notre quartier avec une angoisse nouvelle qui me noue l'estomac. Tout ce qui se bouscule en moi me fait accélérer le rythme malgré la fatigue.

Lorsque je franchis la porte de la galerie à moitié en courant, un grand silence s'installe dans la salle. Tous les regards se posent soudain sur moi, je prends alors conscience de l'image que je donne avec mon hoodie et mon jogging.

Le seul bruit que j'entends est ma respiration chaotique, mais je note rapidement qu'une vingtaine de personnes est présente. Tout le monde est bien habillé. Il se pourrait que ça ait été spécifié dans le mail reçu cet après-midi.

Il est trop tard pour s'en soucier alors je me concentre sur Dawn qui me fixe d'un regard blasé. Avant, elle aurait pu en rire. *Avant* étant le mot-clé. Légèrement gêné par toute cette attention, je me racle la gorge en faisant un pas vers eux.

Monsieur Oswald est le premier à parler.

– Eh bien, jeune homme, c'est ce qui s'appelle faire une entrée fracassante !

Quelques ricanements fusent, dont le mien. Je m'approche pour saluer les artistes avec lesquels je collabore, depuis des années pour certains. Je me contente d'un hochement de tête envers une femme d'âge mûr que je ne connais pas. Elle se tient à côté de Dawn, un sourire poli aux lèvres.

Quant à ma meilleure amie, elle semble figée, les épaules légèrement voûtées, son teint plus pâle que d'ordinaire. Serait-elle malade ? Je ne peux m'empêcher de m'inquiéter pour elle, j'ai veillé sur elle pendant tellement d'années que je ne peux l'ignorer en quelques jours. En fronçant les sourcils, je fais un pas vers elle, mais elle sursaute et réagit enfin en évitant de me regarder.

– Bien, maintenant que monsieur Allen nous fait l'honneur de sa présence, dit-elle avec un geste vague dans ma direction, je vais pouvoir continuer et vous présenter notre invitée. Madame Deyes, à mes côtés, va s'occuper de la galerie dès demain.

Elle désigne la dame et tout fait sens. Il était temps qu'elle retrouve quelqu'un pour l'assister et enfin reprendre la peinture…

– Même si j'ai adoré m'occuper de la galerie ces derniers mois et y instaurer de nouvelles choses, il est temps pour moi de passer la main. Je n'arrive plus à tout gérer seule. La semaine dernière cet ange a poussé notre porte pour déposer un CV de manière spontanée. J'y ai vu un signe et lorsque je me suis penchée sur ses références… Faites-moi confiance, j'ai trouvé la perle rare !

– Vous allez me faire rougir, intervient la concernée en portant une main à sa joue.

– C'est largement mérité. En tout cas, j'espère que vous lui réserverez un accueil aussi chaleureux que vous l'aviez fait avec Cla… notre précédente salariée.

Elle ne peut s'empêcher de jeter un rapide coup d'œil vers moi. Même là, elle essaie de me ménager alors qu'on n'a jamais été aussi distants. Peut-être même irrévocablement.

– Je vous ai également convoqués à la dernière minute pour vous annoncer que je vais m'absenter quelques semaines. Je tenais à ce que tout le monde puisse rencontrer notre nouvelle interlocutrice pour les préparatifs des expositions ou toutes demandes liées à la galerie. Mme Deyes a toute ma confiance et je vais d'ailleurs lui laisser la parole pour qu'elle puisse se présenter, finit-elle avant de s'effacer pour céder sa place.

Par habitude, j'applaudis poliment comme les autres et vois les lèvres de la nouvelle employée bouger, mais je ne l'écoute pas. Je suis trop abasourdi pour me concentrer.

Dawn part ? Pour plusieurs semaines ?

Où et pour faire quoi ?

Voilà les réponses dont j'ai besoin.

Je me mets à analyser le moindre changement depuis notre dernière dispute ici même. Il me semble qu'elle a perdu du poids, mais sa robe pull, légèrement ample, ne me permet pas d'en être certain. Les cernes sous ses yeux se sont creusés, elle n'a pas pris le temps de se maquiller pour une réunion aussi importante, ce qui ne lui ressemble pas.

De nouveaux applaudissements me ramènent au moment présent et je les imite sans trop savoir pourquoi.

Mes collègues se dirigent vers une table où un petit apéro nous attend, mais je reste cloué sur place à ressasser ces nouveaux éléments. En revanche, une question de Javier attire mon attention et me force à me rapprocher du petit groupe.

– Alors, Dawn, tu nous quittes pour des vacances bien méritées ou c'est un déplacement professionnel ?

Elle met un instant à répondre, malgré sa gêne évidente.

– Des vacances. Je ne sais pas grand-chose, mes seuls indices sont qu'il y a du sable et du soleil, elle admet en souriant poliment. J'espère pouvoir prendre une pause d'au moins quinze jours, mais ça dépendra aussi de comment se porte la galerie. Je resterai joignable en cas d'urgence, naturellement.

– Votre compagnon aime vous surprendre, c'est bien, intervient Oswald.

Tout le monde en est venu à la même conclusion, Josh et Dawn partent se la couler douce pendant que je suis en train de crever de douleur, le cœur en miettes. Mon estomac me fait soudain mal et je crains de vomir au milieu de la galerie.

Si seulement tout ça n'était qu'un cauchemar, je serais tellement soulagé de me réveiller.

Je m'avance rapidement pour saluer madame Deyes afin de ne pas paraître impoli avant de pouvoir me tirer d'ici.

– Enchanté de faire votre connaissance, je dis rapidement en tendant une main.

– Ah, monsieur Allen, j'avais hâte de vous rencontrer.

– Ah bon ? je demande pris de court.

– Oui, j'ai bien étudié le catalogue de la galerie et je dois dire que j'ai eu un coup de cœur pour plusieurs de vos photographies. Ma préférée est celle intitulée : *Méfaits*.

Je suis agréablement surpris de voir qu'elle connaît en effet certaines de mes œuvres et qu'elle pourrait vraiment être celle qui nous manquait ici.

Après cet échange, je me dirige vers la porte reliant la galerie à nos appartements, sans prendre la peine de dire au revoir aux autres ou même de regarder Dawn.

Je suis écœuré. J'ai juste envie de laisser tout ça derrière moi. Je ne m'arrête pas avant d'être sous la douche, j'essaie de me défaire des sombres pensées qui m'habitent, mais j'échoue lamentablement.

Putain !

Comment peut-elle partir en vacances avec lui après ce qu'il s'est passé ? Alors que nous ne nous sommes pas dit un mot depuis dix jours et que je lui ai pratiquement avoué vouloir être avec elle !

En sortant de la douche, je suis toujours autant en colère et m'habille rapidement avec une seule idée en tête : me changer les idées. Alors j'appelle la seule personne capable de réaliser ce miracle hormis Dawn.

– Garrett, tout va bien ? dit-il en décrochant.

– J'ai forcément besoin d'aller mal pour appeler mon jumeau ? je rétorque sèchement.

– Disons que je te connais et que c'est plutôt comme ça que tu fonctionnes. Et au vu des derniers événements, je suis même étonné que tu n'aies pas appelé avant.

J'ai tout dit à Derek dans les moindres détails, il fallait que je me confie. Il sait ce que m'a révélé Dawn, son oubli, mes sentiments, notre dispute et le silence qui en découle. De toute façon, c'était une question de temps avant qu'il me perce à jour, il sentait que quelque chose se cachait sous ma colère apparente envers Dawn. Ou la tristesse de ma rupture avec Claire.

Il a été consterné par ce que je lui ai appris, tout comme je le suis encore aujourd'hui. Les étoiles ne s'alignent jamais pour Dawn et moi, il faudrait peut-être que je me fasse une raison.

– Chez Joey d'ici une demi-heure, ça te dit ? je lui demande.

– Ça doit pouvoir s'arranger, j'ai presque fini le dossier sur lequel je bosse. En plus, on est jeudi, il y a toujours cette serveuse sexy qui est de service…

– Si tu le dis, je le coupe. J'y vais, je t'attends là-bas, mais ne traîne pas, mon foie pourrait ne pas tenir longtemps !

Je raccroche, ce qui m'évite d'entendre le chapelet de jurons que doit débiter mon frère en ce moment. Le temps pour moi d'enfiler un manteau et de me diriger de l'autre côté de la rue.

En ouvrant la porte de chez Joey, je me sens déjà un peu mieux, tout ici est familier et accueillant. Exactement ce dont j'ai besoin.

Lorsque mon frère me rejoint, j'ai déjà descendu quelques verres et discute avec deux copines en vacances ici. Quand je fais les présentations, je vois immédiatement l'intérêt de Derek pour l'une des filles, la jolie blonde. Il sort le grand jeu, ayant visiblement vite oublié la serveuse, qui pourtant travaille ce soir.

Plus les heures passent, plus les verres vides s'entassent sous le regard inquisiteur de Joey. Si au début de la soirée, cela pouvait me gêner, maintenant je m'en moque. Royalement.

Quand mon frère annonce qu'il doit partir et appeler un taxi, Fleur, la grande blonde qu'il convoitait, lui propose de rentrer avec lui. Il n'hésite pas et ils partent en se dévorant du regard.

En voilà au moins deux qui vont passer une bonne soirée.

Je me retrouve donc devant le restaurant, savourant l'air frais qui me fait du bien, même si je sais que demain matin, je payerai mes excès. Un petit raclement de gorge me rappelle que la copine de Fleur est toujours à côté de moi. Maria. Une petite brune tout en courbes.

Lorsque je lui demande si elle souhaite que je lui appelle un taxi, elle secoue doucement la tête en se mordant la lèvre. Cette mimique m'a toujours insupporté, sauf chez Dawn, car elle le fait uniquement quand elle est concentrée, non pas pour draguer.

Je ne sais pas si c'est à cause de la quantité d'alcool que j'ai ingurgité ce soir, mais Maria me fait de plus en plus penser à elle. Les traits de son visage se brouillent, et je ne cherche pas à rétablir la vérité. Lorsqu'elle s'avance pour m'embrasser, je ne la repousse pas, au contraire, je suis celui qui approfondit le baiser.

Je n'ai aucun mal à visualiser où cela va nous mener, même si je sais qu'au fond ce n'est pas la solution, j'ai envie de plonger. De me laisser ensevelir par les sensations de mon corps jusqu'au feu d'artifice final.

Le prénom de Claire traverse mon esprit, mais je le chasse aussitôt. Je ne supporterai pas une once de culpabilité supplémentaire. Je gérerai demain.

Ouais, demain je serai plus fort.

Ce soir, j'ai besoin de sombrer, de toucher le fond, pour espérer remonter.

J'ignore par quel miracle, on arrive devant ma porte. Je la plaque brusquement contre le battant et m'en inquiète un instant, mais le petit cri de satisfaction qu'elle pousse me rassure. J'en profite pour glisser ma langue dans sa bouche et ma main sous sa jupe. Je m'amuse avec elle pendant qu'elle tire sur mes cheveux pour me plaquer un peu plus contre elle.

Je parviens à atteindre la poignée et à ouvrir le battant, elle ne perd pas une seconde pour se diriger vers le canapé en balançant des hanches. Excité, je me retourne pour refermer derrière nous, mais m'interromps.

Dawn est sur le pas de sa porte et le regard qu'elle me lance en dit long sur ce qu'elle pense et sur ce qu'elle a vu. Mais ce soir, je m'en fiche. Je veux juste ressentir autre chose que de la douleur, même le temps d'une respiration.

Aux regrets que je lis dans ses yeux, je sais qu'elle aussi déteste cette situation entre nous. Mais c'est elle qui a choisi Josh au lieu de moi, de nous… Alors, tout en fixant Dawn, j'enlève rapidement mon T-shirt et descends lentement les mains le long de mon torse puis de mon entrejambe. J'ouvre mon jean, bouton après bouton. Elle n'en rate pas une miette. Ses yeux suivent le moindre de mes mouvements, et je la vois respirer un peu plus vite. Une certaine satisfaction m'envahit quand je remarque que je peux lui faire de l'effet même à distance.

« Tu sais… je crois que je t'aime encore… »

Comment tu as pu oublier ça ? Pourquoi tu n'as pas le courage d'y faire face ?

Je me retiens de lui hurler ses questions, heureusement parce qu'au même moment Maria m'appelle, faisant remonter les yeux de Dawn, droit dans les miens.

Je lui adresse alors un sourire que j'espère carnassier et claque la porte.

Je pensais réellement ressentir une profonde satisfaction en la blessant de la sorte, alors pourquoi ce n'est pas le cas ? Ses yeux ambrés sont aussi hantés que les miens, alors pourquoi ?

Pourquoi ?

Pourquoi ?

Pour…

Sans résister plus longtemps, je me retourne et rouvre, bien décidé à obtenir mes réponses. Mais elle n'est plus là. Elle est rentrée chez elle, certainement en compagnie de son précieux Josh pour préparer leurs vacances en amoureux.

Je vais gerber.

– Euh, il y a un souci ?

La voix de Maria me rappelle sa présence. Mais toute mon excitation s'est barrée en même temps que Dawn. Je passe une main sur mon visage et lâche d'une voix creuse :

– Je suis désolé, ça ne va pas le faire. Tu veux que je t'appelle un taxi pour retourner à ton hôtel ?

Elle ouvre la bouche sous le coup de la surprise, puis rougit en rassemblant ses affaires à la hâte. Je n'ai pas les mots pour rendre la situation moins humiliante alors je me tais jusqu'à ce qu'elle quitte mon appartement en m'insultant.

Ouais, ça aussi je dois le mériter.

Dawn

23. Bataille

Anguilla, dans les Caraïbes, je n'en reviens toujours pas !

Je suis sur la terrasse de la maison de vacances de la famille de Josh. Je savoure mon premier café de la journée, les épaules drapées d'un long plaid duveteux. Le soleil se lève doucement et je profite de cette magnifique vue qui me ravit depuis quelques jours.

J'ai conscience de la chance que j'ai d'être ici, en compagnie de Josh, tout ça paraît presque trop beau pour être vrai, irréel. Mais je m'en fiche, j'accepte avec gratitude cette pause dans ma vie, devenue hideuse ces derniers temps.

La dispute avec Garrett m'a profondément blessée, même si je sais qu'il était impossible de l'éviter. Je n'en reste pas moins meurtrie et cette fuite, parce que c'est clairement ce que c'est, est salutaire.

Josh a bien vu dans quel état pitoyable j'étais ces derniers jours, alors il m'a fait cette proposition inattendue : partir en vacances sans connaître la destination. Il ne me l'a révélée qu'en arrivant à l'aéroport. Les Caraïbes, je n'en croyais pas mes oreilles. J'allais pouvoir me couper du monde, simplement profiter de lui, du soleil et de la plage…

Le paradis sur Terre.

Lorsque nous avons atterri, nous avons décidé de ne consulter qu'une fois par jour nos mails afin de vérifier qu'il n'y avait aucune urgence à Wilmington ou Chicago.

Nous sommes là, cent pour cent l'un avec l'autre. Ici pas de cris, pas de douleur insupportable, pas de cœur douloureux en voyant mon meilleur ami.

Comme par réflexe, je presse ma main sur ma poitrine en pensant à mon départ précipité, à mes derniers moments avec Garrett. Malgré le soleil et le plaid, un frisson me parcourt.

Pourtant, malgré mes efforts, Je le revois en train de tripoter cette fille contre sa porte.

Qu'est-ce que je dis, contre *ma* porte !

Cet immeuble est à ma mère, donc par extension il m'appartient. Et il se permet de faire ça chez moi ! Sans parler du sourire qu'il m'a lancé avant de disparaître !

Le mélange d'émotions que j'ai ressenti à ce moment-là m'a tellement secouée que j'ai hésité à entrer de force dans son appartement pour faire un scandale. Finalement, j'ai simplement fondu en larmes. Une fois de plus.

Une part de moi est épuisée de toujours pleurer à cause de Garrett.

Josh est arrivé chez moi peu de temps après et je n'ai pas réussi à faire semblant d'aller bien. Devant son insistance, j'ai fini par craquer, et je lui ai tout raconté : la raison de la séparation de Claire et Garrett, le moment étrange dans ma salle de bains et notre dispute dans la galerie.

J'étais terrorisée de lui avouer tout ça, mais la culpabilité me rongeait de l'intérieur. J'avais besoin d'être honnête avec lui. J'ai vu les différents stades émotionnels le traverser durant mes confidences, la colère arrivant en première position. Je m'attendais à le voir partir en claquant la porte et ne plus jamais revenir. À ma plus grande surprise, il est resté.

Je n'oublierai jamais les mots qu'il m'a dits : « Je n'ai rien à te pardonner parce qu'il ne s'est rien passé et puis, tu m'as choisi, moi. Je suis juste très heureux que ça soit le cas. »

Je n'arrivais pas à le croire, je l'ai fixé pendant de longues secondes, ne sachant plus quoi dire. Je m'étais tellement persuadée que lui avouer tout ça provoquerait notre séparation que mon cerveau n'a pas envisagé une autre option. Me voyant déboussolée, il m'a portée jusqu'à mon lit puis a pris sa douche en me laissant seule avec mes pensées.

N'avait-il pas écouté ce que je lui avais raconté ?

Lorsqu'il est venu se coucher, il m'a prise dans ses bras, m'a bercée doucement jusqu'à ce qu'on s'endorme. Depuis, nous n'en avons plus parlé, comme si l'affaire était close.

Alors pourquoi je sens au plus profond de mon être que ce n'est pas le cas ? Je dois lutter contre moi-même tous les jours pour ne pas remettre le sujet sur le tapis. Mais depuis que nous sommes ici, je n'ai pas le cœur à ruiner ces moments entre nous.

Deux bras m'entourent, me sortant de mes pensées et je cligne des yeux pour chasser ces souvenirs. Josh m'embrasse délicatement la nuque et je prends appui contre son corps.

– La vue est sublime ce matin, je déclare.

– Hum… me répond-il au creux de l'oreille tout en déposant une myriade de baisers sur mon épaule, qu'il découvre de plus en plus.

Depuis que nous sommes arrivés nous n'avons jamais été aussi fusionnels, mais pas d'un point de vue sexuel. On a pris le temps de réellement se découvrir sans la pression familiale ou celle de son job.

Josh semble avoir rajeuni de dix ans et je prends plaisir à le voir laisser tomber toutes ses barrières. Comme si le fait d'avoir mis plus de trois mille kilomètres entre lui et son père lui donnait le droit d'être lui-même.

Il faut dire que cet endroit nous y aide beaucoup. Après tout, nous profitons d'une villa isolée juste pour nous. Nous pourrions nous balader nus sur la plage toute la journée que personne ne le saurait… C'est vraiment le lieu idéal pour faire ce qu'on veut.

Je me retourne dans ses bras et plonge dans ses beaux yeux bleus. L'envie de l'embrasser est si forte que je ne lutte pas. Si je pouvais me fondre en lui, je le ferais, afin qu'il garde une part de moi en lui, pour toujours. Quand il force l'ouverture de ma bouche avec sa langue, je ne peux m'empêcher de sourire, ce qui l'arrête.

– J'embrasse si mal que ça ? demande-t-il, une lueur amusée dans le regard.

– Pas le moins du monde, je lui réponds en enroulant mes bras autour de son cou. Je me faisais juste la réflexion qu'on n'a pas vraiment visité les alentours depuis qu'on est là. Je sais que tu connais bien, mais pour moi c'est une première.

– Tu as raison, j'aurais dû y penser… Je ne m'attendais pas à être aussi fatigué. Je devrais venir plus souvent pour me ressourcer.

– Crois-moi, si j'avais une maison pareille ici, j'y viendrais tous les quatre matins, je plaisante.

– C'est possible, tu sais.

Sa déclaration me laisse sans voix. Je le scrute à la recherche de la moindre information, une parcelle de doute, mais il est serein. Mon cœur se gorge d'émotions et je dépose un baiser chaste sur ses lèvres.

– Tu es trop beau pour être vrai, Josh Wayne.

Il rit avant de reculer.

– Petit déjeuner ? propose-t-il en rebroussant chemin à l'intérieur de la maison.

– Je te rejoins.

Ma voix n'est plus qu'un murmure. Je ne sais pas ce qui m'arrive, je devrais être aux anges. Je suis sur une île paradisiaque avec un homme qui me fait des promesses à peine dissimulées… Alors pourquoi je ne suis pas en train de me jeter dans ses bras et d'arracher nos vêtements ?

Mon ventre me fait mal, le signe qu'il ne faut pas trop creuser la question. Je refuse de gâcher ces vacances, d'autant que Josh est merveilleux, il est tout ce dont je pouvais rêver.

Je dois me concentrer sur ce que j'ai, pas sur ce que je n'ai pas.

Ou sur ce qui est trop dangereux pour moi d'espérer.

Je me retourne vers la balustrade en respirant profondément devant la beauté du paysage qui s'étend devant moi. Tout ce que je vois est encore plus intense et beau qu'il y a quelques minutes. Je sais que je finirai un jour par peindre cette vue. Le calme revient enfin et mon esprit s'éclaire.

Oui, je dois me réjouir de ce que j'ai dans ma vie.

Ça devrait être suffisant.

Nous nous prélassons sur la terrasse, je lis un livre tandis que Josh se contente d'un bain de soleil.

– Qu'est-ce que tu lis ? me demande-t-il sans tourner la tête vers moi.

– Un thriller que j'ai trouvé dans la bibliothèque du salon.

Un doux sourire naît sur ses lèvres.

– Ma mère était une grande fan du genre. Elle a laissé des exemplaires un peu partout. Peu importe le nombre de fois qu'elle les lisait, elle adorait s'y replonger.

Je ferme le livre, attentive. Josh parle peu de ses parents et encore moins de sa mère décédée d'un cancer il y a trois ans.

– Elle m'avait l'air passionnée, je commente en souriant.

– Très. Dans tout ce qu'elle faisait. Elle était l'équilibre de notre foyer… Elle me manque, ajoute-t-il doucement.

Je tends la main pour serrer ses doigts et il me sourit faiblement. J'ai beau ne pas comprendre ma mère, elle reste une part essentielle de ma vie et je n'imagine pas le trou béant qu'il y aurait dans mon âme si elle n'était plus là.

Soudain, le téléphone de Josh se met à sonner, nous faisant sursauter.

– Désolé, j'ai oublié de l'éteindre après avoir consulté mes mails…

– Ouh ! je me moque. Je vais réfléchir à un gage, alors !

Il me sourit avant de s'éclipser pour répondre. De mon côté, je n'arrive plus à me concentrer sur les pages de mon livre, alors j'entre à mon tour dans la maison. Je m'arrête net lorsque j'entends la voix de Josh venir de la cuisine.

– Je pensais… dit-il avant de s'interrompre.

J'ai la désagréable impression de l'espionner et une partie de moi culpabilise, mais en même temps, il aurait pu s'enfermer dans l'immense bureau au fond de la maison. De là où je suis, je peux le voir se tenir à l'îlot central. Sa posture a changé, ses épaules sont raides et sa tête, basse.

Qu'est-ce qu'il se passe ?

– Oui, j'ai finalisé ce dossier avant mon départ. Vous pouvez le trouver dans mon bureau…

Ah, ça concerne donc le travail.

– Oui, tout est en ordre, je m'en suis assuré et j'ai pu transmettre les informations qu'il pouvait manquer à Gretchen… dit-il avant de marquer une nouvelle pause. Non, mais…

Je décide de sortir de ma cachette et d'entrer dans la pièce, hors de question de le laisser seul dans ce moment qui n'a rien d'agréable pour lui.

Mais pourquoi laisse-t-il quelqu'un lui parler comme ça si ça concerne le travail ? C'est lui, le boss, non ?

– Je n'y manquerai pas, dès mon retour. Je… Nous avions convenu que je pouvais prendre ces jours de congé…

Il inspire longuement avant d'abdiquer.

– Très bien, je vous envoie ça dès aujourd'hui… Oui, Père.

« Père » ?

Ai-je bien entendu ?

Mon cœur se brise un peu plus pour Josh, il m'avait laissé comprendre que sa relation avec son père s'était détériorée à la suite du décès de sa mère. En revanche, je ne pensais pas que c'était à ce point, cela ne m'aurait jamais effleuré l'esprit.

On dirait deux étrangers. Alors qu'il s'agit d'un père et d'un fils.

Le soupir à fendre l'âme de Josh quand il repose son portable sur l'îlot me donne le signal que j'attendais. Je m'avance jusqu'à pouvoir poser une main rassurante dans son dos. Sa première réaction est de se crisper un peu avant de s'avouer vaincu.

– Ça fait longtemps que tu es là ?

– Suffisamment, oui… j'avoue posément. Pourquoi tu ne m'as jamais dit que ton père est…

Je cherche le bon mot pour décrire l'impression qui ne me quitte plus.

– Un tyran ? propose-t-il sèchement.

– J'allais dire « froid ». Je ne me serais pas permis de le juger sans le connaître.

J'ai la sensation de parler dans le vent, il semble à des milliers de kilomètres de moi, certainement de retour à Chicago.

– Josh… Tu *mérites* ces vacances, tu as travaillé d'arrache-pied depuis des mois !

– Ça ne compte pas.

– Bien sûr que si ! Et puis, c'est ton père, pas ton patron ! je m'agace.

– C'est là que tu te trompes, c'est mon patron, puis mon père. La mort de ma mère a emporté quelque chose, il ne me reste plus que ça de lui. Alors je dois composer avec, même si ce n'est pas simple tous les jours.

Je le force à se tourner vers moi pour pouvoir déchiffrer ses réactions. Toutefois, avant que je puisse exprimer ce que je pense, il me devance.

– J'apprécie ta sollicitude, Dawn, vraiment, mais rien de ce que tu pourras dire ne changera les choses. C'est mon père et à son âge, il n'acceptera pas une trop forte opposition de ma part.

Je fronce les sourcils, inquiète pour lui.

– Mais… je commence avant qu'il me coupe.

– Est-ce que j'aimerais qu'il soit moins dur avec moi ? Oui. Qu'il arrête de faire reposer toutes les attentes du monde sur mes épaules ? Oui. Qu'il soit plus mon père que mon boss ? Putain, oui ! Mais il n'a pas été élevé comme ça, ma mère arrivait à le temporiser, mais ce temps-là est révolu. Maintenant, je dois rentrer dans les cases des critères du fils parfait, avec une vie telle qu'il la visualise pour moi, que ça me plaise ou non. Mes envies ou convictions ne comptent pas.

– Ce n'est pas une vie, ça, Josh.

– C'est la mienne et je n'ai plus que lui, je suis son fils unique, je n'ai pas le droit de le décevoir.

Je ne sais plus quoi dire pour lui faire comprendre combien cette situation me peine. Il ne mérite pas de vivre ainsi. Les meilleures années de son existence s'écoulent et il n'en profite même pas.

Ma main droite se pose délicatement sur son visage et il se love contre elle. Je l'embrasse avec toute la tendresse du monde en espérant que cela suffise pour le moment à apaiser ses tourments.

– Qu'est-ce que tu dirais si je t'aidais à finir le travail que te demande ton père ? Plus vite on s'y mettra et plus vite on retournera à nos vacances paradisiaques.

– Tu n'es pas obligée…

– Je sais, mais je veux t'aider, au moins un peu.

– Je ne sais pas ce que j'ai fait pour te mériter, Dawn, mais je ne vais pas m'en plaindre…

Tandis que je me retourne pour sortir de la cuisine, il me fait faire volte-face pour capturer ma bouche. Il m'emprisonne dans ses bras, ne laissant plus un centimètre entre nos deux corps. Je sens rapidement ses mains passer sur mes fesses, auxquelles il s'accroche désespérément.

Alors qu'il dépose une multitude de baisers humides dans mon cou, il me soulève soudain et m'assied sur l'îlot central. Je suis maintenant presque à sa hauteur et me perds dans ses yeux.

Nos bouches se trouvent d'elles-mêmes et entament cette danse qu'on commence à bien connaître. Pour une fois, il y a comme une note de désespoir dans notre baiser.

– Laisse-moi d'abord reprendre mon souffle en toi, murmure-t-il avant de mordiller mon cou.

Je finis de combler l'espace entre nous et le laisse se perdre dans notre étreinte.

– J'espère que le repas t'a plu, me dit Josh avant de boire une gorgée de vin.

Notre dernière soirée à Anguilla est parfaite en tout point, il s'est surpassé. Nous avons pu profiter d'un dîner somptueux, les pieds dans le sable, dans un petit restaurant très réputé. Nous nous sommes fait un devoir de goûter plusieurs plats, mais surtout, je me suis laissé tenter par un rhum délicieux.

Depuis l'appel de son père et notre partie de jambes en l'air dans la cuisine, Josh est redevenu lui-même. Ces derniers jours m'ont presque même fait douter que cette conversation a eu lieu. Il est de nouveau le parfait gentleman, détendu et souriant.

Une part de moi aimerait croire que ce monde parfait existe, mais je sais que je ne pourrais pas supporter de savoir que son père, l'homme qui devrait prendre soin de lui, peut le maltraiter de la sorte. Si un jour je dois le rencontrer, je n'ose imaginer ce qu'il pourrait se passer…

Avant que je puisse répondre à Josh, le volume de la musique augmente soudain. Plusieurs couples autour de nous se lèvent pour aller danser sur la plage. Nous les regardons en souriant, jusqu'à ce que Josh recule sa chaise pour venir vers moi, la main tendue.

– Je croyais que tu n'aimais pas danser ! je lance, surprise.

– Allez, Dawn, si je dois me ridiculiser, autant que ça soit sur une île où je ne connais personne !

– Tu ne viens donc jamais ici ?

– Non, je reste à la villa. Tu sais, ma part introvertie a besoin de ses moments de solitude.

J'éclate de rire avant de prendre sa main pour rejoindre les autres. Malgré nos efforts pour imiter ceux qui dansent merveilleusement bien, nous restons relativement mauvais, mais cela nous fait rire et nous profitons de l'instant présent.

On sait que tout ça sera bientôt fini, que cette bulle merveilleuse est sur le point d'éclater et que le retour à la réalité risque d'être brutal.

Nous dansons pendant ce qu'il me semble être des heures, nous nous interrompons seulement pour siroter quelques verres de rhum. L'avantage avec l'alcool, c'est que nous avons l'impression d'être beaucoup plus doués.

Les chansons deviennent plus sensuelles et les couples se rapprochent de plus en plus, se frôlent.

Nous n'échappons pas à ce besoin soudain de sentir le corps de l'autre sur ces rythmes entêtants. Nous nous regardons intensément, une lueur tentatrice dans le regard. Je lis tellement de choses sur son beau visage que ça me réjouit autant que ça m'effraie. Sans comprendre ce qu'il me prend, je lui tourne le dos tout en continuant à me mouvoir tout contre lui. Ses mains agrippent mes hanches, nous balançant en rythme. Je ferme alors les yeux, happée par un écho lointain.

Dawn & Garrett – 20 ans

Je ne me rappelle même pas le prénom de ce type et je m'en moque, l'alcool m'aide certainement à être plus détendue sur le sujet. Je ne suis jamais allée à une soirée étudiante comme celle où Garrett m'a conduite pour fêter la fin de sa deuxième année.

J'étais un peu impressionnée, je dois l'avouer. Donc j'ai bu pour faire descendre la pression et lorsque ce mec m'a abordée, j'étais déjà plus décomplexée, même si je trouve toujours le choix des musiques douteux.

Le volume est bien trop fort pour mener une conversation intéressante, alors je réponds poliment à ses questions basiques par « oui » ou « non ».

Je pensais passer la soirée avec Garrett, mais il est introuvable depuis plus d'une heure. Hors de question que je reste toute seule dans mon coin, pour une fois que je viens à New York !

Quand mon partenaire pour la soirée m'a demandé si je voulais « tâter le *dancefloor* », je me suis vite laissée convaincre. En revanche, ce qui paraissait au début comme une danse amicale, devient de plus en plus… sensuel. Mais cela me convient très bien, il est plutôt mignon et très gentil, dommage que je n'arrive pas à me rappeler son prénom…

Lorsqu'il s'approche enfin de moi, je passe mes bras autour de sa nuque. Je sais ce qu'il compte faire : m'embrasser. Et j'en ai envie, alors je ferme les yeux, attendant le contact de ses lèvres.

Je n'avais cependant pas prévu qu'on me tire sèchement en arrière. Je manque de tomber lamentablement. Deux mains me stabilisent rapidement et en une fraction de seconde, Garrett se tient dos à moi, les poings serrés.

– Tu fous quoi, Callum ? crache-t-il.

– Eh, relax, mec, on ne faisait rien de mal. On s'amuse, c'est tout, riposte mon cavalier, se prénommant donc Callum.

– « La fête », reprend Garrett en faisant des guillemets avec ses doigts, s'arrête ici. Tu ne poses plus tes mains sur Dawn, jamais, compris ?

– Mec…

– Garrett !

Callum et moi parlons en même temps, mais mon meilleur ami ne nous écoute pas, il attrape mon poignet et traverse la foule attroupée autour de nous en me tirant derrière lui. Je ne peux rien faire hormis le suivre, mais je fulmine !

Pour une fois que je sors un peu de Davidson, où je travaille comme une forcenée, voilà qu'il me fait me sentir comme si j'étais de trop ! Il s'arrête enfin dans la cuisine, tout aussi bondée que le salon, mais parvient à nous rapprocher des boissons. J'arrache mon bras de sa poigne lorsqu'il me tend une bouteille d'eau.

– Bois, m'ordonne-t-il.

– Mais à quoi tu joues, Garrett ? Tu m'as dit qu'on était là pour passer une bonne soirée, et c'est ce que je faisais !

– Ne me pousse pas à bout, Dawn. Bois cette foutue eau pour décuver un peu et qu'on puisse se tirer.

Je me rends bien compte que les autres autour se taisent pour écouter notre dispute. Il faut dire qu'on ne fait rien pour être discrets.

– Je n'ai pas besoin de décuver, je m'agace en haussant le ton. J'ai bu en début de soirée, c'est tout, et même si j'étais bourrée, ta petite scène m'aurait vite fait redescendre. Alors, lâche-moi et retourne faire ce que tu faisais avant de *gâcher* ma soirée…

– Je n'ai pas gâché ta soirée, je t'ai empêchée de te comporter, devant toute ma promo, comme une traîn…

Avant qu'il ait pu terminer sa phrase, je lui jette au visage le contenu de ma bouteille. On se fige tous les deux, choqués de mon geste, puis la colère reprend le dessus. Il attrape un gobelet de bière plein et me rend la pareille.

Un silence total règne aussitôt, tous les yeux sont braqués sur nous.

On se fusille du regard, aussi énervés l'un que l'autre, mais on ne cherche pas à se parler pour autant. Oh non, on se connaît trop bien pour ça, alors on attend la faille chez l'autre.

L'odeur de bière imprègne mes cheveux et me retourne l'estomac, mais je ne bouge pas. Il flanche avant moi en fermant les yeux pour se passer la main sur le visage. Sans réfléchir davantage, je plonge mes doigts dans un saladier rempli de sauce fromagère pour chips et lui jette dessus.

Le bruit que fait la mixture en le touchant au niveau du cou me paraît résonner dans la pièce. Cette fois-ci, tout le monde retient son souffle, moi inclus. Je me dis pour la première fois, que je suis peut-être allée trop loin. Garrett se tient l'arête du nez, tentant de se calmer. Au même moment, quelqu'un hurle :

– BATAILLE DE BOUFFE !!!

C'est comme ça que le chaos explose autour de nous en même temps que mon rire.

– Reviens-moi.

Cette voix me fait décidément bien trop d'effet et je suis de nouveau pleinement avec Josh. On danse encore sur quelques chansons, les yeux dans les yeux, des promesses de moments tendres à venir entre nous.

– Et si on rentrait ? je lui chuchote à l'oreille.

– Tes désirs sont des ordres, répond-il avant de m'embrasser et d'aller régler rapidement notre note.

Je reste les pieds plantés dans le sable, un sourire rêveur accroché aux lèvres. Quand il me rejoint, on décide de rentrer en longeant la plage et en laissant l'eau lécher nos pieds.

On ne se le dit pas, mais on savoure nos derniers moments ici.

Josh se penche pour ramasser un coquillage et me l'offrir. Je souris de le voir si détendu. Cette soirée aura été géniale et je n'ai pas envie qu'elle se termine. Demain arrivera bien assez vite, avec son lot de complications. Alors tandis qu'il se penche une nouvelle fois pour ramasser une autre trouvaille, je m'amuse à l'arroser de mon pied.

– Oh Dawn… dit-il en secouant la tête.

– Quoi ?

– Tu ne sais pas à qui tu t'en prends…

– Ah non ? je dis, malicieuse en reculant de quelques pas pour qu'il ne puisse pas riposter.

– Si tu penses t'en tirer en courant, tu te mets le doigt dans l'œil…

– C'est ce qu'on va voir, je crie en faisant demi-tour pour m'élancer.

Mais je n'ai pas fait dix pas qu'il me rattrape et me traîne jusque dans les vagues. L'eau est encore bonne et c'est avec un grand éclat de rire qu'il m'y jette. Il ne sait peut-être pas encore que je suis mauvaise perdante, mais il va vite le découvrir.

Je me redresse, de l'eau m'arrivant jusqu'à la taille, Josh est secoué d'un rire à quelques pas de moi.

– Aïe, je dis en boitant. Aïe, mon pied !

Il s'arrête tout de suite, une expression inquiète sur le visage. Il n'hésite pas à me rejoindre.

Parfait.

– Je te tiens, je crie en lui sautant dessus.

La surprise lui fait perdre l'équilibre et je parviens à le couler sans difficulté. Le plus dur est de réussir à sortir de l'eau avant qu'il me rattrape. Je suis à deux doigts de réussir, lorsqu'il enserre ma taille pour me soulever. Je crie dans la nuit avant de rire.

– Je t'avais dit que tu n'irais pas loin.

Sans m'y attendre il nous étend sur le sable, bien que nous soyons trempés jusqu'aux os. Mais on est heureux, il n'y a qu'à voir nos sourires.

Josh n'abandonne pas pour autant, puisqu'il bascule pour se positionner sur moi et emprisonne mes mains au-dessus de ma tête. Au moment où j'essaie de venir à sa rencontre pour l'embrasser, il se recule légèrement pour me dévisager, les yeux brillants.

– Je t'aime.

Ces trois petits mots que j'ai rêvé d'entendre un jour, résonnent enfin au moment qui aurait pu être idéal. Mais je suis paralysée.

J'aimerais pouvoir lui répondre la même chose, mais les mots restent coincés dans ma gorge, refusant de sortir. Il ne sait pas que ce sont ceux que mon père m'a dits avant de partir. Pourtant, il n'est jamais revenu, comme si ça ne signifiait rien.

De peur de ruiner notre soirée en parlant, je préfère l'embrasser avec fougue et lui *montrer* ce que je ressens pour lui.

Garrett

24. Retour

Mais qu'est-ce que je fous là ?

Ça fait cinq minutes que je suis devant la porte de Claire et que je n'ose pas frapper. Ce soir, je suis encore plus perdu que dernièrement, ce qui n'est pas peu dire. À la différence que je ne suis pas terré chez moi à broyer du noir. Je suis sorti et j'ai marché. À ma grande surprise, mes pas m'ont conduit jusque chez elle.

Cependant, après plus d'un mois sans lui donner signe de vie, je me vois mal débarquer comme ça. Sans compter que je ne sais même pas ce que je pourrais lui dire. Je ne pense pas qu'un « Salut, Claire, ça va ? Tu sais, tu avais raison pour Dawn et moi, mais me voilà quand même ! » soit une bonne idée. Je grimace rien que d'imaginer ce que ça pourrait donner.

– Il est l'heure de foutre le camp, je murmure pour moi-même en faisant demi-tour dans le couloir.

Je n'ai pas fait deux pas que la porte dans mon dos s'ouvre au même moment. Je me retourne et nos regards se croisent. Dire qu'elle est choquée serait un euphémisme.

Ce qui me surprend le plus est le fait qu'elle porte un vieux jogging informe et un de mes T-shirt. Mais surtout, il n'y a pas une once de maquillage sur son beau visage. La chose le plus inhabituelle est de la voir sortir les poubelles.

Je réalise assez violemment que malgré les mois qu'a duré notre relation, je ne l'ai jamais vue comme ça. Elle me présentait toujours la version parfaite d'elle-même, et je n'y avais pas fait attention. C'est dire à quel point je suis à côté de mes pompes.

– Garrett ? Qu'est-ce que tu fais là ? dit-elle d'une petite voix que je ne lui connais pas.

Je continue à la dévisager sans dire un mot. Soudain, quelque chose de nouveau me frappe : ce côté vulnérable chez elle me plaît. J'aurais adoré qu'elle me le montre plus tôt, pour apprendre à connaître la vraie Claire, celle qui se cache derrière ses barrières.

Je n'ai eu que très peu d'occasions de l'entrapercevoir et pourtant, j'adorais ça. C'était pour ces moments que je savais que notre relation valait le coup, mais c'était aussi très compliqué à expliquer à mon entourage qui n'y avait jamais accès. Je sens un sourire naître sur mes lèvres et la confusion sur son beau visage s'accentue, ce qui m'incite enfin à parler.

– Salut… Je… je suis désolé de débarquer à l'improviste, je bafouille misérablement. Mais j'avais vraiment envie de te voir.

– Juste comme ça ? dit-elle, septique.

– Tu m'as dit de revenir lorsque je serais prêt à parler… Je crois que c'est le cas.

Mon ton est tout sauf assuré, mais au moins je ne pars pas sans dire un mot. Il y a déjà du progrès.

– Tu ne crois pas qu'il est un peu tard pour ça ? Je t'ai fait cette proposition il y a des semaines, Garrett.

Elle marque un point.

– Je sais, tu as raison. Je comptais faire demi-tour quand tu as ouvert la porte, je lui réponds en désignant la sortie dans mon dos. D'ailleurs, je vais y aller, il est hors de question que je te prenne par surprise comme ça, j'aurais dû t'écrire avant. Si tu veux, donne-moi ça, je vais m'en débarrasser.

Je lui prends les poubelles des mains et recule doucement.

– Si tu es toujours d'accord pour discuter, appelle-moi. Je pense qu'on mérite de pouvoir au moins s'expliquer calmement…

Au moment de me retourner, je vois un éclair de soulagement passer dans ses yeux, mais je ne m'arrête pas pour autant. Je préfère lui laisser un peu le temps pour réfléchir. Je devrais peut-être suivre le même conseil, j'ai agi sur le coup de l'impulsion et ce n'est jamais bon en ce qui me concerne.

Après m'être débarrassé des sacs, je décide de rentrer tranquillement à mon appartement. Je frissonne tout en remontant le col de mon manteau, le vent glacial de novembre est impitoyable. J'en viens à envier Dawn qui doit profiter du soleil alors qu'ici la pluie rythme notre quotidien.

Ça fait plus de quinze jours qu'elle est partie, personne n'a de nouvelles, même madame Deyes n'a pas su me renseigner sur une date de retour. Cela ne ressemble pas à ma meilleure amie de se couper du monde comme ça, mais je n'ai pas eu le courage d'essayer de la joindre directement.

Être confronté à sa messagerie pourrait me foutre au sol, alors je préfère ne même pas tenter.

Et puis, c'est peut-être de la fierté mal placée, mais je n'ai pas envie d'être celui qui fera le premier pas. J'ai suffisamment donné ces derniers temps, dorénavant, je vais attendre qu'elle revienne vers moi, c'est de bonne guerre.

Après tout, je me suis déjà livré corps et âme, c'est elle qui m'a repoussé. Mes pensées dérivent aussitôt vers cette soirée, celle où elle m'a avoué ses sentiments, puis celle où l'on a failli s'embrasser dans sa salle de bains…

Par moments, il m'arrive de souhaiter qu'elle ne m'ait rien dit, tout serait tellement plus simple. Pour commencer, Claire ne m'aurait pas quitté, je n'aurais pas perdu Dawn et je ne serais pas en train de dérailler comme c'est le cas depuis.

Je suis retombé dans mes vieux travers : les soirées alcoolisées, les filles que je drague sans vergogne avant de rentrer décuver chez moi en me haïssant plus que jamais. Je n'ai pas de quoi être fier, mais je crois que je cherche juste à sortir la tête de l'eau. J'ai besoin d'essayer de passer au-dessus de ces douleurs lancinantes et de faire taire mon cerveau.

J'en arrive à me demander à quoi ressemblait mon quotidien sans tout ça, ça me paraît bien trop loin. J'aurais dû apprécier un peu plus ces jours-là, puisque maintenant je me retrouve seul.

Je redoute les choix que je vais faire, car ils pourraient marquer un tournant décisif dans ma vie. Et ça me terrifie. J'ai l'impression de ne plus avoir la force d'avancer, sauf peut-être en direction de Claire. Elle représente pour moi le choix de la sécurité, avec elle je peux facilement imaginer quel genre de vie je mènerai et je sais que je pourrais m'y sentir bien. Mais ma voix intérieure me hurle qu'un autre idéal est tout aussi possible.

Jamais je n'aurais imaginé me retrouver dans une telle situation, le cœur déchiré en deux, entre la raison et les sentiments.

À peine cette pensée m'effleure que mon corps se fige spontanément au beau milieu du trottoir. Plusieurs personnes me dépassent en pestant.

Depuis quand Dawn a-t-elle remporté la partie sur ma raison ?

Depuis la soirée à Davidson ? Depuis un an ? Deux ? Ou depuis toujours ?

C'est si dur de me dire que la perdre m'a clairement ouvert les yeux sur le fait que je l'aime à ce point. Il me semble qu'il y a un adage selon lequel on ne se rend compte de ce qu'on a que lorsqu'on le perd. *Ou un truc du genre.*

Eh bien, je dois être un cliché ambulant parce que c'est exactement ce que je ressens.

Maintenant qu'elle est heureuse et en couple, je rêverai de revenir un an en arrière et de tout changer. Nos vies seraient tellement différentes à l'heure actuelle.

Ou peut-être pas. On aurait pu décider que nous deux, c'était une erreur et on aurait tout fait foirer. Même si je n'y crois pas, ça reste une possibilité.

En fin de compte, peut-être que son départ en vacances est une bonne chose, tout comme le fait que j'ai recontacté Claire. Peut-être que l'éloignement de Dawn m'ouvre les yeux et que lorsqu'elle rentrera, j'aurai la preuve que tout ça n'était qu'une passade.

Puissante et dévastatrice certes, mais une passade quand même.

Soulagé par cette hypothèse qui se fraie un chemin à travers mon esprit, je me dépêche de me remettre en route. J'arrive finalement dans notre rue et chacun de mes pas se fait de plus en plus léger lorsque je m'approche de la galerie.

Oui, peut-être qu'on peut encore sauver notre amitié et reprendre plus ou moins nos vies comme avant. Elle, heureuse de son côté et moi du mien… avec un peu de chance.

De toute façon, mieux vaut ça que de ne plus la voir, ces quinze derniers jours m'ont bien montré que je ne suis pas fait pour ça.

Soudain, un rire que je connais par cœur retentit, je lève vivement les yeux et le déchirement que je ressens dans la poitrine balaie mes bonnes intentions.

Elle est là, sortant d'un taxi et riant aux éclats au téléphone. Elle a légèrement bronzé et semble nettement plus reposée qu'à son départ.

Elle est revenue.

Je m'arrête une fois de plus pour la regarder, le temps de la voir remercier le taxi. Elle se dirige ensuite vers le passage piéton, sa valise à la main et son téléphone toujours vissé à l'oreille. Elle vérifie plusieurs fois avant de traverser la Faucheuse et ce n'est qu'en atteignant le trottoir qu'elle me remarque.

Je ne dis pas un mot, cette fonction a disparu à l'instant où je l'ai entendue rire. Par contre, si elle tend bien l'oreille, elle pourrait entendre le boucan que fait mon cœur.

Il bat pour elle.

J'ai été stupide de croire l'inverse.

– Je te rappelle, Maman, tu me raconteras la fin de ton strip-poker plus tard… Oui, moi aussi, je t'aime.

Ses mots me tirent un sourire malgré moi, Ellie a le don de se mettre dans des situations invraisemblables. Le silence retombe dès qu'elle raccroche, mais elle continue de marcher tranquillement vers moi. Nous nous retrouvons devant la porte de notre immeuble, chacun attendant que l'autre fasse le premier pas.

Au moment où je trouve la force nécessaire pour ouvrir la bouche et enfin lui dire ce que j'ai sur le cœur, plusieurs événements m'en empêchent. Le taxi de Dawn redémarre et sort de son stationnement tandis qu'une moto arrive à bonne allure de la Faucheuse. Je crois que c'est le crissement de pneus qui nous alerte tous, on en entend souvent par ici, mais ce soir il semble différent. Dangereux.

Alors, devant mes yeux écarquillés, j'assiste à la collision entre les deux véhicules. Le bruit se grave dans ma mémoire, ainsi que les débris qui volent dans tous les sens. Pourtant, je suis incapable de bouger, figé devant la violence de l'accident.

Puis, Dawn m'agrippe le bras par réflexe, alors mon immobilité est rompue comme par enchantement. La peur prend le pas sur tout le reste, c'est ce qu'il me fallait pour sortir de cet état. J'attrape Dawn dans mes bras, la plaque contre mon torse et la tire dans le recoin de notre porte.

Hors de question qu'elle voie cette scène, je sais qu'elle ne pourrait pas le supporter.

Tout cela m'a paru durer plusieurs minutes, mais en réalité, il ne s'est écoulé que quelques secondes. Dawn a le visage plaqué contre mon manteau, mais je la sens bouger, elle cherche à voir, alors je la force à rester dans cette position.

– Non, je souffle, la voix tremblante.

Elle n'a pas besoin que j'en dise plus. Malgré ce que je lui ordonne, mes yeux se posent sur le motard, étendu sur le sol, à quelques mètres de nous.

Quelle horreur !

Lorsqu'il y a suffisamment de personnes autour de lui pour l'aider, je relâche mon étreinte le temps de taper notre code de sécurité et ouvre la porte pour la pousser gentiment à l'intérieur. Elle ne cherche pas à discuter lorsque je referme directement derrière elle. Je sais qu'elle comprendra et je ne doute pas qu'elle se met en sécurité chez elle.

Ce n'est qu'à ce moment-là que je me précipite vers l'attroupement formé autour du blessé.

– Quelqu'un a appelé les secours ? je demande, alarmé.

– Oui, je m'en suis occupé, me dit Joey que je n'avais pas remarqué jusqu'alors.

Je suis soudain soulagé d'apprendre que des professionnels arrivent pour prendre le relais. Je serais incapable de savoir par où commencer. On m'a toujours dit de ne jamais intervenir si on n'a pas les bons gestes.

Je remarque que d'autres personnes sont déjà en train de parler avec le chauffeur de taxi afin de vérifier son état.

– Je vous dis que ça va ! se plaint une voix puissante. Laissez-moi me relever, bordel !

Je comprends alors qu'il s'agit du motard. Mais tant qu'un docteur ne l'aura pas examiné, hors de question qu'il se lève.

Joey se rapproche en même temps que moi et on s'accroupit à côté de l'homme.

– Mec, les secours arrivent reste tranquille tu veux bien ? je dis.

– Je peux bouger mes mains et mes pieds ! Je n'ai mal nulle part ! s'agace-t-il.

– À cause de l'adrénaline, intervient Joey en posant une main ferme sur son épaule. Crois-moi, demain tu risques de sentir quelques douleurs, mais elles seront là pour te rappeler que tu es en vie.

La fin de sa phrase coupe la chique à tout le monde, mais rapidement le silence est brisé par la sirène de l'ambulance.

Ça doit faire une heure que l'accident s'est produit et je monte seulement l'escalier, la valise de Dawn dans les mains. Les secours sont arrivés rapidement sur les lieux, les blessés ont été évacués vers l'hôpital le plus proche. Ce qui a pris le plus de temps, ce sont les nombreuses questions des forces de l'ordre afin d'obtenir notre version des faits pour leur enquête.

Nous avons tous expliqué et insisté sur le fait que cette intersection est un vrai danger et qu'il faudrait faire quelque chose avant qu'un autre drame survienne.

Le seul point positif de cette soirée, c'est que Joey m'a serré chaleureusement la main, comme si ce que nous venions de vivre ensemble avait effacé toutes nos petites querelles. Je ne vais pas m'en plaindre, j'adore Joey et le voir me juger à chaque fois que j'entre dans son restaurant commençait à me peser.

Pour la deuxième fois de la soirée, je me retrouve devant une porte fermée et le courage me manque pour frapper. Avant, je franchissais le seuil de cet appartement comme si c'était le mien, mais il semblerait que je n'y arrive plus. Ce privilège m'a été enlevé.

Alors avant de trop réfléchir, je souffle un grand coup, et toque doucement. Mon cœur bat la chamade, je n'entends plus que ça.

Boum-boum. Boum-boum. Boum-boum.

Puis le battant s'ouvre et je tombe nez à nez sur… Josh. Je ne sais pas si c'est de le voir là alors que je ne m'y attendais pas, si c'est lié à ma rancœur depuis toutes ces semaines ou si c'est tout simplement le contrecoup de la soirée. Peut-être bien un mélange des trois. Mais une rage puissante m'anime aussitôt, et je ressens que je n'ai plus aucun contrôle dessus.

Bien sûr qu'elle l'a appelé, son parfait petit chevalier servant…

Je m'absente une heure pour aider les victimes d'un putain d'accident, c'était trop lui demander de m'attendre ! Non, il lui fallait le soutien d'un autre, le mien n'est plus suffisant.

Quelle vaste blague. Dire que j'étais sur le point de lui avouer mes sentiments.

– Salut, Garrett, qu'est-ce que je peux faire pour toi ? lance Josh.

La colère qui m'habite reflue un peu quand je comprends que je ne suis pas en colère contre ce mec. Au fond, lui, c'est le sacré veinard dans l'histoire. Et bizarrement, le voir en jogging le fait descendre de son piédestal de Monsieur-Costume-Toujours-Parfait.

Je me racle la gorge en faisant rouler la valise de Dawn vers lui.

– Elle l'a oubliée sur le trottoir… je dis sans préambule.

– Je ne l'ai pas vue en arrivant, sinon je l'aurais prise. Merci d'avoir pensé à la remonter.

Je lui sers un vague grognement en me retournant pour rentrer chez moi. Il pourrait me dire que je suis un superhéros que je n'en aurais rien à battre.

– Garrett, attends.

Je m'arrête puis le fixe en attendant qu'il ferme la porte derrière lui. Enfin, il s'avance vers moi en mettant les mains dans ses poches de son survêtement.

Est-ce que cette putain de journée pourrait se terminer, s'il vous plaît ?

Je serre les mâchoires pour ne pas dire de conneries et essaie de me rappeler qu'il n'est pour rien dans tout ça.

– Je ne pensais pas parler de ça avec toi et surtout pas aujourd'hui, mais je pense qu'il le faut… Dawn m'a expliqué la situation avant notre départ en vacances. Même si je ne lui en tiens pas rigueur, je ne suis pas stupide pour autant.

Désormais, il a mon attention.

Qu'est-ce qu'elle a bien pu lui dire ? Et si elle lui a tout avoué pourquoi est-ce qu'il n'est pas en train de me frapper ?

– Elle tient beaucoup à toi, poursuit-il en me regardant droit dans les yeux, et je suis sûr que c'est réciproque. Alors, un conseil en passant : ne fous pas tout en l'air par jalousie. Les choses vont continuer à évoluer entre elle et moi et…

Mais pour qui il se prend, ce trou du cul ? Ma colère qui semblait se calmer refait surface.

– Tes mots n'ont aucun sens, Josh, je ne sais même pas de quelle évolution tu parles ! Mais tu sais quoi ? Je n'ai pas envie de savoir, ce qu'il y a entre Dawn et toi, ça vous regarde. Je l'ai bien compris.

Las, il passe la main sur son visage puis dans ses cheveux blonds, bien moins coiffés que d'habitude. Ma réaction semble l'horripiler. Tant mieux.

– Je serai chez Joey mercredi vers 18 heures. Je t'y attendrai, ne sois pas en retard. Il est temps que l'on joue cartes sur table, toi et moi.

J'ouvre la bouche, prêt à lui dire d'aller se faire voir, mais il me plante là. Il referme la porte derrière lui sans un regard en arrière alors que je reste complètement abasourdi par ses paroles.

Qu'est-ce qu'il vient de se passer ? Pourquoi Josh voudrait me parler et non me rouler dessus si Dawn lui a avoué qu'on a failli s'embrasser ? Je sais que c'est ce que j'aurais fait, mais lui et moi, on est bien trop opposés pour que j'arrive à le cerner.

Je rentre dans mon appartement, encore plus paumé qu'avant. Je monte directement prendre une douche, puis après avoir enfilé un pyjama, m'effondre dans mon lit.

Alors que j'espère pouvoir sombrer dans un sommeil réparateur, proche du coma, c'est l'inverse qui se produit. À l'instant où je pose la tête sur l'oreiller, toutes mes inquiétudes du début de soirée ressurgissent.

J'essaie, pendant ce qui me semble durer des heures, de retrouver cet état de sérénité lorsque j'ai vu Dawn sortir du taxi, mais rien ne fonctionne.

Les doigts tremblant, j'attrape mon téléphone pour envoyer un SMS.

Garrett

J'ai besoin de toi ce soir. Viens, s'il te plaît…

En attendant la réponse, je me ronge les ongles, le stress prenant le pas sur le reste. Je sursaute même lorsque la sonnerie d'un nouveau SMS retentit. Les battements de mon cœur s'accélèrent un peu plus quand je lis ces quelques mots :

`OK, j'arrive.`

Dawn

25. Jessie

J'aimerais avoir de nouveau 8 ans.

Tout était tellement plus simple à l'époque, on ne se préoccupait que de jouer et d'aller à l'école. Ni plus ni moins. Être adulte est éreintant et les relations amoureuses ou amicales deviennent horriblement compliquées.

Je ne suis rentrée de vacances que depuis quelques heures et je n'arrive déjà pas à fermer l'œil. Entre l'accident devant la galerie et l'arrivée de Josh, je n'ai pas eu une seconde à moi, ce qui était pourtant l'objectif lorsque je suis revenue chez moi au lieu de rester chez lui comme il me l'avait proposé.

Je l'observe dormir, ses sourcils sont froncés alors même qu'il devrait être détendu. J'ai remarqué que c'est le cas depuis ce fameux soir sur la plage. Depuis son « je t'aime » auquel je n'ai pas répondu, il y a ce petit quelque chose en plus sur son visage. Une angoisse ou du regret, je n'en suis pas sûre et je n'ose pas lui en parler.

Agacée, je repousse la couverture pour me lever et descends dans le salon afin de ne pas le réveiller.

J'aime retrouver mon chez-moi avec mes petites habitudes et mon confort du quotidien. Mon appartement est l'endroit où je me sens le mieux en dehors de chez ma mère, parce que tout y est pensé pour moi. Je sais exactement où sont mes mugs adorés ou mes gâteaux plaisir coupables. Je respire déjà un peu mieux d'être ici, seule, alors j'en profite pour me préparer une tisane.

Pourtant, dès que mes mains n'ont plus rien à faire, les questions m'assaillent de nouveau. Suis-je une personne horrible *de ne* pas *lui avoir* répondu que je l'aimais ? Qu'est-ce que l'amour, après tout ? Est-ce qu'il m'en veut ? Est-ce que j'aurais dû *dire* « moi aussi » alors que tout est flou en moi ?

Je suis certaine d'avoir des sentiments forts pour lui, je les ressens au plus profond de mon cœur. Il n'est pas un mec de passage, comme j'ai pu en avoir par le passé.

Seulement, je n'éprouve pas le besoin de poser des mots dessus. De toute façon, je peux compter sur les doigts d'une main les personnes à qui j'ai déjà dit ces mots, sachant que mes parents en font partie…

Alors que je m'assieds sur mon canapé, mes yeux tombent sur la photo de Garrett et moi lors d'un de mes anniversaires, on est couverts de farine, mais heureux.

Je le confirme, tout est bien plus simple lorsqu'on est enfant…

Le revoir ce soir juste avant l'accident m'a donné envie de rire et de pleurer en même temps. Mon meilleur ami me manque. Nos discussions sans queue ni tête, nos Da-Re, nos repas chez Joey, même nos prises de bec me manquent à ce stade !

Ces derniers mois ont vraiment été compliqués, mais je n'aurais jamais pensé pouvoir perdre Garrett en cours de route. À quel moment tout est parti en vrille ? À ma rencontre avec Josh ? Lorsqu'il a couché avec Claire ? Ou est-ce que le premier domino est tombé bien avant ?

La sonnerie de mon téléphone qui émet un bip pour me signaler l'arrivée d'un SMS me fait sursauter. Ces dix jours à être déconnectée m'ont presque fait oublier à quel point cet objet peut être omniprésent dans notre vie. En me levant pour le récupérer sur le comptoir de la cuisine où il charge, je ne peux m'empêcher de souffler…

Si même au milieu de la nuit, on ne peut pas être tranquille, je vais prendre l'habitude de l'éteindre plus souvent.

Je déverrouille mon écran et ne comprends pas immédiatement les mots qui s'affichent. Dès que c'est le cas, mon cœur s'emballe dans ma poitrine.

Je ne sais pas quoi faire, mon corps est paralysé par l'angoisse. Puis l'adrénaline me saisit et je passe en mode tornade en un battement de cils. Je pense à laisser un mot à Josh, puis enfile une veste suffisamment longue pour cacher mon short de pyjama. J'attrape ensuite mes clés de voiture et mon portable avant de sortir de mon appartement. Aussitôt, je tambourine à la porte de Garrett en espérant qu'il m'entende.

Il le faut.

S'il ne répond pas, tant pis, je suis prête à partir sans lui. Je m'apprête à descendre la première marche de l'escalier lorsqu'il ouvre la porte avec la trace de l'oreiller profondément incrustée sur la joue. Je ressens un pincement de culpabilité. Mais entre son regard courroucé et la situation, je chasse loin ce sentiment.

– Dawn, tu as vu l'heu…

– J'ai reçu un SMS, je le coupe en revenant vers lui pour lui mettre sous les yeux mon portable et qu'il comprenne l'urgence.

Il plisse légèrement les yeux pour lire, et je vois le moment précis où tout prend sens. Le juron qu'il pousse avant de rentrer à nouveau chez lui m'en dit assez. Il a compris et va m'aider.

J'ai le temps d'apercevoir Claire, au milieu de son salon, en petite tenue, avant qu'il me claque la porte au nez. De nouvelles interrogations s'ajoutent à celles déjà existantes, mais chaque chose en son temps. Je ne l'attends pas pour descendre et sortir la voiture du parking souterrain. Sans surprise, je le retrouve, qui patiente sur le trottoir, changé. De ce que je vois, il discute vivement au téléphone.

Je me gare devant lui, pensant qu'il va s'installer du côté passager, mais il ouvre ma portière.

– Bouge ! m'ordonne-t-il d'un ton qui ne laisse pas de place à l'argumentation.

Au vu de la situation, je me retiens de l'incendier et m'exécute. Je me tortille pour changer de siège sans sortir de la voiture. À cause de l'air frais de la nuit sur mes cuisses, je rougis, mais ne dis rien et lui non plus. Lorsqu'il s'installe à son tour derrière le volant, nous démarrons rapidement dans un silence pesant.

Pour m'occuper les mains autant que l'esprit, je ne quitte pas des yeux mon téléphone pour suivre le GPS. Le trajet me paraît encore si long, pourtant on n'est qu'à cinq minutes…

– S'ils ont osé toucher à un seul de ses cheveux, je vais les tuer, lâche-t-il tout à coup, me faisant sursauter. Et une fois qu'elle sera en sécurité, je vais lui passer un savon !

– Garrett, je ne pense pas que lui hurler dessus soit la solution… C'est elle la victime, elle doit avoir suffisamment peur.

– Elle n'a rien à faire à Wilmington ! fulmine-t-il.

– Ça ne change rien à la situation, j'explique calmement. Jessie a besoin de notre amour et de notre soutien, rien de plus. Imagine le courage que ça lui a demandé de m'envoyer un SMS pour me prévenir, sachant que j'irais *te* chercher.

Alors que je pensais que Garrett était déjà en colère, c'est à ce moment-là qu'il explose réellement.

– C'est bien ça mon problème, elle t'a écrit *à toi*, putain ! hurle-t-il. Tu étais je ne sais où, tu aurais pu *ne jamais* recevoir ce foutu message !

Ses mains se crispent sur le volant si fort que je m'attends à entendre un craquement. Je ne peux pas le contredire, même si penser au pire maintenant n'arrange rien.

Je parviens à lui prendre une main pour la poser sur mes jambes, avant de la serrer.

– Mais je suis là et on est en route, je lui rappelle. On va la trouver et tout va s'arranger, d'accord ?

Il ne me répond pas, mais me serre la main à son tour et ne la lâche plus jusqu'à ce que l'on se gare à l'adresse indiquée dans le SMS. Au même moment, une moto s'arrête à côté de nous et je reconnais directement Derek. Le regard qu'il nous jette en enlevant son casque en dit long sur son humeur. Je sais maintenant à qui Garrett téléphonait tout à l'heure.

On ne perd pas une seconde, on se dirige tous les trois vers la seule maison de la rue d'où provient de la musique. Le nombre de jeunes dehors par ce temps glacial m'étonne, puis je me rappelle que j'étais l'une d'eux il n'y a pas si longtemps. Je frissonne en sentant le froid sur mes jambes nues et me maudis de ne pas avoir pensé à enfiler quelque chose de plus chaud.

Garrett ouvre la porte d'entrée à la volée et le volume sonore nous percute de plein fouet, les basses résonnent dans ma cage thoracique. Sans un regard, nous nous séparons. Au lieu de chercher en vain Jessie, je fonce sur un groupe de filles passablement éméchées.

– Où est Jessie ? je demande en criant à moitié pour me faire entendre.

– Qui ça ? me répond celle qui a l'air d'être la leader du groupe.

J'en ai connu, des filles comme elle. On dirait qu'elles sont toutes sorties du même moule en ce qui concerne leur comportement… Elle me détaille de la tête aux pieds avec une expression dégoûtée sur le visage. Débardeur blanc, veste informe et claquettes. Rien à foutre de ce qu'elle pense de moi, j'ai besoin de réponses, alors je lui attrape le bras pour lui faire comprendre que je suis sérieuse.

– Jessie, même taille que moi, magnifique, brune, des yeux verts, elle est de Davidson.

– Ah oui, je vois ! L'allumeuse ! ricane-t-elle.

Je ne parviens pas à refréner mon geste et serre un peu plus fort son bras. Sa grimace me tirerait presque un sourire.

– À l'étage, finit-elle par cracher, lâche-moi maintenant ! Poufiasse…

Au moment où j'entends son insulte, je suis déjà engagée dans l'escalier. Je comprends que je suis au bon endroit en apercevant trois grands gaillards devant une porte fermée.

– Allez, sors, on sera gentils, c'est promis, négocie l'un d'eux.

– Ouais, à nous trois tu trouveras forcément ton compte !

Je vais les détruire, l'un après l'autre.

La colère qui monte en moi est puissante, même si je ne suis pas naïve au point de penser que j'ai une chance contre eux. Ils ressemblent à des armoires à glace ! Je ne sais pas ce que mangent les ados de nos jours, mais ceux en face de moi sont bien plus grands et musclés que moi.

Sauf que je n'ai pas le droit de reculer et abandonner Jessie. Alors je ne réfléchis pas trop et continue d'avancer vers eux.

– Bouge ! je lance en me faufilant entre eux et la porte.

Je ne sais pas si c'est la stupeur ou l'alcool, mais ils me laissent passer et je réussis à m'interposer.

– Maintenant, je vous conseille de reculer et de retourner à votre petite soirée. Vous n'êtes pas les bienvenus, j'annonce d'une voix que j'espère assurée.

Le plus proche ouvre la bouche pour riposter, mais je ne lui en laisse pas le temps. Je sais que chaque seconde compte et qu'il faut que j'aille vite, tant qu'ils ne comprennent pas trop ce qu'il se passe.

– Jessie, tu peux sortir, je suis là.

La porte s'ouvre enfin, et je me contente de tendre la main pour l'inciter à me rejoindre. Je reste concentrée sur les trois footballeurs – si j'en juge leur blouson – qui me font face. Jessie referme ses doigts glacés sur les miens et comme si je maîtrisais la situation, je la tire derrière moi pour partir.

Au milieu du couloir, je la fais passer devant moi et la pousse en direction de l'escalier. Mais je n'ai pas le temps de les atteindre, qu'une main se referme sur mon bras, m'arrêtant net.

– Où croyez-vous aller toutes les deux ?

J'ai beau ne plus tenir Jessie, je vois d'ici son corps parcouru de tremblements. Cela me donne suffisamment de courage pour me retourner et fusiller du regard ces abrutis. Est-ce qu'ils se rendent simplement compte de ce qu'ils font ?

Je sens mon portable vibrer contre ma cuisse, mais je n'y prête pas attention. Mon seul objectif est de faire sortir Jessie d'ici.

– Lâche-moi tout de suite, si tu veux pouvoir continuer à te servir de ta main quand je serai partie, je crache. Parce que je peux t'assurer que je ne reste pas.

Même moi, j'entends à quel point ma voix est hésitante. Il sait qu'il a l'avantage sur moi, alors il ne me lâche pas, il resserre même sa prise.

Il pourrait me laisser un bleu, ce con !

Mon cerveau tourne à plein régime. Si je suis là, c'est pour mettre Jessie en sécurité, or elle est toute proche de la sortie.

– Va trouver tes frères dehors, je lui ordonne sèchement.

– Mais… hésite-t-elle.

– Maintenant !

Avec une larme sur sa joue elle dévale les marches avant de disparaître.

– T'es un peu plus âgée que ce que j'aime, mais franchement avec une tenue pareille, j'en ai l'eau à la bouche, rigole celui qui me retient, aussitôt imité par les deux autres.

Je n'aurais jamais pensé avoir peur d'une bande d'ados, mais la différence de gabarit, plus leurs yeux vitreux, me fait revoir ce jugement. Surtout lorsque celui qui me retient s'avance vers moi, avec un regard qui en dit long sur ce qu'il prévoit de faire.

– Ta mère ne t'a jamais appris que la tenue de la fille n'est jamais le problème, mais plutôt ce qu'il se passe dans ton crâne ?

– En voilà une qui a du caractère, je vais me faire un plaisir de te faire ravaler ta phrase…

À son expression, je sais qu'il est sérieux et je suis à deux doigts de hurler. Quelqu'un finira bien par m'entendre.

– Si… je commence avant d'être interrompue.

– Si tu ne la lâches pas immédiatement, je te ferai regretter d'être né, lance une voix derrière moi.

Une vague de soulagement m'envahit de même que le courage qu'il me manquait jusqu'à présent. Profitant de cette diversion, je retire vivement mon bras et recule jusqu'à sentir la chaleur réconfortante du corps derrière moi.

Avant d'avoir pu dire quoi que ce soit, il me passe devant et je me retrouve protégée par… Derek ?

S'il ne portait pas son blouson de moto, je l'aurais confondu avec Garrett, mais non, c'est son jumeau qui serre les poings, prêt à en découdre. Derek est le plus calme, le plus raisonné des frères Allen. Ce n'est pas pour rien qu'il est avocat, il ne réagit jamais de manière impulsive.

Pourtant, en cet instant, je sais qu'il serait capable de balayer tout ça d'un revers de main. Je ne peux pas le laisser faire. Je ne sais pas ce qu'il encourra s'il s'en prend à ces trois jeunes, mais il ne sert à rien de prendre des risques.

Garrett m'a toujours dit que son frère était un faux calme, je ne l'ai jamais cru et je n'ai pas envie de découvrir s'il a raison.

– Derek, je dis d'une voix douce, tout en attrapant son poignet pour le tirer vers moi, viens, partons. Jessie est en sécurité et ils n'en valent pas la peine.

Je suis soulagée de sentir qu'il ne résiste pas et qu'il me suit. Mais je n'ai pas descendu la deuxième marche que l'un d'eux prononce les mots de trop.

– Vous direz à la petite allumeuse que ce n'est que partie remise !

– Allumeuse ? répète Derek dans mon dos.

– Ouais, avec un cul pareil, elle mérite qu'on prenne soin d'elle.

Je n'ai pas le temps de l'arrêter. Malgré mon cri, Derek fonce sur eux. Il leur donne un coup de poing avant d'être projeté au sol par les deux autres. Ma peur pour lui se transforme très vite en angoisse.

Ils vont le tuer !

Voilà la pensée qui tourne en boucle dans ma tête, alors je ne réfléchis pas plus longtemps, et fonce dans le tas. Des coups volent dans tous les sens et les grognements de douleur résonnent à l'étage. Je repère enfin Derek au sol, se protégeant au mieux.

Je vois l'un d'eux en train de lever son bras pour frapper de nouveau. Instinctivement, je l'attrape pour retenir le coup.

J'ignore ce qu'il se passe, ça va beaucoup trop vite. J'atterris par terre, à moitié sonnée avec un goût métallique dans la bouche.

– Putain, mec ! Tu vas trop loin ! dit l'un des footballeurs. Regarde dans quel état elle est.

Voilà qui promet.

Le silence qui règne à présent m'aide à reprendre mes esprits et je repère Derek, à tout juste un mètre de moi, l'arcade sourcilière en sang. Ses yeux s'écarquillent quand il rencontre les miens.

Malgré la douleur qui parcourt mon corps, je me relève doucement. La première chose que je remarque est le sang sur mon débardeur blanc et le fait que ma lèvre inférieure me lance furieusement. Une fois stable sur mes jambes, je me remets debout et bizarrement je n'ai plus peur.

– Écoutez-moi bien, bande de branleurs, je vous conseille de vite dégager si vous ne tenez pas à ce que je porte plainte !

– Tu crois que j'ai peur de toi ? crache le leader.

– Tu devrais, j'affirme, sachant que vous venez de tabasser mon avocat, je suis sûre de pouvoir ruiner vos vies en un claquement de doigts.

Le plus sanguin a encore envie d'en découdre, c'est inscrit sur son visage. Il veut se venger. Il a un sérieux souci et il mériterait de faire face aux conséquences de ses actes. Heureusement pour nous, ses deux amis semblent plus raisonnables et l'entraînent en direction du rez-de-chaussée. Lorsqu'ils passent à côté de moi, mon cœur rate un battement et je reprends mon souffle uniquement quand ils disparaissent. Je me précipite vers Derek, déjà en train de se redresser tout en se tenant les côtes. Voilà qui ne présage rien de bon.

– Mon Dieu, Dawn, je suis tellement désolé… souffle-t-il en attrapant mon menton entre ses mains. Je n'aurais jamais dû…

– C'est bon, Derek, je le coupe en lui souriant maladroitement. J'ai juste envie de rentrer maintenant.

Je m'accroche à lui tout comme il le fait avec moi et nous repartons d'où nous sommes arrivés. Certains nous dévisagent, la bouche grande ouverte, et je suis pratiquement sûre qu'on nous prend en photo.

À l'instant où nous mettons un pied dehors, l'air frais caresse mon visage en feu, me soulageant un peu. Mon téléphone se remet à vibrer alors que je cherche des yeux l'endroit où est garée ma voiture. Garrett doit y être, il n'y a que lui qui peut m'appeler à cette heure.

Un groupe d'étudiants se décale et nos regards se trouvent, je vois l'horreur se peindre sur les traits de mon meilleur ami. Aussitôt, la rage bouillonne dans ses yeux et il se précipite vers moi. Tout comme son jumeau, il attrape mon visage pour observer les dégâts.

– Jessie ? je murmure

– Dans la voiture. Bordel, Dawn, gronde-t-il en inspectant mes lèvres.

– Ce n'est pas aussi terrible que ça en a l'air, je le rassure mais il ne m'écoute pas.

– Qui ? Dis-moi qui, Dawn et je vais lui faire payer, promet-il.

Je savoure encore un peu le contact de ses mains avant de reculer. Il est hors de question qu'on s'attarde ici une seconde de plus.

– Ce n'est pas nécessaire. Jessie a besoin de partir et ton frère est dans un pire état que moi. Aide-le à aller jusqu'à la voiture plutôt.

Il regarde Derek et fronce davantage les sourcils. Je ne reste pas avec eux, je sens que mes jambes flageolent ; c'est certainement dû au contrecoup. Cela ne m'empêche pas d'entendre les éclats de voix des jumeaux. Alors que je n'ai qu'une envie, m'effondrer côté passager, je m'installe derrière le volant. Derek ne pourra pas ramener sa moto dans son état, Garrett devra donc s'en charger.

Comme je le supposais, Derek apparaît en grimaçant, sur ma banquette arrière. Sans un mot, il prend dans ses bras sa petite sœur qui pleure en silence. Je préfère ne pas la regarder afin qu'elle ne me voie pas blessée, l'état de son frère la préoccupe déjà suffisamment.

– Je suis tellement, tellement, désolée, répète-t-elle en boucle.

D'un coup d'accélérateur, Garrett me signale qu'il est prêt et n'attend plus que moi. En soufflant, je démarre et nous ramène chez nous.

Le retour me paraît interminable et le silence pesant dans l'habitacle n'est perturbé que par les sanglots incessants de Jessie ou les sifflements de douleur de Derek.

Lorsque je me gare dans mon parking souterrain, je ressens toute la fatigue des fortes émotions de la journée. L'adrénaline a quitté mon corps et il me faudra plusieurs jours pour me remettre de cette histoire.

Derek et Jessie sortent de la voiture et je profite de ce moment de répit pour tenter d'enlever le sang séché de mon menton avec un mouchoir trouvé dans ma boîte à gants. Ce n'est pas miraculeux, mais c'est déjà un peu mieux.

Pourtant, lorsque Jessie m'aperçoit, elle écarquille les yeux et ses larmes repartent de plus belle. Je lui ouvre les bras et elle s'y jette.

Il est hors de question qu'elle culpabilise. Je ferais tout pour elle, je le lui ai déjà dit et je le pensais.

Ce soir en est justement la preuve.

– « Chaton », hein… Je ne pensais pas que tu aurais retenu ce *safeword* !

– Je suis tellement désolée, répète-t-elle encore une fois.

– Tu as fait ce qu'il fallait, Jessie. Tu as eu les bons réflexes, mettre la géolocalisation dans ton texto. C'était très malin. Je suis sortie de chez moi en un rien de temps.

Son étreinte se resserre et je repère derrière elle ses deux frères qui bouillonnent d'inquiétude. Il y a une question que je me dois de lui poser. Alors, je me penche à son oreille pour chuchoter :

– Je suis désolée, je sais que tu n'as certainement pas envie de parler ça, mais est-ce qu'ils ont abusé de toi d'une quelconque manière ?

Mes mots la font tressaillir et je m'en veux de lui infliger ça maintenant, mais si c'est le cas, on va devoir se rendre tout de suite au poste de police.

– Non, souffle-t-elle. L'un a essayé de m'embrasser et quand j'ai protesté, il m'a dit que mon avis ne comptait pas. J'ai réussi à lui échapper pour m'enfermer dans la salle de bains et je t'ai écrit le SMS.

– OK. Tout va bien, tu es en sécurité maintenant, je la rassure avant de secouer la tête en direction de Derek et Garrett qui expriment discrètement leur soulagement.

Puis, comme si le fait d'avoir parlé avait ouvert les vannes, Jessie continue d'une voix aiguë :

– Je ne pensais pas que cette soirée dégénérerait à ce point. Je suis venue en voiture avec Marysa. Papa et maman ne voulaient pas, mais on s'est dit qu'on ne risquait rien, qu'on pouvait s'y rendre, s'amuser et rentrer sans que personne le sache. Mais Marysa a disparu durant la soirée… Puis ils ont tous beaucoup bu et pris des trucs… Quand Mario a commencé à…

– Te forcer ? je dis à sa place.

– Oui… Je me suis souvenue du sermon que tu m'as donné avec Garrett et du *safeword* absurde qui va avec : chaton.

Je souris à ce souvenir, Garrett et moi essayant de jouer les guides-protecteurs pour sa petite sœur. C'était un grand moment, on devait avoir 18 ans et on pensait tout savoir…

Je jette un regard vers ses frères. Derek est maintenant appuyé sur ma voiture, respirant difficilement. Quant à Garrett, il me fixe comme si un troisième œil venait de me pousser au milieu du front. Devant son insistance, je me détourne et tente de sourire à Jessie, ce qui ravive la douleur de ma lèvre et me tire une grimace.

– Et si on allait se reposer ? je propose.

Tout le monde acquiesce à mon plus grand soulagement. Lorsque notre petit groupe atteint le palier, la porte de mon appartement s'ouvre d'un coup pour laisser sortir un Josh passablement énervé. Dès qu'il m'aperçoit, j'ai l'impression qu'il va exploser de rage, puis son regard se pose sur les autres personnes présentes, et il se calme un peu.

– Qu'est-ce que je peux faire ? propose-t-il.

– M'aider à préparer le canapé pour que tout le monde puisse se reposer un peu, je lui réponds.

Nous entrons chez moi et je passe en pilote automatique. J'amène Jessie à la salle de bains pour qu'elle se douche, lui choisis des affaires confortables pour dormir. Cependant, quand j'ouvre mon tiroir pour sortir des draps afin de préparer le canapé, je craque. Des sanglots que je ne comprends pas secouent mon corps et je fais tout pour rester discrète. Je ne veux alarmer personne.

Pourtant, des bras et une odeur que je connais par cœur m'enveloppent immédiatement. Je ne résiste pas et me retourne afin de savourer cette étreinte.

– Je vais chercher une pharmacie ouverte pour trouver des antidouleurs, de quoi nettoyer ta lèvre et ce qu'il faut pour que tout le monde dorme un peu, m'informe Josh. Et quand je rentrerai, tu me raconteras tout, d'accord ?

Je ne prends pas la peine de lui répondre car il sait que je le ferai, il m'embrasse sur le front et disparaît rapidement. J'entends toujours l'eau couler dans la salle de bains couler, alors je reste là pour me recomposer un visage avant de retourner dans le salon.

Derek est assoupi sur le canapé, une expression de douleur gravée sur ses traits. Garrett, quant à lui, regarde par la fenêtre. Lorsqu'il m'entend arriver, il se retourne, ses yeux scrutent aussitôt ma lèvre blessée.

Je m'avance jusqu'à lui tout en tenant les draps pressés contre moi, comme un bouclier.

– Quelle nuit, hein… Entre l'accident et ça, je ne sais pas ce que ça dit sur mon retour en ville, je tente de plaisanter.

Il ne répond pas et se contente de me dévisager intensément, puis il prend de nouveau mon visage entre ses mains. Il touche de son pouce ma lèvre meurtrie, ce qui me fait frissonner, mais pas uniquement de douleur. Même si j'aimerais que ça ne soit pas le cas, mon corps aime son contact.

Je sais très bien ce qu'il va faire, pourtant, je ne cherche pas à l'arrêter, parce que je n'en ai pas envie. Tout doucement, Garrett se penche alors vers moi et m'embrasse de la plus délicate des manières. Ce baiser ne dure que le temps d'un battement de cœur, mais il chamboule ma vie et il ne semble pas s'en rendre compte.

– Merci pour tout, sans toi… Je préfère ne pas penser à ce qu'ils…

Il s'arrête une fois de plus, agacé de ne pas trouver le courage de poursuivre.

– Je vais rentrer chez moi pour essayer de dormir un peu. Je te laisse deux des êtres que j'aime le plus sur cette terre, prends-en soin.

– Promis, je souffle. Peut-être que la prochaine fois que je te conseillerai d'acheter un canapé convertible, tu m'écouteras.

Il tente de sourire à ma blague, mais échoue.

– Je reviendrai demain matin tirer tout ça au clair, mais pour l'instant, tout le monde a besoin de repos.

Je hoche la tête, n'arrivant plus à produire le moindre son. Il me caresse une dernière fois la joue, et dès que ses mains quittent mon visage, je les regrette déjà.

Mais comme toujours, je le laisse partir.

Garrett

26. Besoin d'air

Quelle journée pourrie…

Non pas que les jours précédents aient été meilleurs… Le lendemain de la soirée de Jessie, il a fallu prévenir mes parents de la situation. Une chose est sûre, elle n'avait définitivement pas le droit d'être à Wilmington. Autant dire que lorsqu'ils sont venus la chercher, ils hésitaient entre le soulagement qu'il ne lui soit rien arrivé de plus grave et la colère qu'elle soit partie si loin sans les en informer.

Pendant les jours qui ont suivi, j'ai dû passer voir Derek pour m'assurer qu'il se rétablissait correctement, ses côtes fêlées sont une vraie plaie. Puis, il y a Dawn, et ses lèvres…

Je ne sais pas ce qu'il m'a pris de l'embrasser, mais imaginer ce qui aurait pu se passer si elle n'avait pas reçu ce SMS, ou même trouver Jessie à temps… Sans parler de sa blessure. J'ai ressenti le besoin impérieux de lui montrer ma gratitude et peut-être aussi, naïvement, de soulager sa douleur. C'est le seul moyen que j'ai trouvé sur l'instant.

Ce soir-là, à peine rentré chez moi, je suis tombé sur Claire, *la douce Claire*, qui m'attendait dans le salon. Elle s'est encore retrouvée au milieu de tout ça, alors que cette fois, elle n'a rien demandé. C'est moi qui lui ai envoyé ce foutu texto. Mais comment aurais-je pu savoir que cette nuit allait me mettre sens dessus dessous ? Parce que, soyons honnêtes, embrasser Dawn, même aussi chastement, a eu un effet dévastateur sur moi.

Je suis largué. C'est aussi simple que ça.

Alors le fait que je n'ai pas eu une seconde à moi depuis samedi, a du bon. Je ne réfléchis pas trop. Je suis passé du rôle de grand frère protecteur pour Jessie à celui d'infirmier pour mon jumeau et Dawn. C'est ce qui m'a empêché de me transformer en vengeur masqué et de retourner dans cette foutue baraque pour casser quelques nez.

J'ai envie qu'ils paient.

Mais ce n'est pas à moi d'en décider, c'est à Jessie de choisir ce qu'elle veut faire et pour le moment elle souhaite laisser tout ça derrière elle. Derek a mentionné à plusieurs reprises la possibilité de porter plainte contre eux, mais Jessie a éclaté en sanglots. Nos parents l'ont ramenée à Davidson en nous promettant qu'ils en reparleraient quand elle se serait calmée.

Le seul point positif, c'est que j'ai pu passer du temps avec Dawn, même si nous n'avons pas abordé notre baiser ou nos disputes. Rien de mieux qu'une trouille monumentale pour tenter un nouveau départ. Cependant, je mentirais en disant que tout est comme avant.

Je pense que ça n'est plus possible, pas après ce que nous nous sommes dit et nos choix. Mais je ne perds pas espoir de retrouver un équilibre, même précaire, avec elle.

Il le faut.

C'est pourquoi je me dirige vers chez Joey pour rencontrer Josh, bien que ce soit la dernière chose dont j'ai envie aujourd'hui. Il doit déjà m'attendre, car je suis en retard. Il m'a fallu un moment pour me décider à venir. Ce qui a fait pencher la balance c'est ma curiosité d'en apprendre plus sur « l'évolution » dont il parlait. J'ai besoin qu'il soit plus précis pour me préparer à ce qui va arriver.

Donc, même si je n'ai pas la tête à ça, j'entre dans le restaurant et constate, dépité, qu'il est encore là. Tiré à quatre épingles, assis dans un box à l'écart du comptoir. Lorsqu'il me voit, son visage est dénué de toute expression. Un peu comme s'il se préparait à mener un combat de boxe et ne voulait pas dévoiler son plan d'attaque. Sauf que son adversaire, ça serait moi. Ce qui est absurde.

En revanche, cela n'améliore pas mon humeur et je dois résister à la tentation de faire demi-tour. Je m'avance vers lui avec une seule idée en tête, expédier tout ça, prendre les informations et le planter là. En plus, je dois faire des courses pour notre soirée Netflix chez Dawn. Normalement, c'est seulement nous trois : Derek, Dawn et moi. Une éternité que ce n'est pas arrivé et un petit air de nostalgie flotte presque dans l'air.

Tout en m'installant face à Josh, je lui tends la main, qu'il serre rapidement avant de s'enfoncer dans le fond de la banquette.

– Alors, tu voulais me parler. Me voilà, j'attaque sans préambule.

– Droit au but, hein, Garrett, ricane-t-il en lissant sa cravate déjà parfaite. Écoute, je sais que le timing est mauvais, mais tout s'accélère pour moi et je n'ai pas de temps à perdre. J'aurais préféré faire ça autrement, mais…

– Arrête de tourner autour du pot, je lance, à deux doigts de perdre patience.

Il me fusille du regard un instant avant de se reprendre.

– Très bien. Tu comptes beaucoup pour Dawn, je l'ai toujours su et je n'ai jamais tenté de changer quoi que ce soit à votre relation. Je ne sais pas si ce « moment » entre vous était le contrecoup de ta rupture, donc je te laisse le bénéfice du doute. Mais il faut que tu comprennes que si jamais ça venait à se reproduire, je ne serais pas aussi conciliant. Je ne suis pas aussi impulsif que toi, mais je n'ai pas peur de me salir les mains quand c'est nécessaire…

Je ne bronche pas, j'encaisse ses menaces à peine voilées. Il me dévisage patiemment, attendant apparemment une réaction de ma part. Je hoche la tête d'un mouvement sec. Après tout, il croit qu'on a failli s'embrasser, ça veut dire que Dawn ne lui a pas parlé de ce qu'il s'est passé samedi soir. Mais même sans ça, si j'avais été à sa place, j'aurais été beaucoup plus menaçant, alors sa froide détermination m'impose le respect.

Il se redresse, pose les coudes sur la table et se penche vers moi.

– Je suis amoureux de Dawn.

C'est fou comme cinq petits mots peuvent me faire perdre tous mes moyens. Ils me donnent l'impression qu'un poignard chauffé à blanc s'enfonce lentement dans mon torse. Et si je ne laisse rien paraître face à lui, tous mes signaux intérieurs se déclenchent.

Ce n'est jamais bon quand les sentiments s'en mêlent.

– Qu'est-ce que… je commence avant qu'il lève un doigt pour m'interrompre.

– C'est important que tu le saches. Je crois que je l'aime depuis la première fois que je l'ai vue m'observer dans ce fauteuil, admet-il avec un sourire en désignant un siège au comptoir. Elle me regardait en coin pour essayer d'être discrète, mais la discrétion n'est pas une de ses qualités.

Je connais cette histoire par cœur, mais du point de vue de Dawn. C'est étrange d'entendre l'autre version. Et surtout, je ne comprends pas pourquoi il me raconte tout ça. S'il voulait simplement me dire de garder mes distances, il aurait pu le faire n'importe quand.

– J'ai voulu aller lui parler, mais j'avais une journée chargée. Donc j'ai payé mon addition, mais avant de sortir, je n'ai pas pu m'empêcher de me retourner pour la regarder. Elle était tellement belle avec ses mèches rebelles qui encadraient son visage… Bref, je lui ai souri, puis je suis parti, mais le destin m'a offert une seconde chance. Quand je me suis interposé pour empêcher que ce mec lui vole son sac et qu'elle a fini dans mes bras, j'ai eu l'impression d'avoir fait ça toute ma vie. Qu'elle était destinée à y être, tu vois ce que je veux dire ?

J'acquiesce une nouvelle fois car je sais *exactement* de quoi il parle.

Mon cœur s'accélère et j'ai de plus en plus de mal à respirer. À quel moment la douleur va-t-elle avoir raison de moi ? Ne se rendant pas compte de ma détresse ou l'ignorant délibérément, il continue :

– Ces vacances ont été un rêve éveillé, on a partagé beaucoup de choses. Je ne l'ai jamais vue aussi détendue que là-bas, elle rayonnait… C'était magnifique. Et j'aimerais pouvoir la voir comme ça chaque jour.

– C'est bien beau tout ça, mais tu me veux quoi ? je demande enfin.

– J'y viens, reprend-il en se redressant. Mon père aime tester les gens, les façonner à son image et je n'y échappe pas. Me faire venir à Wilmington pour lancer la nouvelle succursale était le dernier défi en date qu'il m'a imposé. Je l'ignorais jusqu'à récemment. Toutefois, il a estimé que j'avais fait mes preuves ici et que j'avais mérité mes galons. Il m'ordonne donc de rentrer à Chicago dans les plus brefs délais.

Je laisse échapper un soupir que je retenais sans m'en rendre compte. Je fronce les sourcils, tentant de comprendre où il veut en venir. Quand je pense comprendre la situation, l'agacement prend le dessus et je l'interromps avant qu'il poursuive son monologue.

– Et tu veux que je répare les pots cassés une fois que tu seras parti en laissant une Dawn complètement brisée ? T'as un putain de culot de me demander ça, mec ! Surtout après ton laïus sur le fait de garder mes *distances* avec *ma* meilleure amie ! je fulmine en insistant bien sur ces deux mots.

– Non, Garrett, tu m'as mal compris. Je vais proposer à Dawn de s'installer avec moi à Chicago. Je voulais te prévenir avant, car je sais que malgré vos différends du moment, ton opinion aura son importance. Vous avez grandi ensemble, vous êtes pratiquement frère et sœur, elle viendra forcément solliciter ton avis. Et j'espère que tu l'encourageras à me suivre.

Il m'explique pourquoi je devrais l'aider à lui céder une partie de mon âme, mais je ne l'écoute plus.

Dawn.

Chicago.

Frère et sœur ?

Un ricanement cynique m'échappe. S'il savait que ce que j'aimerais faire à ma prétendue « sœur »…

Josh me regarde droit dans les yeux, attendant visiblement que j'explique ma réaction. Alors, malgré ma panique, je passe à l'attaque.

– Tu as rencontré Dawn il y a quoi, huit mois ? Si tu crois que j'ai voix au chapitre dans sa vie, c'est que tu ne la connais pas aussi bien que tu le penses. Cette fille est un putain d'électron libre ! Elle l'a toujours été et j'espère qu'il en sera toujours ainsi. Ceux qui ont essayé de lui imposer quoi que ce soit ont échoué lamentablement, moi le premier !

Garrett & Dawn – 21 ans

Je n'en peux plus de cette route, je ne suis pas mécontent d'être enfin diplômé ! Je vais pouvoir commencer ma nouvelle vie, mais je vais d'abord faire une cure de sommeil pendant au moins deux mois… Et embêter Dawn, le reste du temps !

Un sourire étire mes lèvres.

Quel été parfait en perspective !

Quand je me gare enfin devant la maison de mes parents, je suis surpris de ne pas trouver Dawn sur les marches. Mais je n'ai pas le temps de m'interroger davantage, car mes parents et Jessie sortent m'accueillir. Ce n'est que lorsque je monte les premiers cartons dans ma chambre que je vois celle de mon frère toujours vide. La suspicion se renforce, il aurait déjà dû être rentré, il a terminé les cours avant moi.

Après m'être débarrassé de mes affaires, je descends retrouver mes parents.

– Qu'avez-vous fait de mon frangin ? je rigole.

Le regard qu'ils se jettent me met un peu plus sur la défensive, ma mère frotte ses mains sur sa robe avant de parler. Si elle n'est pas à l'aise à l'idée de m'expliquer la situation, c'est qu'il y a une bonne raison. Mon imagination s'emballe et les pires scénarios me traversent l'esprit. Comme toujours.

– Il lui est arrivé quelque chose ? je demande, sentant la panique affleurer à la surface.

– Non, mon ange, non ! Disons que je ne suis pas sûre de la manière de t'annoncer la nouvelle. Alors je vais faire simple et ne pas y aller par quatre chemins : Derek a décidé de suivre Dawn dans sa nouvelle aventure, à Wilmington, en Caroline du Nord.

Je la regarde comme si elle venait de me parler chinois. Pourquoi est-ce qu'ils seraient partis tous les deux ? Je sais qu'ils se sont rapprochés ces dernières années, car Derek rentre plus souvent que moi à Davidson. Mais pas au point de me laisser en plan comme ça.

Ma mère, qui lit en moi comme dans un livre ouvert, comprend mes interrogations silencieuses.

– Dawn parlait depuis plusieurs mois de prendre son indépendance et Ellie voulait ouvrir une nouvelle galerie. Dawn a choisi la ville, elles ont visité plusieurs locaux et en quelques semaines tout était réglé, elle était prête à partir. Et ton frère a voulu l'accompagner pour l'aider avant de retourner en cours à la rentrée…

Ils ont vraiment osé partir sans moi. Sans rien me dire.

Aussitôt, j'entre dans une colère noire, quitte la maison pour me diriger vers celle de Dawn. La porte d'entrée est ouverte, comme toujours, alors je grimpe directement dans sa chambre comme je l'ai fait des centaines de fois. La réalité me tombe dessus quand je la trouve rangée, enfin, pratiquement vide.

Tout ce qui fait Dawn n'est plus là, envolés les photos, les vêtements, les plaids confortables.

Elle est véritablement partie.

Comme ça.

J'attrape le téléphone fixe posé sur sa table de nuit et compose son numéro de portable, elle décroche presque instantanément.

– Maman, je t'ai dit qu'il fallait que tu arrêtes d'appeler tous les jours. Tout va bien ici ! s'exclame-t-elle.

– Heureux de l'apprendre, je lui réponds d'une voix dure.

– Garrett ? Pourquoi tu me téléphones depuis chez moi, c'est bizarre ? Oh ! Sale pervers, qu'est-ce que tu fais dans ma chambre ?

– Je ne sais pas si on peut dire que c'est ta chambre, tout est tellement bien rangé, rien ne traîne…

Son rire me fait du bien et je me surprends même à sourire. Une blague pourrie lui a suffi pour que ma colère s'évapore. Je n'arrive jamais à rester fâché contre elle, du moins pas longtemps.

– Je pensais te trouver ici en arrivant, mais il semblerait que tu m'aies laissé derrière toi…

– C'est là que tu te trompes ! Pendant que tu étais à New York, on a repeint les deux super appartements qu'il y a au-dessus de la galerie. Ton frère s'est occupé de choisir les couleurs du deuxième pour que je puisse le louer plus facilement… Ou que tu puisses y emménager si le cœur t'en dit, finit-elle après une pause.

Je reste interdit. Je ne m'attendais pas à tous ces chamboulements en rentrant. Dawn a le don de me compliquer la vie, mais je n'arrive même pas à lui en vouloir. Pas quand mon cœur chante sa joie d'avoir toujours fait partie des plans de Dawn. Mon été bien rempli vient de voler en éclats.

– Je pense que je vais décliner ta proposition, Miss Warren… je mens lamentablement.

Je l'entends rire, car je n'ai convaincu aucun de nous deux.

– Mais bien sûr, Garrett ! Allez, ramène tes fesses pour m'aider à finir de m'installer ici, tu feras ce que tu veux après…

En revenant à Josh, je prends conscience que cette fois-ci, elle ne pourra pas me proposer un nouvel appartement à côté du sien. La panique me saisit à nouveau, mais je n'arrive pas à la maîtriser. Il me semble que mon interlocuteur parle toujours, mais je ne l'entends plus. J'agis en pilote automatique. La crise d'angoisse est trop proche, j'ai besoin de sortir d'ici.

Je ne sais pas comment je me retrouve dehors, je tente seulement de respirer profondément pour me calmer, mais j'échoue. Mon rythme cardiaque ne fait qu'accélérer, à tel point que ça en devient douloureux.

Je vais la perdre.

Cette pensée tourne en boucle dans ma tête, j'ai l'impression de me noyer ou que l'on est en train de m'étrangler.

De l'air, j'ai besoin d'air.

Il faut que cet étau qui comprime ma cage thoracique et m'empêche de reprendre mes esprits disparaisse. Il faut que j'arrive à penser à autre chose que ces quatre mots.

Je. Vais. La. Perdre.

Sans ça, je vais m'écrouler en pleine rue.

Je marche pendant je ne sais combien de temps, et m'arrête seulement quand quelqu'un hurle mon prénom. Soudain, ma transe cesse. Il me faut quelques instants pour comprendre où je suis.

Je plisse les yeux pour essayer de faire le point, savourant l'air qui circule enfin dans mes poumons. Des mains fraîches sur mon visage, puis des cheveux blonds m'aident à reprendre pied.

Je suis devant chez Claire.

Elle me force à entrer dans son appartement et me guide jusqu'à son canapé.

– Garrett, parle-moi ! Qu'est-ce qu'il se passe ?

– Je…

Mais rien ne vient. Comment expliquer la situation sans passer pour un mec ingrat ? Perdre Dawn m'a fait paniquer au point de ressentir le besoin de me raccrocher à ce qui est concret et tangible dans ma vie.

J'ai besoin de ça. D'une valeur sûre.

Avant qu'elle puisse ajouter quoi que ce soit, je l'embrasse tendrement pour lui transmettre ma gratitude d'être là et présente dans ma vie. D'abord surprise, elle prend ensuite possession de ma bouche. Peut-être qu'elle sent que j'ai besoin de ça et qu'elle est prête à me le donner.

Spontanément, nos vêtements jonchent le sol du salon. Bizarrement, c'est alors que je suis avec elle, nu sur ce canapé, que je récupère toute ma lucidité.

J'ai été fou de penser que Dawn et moi, pourrions rester voisins toute notre vie. Ce qui nous arrive était prévisible, j'ai seulement refusé de le voir.

Claire, elle, est là.

Pour moi.

Depuis des mois.

Elle me veut.

Elle m'accepte tel que je suis.

Lorsque je la vois revenir de la salle de bains pour se recoucher à côté de moi, je me sens mieux, comme déconnecté de mes émotions. Et avant de trop réfléchir à ce que je m'apprête à faire, je m'entends lui dire :

– J'ai une question folle à te poser, Claire…

Dawn

27. Garrett

Madame Deyes devrait être nommée présidente !

Depuis que je l'ai embauchée, elle a été parfaite à tous les niveaux. Je l'observe en ce moment, s'activer autour de moi pour la mise en place de l'exposition de demain soir. Elle a su s'approprier l'espace, mais aussi le travail des créateurs qui nous font confiance. Pour être tout à fait honnête, je n'aurais pas fait mieux.

Elle a su apporter une nouvelle énergie à la galerie, c'était vraiment ce qui manquait. J'étais trop épuisée et tiraillée pour réussir à faire un travail aussi impeccable que le sien. Je suis tellement reconnaissante qu'elle ait poussé ma porte.

Comme pièce centrale de la nouvelle exposition, elle a mis en avant ma dernière toile. Une explosion de couleurs qui n'a pas de forme précise, mais qui a une signification importante pour moi. La première étant que j'ai recommencé à peindre, ce qui me semblait de plus en plus improbable. La seconde est que je l'ai imaginée juste après le départ de Garrett la semaine dernière.

Après ce baiser venu de nulle part.

Je m'avance pour regarder la toile plus en détail, même si j'ai passé des heures dessus, à lui donner vie. Différents sentiments m'envahissent, mais je ressens surtout de la joie. La joie d'avoir retrouvé une relation plus apaisée avec mon meilleur ami et de me reconnecter avec cette part essentielle de mon être, qui a besoin d'exprimer sa créativité autant que d'oxygène.

Peindre fait partie de moi et ça m'avait terriblement manqué.

Après l'avoir regardée attentivement je fais un pas en arrière. Je prends alors conscience qu'il y a un emplacement vide juste à côté de ma peinture.

– Madame Deyes, qu'est-ce que vous comptez mettre ici ? je lui demande en pointant l'espace sur le mur.

Elle s'approche de moi avec son plan de salle, un pli soucieux sur le front, jusqu'à trouver la réponse.

– Ah, voilà. Il s'agit d'une pièce de monsieur Allen, il doit passer la déposer aujourd'hui…

Elle n'a pas le temps de finir sa phrase que la porte de la galerie s'ouvre. Garrett entre dans une bourrasque froide, emmitouflé dans une doudoune, avec un grand cadre emballé dans du papier kraft dans les bras.

Elle se dirige vivement vers lui pour le débarrasser de son paquet, et après l'avoir salué, elle part vers le fond de la galerie. Je m'approche à mon tour, mais suis surprise de voir qu'il se crispe à mon arrivée, je pensais que nous avions dépassé ce stade. Priant presque pour me tromper, je fais comme si je n'avais rien remarqué.

– Hey, tu nous as manqué mercredi soir. On t'a attendu un moment, mais après, on a enchaîné toute la saison de *Supernatural*, je le nargue.

– Tu n'as rien de plus à m'annoncer ? me demande-t-il froidement.

Je recule pour mettre de la distance entre nous et ainsi avoir moins l'impression qu'il me domine complètement.. Je cherche une réponse sur son visage pour comprendre cette soudaine animosité.

Qu'est-ce qui a *encore* bien pu se passer ?

– Euh… Je peux te dire comment se termine la saison, si c'est ça qui te tracasse.

– Tu n'as pas vu Josh depuis mercredi ?

Josh ? Qu'est-ce qu'il vient faire au milieu de tout ça ?

– Euh non, mais on doit se retrouver ce soir. Il m'emmène dîner dans le resto chic de notre premier rencard. Pourquoi ?

Mon meilleur ami se contente de me fixer sans dire un mot. Même si au tressautement de sa mâchoire, je sais qu'il en meurt d'envie.

– Garrett, dis-moi ce qu'il y a ? j'insiste.

– Est-ce que tu l'aimes ? lâche-t-il tout à coup.

Je retiens ma respiration à cette question sortie de nulle part. Malgré moi, j'augmente la distance entre nous.

Comment sait-il toujours quoi dire pour me déstabiliser ?

Je me pose la même question depuis le soir où Josh me l'a déclaré sur cette plage d'Anguilla. Et je n'arrive toujours pas à trancher. Pourtant, je devrais, il est tout ce que j'ai toujours souhaité : drôle, attachant, intelligent, attentionné et livré avec un magnifique emballage.

Mais je n'ai jamais été *vraiment* amoureuse, alors comment savoir si ce que je ressens pour lui est l'amour avec un grand A ?

– Je...

– Et voilà, c'est parfait ! s'exclame madame Deyes en nous interrompant.

Nous nous retournons en même temps pour regarder ce qu'elle nous montre. La photo de Garrett est désormais installée à côté de mon tableau. Le contraste entre mes couleurs et son tirage en noir et blanc est saisissant, mais je me concentre surtout sur le cliché.

Moi.

Le visage levé vers le ciel, savourant les rayons de soleil sur ma peau, les yeux fermés. Je me souviens de ce moment, nous étions au parc et je l'avais entendu me prendre en photo.

Il m'a toujours dit qu'un jour je serais heureuse de voir l'un de ses clichés de moi. Il avait encore une fois raison. Sans que je comprenne pourquoi, les larmes me montent aux yeux et je reste là, à m'observer.

La porte d'entrée qui se referme me fait sursauter. Garrett vient une fois de plus de disparaître sans un mot, laissant tous ces non-dits entre nous.

Je serre mon sac à main sur mes genoux, n'arrivant pas à sortir du taxi. Je suis devant le restaurant, mais l'inquiétude ne me quitte plus depuis que j'ai croisé Garrett tout à l'heure.

Pourquoi faut-il qu'il soit aussi mystérieux ? Il aurait pu m'expliquer ce qu'il avait en tête plutôt que de me piéger avec cette question : « Est-ce que tu l'aimes ? »

– Miss, vous sortez ou je vous conduis ailleurs ?

Voilà une question à laquelle je pourrais apporter vingt réponses différentes, mais le chauffeur ne doit pas avoir envie de toutes les entendre.

Je souffle pour m'activer, lui tends un billet et sors dans le froid, ma robe volant avec le vent. Cela a le don de me revigorer et de me donner la force nécessaire pour pénétrer dans le restaurant. J'essaie de garder la tête haute, malgré mon cœur battant la chamade.

– Bienvenue à L'Alinéa, Madame. Avez-vous une réservation ?

– Hum… oui, je suis attendue normalement.

– Avez-vous un nom, qu'on vous guide à votre table ?

– Wayne, je souffle en sentant mon courage diminuer à chaque seconde.

L'hôtesse vérifie sur son écran et un sourire poli éclaire son visage.

– Monsieur est déjà là, effectivement. Puis-je vous proposer de déposer vos affaires au vestiaire ?

Avant de m'enfuir du restaurant, j'acquiesce et un homme s'avance pour prendre mon manteau et mon sac à main. Puis un autre me guide rapidement jusqu'à la table où Josh patiente en consultant son portable. Lorsque j'arrive à son niveau, il se lève pour m'accueillir d'un de ses sourires qui pourraient me faire fondre.

– Hey, dit-il avant de déposer un baiser chaste sur mes lèvres. La route n'a pas été trop compliquée avec cette pluie ?

– J'ai pris un taxi, j'explique en m'asseyant sur mon siège. Je croyais qu'il ne fallait pas faire de démonstrations d'affection dans ce genre d'établissement…

C'est une information qu'il m'a donnée lors de notre premier rencard et les regards étranges de certains clients prouvent qu'il avait raison.

– Ce soir, je m'en fiche. C'est toi et moi, le plus important.

Je sens mes joues rougir et j'attrape le verre d'eau pour en boire une gorgée.

– Bonsoir, Madame. Bienvenue chez nous, intervient un serveur. Monsieur a déjà passé commande pour les hors-d'œuvre. Si cela vous convient, je vais aller les chercher ?

– Ça serait parfait, merci, je réponds, mal à l'aise.

Lorsque nous sommes enfin seuls, Josh m'attrape la main par-dessus la table et la caresse. Ce simple geste me détend légèrement et je lui souris sincèrement. Mes inquiétudes me paraissent soudain complètement infondées lorsque je plonge dans son regard bleu.

Il s'agit de Josh, qu'est-ce qui pourrait m'arriver ?

– Je sais que cette première semaine post-vacances n'a pas été de tout repos, commence-t-il. Et je regrette de ne pas avoir été plus présent. Du coup, j'espère que ce repas en tête à tête te fera plaisir et te permettra de te détendre un peu.

– C'est gentil, je crois que j'en avais vraiment besoin. C'est vrai qu'après quinze jours passés ensemble, la séparation a été un peu brutale. Mais je comprends, ton travail est important, je le rassure.

La crispation de ses épaules disparaît et son sourire se fait plus franc. Le dîner se déroule merveilleusement bien, nous parlons de tout et de rien, comme la première fois, et la nourriture est divine.

Il faut croire qu'une bonne cuisine peut venir à bout de tout. Mon stress s'est fait la malle à l'entrée, et maintenant, je suis parfaitement détendue et savoure cette soirée. Je me maudis intérieurement de m'être inquiétée avant de venir. Josh est tellement attentionné que cela me fait culpabiliser de ne pas l'être un peu plus en retour. Je me promets d'y remédier, il mérite lui aussi que je prenne soin de lui.

– Madame, Monsieur, voici vos desserts, nous informe le serveur en les déposant d'un geste expert devant nous. Bonne dégustation.

Malgré le fait que je ne pense pas pouvoir avaler quoi que ce soit de plus, cette tarte au citron revisitée me met l'eau à la bouche et j'attrape ma cuillère pour y goûter.

Je m'apprête à prendre une première bouchée lorsque je vois que Josh n'a pas bougé et me fixe.

– Qu'est-ce qu'il se passe ? Quelque chose ne va pas ? je lui demande.

– Non, tout va bien. C'est juste que j'ai besoin de te parler d'un sujet… important et je ne trouve pas le bon moment pour le faire.

Merde. Nous y voilà.

Je repose ma cuillère dans mon assiette puis m'essuie nerveusement la bouche avec la serviette.

– Autant te jeter à l'eau, je lui suggère tout en souhaitant m'enfuir.

– Je… j'ai besoin de te reparler de ce que j'ai dit sur la plage.

Ma respiration se coupe un instant.

Tout mais pas ça. Pitié, Josh.

– Je sais que tu n'es pas… à l'aise avec ces trois mots, poursuit-il sur sa lancée, mais je ne peux pas revenir en arrière. Et même si je le pouvais, je ne le ferais pas, c'est un fait : je t'aime.

Encore ces mots.

Pourquoi faut-il qu'ils soient toujours présents ?

– Et bien que tu n'en sois pas au même stade que moi, ce n'est pas grave. Je suis patient, surtout quand au bout du chemin, il y a ton amour pour moi.

Quelle personne saine d'esprit ne fondrait pas devant une telle déclaration. Pourtant, ma bouche s'assèche, je finis d'une traite mon verre d'eau pour tenter de reprendre contenance. Mon geste ne lui échappe pas, ça le fait même rire.

– Nerveuse, hein ? Autant en profiter pour tout te dire d'un coup, alors. Je dois repartir à Chicago. Définitivement.

– Quoi ? je murmure, abasourdie par ce revirement de situation.

– Mon père veut que je rentre, maintenant que tout est lancé ici, il m'a avoué qu'il n'avait jamais prévu que je reste à Wilmington. J'aurais juste aimé qu'il me prévienne en amont…

– Et tu comptes lui obéir ? je lance plus sèchement que prévu.

– Tu sais comment ça se passe avec lui… Mais avant que tu paniques, je… j'aimerais que tu viennes avec moi. Accompagne-moi à Chicago.

Il ne peut pas être sérieux ? Même si cela fait quelques mois que nous sommes ensemble, emménager dans un même appartement, dans une nouvelle ville ne fait pas partie de mes plans.

– Tu pourrais ouvrir une nouvelle galerie dans mon quartier, ici, tout est sous contrôle depuis l'arrivée de madame Deyes. Tu aurais la possibilité de commencer une nouvelle aventure, tu pourrais vraiment t'épanouir là-bas. Avec moi.

Je suis sous le choc, il n'y a pas d'autres mots.

Mon sang tambourine dans mes oreilles et j'entrouvre la bouche, stupéfaite. Je suis paralysée, je n'arrive pas à parler. De tous les scénarios que j'avais imaginés ce soir, celui-là n'était même pas envisagé.

Que suis-je supposée répondre ? *Peut-être ?*

Ce n'est clairement pas un sujet sur lequel je peux le laisser dans le flou.

– Je vois que tu es légèrement choquée, je l'étais aussi quand mon père m'a imposé sa décision. Je ne m'y attendais pas, Dawn, je te le promets. J'étais sûr de pouvoir rester ici, dans cette succursale que j'ai créée de toutes pièces.

– Tu pourrais aussi lui dire non, j'argue en dernier recours. Tu as le droit de faire ce qui est le mieux pour toi !

Il secoue la tête, comme si c'était inenvisageable.

– Il est têtu et il ne m'aurait de toute façon pas écouté. Dans tous les cas, Il est tout ce qui me reste, je n'ai pas le cœur de me fâcher avec lui.

– Mais là tu me demandes de changer de vie parce que ton père l'a décidé ?

– Peu importe la décision de mon père, dit-il avec véhémence, je *sais* que j'ai envie de passer ma vie avec toi, de me réveiller à tes côtés tous les jours. Ça arriverait juste un peu plut tôt que prévu ! Et puis, vois le bon côté des choses, je n'aurais plus à m'absenter comme ça a été le cas ces derniers mois. J'aurais des horaires normaux et on pourrait faire tout ce dont on a envie, on construirait notre futur ensemble…

J'ai l'impression qu'une avalanche est en train de me foncer dessus et que je ne peux rien faire pour l'éviter. Je n'ai pas les mots pour lui dire à quel point tout ça est trop rapide, trop… trop.

– Je ne te demande pas de me donner une réponse immédiatement, précise-t-il face à mon silence, c'est une décision qui mérite que tu y réfléchisses. Sérieusement. Mais sache que si tu acceptes de venir avec moi, je serai le plus heureux des hommes. Tu es tout ce que j'ai rêvé, Dawn et je serais comblé qu'un jour tu deviennes madame Wayne.

Bordel !

Ça va trop loin et trop vite pour mon cerveau qui tourne déjà à plein régime. Pourtant, la réalité de la situation m'apparaît aussi clairement que pour Josh. Nous sommes bien ensemble, notre couple fonctionne et j'imagine nettement cet avenir qu'il me propose.

Si je devais peser le pour et le contre, ça serait assez rapide. Est-ce que je me vois avec Josh à mes côtés pour le reste de ma vie ? La réponse est évidente : oui. Est-ce qu'il me comblera ? Là non plus, pas de doute. Avoir un nouveau défi en ouvrant une seconde galerie ? Je m'éclaterais.

Alors pourquoi mon cœur saigne quand je songe à quitter ma ville, mes amis, Garrett ?

Dès que son nom se fraie un chemin dans mes pensées, j'ai l'impression que le sol se dérobe sous moi.

Garrett. Garrett. Garrett. Garrett. Garrett. Garrett.

Soudain, ça me frappe, tel un coup de poing.

Si le doute m'assaille quant au fait de suivre Josh, je n'en ai aucun lorsqu'il s'agit de quitter mon meilleur ami.

Je n'en suis pas capable, ni de le laisser derrière moi.

C'est tout simplement inconcevable de ne plus être dans la même ville que lui pour le voir quand j'en ai envie ou quand j'en ai besoin.

Le tiraillement que je ressens dans mon estomac à l'idée que ça puisse être le cas m'ouvre les yeux.

Ce que je ressens pour Garrett est puissant, trop puissant pour que ça ne soit que de l'amitié… Et s'il s'agit d'amour, alors j'ai ma réponse, j'aime Josh, mais pas suffisamment pour que cela surpasse mes sentiments à l'égard de mon meilleur ami.

Garrett a toujours été présent, à chaque étape de ma vie. Parfois on n'était pas sur la même longueur d'onde, mais il est cette constante vers laquelle je finis toujours par revenir. Depuis vingt-trois ans.

Il est mon ombre et je suis la sienne.

Je ne serais plus moi-même si je m'éloignais de lui, seulement une pâle copie. Il me suffit de regarder ce qu'il s'est passé ces derniers mois et mon goût pour la peinture qui est revenu miraculeusement lorsqu'il m'a embrassée.

Bordel ! Je suis amoureuse de mon meilleur ami.

Genre, pour de vrai.

Je me lève d'un bond en faisant tomber ma chaise et trembler la table. Josh me fixe en attendant que je lui explique ce qu'il m'arrive, mais je ne peux pas, c'est encore trop confus pour moi. Alors je murmure un simple :

– Je ne peux pas… pas comme ça… Excuse-moi.

Puis comme une lâche, je m'enfuis en courant du restaurant.

L'incompréhension ainsi que la douleur sur son visage parfait resteront à jamais gravées dans ma mémoire, mais cela ne m'arrête pas pour autant.

Je fonce vers la porte sans m'arrêter au vestiaire et suis cueillie par la pluie qui tombe à verse. Ma robe dégouline presque déjà d'eau.

Je remarque un taxi libre à quelques pas de moi. Mais avant de pouvoir ouvrir la portière, je suis tirée en arrière. Josh me retourne pour lui faire face et me tient par les épaules.

Plus moyen de me dérober. Il ne me laissera pas partir sans que je m'explique un minimum.

– Pourquoi, Dawn ? Est-ce que c'est à cause de Garrett, de ce stupide intérêt qu'il se découvre soudain pour toi ? Tu sais qu'il change d'avis comme de chemise. Demain, il pourrait s'éprendre d'une autre femme !

Ses mots sont aussi violents qu'une gifle. Je baisse la tête, incapable de le regarder, car je sais qu'une part de vérité se cache dans ce qu'il vient de me dire. C'est pour ça qu'ils me font aussi mal.

– Mais demain, *je* ne serai plus là, Dawn. Je n'en reviens pas de devoir dire un truc aussi cliché, mais tu vas devoir choisir : c'est lui ou moi. Si tu restes à mes côtés, je passerai ma vie à te rendre heureuse, je te le promets, tu seras ma priorité. Mais si tu pars, on ne se reverra plus jamais.

Il me lâche et recule, ses yeux brillent, mais à cause de la pluie, je n'arrive pas à déterminer réellement s'il pleure. Je ne me pardonnerai jamais de le blesser à ce point.

Comme pour me porter le coup fatal, il chuchote :

– Je t'aime, Dawn, je t'en prie. Reste.

– Je suis tellement, tellement désolée, Josh, je souffle.

Au milieu de cette tempête, je sais qu'il entend mes mots parce que son expression n'est plus blessée mais meurtrie.

Quand je m'engouffre enfin dans le taxi qui klaxonne, j'ai l'impression d'entendre son cœur exploser, à moins que ce soit le mien…

Je donne mon adresse et le chauffeur démarre rapidement comme s'il comprenait que je devais partir loin d'ici. Pour me torturer un peu plus, je me retourne pour jeter un dernier regard à Josh. Son visage est levé vers le ciel, ses yeux sont fermés et je peux voir son corps secoué de sanglots silencieux.

Je me déteste tellement, j'aimerais qu'il n'ait jamais croisé ma route. Toute cette douleur aurait pu être évitée. Un homme aussi doux ne mérite pas d'avoir le cœur écrasé de la sorte.

Je me rends compte seulement à ce moment de la manière dont j'ai repoussé Josh et la culpabilité m'étouffe instantanément.

Les larmes coulent, rapidement suivies par des sanglots suffisamment bruyants pour que le conducteur me jette des regards inquiets dans le rétroviseur.

Je l'ai fait souffrir. Il m'a donné son amour et je l'ai piétiné, avant d'y mettre le feu, de cracher dessus et de le lui rendre. Il ne mérite pas ça.

Je pleure pour lui, pour nous, pour ce que nous aurions pu être si mon cœur ne battait pas déjà pour un autre homme que lui.

Je ne me reconnais plus, comment ai-je pu lui faire ça ? J'hésite à demander au chauffeur de faire demi-tour, pour rejoindre Josh et le prier de me pardonner. Il n'est peut-être par trop tard !

Alors que je m'apprête à le faire, l'image de Garrett m'arrête.

Non.

Aussi terrifiant que ça puisse être, je dois aller jusqu'au bout. Je dois parler à Garrett, lui dire qu'aujourd'hui, je suis prête à entendre ce qu'il voulait me dire la dernière fois. J'espère juste qu'il n'est pas trop tard pour lui…

Si c'est le cas, alors j'aurai définitivement tout perdu.

Quand nous nous garons devant la galerie, je peux voir qu'elle est encore remplie de monde. Je suis fière de constater ce que j'ai accompli en si peu de temps.

Une nouvelle détermination naît dans mon cœur, elle me chuchote que je dois être honnête avec moi-même. J'aurai tout le temps de pleurer la fin catastrophique de ma relation avec Josh, mais seulement *après* avoir parlé avec Garrett.

Autrement, ça nous détruira un jour ou l'autre. Si je veux pouvoir avancer, je dois lui avouer mes sentiments une bonne fois pour toutes.

– Comment souhaitez-vous régler ? me demande le chauffeur.

Je pose la main sur la banquette à la recherche de mon sac, lorsque je comprends que je l'ai oublié à L'Alinéa. Je n'ai pas pris mes affaires.

– Merde ! je souffle. Je suis désolée, j'ai laissé mon sac à main au restaurant… Si vous pouviez attendre cinq minutes, je vais monter chercher de l'argent, je reviens vite…

– Ce n'est pas la peine. Je n'ai pas entendu ce qu'il vous a dit avant que vous montiez dans mon taxi, mais j'ai une fille d'à peu près votre âge. Et j'aimerais que si un jour elle se retrouve dans ce genre situation, quelqu'un lui tende la main. Même si ce n'est qu'en lui offrant un trajet en taxi…

De nouvelles larmes s'ajoutent aux litres que j'ai déjà versés sur cette banquette. Parce que le monstre dans l'histoire n'est pas Josh, c'est moi, mais je ne dis rien, je n'en ai pas le courage. Alors je sors après l'avoir remercié en espérant qu'il ne change pas d'avis.

J'ai l'impression que la pluie tombe encore plus fort qu'avant, car mes cheveux et ma robe se collent à ma peau.

Je prends néanmoins le temps de savourer la pluie sur mon visage, comme si chaque goutte balayait mon chagrin.

Il y a de la lumière chez Garrett.

Il est là, à quelques mètres de moi.

PARTIE 3

Garrett

28. Les mots de trop

J'entends la porte de notre immeuble claquer et des talons dans l'escalier.

Après avoir regardé l'heure sur mon portable, je me dis qu'il est relativement tôt pour que sa soirée soit déjà terminée. Mais je ne vais pas commencer à me questionner trop longtemps, je sais exactement ce que je vais dire. Je n'ai qu'un objectif : vider mon sac.

Claire en a eu tellement marre de me voir tourner en rond qu'elle est partie se coucher en prétextant une soudaine migraine. Mais je ne suis pas stupide, c'est mon comportement qui l'a agacée. Il est temps que je tire un trait sur cette histoire avec Dawn pour me concentrer sur elle.

Je n'en peux plus de ressembler à un lion en cage, attendant que sa proie rentre chez elle. Je sens dans tout mon être qu'il est temps de passer à l'attaque, une bonne fois pour toutes. Je ne supporterai pas que Dawn arrive, le sourire aux lèvres, m'annonçant qu'elle part.

Je préfère frapper le premier, réduire sa joie à l'état de cendres.

Mes mains tremblent, pourtant j'essaie de contrôler le cocktail d'émotions qui vibre en moi.

Je me positionne derrière ma porte, prêt à sortir dès que j'entendrai la sienne se déverrouiller. Mais je ne perçois rien, pas un bruit. J'ouvre donc mon battant en bois d'un mouvement vif et je nous fais sursauter en chœur. Dawn a la main levée, prête à frapper, les yeux rougis, emplis d'une émotion que je ne lui ai jamais vue. Elle dégouline d'eau et une petite flaque se dessine sur le palier comme si elle patientait là depuis un moment.

Elle rabaisse son bras le long de son corps, puis je repère tout de suite la chair de poule qui couvre ses bras nus. Ce détail me suffit pour faire tomber à l'eau mon plan parfait. Je ne peux pas la laisser comme ça, alors je la pousse vers son appartement. J'en suis arrivé au point de ne pas supporter qu'elle ait froid sans devoir faire quelque chose.

Pathétique.

Elle file rapidement à l'étage tandis que je reste debout dans le salon, ne sachant pas si ma stratégie pour ce soir est la meilleure. Mais c'est la seule que j'ai, donc je vais faire avec, il est trop tard pour réfléchir à autre chose.

Quand elle redescend en se séchant les cheveux avec une serviette et toujours la même expression affichée sur son visage, tout me revient en mémoire. Les mots de Josh, l'angoisse qu'ils ont déclenchée en moi, la peur de la perdre définitivement. Je n'y tiens plus, j'ai besoin de savoir si elle sur le point de m'arracher le cœur.

– Alors, ce repas ? J'imagine qu'il t'a enfin fait sa proposition…

Son absence de réponse me hurle que j'ai vu juste tandis que son regard fuyant m'indique qu'elle a décidé de le suivre. Je sens que mon self-control, fraîchement retrouvé, me file déjà entre les doigts à la vitesse de l'éclair. Je serre puis desserre les poings pour essayer de me calmer et les yeux de Dawn se focalisent là-dessus.

Son silence me tue à petit feu.

– Vas-tu avoir la décence de me dire ce qu'il s'est passé ce soir ? je crache d'une voix grave. Ou est-ce que je dois t'arracher la moindre confession comme c'est le cas depuis des mois ?

À son expression, on pourrait croire que je viens de la gifler, elle ne s'attendait pas à ce que je lui parle sur ce ton. Elle prend néanmoins le temps de respirer longuement, comme si c'était elle qui avait besoin de courage.

Le monde à l'envers.

– En effet, Jo… commence-t-elle avant de s'arrêter. Il m'a bien proposé de le suivre à Chicago, d'emménager avec lui et même d'ouvrir une nouvelle galerie là-bas, vu qu'ici tout est sous contrôle…

« Tout est sous contrôle » ? *Sous contrôle ?*

Rien n'est plus sous contrôle depuis que Dawn est entrée dans ma putain d'existence. Elle a tout balayé de son rire enfantin et j'ai tenté de suivre son rythme. Toute ma vie, je lui ai couru après.

Je n'ai jamais eu le moindre contrôle sur quoi que ce soit et encore moins ce soir.

Comment fait-elle pour ne pas voir ça ? J'ai envie de la secouer pour qu'elle se réveille et qu'elle prenne la mesure de ce qu'elle s'apprête à détruire en partant.

– Putain, je n'en reviens pas ! je lâche, mauvais. Comment tu peux décider que ta vie serait mieux loin de tout le monde ? Tu as pensé à ta mère, à Derek, à Jessie, à monsieur Oswald, à Joey ? Hein, Dawn ? Tu as pensé à tout ça avant de tout envoyer balader ? Bordel, tu as pensé à *moi* ?

Je hurle ce dernier mot et me rapproche d'elle, si près que je pourrais l'embrasser si j'en avais envie.

Et j'en crève d'envie, comme à chaque fois que je suis proche d'elle.

Ses yeux descendent sur mes lèvres, mais remontent tout aussi rapidement. Tant de questions dansent dans ses iris ambrés. Je remarque à cet instant qu'en plus d'être rougis, ils sont gonflés. Elle a pleuré. Était-elle si heureuse de tout plaquer qu'elle en a versé des larmes de joie ?

Je vais gerber.

Elle lève une main pour toucher mon visage, mais je recule comme si elle allait me blesser.

– Garrett, laisse-moi t'expliquer, s'il te plaît…

– M'expliquer quoi ? Que tu es la personne la plus *égoïste* qui ait foulé cette terre ? *Spoiler alert*, Dawn, tout le monde le sait déjà, sauf toi, je crache.

Les mots me brûlent en les prononçant et elle tressaille en les entendant. Elle croise les bras sur sa poitrine, comme pour se protéger ou se refermer sur elle-même. Mais une flamme dangereuse apparaît dans ses yeux.

Tant mieux si elle s'énerve, on va enfin pouvoir passer aux aveux.

– Je te demande pardon ? dit-elle, avec une grimace.

Sa voix est glaciale, mais étrangement, cela me réchauffe. Me rendre compte que mes mots ont encore une portée, un pouvoir sur elle, me donne la force de continuer. C'est si elle n'en avait plus à foutre que ça serait grave. Là, je sais que je ne l'ai pas encore perdue, qu'il subsiste une infime chance pour qu'elle reste, même si pour ça, je dois me montrer cruel afin de la faire réagir.

– Tu m'as parfaitement entendu, je poursuis. Quand tu auras fini de jouer avec les sentiments de ton entourage, tu me feras signe ! Ou mieux encore, si tu pars à Chicago, évite de nous donner des nouvelles de ta parfaite petite vie. On sera passés à autre chose ici, crois-moi.

Elle s'apprête à répliquer lorsque je balance ma dernière phrase.

– Tu n'es pas aussi indispensable que tu peux le croire…

Le hoquet de stupeur qu'elle lâche résonne dans l'appartement d'une manière presque comique.

– Garrett Jamie Allen ! Je te conseille de t'arrêter là tout de suite. Je sais que tu es en colère contre moi, mais je ne mérite pas ces insultes ! Pas ce soir…

– Oh ! Excuse-moi de ruiner ta nuit de rêve, Dawn ! J'avais oublié qu'il n'y a que toi qui comptes dans toute cette histoire. Mais tu sais quoi, puisque tu sembles décidée à tracer ta route de ton côté, j'ai fait de même du mien !

Quand elle lève les yeux au ciel, ma colère se transforme en acide dans mes veines. Alors je rends coup pour coup.

Je pourrais abattre ma dernière carte, mais je décide finalement de déformer légèrement la vérité.

– J'ai demandé à Claire de m'épouser et elle a dit « oui », je lâche avec autant de venin dans la voix que possible.

Je vois le moment précis où mes mots la percutent. Son visage se fige, elle porte une main à son cou et, sans qu'elle s'en rende compte, sa bouche s'ouvre, stupéfaite. La serviette qu'elle tenait tombe à ses pieds, ce qui, par je ne sais quel miracle, lui redonne l'usage de la parole.

– Quoi ?

Elle chuchote cette question, mais j'ai l'impression qu'elle l'a hurlée. Directement dans mon cœur meurtri.

Mes poings se desserrent quand je vois la peine marquer ses traits. Je la regarde longuement, comme si c'était la dernière fois. En même temps, c'est peut-être le cas… Josh m'a bien dit qu'il devait rentrer très prochainement. Alors, je mémorise tout, de sa robe détrempée, en passant par son maquillage qui a coulé, ses cheveux qui frisent. Ça ne change rien au fait qu'elle est magnifique.

Elle reste Dawn. Ma Dawn.

Je laisse échapper un petit bruit étranglé, car je m'en veux de penser à ça, alors que je n'en ai clairement pas le droit.

– Je vais épouser Claire, je mens encore une fois. J'aurais aimé te l'annoncer autrement, mais tu pourrais te volatiliser dans la nuit pour ce que j'en sais…

Elle baisse la tête en lâchant un petit rire désabusé et elle contemple la flaque qui s'est formée à ses pieds. Lorsqu'elle me regarde à nouveau, ses yeux sont vides. Je suis persuadé qu'elle va me gifler, mais elle s'approche de moi et me serre dans ses bras.

Je reste parfaitement immobile, n'osant même pas respirer. Ce n'était pas la réaction que j'avais imaginée. Elle doit se mettre en colère, se battre, hurler, voire m'insulter.

Je me mets à frissonner à son contact, et je me dis que c'est à cause de sa robe mouillée qui imprègne petit à petit mes habits. *C'est forcément ça.* Puis elle recule légèrement, tout en gardant ses mains sur mes épaules.

– Alors, sois heureux, Garrett. Vraiment, tu le mérites.

Elle m'offre le sourire le plus triste du monde avant de me lâcher et de me contourner. Cependant, elle n'est pas assez rapide pour me cacher la larme qui s'écrase sur sa joue.

En l'entendant descendre l'escalier dans le couloir, je respire de nouveau. Mon cœur manque de sortir de ma cage thoracique. Je prends plusieurs profondes respirations, les mains en appui sur mes genoux, comme si j'avais couru un marathon.

Je tente de me convaincre que j'ai fait ce qu'il fallait.

Si j'ai fait le bon choix, pourquoi j'ai l'impression d'avoir échoué sur toute la ligne ?

Frustré, je passe une main dans mes cheveux, mes pieds me démangent de lui courir après, mais je me retiens. Ce n'est pas moi qui quitte tout, c'est elle. Elle me tourne le dos en reniant plus de vingt ans d'amitié, comme si ça ne représentait rien.

J'aurais dû savoir que ça finirait comme ça. Quand quelqu'un est capable d'oublier qu'il vous a avoué ses sentiments, ou de se voiler la face à ce point, c'est qu'on ne compte pas tant que ça au final.

Depuis plusieurs minutes déjà, tout en parcourant des yeux son appartement, je laisse m'envahir les idées noires qui atterrissent sur cette pauvre serviette mouillée. Un coup d'œil par la fenêtre m'apprend qu'il pleut toujours et je me rends compte qu'elle est ressortie exactement dans la même tenue qu'à son arrivée.

Une simple robe.

Mon côté protecteur reprend aussitôt le dessus, me donnant l'excuse que je cherchais pour la rattraper. Je n'en reviens pas d'être aussi faible dès qu'il s'agit d'elle. Pourtant, depuis tout ce temps, je devrais savoir que je suis un cas désespéré en ce qui concerne Dawn Warren…

L'adrénaline pulse dans mes veines et je me rue sur un de ses manteaux et descends en courant l'escalier en manquant de tomber sur les dernières marches. Mais rien ne m'arrêtera ce soir.

La pluie m'assaille dès que je mets un pied dehors, là encore, je n'y prête pas attention, je reste concentré sur mon objectif : trouver Dawn. Je regarde le trottoir des deux côtés sans résultat. Elle a plusieurs minutes d'avance, mais avec ce temps, elle a dû vouloir se mettre à l'abri. Je ne pense qu'à un endroit proche de chez nous : chez Joey. Sans réfléchir, je m'élance pour traverser la rue, le cœur débordant de toutes les choses que je pourrais lui dire dès que je la retrouverai.

C'est alors que mon monde se fige, et moi avec. Dans un moment où chaque seconde semble durer une éternité. J'entends le crissement des pneus bien avant de comprendre la situation.

Un bruit si aigu n'est jamais bon signe.

Je pourrais tenter de bouger, mais je sais, je sens, qu'il est déjà trop tard. J'ai traversé la Faucheuse sans vérifier cette intersection de malheur. Je vais payer le prix fort.

Je regarde la voiture sur le point de me percuter de plein fouet et ne vois plus qu'un grand halo de lumière. Mon corps se raidit instinctivement pour se préparer à l'impact. Rien ne pourra empêcher de me faire percuter, mon impulsivité va me coûter cher, cette fois…

Naïvement, je ferme les yeux, comme si ça pouvait me protéger d'une quelconque manière.

La violence du choc me coupe le souffle et je suis projeté dans les airs.

Trop vite, trop fort.

Sur un simple claquement de doigts, ma vie bascule. Il y a encore quelques instants, j'étais debout en train de courir, des espoirs plein le cœur, et maintenant, je ne suis que douleur. Si je pensais l'avoir déjà connue, je peux désormais dire que je me trompais. Chaque fibre de mon être hurle d'agonie. Peut-être même qu'un cri s'échappe de mes lèvres.

L'atterrissage est brutal, laissant certains de mes membres dans un angle peu naturel. Dès que je m'écrase au sol, la première pensée qui me traverse est que je ne pourrai pas donner son manteau à Dawn. Il gît à plusieurs mètres de moi. La seconde est : *Merde.*

Ce mot semble clignoter dans ma tête, je n'arrive plus à me concentrer sur quoi que ce soit d'autre, mon corps m'envoie trop de signaux simultanés. Et aucun n'est bon, alors je continue de fixer le manteau de Dawn.

Mon esprit semble se déconnecter de mon corps et d'un coup, la douleur n'est plus. J'entends des cris autour de moi, je distingue des silhouettes, mais je ne comprends pas ce qu'elles disent. Je ne vois que ce manteau et ma main gauche immobile, ensanglantée. J'essaie de la faire bouger, en vain.

Ce corps brisé sous la pluie ne m'appartient plus.

C'est trop pour moi, je préfère plonger dans les ténèbres qui me tendent les bras.

Dawn

29. Pars et ne reviens pas

Je regarde les paysages se succéder.

Les premières lueurs du jour apparaissent doucement, mais malgré la beauté de la nature, mon cœur saigne. Une douleur lancinante qui ne m'a pas quittée depuis que j'ai franchi la porte de mon appartement. Dans mon malheur, mon taxi était toujours là, en train de téléphoner à sa fille. Quand je suis sortie dans la rue en pleurs, il n'a pas hésité à me laisser monter pour m'emmener où je souhaitais. Complètement perdue, désorientée, je lui ai demandé de me déposer où il voulait, que tout serait mieux qu'ici. Il m'a donc déposée dans la rue où il vit. Et de là, j'ai marché sous la pluie pendant ce qui m'a semblé être des heures, j'étais trempée jusqu'aux os.

Mon corps tremblait pour essayer de me réchauffer, mais je n'en avais pas envie. J'étais comme anesthésiée et j'avais peur que la chaleur réveille tout, me punisse… Le froid m'a engourdie au point que je ne ressente plus rien.

Une secousse du train lorsqu'il ralentit m'informe que je suis bientôt arrivée. Je me lève et sors précipitamment, n'ayant pas le moindre titre de transport sur moi. En montant dans ce wagon, je m'attendais à devoir inventer une excuse, mais ça n'a pas été nécessaire, personne n'est venu me parler. Il faut croire que les contrôleurs ont autre chose à faire de leur nuit et j'en suis ravie.

L'air frais me gèle les jambes mais je le supporte sans broncher, n'ayant même plus la force de frissonner. Je prends une grande inspiration et me dirige vers le seul endroit où je me sens vraiment en sécurité. Je souris presque en parcourant ce chemin que j'ai fait des centaines de fois. Les magasins sont encore fermés et la plupart des foyers restent endormis.

Quand la maison de ma mère apparaît, une douce chaleur me réchauffe en même temps que les premiers rayons de soleil. Je m'avance dans l'allée et ne peux m'empêcher de regarder vers la droite. Vers cette seconde maison que j'aime tant. Je note que les parents de Garrett doivent être en vacances car aucune voiture n'est garée devant chez eux.

Lorsque j'abaisse la poignée de la porte d'entrée, elle s'ouvre, comme toujours. Il faudrait que je dise à ma mère d'être plus prudente, mais pas aujourd'hui, car là, je lui suis reconnaissante.

Je ne perds pas une seconde et monte directement dans ma chambre, le plus silencieusement possible. Quand je pénètre dans cet endroit qui a été mon monde pendant de nombreuses années, une certaine lassitude s'abat sur moi et je sais que les larmes ne sont pas loin.

Je m'arrête sur le seuil et enlève ma robe, puis mes sous-vêtements. Le tout forme un petit tas que j'enjambe avant de me diriger, nue, vers mon lit.

Je soulève la couette pour me glisser dessous. Je suis directement enveloppée par l'odeur que j'appelle « maison ». La douceur des draps sur mon corps m'apporte le réconfort dont j'ai besoin. Je ne pensais pas pouvoir m'endormir après tout ça, mais je rends rapidement les armes pour céder la place à un sommeil sans rêves.

Une délicieuse odeur de café me chatouille les narines, je papillonne des yeux, me protégeant du soleil qui inonde déjà ma chambre d'adolescente. Finalement, j'aperçois ma mère, un pli soucieux entre les sourcils. Elle me tend une tasse fumante, comme si me trouver là était la chose la plus naturelle du monde.

Je m'assieds maladroitement, maintenant le drap contre ma poitrine nue, puis attrape la boisson tant convoitée et en bois une gorgée qui me réchauffe à tous les niveaux. Je pousse un petit soupir de bien-être quand ma mère passe une main dans le nid formé par mes cheveux.

Je peux voir son inquiétude derrière sa tentative de sourire. Même si la rassurer est la dernière chose que j'ai envie de faire, je sais aussi que je n'ai pas le choix, vu les circonstances.

– Tout va bien, Maman, ne t'inquiète pas pour moi…

– Ça, ce n'est pas possible, ma chérie. Tu débarques à l'improviste en ressemblant plus ou moins à un zombie, il n'y a pas ta voiture garée dans l'allée ou dans celle des voisins. Et maintenant que je te vois éveillée, tes yeux sont gonflés, ce qui signifie que tu as beaucoup pleuré. Qu'est-ce qu'il s'est passé hier soir lors de ce dîner avec Josh ?

Mon estomac se contracte à ce souvenir. Je repose ma tasse à côté du téléphone fixe toujours sur ma table de nuit, ne sachant pas si je vais vomir ou non. Ma mère en profite pour attraper mes mains. Devant son amour pour moi, je craque.

Je me remets à pleurer tout en lui racontant à travers mes sanglots ce qu'il s'est passé en détail dans ma vie ces derniers mois. Josh et l'existence merveilleuse que nous aurions pu avoir, ses sentiments pour moi, les disputes incessantes avec Garrett, la proposition de Josh, l'évidence de l'amour que je ressens pour mon meilleur ami et son annonce.

Il va épouser Claire.

L'étonnement est visible sur le visage de ma mère, mais plus je parle et plus le poids que j'ai sur les épaules s'atténue.

– Voilà, tu sais tout, je termine d'une voix enrouée en me mouchant pour la centième fois.

– Eh bien, on peut dire que tu m'as fait quelques cachotteries ces derniers mois…

– Je ne sais pas si ce sont de vraies cachotteries alors que même moi, je n'étais pas au courant.

– Oh, ma chérie. Garrett et toi, c'était évident pour tout le monde, sauf pour vous deux. Allez, fais-moi un peu de place.

Je me décale légèrement pour qu'elle prenne place sur la couverture à mes côtés afin de me serrer dans ses bras. J'ai l'impression d'être de nouveau une enfant et que dans son étreinte, rien ne pourra m'arriver.

Je suis en sécurité, comme je ne me suis pas sentie depuis bien trop longtemps.

Je somnole tout en écoutant le cœur de ma mère battre, me laissant bercer par sa respiration régulière. Sa chaleur se propage dans mon corps et je commence à me détendre quand le téléphone fixe de ma chambre se met à sonner. Je fais mine de me lever pour répondre, mais ma mère m'arrête.

– Ah non ! Je n'ai pas eu de câlin comme ça depuis des années. Si c'est important, ils rappelleront.

Le silence ne dure pas car la sonnerie retentit une deuxième fois. En lâchant un soupir exaspéré, elle tend le bras pour décrocher.

– Quoi ? lâche-t-elle sans préambule. Oh pardon, Anna… Non, non, Dawn est ici avec moi, elle va bien, elle…

Je ne sais pas ce que lui raconte la mère de Garrett, mais aussitôt la mienne se lève, le dos raide. Puis elle sort de ma chambre en courant presque, expliquant qu'on « pourra être là pour 19 heures ».

Je ne comprends pas ce qui arrive, mais une angoisse nouvelle s'installe en moi. Pourquoi Anna appellerait-elle ma mère ? Et pourquoi devrions-nous aller je ne sais où ?

Ne sont-ils pas en vacances ? Du moins, c'est ce que j'ai supposé en ne voyant pas leur voiture garée chez eux.

Je n'ai pas le temps de me poser plus de questions, car ma mère revient, une expression grave sur le visage. La même qu'elle avait quand elle m'a annoncé que mon père était parti pour ne plus revenir. Je secoue la tête par automatisme, serre le drap entre mes poings. Je la vois s'agenouiller presque au ralenti devant moi et desserrer une de ses mains pour prendre la mienne.

– Ma puce, il est arrivé quelque chose.

Voilà qui n'est jamais un début de phrase rassurant.

– Quoi ? je souffle.

– Un… un accident et c'est assez grave. Il faut que l'on parte à Wilmington le plus vite possible…

Ses mots, pourtant très clairs, n'ont aucun sens pour moi. Alors pourquoi mon cœur accélère comme s'il avait déjà deviné la suite ? Parce que relier les informations n'a rien de sorcier. Cependant, j'ai besoin de l'entendre.

– Qui… Qui a eu un accident ? je murmure, à bout de souffle.

Son regard et la pression qu'elle exerce sur mes mains répondent à sa place. Mais ce n'est pas suffisant, il faut qu'elle prononce son prénom.

– Qui, Maman ? je répète plus durement.

Et bien que je lui broie les mains, elle me répond de la voix la plus douce qu'elle possède.

– Garrett, mon cœur, c'est Garrett.

Je crois n'avoir jamais vu ma mère rouler aussi vite. La pluie tombe toujours aussi fort quand on arrive à

Wilmington, comme si la ville aussi pleurait après ce qu'il s'est passé hier soir. Je n'ai pas les détails, je n'ai pas voulu les connaître, pas avant de le voir de mes propres yeux.

Je sais juste qu'il s'est fait renverser par une voiture, au niveau de la Faucheuse. *Cette foutue intersection !*

J'augmente le chauffage, mais je tremble toujours autant depuis que j'ai appris la nouvelle. Ma mère a tenté de me parler, mais je n'ai pas réussi à prononcer un seul mot. Je suis dans une sorte d'état de choc, tout me glisse dessus. Mais je sais déjà que ça sera pire lorsque je serai face à lui.

Nous nous garons enfin sur le parking de l'hôpital. Maintenant que les choses sont concrètes, je dois me faire violence pour sortir de l'habitacle.

– Allez, ma chérie, il faut qu'on y aille. Mike et Anna ont besoin de nous.

– J'ai peur, Maman.

– Je sais. Mais je serai avec toi, je te le promets.

Serrées l'une contre l'autre, nous nous précipitons dans le hall des urgences. Quelques minutes nous ont suffi pour être trempées. Je sens la pluie dégouliner le long de mes jambes nues. Je regarde ma robe noire que j'aimais tant avant-hier soir, aujourd'hui je n'ai plus qu'une envie : la brûler.

Ma mère parle à la dame de l'accueil avant de m'entraîner dans ce dédale de couloirs. Je la suis, en pilote automatique. J'ai l'impression que plus rien n'a d'importance, et en même temps, tout mon corps me crie que je suis sur le point de changer à jamais.

Je suis perdue dans mes pensées noires lorsqu'au milieu de ce brouillard de visages inconnus, je croise *ses* yeux.

Enfin, presque les siens.

Je lâche la main de ma mère et cours me réfugier dans les bras de Derek. Je ne sais pas pourquoi je n'avais pas pensé qu'il serait là, mais je suis reconnaissante de le savoir proche de son jumeau. Il me réceptionne sans difficulté et me serre de toutes ses forces.

Nous restons ainsi, pleurant dans les bras de l'autre, se chuchotant des mots réconfortants mais, surtout, puisant un peu de force en l'autre.

– Il va s'en sortir, je murmure contre son cou.

– Oui, il n'a pas le choix de toute façon, on lui bottera le cul sinon.

– Bien entendu, je réponds, un sourire fugace dans la voix.

Je me libère de notre étreinte pour m'approcher de ses parents, Anna et Mike. Ils me donnent l'impression d'être en enfer alors que je me sens si inutile.

– Je suis tellement désolée, je leur chuchote.

Ils m'attirent dans leurs bras et je savoure égoïstement leur réconfort. Je devrais être celle qui leur donne de la force, de l'espoir, certainement pas l'inverse. Il faut croire que ça aussi, c'est hors de ma portée.

– Est-ce que je peux le voir ? j'ose demander.

– Bien sûr, ma puce, mais tu dois savoir que l'accident a été brutal… Il a besoin de beaucoup de machines en ce moment et…

Anna met une main devant sa bouche et recommence à pleurer, Mike la prend aussitôt dans ses bras.

– Ce qu'elle essaie de te dire, c'est que ça peut être éprouvant de le voir comme ça, me précise-t-il.

Sa mise en garde n'était pas nécessaire, il me suffit de voir leur regard hanté pour comprendre qu'ils sont profondément meurtris par ce qui est arrivé à Garrett. J'hésite à leur poser des questions, mais je me retiens au dernier moment.

Je refuse de leur imposer un interrogatoire.

Derek m'attrape la main et me guide dans un nouveau couloir.

– Pour le moment, il est chambre 316, mais ça pourrait changer dans les prochains jours en fonction de l'évolution de son état.

– D'accord.

Lui aussi semble épuisé, on dirait qu'il n'a pas dormi de la nuit. C'est peut-être le cas en fin de compte.

Puis-je me permettre de lui poser quelques questions avant de voir Garrett ? C'est lâche de ma part de repousser le moment fatidique, mais j'ai peur.

Lorsqu'on approche de sa porte, je m'arrête au milieu du couloir, Derek se tourne vers moi et me coupe l'herbe sous le pied.

– Qu'est-ce qu'il s'est passé exactement hier soir, Dawn ?

– Attends, quoi ? je lance, confuse, que ce soit lui qui me le demande.

– Et pourquoi tu étais à Davidson et pas chez toi ?

Voilà une discussion que je n'ai certainement pas envie d'avoir maintenant. Il a été déjà suffisamment éprouvant de tout raconter à ma mère, sans compter qu'avouer à Derek que je suis amoureuse de son frère me dérange plus que de raison.

– Derek, ce n'est pas le moment d'en parler... je tente de me dérober.

– Ce n'est pas à toi de décider ! Garrett... J'ai *besoin* de savoir, de comprendre.

Sa voix se brise, mais c'est la terreur que je lis dans ses yeux qui me fait flancher.

– On... s'est pris la tête hier soir. Il m'a annoncé une nouvelle que j'avais besoin de digérer, au milieu de deux trois insultes qu'il m'a balancées. J'avais besoin de partir, alors je suis rentrée à Davidson.

– Qu'est-ce qu'il t'a annoncé ? insiste-t-il en fronçant les sourcils.

– Qu'il allait épouser Claire, j'avoue en détestant chaque mot.

Il écarquille les yeux, puis balaie l'information d'un revers de main.

– Il ne t'a donc rien dit, ce foutu crétin… murmure-t-il en passant une main dans ses cheveux.

C'est fou comme ce geste accentue encore plus sa ressemblance avec Garrett. Si cet exploit est possible…

– Me dire quoi ? je demande, lasse. Qu'elle est enceinte ?

Ma tentative d'humour échoue et nous grimaçons tous les deux.

– Lors de votre dernier séjour à Davidson, vous avez beaucoup bu, tu te rappelles ?

– Ouais.

– Cette nuit-là, vous vous êtes avoué avoir été amoureux l'un de l'autre, mais jamais au même moment.

Bordel de merde !

Je ne me souviens pas d'avoir raconté tout ça.

Le rouge me monte aux joues.

– Pourquoi il n'a… ?

– Parce qu'en t'endormant tu lui as avoué que tu l'aimais encore, me répond Derek en m'interrompant.

Un coup de poignard en plein cœur ferait moins mal.

– J'ai fait quoi ? je chuchote, les larmes perlant au coin des yeux.

– Après tant d'années à vous voiler la face, il a enfin vu la lumière au bout du tunnel. Il a pensé que les étoiles étaient alignées. Sauf que le lendemain, tu ne te souvenais de rien et tu étais heureuse dans les bras de Josh, ça l'a tué à petit feu…

– Pourquoi est-ce qu'il n'a rien dit ? je répète, sous le choc.

– Il voulait te protéger, encore et toujours.

Je fronce les sourcils, perdue, ce qui agace prodigieusement Derek.

– Tu oserais me faire croire que tu l'aurais cru ? Ou que tu ne te serais pas sentie coupable concernant Josh ? Il a eu peur que tu ne le choisisses pas… Ce qui a fini par arriver.

Derek continue à me parler, mais plus rien n'a de sens. La douleur qui m'assaille me plie en deux. Je ne sais pas si la boule qui s'est formée dans ma gorge va parvenir à m'étouffer une bonne fois pour toutes, mais j'en viens presque à le souhaiter.

Je le revois à la galerie, mettant presque son cœur à mes pieds « Da-Re de me dire que tu n'as pas envie de plus avec moi ? » La violence qu'a dû être mon rejet après que je lui ai avoué être amoureuse de lui. Pourquoi je ne me souviens pas de mon aveu ? Tout aurait pu être différent.

Il ne serait pas dans ce foutu hôpital.

Des sanglots bruyants m'échappent, mais cela m'est égal, j'ai besoin de crier ma peine au monde entier. Derek me redresse et m'étreint, comme s'il cherchait à apaiser ma peine. Il me laisse m'accrocher à lui alors que je devrais être en train de le réconforter, et non l'inverse.

Ma vie ne sera plus jamais la même maintenant que je sais ce que j'ai oublié et ce à côté de quoi nous sommes passés. Je n'ai que ce que je mérite, au fond ; le voir heureux avec une femme qui n'a pas oublié quelque chose d'aussi crucial.

Quand enfin je me calme un peu, j'ose faire face à la porte de la chambre de Garrett.

– C'est si terrible ? je demande.

– Oui.

Un seul mot qui déchire mon cœur. Après une dernière pression sur mon épaule, Derek me laisse seule.

Ma main tremble lorsque j'abaisse la poignée. La peur au ventre, je fais le premier pas dans la pièce, me retenant de fuir. Le second est plus simple, mais je n'ai pas la force de regarder vers le lit. Je le repère du coin de l'œil, mais rien de plus.

Le silence est assourdissant, je m'attendais presque à ce qu'il m'accueille avec une de ses blagues vaseuses. Mon cœur menace de s'arrêter d'un instant à l'autre, alors que je scrute les gouttes d'eau qui tombent de ma robe.

Ploc. Ploc. Ploc.

Le bruit de mes vêtements détrempés qui gouttent sur le sol est la seule chose à laquelle j'arrive à me raccrocher.

Ploc. Ploc.

Je ne pensais pas un jour me retrouver dans ce genre d'endroit, une pièce stérile, froide et impersonnelle. Tout est à l'opposé de l'homme qui repose dans ce lit, même si à l'heure actuelle, il ne doit être que l'ombre de lui-même, sa vie ne tenant plus qu'à un fil. Mon cœur se brise à cette pensée. Le savoir si fragile me plonge dans une sorte de torpeur, je tente de faire un pas de plus dans la chambre pour m'en défaire, cependant mes pieds refusent d'avancer.

Je reste figée.

Ploc.

L'une des nombreuses machines qui bordent le lit émet un son qui me fait sursauter. Malgré ma peur, je m'approche de lui sans oser le regarder. Je ne suis pas prête à le voir dans cet état.

Les larmes coulent librement sur mes joues et je peine à retenir les sanglots qui menacent de franchir mes lèvres.

Je ne peux pas le perdre, il est essentiel à ma vie, à mon équilibre. Comment pourrais-je continuer sans lui ? C'est impensable.

Mes yeux se posent sur sa main, légèrement blessée, puis instinctivement, je tends la mienne pour le toucher, mais une voix résonne soudain dans la pièce et m'en empêche.

– Comment oses-tu être ici ? Tout ça, c'est ta faute !

Je sursaute et recule de plusieurs pas comme si j'étais fautive d'être ici, ce qui est en partie vrai. Claire s'avance d'une démarche rageuse et se met de l'autre côté du lit, me toisant avec toute la haine dont elle est capable. Ses yeux sont rougis à force d'avoir pleuré et son teint a perdu de son éclat, la colère suinte d'elle.

– Je n'en reviens pas que tu oses te pointer devant sa famille, comme si tu n'étais pas responsable de tout ça ! crie-t-elle. C'est toi, et toi seule, qui l'as mis dans ce lit, Dawn !

– Non… je souffle en secouant la tête.

– Oh que si, je ne vais pas te laisser t'en tirer comme ça ! Il *te* courait après avec *ton* foutu manteau quand il s'est fait *percuter* !

Ce n'est pas possible. Pourquoi est-ce qu'il aurait fait ça ? C'est lui qui m'a pratiquement dit de partir et de ne plus donner signe de vie. Il va se marier… Tout ça n'a pas de sens.

– Tu ne te rends pas compte que tu nous gâches la vie ? poursuit Claire, inlassablement. On est heureux quand tu n'es pas dans le coin, mais dès que tu es là, les catastrophes s'enchaînent. Alors, aie au moins le courage d'assumer celle-ci.

Je continue à faire non de la tête, je ne veux pas regarder en direction de Garrett, pas après ce qu'elle vient de me dire.

Mais le venin dans ses yeux me hurle la vérité : tout ça est ma faute, il est temps que je l'assume. Rien ne pourra m'en protéger.

– Allez, Dawn, *regarde-le*. Prends conscience de ce que ton égoïsme a provoqué…

Égoïsme.

Encore ce mot.

À force de retenir mes larmes, mes yeux me brûlent, mais je ne veux pas craquer. Pas devant elle. Mais c'est sans compter sur un nouveau bip inquiétant qui résonne dans la chambre. Par réflexe, je me tourne vers Garrett et mon regard se pose enfin sur lui.

Tout mon oxygène quitte mes poumons.

Une demi-douzaine de tuyaux relie son corps à des machines, son visage est tuméfié, une longue et vilaine plaie s'étend sur sa mâchoire droite, sa jambe gauche est suspendue en l'air, maintenue par une multitude d'attaches. Je vois d'autres détails mais mon cerveau refuse de les enregistrer.

C'est trop pour moi.

Ce n'est pas mon meilleur ami qui est étendu dans ce lit.

C'est une pâle copie. Vide.

Je n'ai jamais voulu ça, je voulais… j'espérais que nous… Je secoue la tête en sentant mon corps faiblir. Le voir comme ça me tue. Je tente de battre en retraite, mais Claire ne me lâche pas et déverse encore son venin.

– Tu sais, les cloisons sont fines entre vos appartements et je l'ai entendu te hurler dessus tes quatre vérités hier soir. J'espère que tu vas réellement partir avec Josh et que tu ne reviendras plus *jamais* ici.

– Hors de question que je parte… je commence.

– C'est l'un de ses derniers souhaits, tu oserais vraiment ne pas le respecter ?

Je ne la pensais pas si mauvaise, mais ses mots me blessent profondément parce qu'ils font écho à une part de vérité. Garrett m'a bien dit de partir, qu'il voulait lui aussi vivre sa vie. Est-ce que c'est réellement ce que je dois faire ?

La panique qui me saisit fait également trembler mon corps.

Tout ça est ta faute, me souffle une petite voix.

À deux doigts de craquer, je me retourne pour partir, mais Claire n'en a pas fini avec moi.

– Je suis sérieuse, Dawn, pars et ne reviens pas. C'est ce que tu peux faire de mieux pour lui. Laisse-le guérir, loin de toi. Je saurai le rendre heureux, tu le sais, tout le monde le sait… Plus personne n'a besoin de toi ici.

Chaque mot qu'elle prononce s'enfonce comme un éclat de verre dans ma peau et les larmes coulent librement sur mes joues quand je referme la porte derrière moi. Tandis que je longe le couloir, je me rends compte à quel point je me sens vide, meurtrie. Ces dernières vingt-quatre heures ont été une véritable épreuve et je suis anéantie. Je n'ai plus de ressources pour me battre.

Je ne sais pas si c'est pour ça que les mots de Claire résonnent en moi telle une vérité absolue.

« C'est toi, et toi seule, qui l'as mis dans ce lit, Dawn ! »

« C'est l'un de ses derniers souhaits, tu oserais vraiment ne pas le respecter ? »

Plus les secondes passent et plus ça me semble une évidence. Mon égoïsme, dont tout le monde parle, doit être la raison de ces malheurs. Mais elle se trompe sur une chose : je l'aime aussi, de toute mon âme.

Et si ma seule preuve d'amour pour lui doit être de partir pour ne plus jamais le blesser afin qu'il puisse être heureux, alors qu'il en soit ainsi.

Garrett

30. Agonie

Bip… Bip… Bip…

Ce bruit est infernal !

J'essaie de bouger mon bras pour le faire taire, mais la douleur qui irradie mon corps au moindre mouvement m'en empêche. Je sens soudain une main me caresser le front et je reconnais sans peine la voix qui l'accompagne. Je l'entends depuis toujours : Maman.

– Mon chéri ? dit-elle.

Je lutte pour ouvrir les yeux et lui répondre, mais je n'y arrive pas. Tout est trop dur, j'ai l'impression de me débattre dans des sables mouvants sans avoir la moindre force.

L'inconscience me paraît donc beaucoup plus agréable et surtout, *beaucoup*, beaucoup moins douloureuse.

Mon cerveau peine à refonctionner correctement, comme s'il était enveloppé dans du coton.

Je me demande pourquoi ma mère est là pendant que je dors. Je ne parviens à me rappeler à quand remonte la dernière fois, mais ce qui est sûr, c'est que je devais encore avoir mes dents de lait…

Qu'est-ce que c'est que ce bordel ?

Soudain, ça me revient : l'accident.

Sous le coup de la peur qui me tord le ventre, je me concentre sur ce bruit répétitif qui m'a réveillé.

– Tout va bien, mon chéri, chuchote ma mère à mon oreille. Si tu pouvais juste te réveiller et me revenir ça serait merveilleux. S'il te plaît, mon ange…

La supplique mélangée à la peur dans sa voix est ce qui me donne la force nécessaire pour entrouvrir les yeux. Mais je les referme aussitôt tant la lumière vive m'agresse.

– Garrett ? Oh mon Dieu ! Va chercher une infirmière, dépêche-toi !

J'entends quelqu'un partir en courant et comprends qu'il s'agit de mon frère, puisque je l'entends crier dans le couloir.

– Vite ! On a besoin d'aide ici !

Je grimace.

Il a vraiment une voix horrible, il torture mes tympans.

Dans un effort surhumain, je rouvre les yeux, plus doucement cette fois, pour ne pas être de nouveau ébloui. Je distingue vaguement ma mère et il me semble qu'elle sourit. Je cligne plusieurs fois des paupières jusqu'à parvenir à la voir nettement. Les traits de son visage sont tirés, j'aperçois aussi ses cernes immenses. Elle aurait bien besoin d'une nuit de sommeil.

– Bonjour, mon magnifique garçon, souffle-t-elle d'une voix chevrotante.

J'essaie de lui sourire aussi pour la rassurer, mais ce simple mouvement de lèvres me brûle atrocement au niveau de la mâchoire. Je me fige, inquiet.

Je tente de me concentrer un peu sur mes sensations physiques, et je sens un tiraillement désagréable sur le bas de mon visage.

Est-ce que je suis défiguré ?

J'essaie de toucher l'origine de ma douleur, mais quelqu'un m'arrête. Jessie. Je n'avais pas vu qu'elle se tenait de l'autre côté du lit, trop concentré sur ma mère.

– Plus tard, murmure-t-elle, des larmes sur le point de couler.

C'est le moment que choisit une infirmière pour pénétrer dans la pièce, suivie de près par mon frère. Elle braque une lumière aveuglante sur mes yeux. Je grogne et tente de me dégager pour montrer ma gêne, mais elle l'ignore. Elle consulte ensuite une des machines à ma gauche et ressort aussi vite qu'elle est entrée.

– Eh, mec, dit Derek en prenant la place de ma mère qui recule.

Je ne sais pas à quoi je m'attends de sa part, mais pas à ce qu'il colle son front contre le mien, la voix déformée par l'émotion.

– Ne recommence plus jamais un truc pareil, tu nous as fait prendre vingt ans à tous avec tes conneries. Et je suis trop beau pour avoir déjà des cheveux blancs…

Un rire m'échappe, mais il se transforme vite en une quinte de toux qui me coupe le souffle. Derek se redresse rapidement de peur de m'avoir blessé. Je comprends alors que je dois avoir des côtes cassées. J'en ai déjà eu à la suite d'une mauvaise chute à vélo plus jeune et on n'oublie jamais cette douleur.

J'essaie de respirer à mon rythme pour soulager la gêne.

– Vas-y doucement, fils.

La voix basse de mon père attire mon attention. Il se tient au pied de mon lit, dans un état aussi déplorable que ma mère, à présent dans ses bras. Alors que j'ouvre la bouche pour parler, je me rends compte que ma langue semble peser des tonnes et que je meurs de soif. En passant ma langue sur mes lèvres, je constate qu'elles sont aussi gercées qu'après un après-midi dans la neige.

Comme par magie, un verre d'eau apparaît devant moi. Mon père m'aide à boire et je vais un peu mieux. L'eau glisse dans ma bouche, apaisant l'inconfort, et finit de me réveiller totalement. Je me racle la gorge en observant toutes les personnes présentes dans la chambre. L'une brille par son absence.

– Dawn ? je croasse.

Je ne reconnais pas ma propre voix, grave et éraillée.

Depuis combien de temps suis-je ici ? Plusieurs questions défilent dans ma tête, sur mon état de santé, les dégâts causés par l'accident, sur les raisons pour lesquelles mon visage me fait souffrir le martyre. Toutes se bousculent en même temps, mais savoir où est ma meilleure amie est plus important.

Cependant, je me rends compte que personne ne semble prêt à me donner une réponse, ils fuient tous mon regard. Même Derek, ce qui est une première.

Finalement, c'est Claire, que je n'avais pas vue dans un coin de la pièce, qui prend la parole.

– Elle est passée il y a trois jours, mais depuis, personne ne l'a revue. Personne ne sait où elle est. Certainement partie avec Josh, comme prévu…

– Arrête avec ça ! On n'en sait rien, intervient Jessie en la fusillant du regard, alors tais-toi !

– Jessie, souffle ma mère, lasse.

Une dispute s'ensuit, ce qui donne un petit air de normalité à cette scène chaotique. Je me tourne vers mon frère et comme je croise son regard, il lit ma détermination à avoir une réponse concernant Dawn.

– J'ai essayé de l'appeler des dizaines de fois, mais je tombe directement sur sa messagerie, m'avoue-t-il. Je suis passé chez elle, sa penderie est presque vide, mais le reste n'a pas bougé.

Quoi ? Elle serait venue jusqu'ici et se serait tirée dans la foulée ? C'est improbable, peu importe la dispute qu'on a pu avoir, je la connais, elle ne serait jamais partie comme ça.

– Merde, Garrett, je ne sais pas où elle est, ni si elle compte revenir… termine mon jumeau en se massant la nuque.

Tout ça n'a aucun sens, mais je n'ai pas le temps d'y réfléchir davantage, car un homme en blouse blanche entre dans ma chambre.

– Bonjour, monsieur Allen, c'est un plaisir de vous voir éveillé. Je suis le docteur Kepler, je pense qu'il est temps que je vous explique l'opération que vous avez subie.

Opération.

Bordel.

Il passe en revue mes blessures suite à l'accident. Il commence par la fracture ouverte que j'avais à la jambe gauche. Il semblerait que l'intervention se soit bien déroulée et mon regard se pose pour la première fois sur ma jambe. Elle est suspendue grâce à un système compliqué de tiges en fer sortant à intervalles réguliers.

– Putain, je souffle, je n'avais pas remarqué alors que c'est suffisamment gros pour être visible !

– On a été très généreux avec les antidouleurs et parfois, le cerveau n'enregistre pas les informations qu'il juge… dérangeantes.

Je me contente d'acquiescer, encore sous le choc de voir cette armure de fer emprisonner mon tibia et mon genou.

– Nous avons également dû vous sédater pour vous calmer. Vous étiez très agité et, pour une guérison optimale, il va falloir vous reposer. Le processus sera long et douloureux, je ne vais pas vous mentir, mais vous êtes jeune, je ne vois pas pourquoi vous n'arriveriez pas à récupérer cent pour cent de votre mobilité.

– Parce que vous avez eu un doute ? je demande, une boule d'inquiétude se formant dans ma gorge.

Il me dévisage comme pour me faire comprendre les mots qu'il ne prononce pas.

– Vous avez eu beaucoup de chance, jeune homme, au vu de la violence du choc, cela aurait pu être bien pire…

Il attrape mon dossier et débite le reste de manière mécanique : trois côtes fracturées, une commotion cérébrale, des contusions un peu partout et une cicatrice d'environ douze centimètres sur la mâchoire.

Voilà donc ce qui m'élançait tout à l'heure… Je suis bien défiguré.

Mon rythme cardiaque s'emballe, la panique me gagne petit à petit et je n'écoute plus personne. J'ai l'impression de sortir de mon corps une nouvelle fois.

Mes parents se serrent l'un contre l'autre, mi-soulagés, mi-angoissés. Claire s'approche pour me tenir la main en buvant les paroles de mon médecin, Jessie pleure en silence dans un fauteuil. Le seul à me regarder est Derek. J'ai l'impression qu'il ressent ma détresse aussi bien que si c'était la sienne. Dès que le chirurgien finit de répondre aux questions de mes parents et s'en va, Derek passe en mode protecteur.

– Tout le monde dehors, j'ai besoin de parler à mon frère.

– Mais… commence Claire.

– Dehors.

Le ton de mon jumeau est sans appel et plus personne ne bronche, pas même mes parents. Il referme la porte derrière ma mère et revient vers moi lentement, comme s'il craignait que je me brise. Ses yeux se remplissent de larmes et il reprend la même position que tout à l'heure, son front posé contre le mien.

– Ça va aller, je te le jure, on va te remettre sur pied. Ta cicatrice te donnera un petit côté *badass* en plus, et les bleus vont partir d'eux-mêmes.

Si je n'étais pas à ce point terrorisé par l'avenir, je pourrais le croire.

– Et je te promets qu'on va la retrouver, tu m'entends, il doit y avoir une explication logique à tout ça. Je trouverai Dawn et la ramènerai à la maison.

Voilà ce que j'avais réellement besoin d'entendre. Ça ne diminue en rien les douleurs de mon corps ou de mon cœur en miettes, mais j'ai au moins un espoir auquel me raccrocher. Alors je ferme les yeux, à court de mots, et je hoche la tête.

Il continue de me réconforter et je me rendors lentement.

– Alors, monsieur Allen, qu'avez-vous à me dire depuis notre dernière séance ?

Je hais cette bonne femme comme rarement j'ai détesté quelqu'un.

Son petit chignon blond parfait, son tailleur bleu et surtout cet air sur son visage ; comme si elle avait pitié de moi. C'est un regard que j'ai beaucoup vu ces dernières semaines, toute personne franchissant le seuil de ma chambre d'hôpital a le même.

Ce qui m'enrage un peu plus chaque jour.

Je suis tellement en colère contre tout et rien à la fois… En temps normal, j'essaie de me contenir un minimum, pour ne pas inquiéter mes proches, mais là, il s'agit de ma psy. Alors je peux me comporter comme un connard avec elle, elle le notera simplement dans son calepin.

– Monsieur Allen, vous savez que si je suis ici, c'est pour vous aider. Mais pour cela, il faut me parler, sinon je suis aussi utile que ce portemanteau.

Lorsque mon médecin m'a dit qu'il envisageait un suivi psychologique pour parler du traumatisme de l'accident, je me suis énervé. Puis il est revenu le lendemain, le surlendemain et les jours suivants, avec encore et toujours la même idée. J'ai fini par lui dire « oui » juste pour qu'il me foute la paix.

C'était soit ça, soit je l'insultais sauf que j'ai besoin de lui pour guérir et sortir de ce foutu lit.

Je continue de fixer ma psy sans rien dire, elle me détaille et je sais ce qu'elle pense : je me laisse dépérir. Ce n'est pas totalement faux, mais hors de question que je l'avoue à qui que ce soit. Après, je ne suis pas très subtil, je ne me suis pas rasé une seule fois en neuf semaines et mes cheveux commencent à boucler, ils sont bien trop longs. Mais je m'en fous, personne ne les touchera, ni à ma barbe qui cache cette immonde cicatrice…

– J'ai vu votre frère hier dans le couloir. Il était en train de hurler dans son téléphone, j'ai trouvé très intéressant ce qu'il a dit donc je l'ai noté, annonce-t-elle en fouillant dans son carnet. Ses mots étaient : « Putain, Dawn, si tu ne ramènes pas vite fait ton cul pour voir Garrett, je te raye de ma vie ! »

Elle plante soudain son regard dans le mien alors que mes entrailles se tordent rien qu'à l'évocation de ce prénom défendu.

– Qui est Dawn ? s'acharne-t-elle. Il ne me semble pas l'avoir rencontrée lorsque j'ai été présentée à vos proches.

Je déteste *vraiment* cette femme, elle sait toujours où appuyer pour faire monter la pression et pas dans le bon sens. Je serre les poings de frustration, mais ne dis rien. Je décide de contempler le plafond en espérant que le sol se dérobe sous mon lit d'hôpital.

C'est à peu près comme ça que se termine chacune de nos séances, donc je ne suis pas surpris lorsque je l'entends souffler et rassembler ses affaires. Je m'attends à ce qu'elle parte rapidement mais elle s'arrête avant de franchir le seuil.

– Vous savez que vous ralentissez tout seul votre guérison, pas vrai ?

Ses mots me percutent violemment. Comment ose-t-elle ?

– J'ai vu des personnes plus sévèrement touchées que vous faire plus de progrès dans le même laps de temps. Votre colère et votre rancœur vous ramènent sans cesse au soir de l'accident, cela vous empêche de guérir aussi vite que votre corps le devrait. Vous vous maintenez dans cette douleur.

Je pince les lèvres pour ne pas laisser le flot d'insultes qui me vient, franchir cette dernière barrière.

– L'esprit est très puissant, monsieur Allen, poursuit-elle, inarrêtable. Vous êtes entouré de votre famille, vous avez une compagne dévouée dans votre vie, pourquoi ne pas vous concentrer là-dessus ? Dans quelques jours, vous rentrerez chez vous, même si vous êtes loin d'être rétabli physiquement. Mais il faut que vous voyiez qu'il y a du positif dans votre vie.

Un ricanement m'échappe malgré moi. Du positif ? J'aimerais bien la voir si elle était à ma place.

– Je vous recommande de coucher sur papier tout ce qui vous passe par la tête, l'écriture est très cathartique. Même si nous ne devrons jamais parler de ce qu'il y aura sur ces pages. S'il vous plaît, essayez, vous méritez de reprendre votre vie en main. Et si vous ne le faites pas pour vous, faites-le dans un premier temps pour vos proches.

Elle quitte ma chambre sans ajouter un mot, mais ses paroles tournent en boucle dans ma tête.

Est-ce que je bloque réellement ma guérison ? Le médecin m'a dit plusieurs fois qu'il avait fait tout ce qu'il pouvait, que c'était maintenant à mon corps de se remettre. Sauf que ma jambe n'est toujours pas parfaitement fonctionnelle. Est-ce que c'est pour ça qu'il m'a pratiquement imposé un suivi psychologique ?

Depuis neuf semaines, je me vide de mon énergie un peu plus chaque jour dès l'instant où j'ai compris que Dawn m'avait trahi et qu'elle ne reviendrait pas.

Personne n'en parle autour de moi, mais je sais qu'ils marchent tous sur des œufs quant à cette situation. Je suis une véritable Cocotte-Minute qui peut exploser à tout moment. Si même Derek perd espoir, c'est qu'il a déjà tout essayé, hormis la torture sur Ellie… L'idée m'a traversé l'esprit, mais je sais aussi que si la mère de Dawn refuse de nous donner des informations, rien ne la fera céder. Je l'ai eue en pleurs au téléphone plus d'une fois, mais elle se contente de raccrocher quand je lui pose des questions sur sa fille. Je sais pourtant qu'elle est peinée de la tournure des événements…

Je me sens tellement impuissant depuis ce lit, je ne peux rien faire hormis composer son numéro. C'est plus fort que moi, mais il n'y a aucune sonnerie, je tombe toujours sur sa messagerie.

« Bonjour ! Vous êtes bien sur le répondeur de Dawn, je ne suis pas disponible pour le moment, mais laissez-moi un message. Pour tout renseignement sur la galerie Black Market, contactez *madame* Deyes au… »

J'éteins avant d'arriver à la fin, le cœur lourd et la gorge serrée. Même si ça fait mal, j'aime entendre sa voix.

Je suis pathétique.

De frustration, je cache mes yeux de mes mains et compte jusqu'à cinquante pour me calmer. Quand, peu à peu, je récupère mes esprits, je tends le bras vers le tiroir de la table de chevet. Je sais qu'il y a un carnet blanc et un crayon à papier dedans. Je m'en saisis après un instant d'hésitation.

J'ai à peine écrit un mot que ma main se met à trembler et la colère reprend le dessus. Je balaie rageusement tout ce qui est sur ma table et pousse un bref cri de colère. Personne n'entre en courant pour vérifier que je vais bien, le personnel est habitué à mes sautes d'humeur.

Puis, la culpabilité me frappe quand je regarde le merdier que j'ai causé. Je ne peux même pas me lever pour nettoyer moi-même mes conneries.

La situation est injuste, je suis cloué dans ce lit, je ne suis plus vraiment le même homme qu'avant et incapable de faire la moindre chose pour y remédier.

Je fusille du regard ma jambe que je n'arrive toujours pas à bouger sans douleur et des larmes coulent sur mes joues. Je les essuie rapidement quand la porte s'ouvre sur Claire. Elle me sourit en s'approchant de moi, mais s'arrête en remarquant le désordre. Sans un mot, elle range pendant que je serre les dents au point de m'en faire mal. Mais lorsque ses lèvres se posent sur les miennes, je respire déjà un peu mieux.

Par le plus grand des miracles, elle, elle est encore là.

Malgré la situation.

Malgré mon humeur.

Elle est restée.

Nous mangeons ensemble comme à peu près tous les soirs depuis que je suis ici. Mais avec ce que m'a dit la psychologue, je la vois sous un nouveau jour.

Elle travaille toute la journée, vient ici directement pour profiter un peu de moi. Elle ne parle jamais de l'accident comme si elle voulait l'effacer de sa mémoire autant que de la mienne.

J'attrape ses doigts et les porte à mes lèvres pour y déposer un baiser.

– Que me vaut cet honneur ? rit-elle.

– J'étais en train de me dire que je vais bientôt sortir d'ici et qu'on pourrait peut-être reparler de notre emménagement ensemble. Je sais que le sujet est passé à la trappe ces derniers temps…

– Rien ne presse, Garrett. Tu dois d'abord te remettre, on verra ça plus tard…

– Non, je la coupe. J'ai envie de te voir tous les jours au réveil, on a assez attendu pour être heureux.

Je tire un peu sur sa main pour la rapprocher et l'embrasse pour lui montrer combien son soutien compte pour moi. Du moins, j'espère qu'elle le ressent parce que je n'ai pas les bons mots pour le lui expliquer.

Quand elle repart, je me dis qu'aujourd'hui était en fin de compte un bon jour. Ils ne sont pas tous comme ça, mais chaque victoire est bonne à prendre.

Garrett

31. Lettre à Dawn 1

21 janvier 2023

Temps depuis ton départ : 2 mois, 1 semaine

Tu empêches ma guérison.

Enfin, c'est ce que dit ma psy, même si elle ignore précisément que c'est ta faute. Car va savoir pourquoi, je te garde sous silence, comme un secret honteux. Et histoire de m'enfoncer un peu plus dans ma souffrance, j'ai exigé que ma famille fasse de même.

Bordel, qu'est-ce que je suis mauvais dans cet exercice d'écriture ! Je ne sais pas pourquoi je t'écris puisque tu ne liras jamais ce foutu mot…

Alors, à quoi bon ?

Garrett

32. Lettre à Dawn 2

22 janvier 2023

Temps depuis ton abandon : 2 mois, 1 semaine et 1 jour

Bon !

Reprenons.

Ma psy m'a conseillé d'écrire ce qui me ronge. Pour l'exorciser en gros. Le hic dans tout ça, c'est que *c'est toi* qui me ronges.

Ou du moins ton absence.

Donc si je prends un gros raccourci, *je dois t'exorciser.*

On est d'accord, on dirait le début d'un épisode de *Supernatural*... Si seulement tout ça n'était pas réel, mais une série TV, notre séparation n'aurait duré que quarante-cinq minutes...

Plus sérieusement, une question tourne en boucle dans ma tête depuis ma dernière séance : comment est-ce que tu peux affecter ma guérison si tu n'es même pas là ? C'est dingue que tu aies toujours ce genre d'influence sur ma vie ou du moins que je te laisse avoir cette influence.

J'étais contre l'idée d'écrire dans ce foutu carnet, car ce n'est pas comme si tu allais me répondre par magie lorsque j'aurai fini. Pourtant, c'est de ça que j'ai besoin : tes réponses.

Ton silence me tue.

Ma mère semble penser que ça va me faire du bien (*correction,* ma psy a dit à mère que ça me ferait du bien, du coup, elle y croit dur comme fer) et même si je ne suis pas sûr de comprendre pourquoi, je vais jouer le jeu, au moins une fois.

Au pire, ça foire et je pourrais dire à ma psy que ses conseils sont merdiques.

Même si, pour être honnête, je dois avouer que l'exercice est un peu plus simple que ce que je redoutais. Je n'ai qu'à t'imaginer en face de moi et les mots s'écrivent d'eux-mêmes. Avant de virer à la mièvrerie totale, je vais te poser la question qui me brûle les lèvres depuis plus de deux mois.

Et tu vas voir, elle est toute simple :

Pourquoi ?

Un seul et unique mot.

Huit lettres.

Pourquoi.

Je l'ai tourné en boucle dans ma tête durant ces dernières semaines. Dès que j'avais du temps libre — et crois-moi, cloué dans un lit d'hôpital, j'en ai eu pas mal —, « pourquoi » clignotait en rouge dans mon esprit.

Ce qui me frustre le plus dans cette histoire, c'est que je ne parviens à aucune conclusion logique. Pourquoi être venue jusqu'ici pour te barrer ensuite ? Si tu ne voulais plus me voir, tu ne serais tout simplement pas passée. Chaque hypothèse qui naît dans mon cerveau en surchauffe se termine toujours par : Dawn ne m'aurait jamais fait ça ! JA-MAIS.

Et pourtant, regarde-moi, je suis encore à l'hôpital, car ma jambe ne guérit pas aussi vite que le pensait mon chirurgien. (On en revient au début de ma lettre, où je t'expliquais que c'est ta faute, tu te souviens ?). Il n'y a pas un jour où la douleur me laisse tranquille, que ce soit physiquement ou psychologiquement, mais ça ne te fait toujours pas revenir par magie.

Alors réponds-moi, par pitié.

Pourquoi, Dawn ? Pourquoi ?

Est-ce que c'est à cause de notre dispute ? Je sais que je t'ai dit des choses horribles, mais ce n'était pas la première fois. Combien de fois est-ce qu'on a été mesquins, blessants, voire insultants ? On n'a jamais coupé les ponts, pas comme ça.

Qu'est-ce qui a changé ce soir-là ?

Toute ma vie, j'ai toujours su où te trouver.

Maintenant il n'y a plus rien, juste ce vide dans mon existence, dans ma poitrine, que je n'arrive pas à colmater. Alors, je vais te reposer cette foutue question :

POURQUOI ???

Garrett

33. Lettre à Dawn 3

12 février 2023

Temps depuis que tu t'es volatilisée : 3 mois (à un jour près)

Nous y voilà, je viens de passer mon premier anniversaire sans toi. Je te vois déjà me dire que nous ne l'avons fêté ensemble qu'à partir de nos 3 ans. Tu sais aussi que je te répondrais que je m'en tape, car ils ne comptaient pas.

Tout le monde a fait l'effort de venir à l'appart — même les parents et Jessie ont fait le déplacement depuis Davidson —, puisque je n'ai pas encore le droit de sortir pour autre chose que les rendez-vous médicaux.

Mais j'ai vu leur regard, putain, rien que d'y repenser, ça me fout la gerbe.

Ton nom était dans tous les silences gênés qui ont plané aujourd'hui. Et comme un con, j'ai attendu… Toute la journée, j'ai attendu d'avoir de tes nouvelles, une visite, un appel, un SMS, même une carte postale m'aurait suffi.

Juste un petit quelque chose à quoi me raccrocher, mais plus les heures passaient et plus l'espoir se faisait la malle.

J'ai commencé cette lettre le jour de mon anniversaire à 23 h 50, gardant encore une minuscule étincelle d'espoir en moi. Mais nous sommes désormais le 13 février. C'est donc officiel, tu es la pire des meilleures amies de toute l'Histoire des meilleures amies. On parle quand même de celle qui disparaît du jour au lendemain *ET* qui oublie les anniversaires !

Ce n'est pas très joli tout ça, mademoiselle Warren…

D'autant que tu n'as plus vraiment d'excuses, je sais que tu vas bien. Que tu continues de mener ta petite vie de ton côté, loin de nous, *de moi*.

Tu sais comment je l'ai appris ? Parce qu'il y a quelques jours, j'étais au fond du trou et j'ai appelé ta mère.

Oui, ta mère.

Le temps d'une seconde, j'ai espéré que tu décroches, mais c'est elle qui m'a répondu, bien sûr. On a parlé longtemps, j'ai peut-être un peu crié, elle a écouté. J'ai probablement pleuré et elle m'a réconforté. Quand j'ai fini par céder, je lui ai enfin posé la question qui me tourmentait.

« Est-ce qu'elle est là, Ellie ? »

Tu sais ce qu'elle m'a répondu ? Que ça faisait deux mois qu'elle ne t'avait pas vue, que tu étais passée chez elle quelques jours après ton départ, mais que tu étais repartie aussi vite.

Et qu'elle ne t'avait plus croisée depuis.

Tu l'appelles seulement de temps en temps, pour lui dire que tu vas bien.

TU.

VAS.

BIEN.

Comment est-ce que tu peux aller bien alors que tu m'as tourné le dos ? Tu as balayé d'un geste tout un pan de ta vie, de NOTRE vie, sans même sourciller.

Du coup je t'informe que, moi, je ne vais pas bien. Il serait même plus correct d'avouer que je me sens comme une merde. Je me sens seul alors que je suis entouré comme jamais.

Je ne vois qu'une solution : il faut que *tu reviennes pour que je respire à nouveau.*

Je serais prêt à t'écouter pendant des heures, que tu me racontes ce que tu as fait durant ces trois mois d'absence. On pourrait ne jamais discuter du fait que tu es partie.

J'ai trop besoin de toi dans ma vie, Dawn.

Je ne l'ai pas compris tout de suite, mais tu étais ce qui me faisait me lever tous les matins. Maintenant, je me contente de m'accrocher à l'espoir de te revoir. Te connaissant, cela pouvait arriver n'importe quand et je misais tout sur mon anniversaire. Quelle meilleure occasion ? Apparemment, je me suis trompé.

Mon cœur aura espéré pour rien. Mais ce n'est pas pour autant que je vais baisser les bras.

Tant que tu n'auras pas récupéré ta place dans ma vie, je continuerai d'espérer que tu me reviennes.

Garrett

34. Lettre à Dawn 4

18 décembre 2023

Où est ~~Charlie~~, Dawn ? : 1 an, 1 mois, 4 jours

On vient de m'enlever le métal qui consolidait ma jambe ! Voilà ma petite victoire du jour. Il m'aura fallu un peu plus d'un an pour que tout redevienne comme avant. Même si j'ai encore beaucoup de chemin devant moi avant de pouvoir marcher seul, sans l'aide de béquilles ou d'une canne.

Mais quand le médecin m'a dit : « Bientôt, ça sera comme si rien de cela n'était jamais arrivé ! », j'y ai cru… pendant dix secondes.

Alors oui, je vais réussir à marcher, mes côtes se sont remises il y a plusieurs mois déjà, la commotion cérébrale n'est plus qu'un lointain souvenir et les contusions sont parties d'elles-mêmes. Il ne reste que ces cicatrices sur mon visage, mon genou, et un peu partout sur mon corps, qui pourront témoigner de l'accident.

Sur le plan physique, du moins.

Mais ma vie d'avant tournait souvent autour d'une même personne.

Toi.

La seule et unique Dawn Warren.

Après un an — 12 mois interminables, au passage —, tu n'as toujours pas donné le moindre signe de vie.

Tu n'es pas revenue.

J'en suis donc arrivé à la conclusion suivante : *Tu te contrefous de savoir comment je vais.*

Peu importe si je marcherai à nouveau ou non un jour, ou même si je m'en suis sorti. Lorsque j'ai compris ça, la douleur que j'ai ressentie a été paralysante.

Au point de me couper le souffle.

Aurais-je passé vingt-trois ans de ma vie à côté d'un monstre ?

Le bon côté de tout ça, c'est qu'il y a quelqu'un qui ne s'en fout pas. Qui est à mes côtés, tous les jours depuis plus d'un an.

Claire.

Elle m'épaule au quotidien, elle prend soin de moi et surtout, elle supporte mes humeurs, car je n'ai pas que des bons jours. Oh non ! Car si cela fait de toi un monstre d'être partie, tu as engendré une créature capable des pires saloperies au passage.

Je parle de moi si jamais je ne suis pas assez clair.

Je n'en suis pas fier, mais parfois la douleur l'emporte — ou ma colère à ton égard — et je deviens tout bonnement infect. Il n'y a pas d'autres mots pour me décrire dans ces moments-là.

Et le pire dans tout ça, c'est que je m'en rends compte, mais je n'ai pas la force de lutter tous les jours. Il m'arrive de baisser les bras et de laisser la noirceur sortir… juste un peu.

Si j'exposais réellement les ravages qu'a causés ton départ, plus personne ne serait là pour en témoigner. Donc, « juste un peu » fait déjà beaucoup de dégâts.

J'essaie de me faire pardonner, mais ça ne fonctionne pas toujours. Alors, je m'accroche en me disant que demain ira mieux. Mais ce n'est qu'un autre mensonge. C'est une phrase banale qu'on dit aux gens pour qu'ils gardent espoir.

C'est dans ces moments-là que je m'enfonce un peu plus dans mes pensées sombres. Et je t'y retrouve pour une danse enflammée. J'aime me faire souffrir à ce point, quitte à tout perdre.

Sauf que ce n'est plus possible.

En relisant les précédentes lettres, je me suis rendu compte qu'il y avait beaucoup de rancœur. Mais surtout que j'espérais encore te voir réapparaître, le sourire aux lèvres, avec une excuse en béton.

Quel idiot.

Après un an, je sais que je n'ai plus de raison d'y croire. Les monstres existent pour répandre la souffrance, pas la joie.

Tu ne reviendras pas et si tu as pu poursuivre ta vie, alors je devrais pouvoir en faire de même. J'ai ma famille et mes amis ici.

Et je leur tourne le dos *à cause de toi*.

Ma psy avait vu juste, tu ralentis ma guérison, il est temps pour moi de prendre soin de moi, d'eux.

Et pour ça, je dois te laisser là où tu es : *dans mon passé*.

Garrett

35. Lettre à Dawn 5

28 avril 2024

Temps depuis que t'as foutu le camp comme la pire des lâches : 1 putain d'année, 5 putains de mois, 2 putains de semaines, 2 putains de jours

Putain, mais quel abruti !

Tu sais quoi, Dawn ? Va te faire foutre !

Tu as tout gâché, absolument tout et tu n'en as rien à foutre ! Qui fait ça ? Qui peut se montrer assez cruel pour tout envoyer bouler comme ça ? J'ai vécu des moments très difficiles ces derniers temps et tout ça, par TA FAUTE !

Tu m'entends ?

C'EST. TA. FAUTE !

Je te courais après quand j'ai été fauché par cette putain de bagnole ! Tu m'as cloué dans un lit d'hôpital pendant des mois. Et la douleur que j'ai dû endurer pour réussir à tenir sur mes deux jambes, *elle est tienne à dix mille pour cent.*

Qu'est-ce que ça fait d'avoir ça sur la conscience, hein ?

Je n'en reviens pas d'avoir fait tourner mon monde autour de toi pendant si longtemps. J'étais tellement con… Pourquoi est-ce que je suis allé courir après une fille comme toi, alors que DANS MON LIT, il y avait une femme comme Claire ?

Tu as tout foutu en l'air.

Tu m'as brisé.

Pièce par pièce.

Est-ce que tu y as pris du plaisir ?

Tu m'as dit m'aimer, puis tu as oublié et tu m'as rayé de ta vie comme un vulgaire déchet. Qu'est-ce que ça dit de toi ? Si j'étais plus fin psychologue j'aurais le bon mot pour te désigner, mais celui qui me brûle les doigts est : égoïste !

Et encore, si cela ne concernait que moi ! Mais non, tu t'es arrangée pour faire souffrir le plus de monde possible au passage : Derek, Jessie, Joey et tous les autres ! Même ta mère a un nœud à la gorge tellement elle est triste quand elle parle de toi.

Ta mère, Dawn, bordel !

Je suis si en colère contre toi que si tu étais dans la même pièce que moi, la plus grande armée ne pourrait pas m'empêcher de te dire ce que j'ai sur le cœur.

Ce soir, je me suis amusé à dresser une petite liste de ce que je te souhaite pour le futur.

1. *J'espère qu'un jour tu souffriras autant que je souffre aujourd'hui.*
2. *Que Josh te fera la même chose, histoire que tu comprennes ce que je ressens.*
3. *Que quelqu'un dansera un jour la polka sur ton cœur.*
4. *Que tous les jours tu marcheras sur un Lego — dès ton réveil.*
5. *Qu'un jour tu seras tellement seule que ton unique option sera de revenir vers moi, alors, je pourrai à mon tour te rejeter.*

Tu me donnes envie de vomir, putain… À moins que ce soit l'alcool que j'ai ingurgité ce soir avec Derek, après tout, *c'est ton anniversaire* ! Fallait bien fêter ça, que tu sois là ou pas…

J'espère que tu ressens toute ma rage là où tu es et que ça gâche ta soirée. Toi, dans ta petite vie parfaite, avec ton mec parfait et certainement des nouveaux amis parfaits, j'espère que tu perçois cette amertume sur la langue.

Quelle vie chiante tu dois avoir !

Vingt-huit ans et déjà installée dans un quotidien que tu avais toujours dit fuir.

Mais tout ça, ce n'est plus mon problème. *J'ai assez donné.*

Tu t'es même servie au passage sans que je t'y autorise. La preuve ; le trou béant qui était autrefois mon cœur.

Ce qui me rassure, c'est que même sans cet organe vital, je vais me relever. Je suis plus fort que ça, *que toi.* Donc, pour la dernière fois, laisse-moi te dire ces mots doux :

Va chier, Dawn et fous-moi la paix une bonne fois pour toutes. Je te déteste. Ne reviens jamais. JAMAIS !

Et surtout, joyeux anniversaire !

Garrett

36. Lettre à Dawn 6

27 novembre 2024

Temps depuis que tu m'as arraché le cœur : 2 ans, 1 semaine, 3 jours

Pardon, pardon,

pardon, pardon, pardon, pardon, pardon, pardon, pardon, pardon, pardon,
pardon, pardon, pardon, pardon, pardon, pardon, pardon, pardon, pardon,
pardon, pardon, pardon, pardon, pardon, pardon, pardon, pardon, pardon,
pardon, pardon, pardon, pardon, pardon, pardon, pardon, pardon, pardon,
pardon, pardon, pardon, pardon, pardon, pardon, pardon, pardon, pardon,
pardon, pardon, pardon, pardon, pardon, pardon, pardon, pardon, pardon,
pardon, pardon, pardon, pardon, pardon, pardon, pardon, pardon, pardon,
pardon, pardon, pardon, pardon, pardon, pardon, pardon, pardon, pardon,
pardon, pardon, pardon, pardon, pardon, pardon, pardon, pardon, pardon,
pardon, pardon, pardon, pardon, pardon, pardon, pardon, pardon, pardon,
pardon, pardon, pardon, pardon, pardon, pardon, pardon, pardon, pardon,
pardon, pardon, pardon, pardon, pardon, pardon, pardon, pardon, pardon,
pardon, pardon, pardon, pardon, pardon, pardon, pardon, pardon, pardon,
pardon, pardon, pardon, pardon, pardon, pardon, pardon, pardon, pardon,
pardon, pardon, pardon, pardon, pardon, pardon, pardon, pardon, pardon,
pardon, pardon, pardon, pardon, pardon, pardon, pardon, pardon, pardon,
pardon, pardon, pardon, pardon, pardon, pardon, pardon, pardon, pardon,
pardon, pardon, pardon, pardon, pardon, pardon, pardon, pardon, pardon,
pardon, pardon, pardon, pardon, pardon, pardon, pardon, pardon, pardon,
pardon, pardon, pardon, pardon, pardon, pardon, pardon, pardon, pardon,
pardon, pardon, pardon, pardon, pardon, pardon, pardon, pardon, pardon,
pardon, pardon, pardon, pardon, pardon, pardon, pardon, pardon, pardon,
pardon, pardon, pardon, pardon, pardon, pardon, pardon, pardon, pardon,
pardon, pardon, pardon, pardon, pardon, pardon, pardon, pardon, pardon,
pardon, pardon, pardon, pardon, pardon, pardon, pardon, pardon, pardon,
pardon, pardon, pardon, pardon, pardon, pardon, pardon, pardon, pardon,
pardon, pardon, pardon, pardon, pardon, pardon, pardon, pardon, pardon,
pardon, pardon, pardon, pardon, pardon, pardon, pardon, pardon, pardon,
pardon, pardon, pardon, pardon, pardon, pardon, pardon, pardon, pardon,
pardon, pardon, pardon, pardon, pardon, pardon, pardon, pardon, pardon,
pardon, pardon, pardon, pardon, pardon, pardon, pardon, pardon, pardon,

pardon, pardon.

Pitié, Dawn, reviens…

Garrett

37. Dernière lettre à Dawn...

18 juin 2026

Temps depuis que je n'ai pas vu ta frimousse : 3 ans, 7 mois, 4 jours

Bonjour, Petite Démone,

Voilà des mots que je ne pensais pas réécrire un jour, c'est fou comme ils m'avaient manqué ! Il faut dire que cela fait bien longtemps que je n'ai pas ouvert ce carnet, presque deux ans pour être précis.

C'était un choix délibéré, j'ai tout fait pour oublier son existence et ce qu'il représentait. Mais je l'ai trouvé, en cherchant autre chose, dans un carton. Il était là, me défiant de l'ouvrir et de parcourir les pages noircies par ma haine. Alors tu me connais, je l'ai sagement reposé pour continuer ce que je faisais.

Je suis toujours assez doué pour fuir les conflits.

Mais mon regard ne cessait de revenir à cette boîte, j'avais l'impression qu'elle brillait de mille feux.

Du coup, j'ai pris mon courage à deux mains et j'ai lu.

Je n'ai aucunement l'intention de mentir, revivre ces moments n'a pas été une partie de plaisir. J'en tiens pour preuve le mal de ventre qui ne m'a pas quitté depuis. Pourtant, j'ai éprouvé le besoin d'écrire, une toute dernière fois.

Je dois être masochiste…

Je peux encore goûter sur ma langue l'amertume, la colère et la détresse que je ressentais à la suite de ton départ.

Ce que tu m'as blessé, Dawn…

Toi qui étais si importante pour moi, tu m'as réduit à néant. Tu n'imagines pas à quel point j'étais au plus bas après cette dernière lettre. Très bas, même.

Claire m'a quitté pendant quelques semaines, ma famille me fuyait, même mon propre jumeau ne venait me voir que lorsque je le suppliais. Mais dès qu'il y avait une étincelle de joie, je faisais tout pour l'éteindre.

Une émotion en particulier méritait toute mon attention : l'espoir. Je suis passé maître pour ne plus rien espérer. Surtout ne plus espérer est devenu mon mantra et rythmait mon quotidien.

Et puis, sans vraiment savoir comment, un jour j'ai lâché prise.

Je t'ai laissée partir.

J'ai arrêté de m'accrocher aux souvenirs que j'avais de toi. J'ai tout mis dans un carton, les photos, les cadeaux, les bibelots et ce carnet. J'ai tout scotché et je n'ai plus regardé en arrière, pas une seule fois.

Jusqu'à aujourd'hui.

Avec le recul, je me demande où j'ai trouvé la force de faire ça, mais c'était plus que nécessaire, vital, même. Rouvrir ce vieux carnet, ravagé par la haine, aura été intense, mais je suis soulagé que ma dernière lettre pour toi soit pour te dire :

Je vais bien et surtout je suis heureux.

Tu te souviens ? Il s'agit de tes derniers mots : « Alors, sois heureux, Garrett. Vraiment, tu le mérites. »

Une fois de plus, tu m'as ouvert les yeux.

Je le mérite.

Ça n'a pas été simple et ça m'aura pris du temps, mais tu as toujours dit que j'étais long à la détente.

Je t'ai donné raison jusqu'au bout il semblerait, jusqu'à ce que je te mette dans une boîte… Qui aurait pu croire que tous nos souvenirs pourraient y entrer ? Enfin, pour être honnête, ce sont ceux qui restent, le peu que je n'ai pas complètement détruit.

Pour tenir bon, j'ai quand même dû employer les grands moyens et être sûr que je ne pourrais pas l'ouvrir tout le temps. Alors j'ai demandé à Derek de la ranger pour moi. Il l'avait tellement bien cachée qu'elle a fini dans un carton au fin fond de mon garage.

Ah oui, il y a ça aussi.

J'ai déménagé il y a un peu plus d'un an maintenant. Je vis désormais dans la banlieue de Wilmington, dans une charmante petite maison où je passe le plus clair de mon temps. J'y ai ma propre chambre noire, où je m'enferme des heures. Entre ça et mes recherches de clients, je n'arrête pas. Mais c'est bien, ça veut dire que j'avance.

Mme Deyes a dû t'informer que j'ai arrêté d'exposer chez toi – eh oui, je sais que tu la supervises encore de je ne sais où même si c'est surtout Ellie qui gère le plus gros. Elle me l'a laissé entendre la dernière fois que j'y suis allé, mais ce n'était plus pareil sans toi.

Dans tous les cas c'était trop.

Tu étais partout.

C'est ce qui m'a poussé à déménager aussi, savoir ton appartement vide juste en face du mien m'était insupportable. J'ai fait des recherches et un mois après, nous emménagions ici, dans ce nouveau quartier.

Tu as devant toi le Garrett 2.0, 30 ans, photographe et bientôt jeune marié.

Je ne pouvais pas finir cette petite mise à jour sans tout te dire.

Il se pourrait que je t'aie menti la dernière fois qu'on s'est vus. Je t'ai dit que j'avais demandé Claire en mariage et qu'elle avait accepté. C'était faux, on parlait juste d'emménager ensemble.

Mais sur le moment, j'ai menti sans savoir pourquoi… Pour te faire réagir je suppose. Tout ça n'a plus d'importance puisque ce mini-mensonge n'en est plus un, j'ai enfin posé un genou à terre il y a un an pour lui demander sa main.

La cérémonie aura lieu à la fin de la semaine et Claire est très (TRÈS) stressée. Au point que je me suis exilé dans le garage pour ranger et que je t'ai trouvée.

Du moins, j'ai trouvé le carton contenant ce carnet. Si sa relecture n'a pas été simple, cela me fait du bien d'écrire le chemin parcouru depuis la dernière fois. Ça me conforte dans mes choix de te laisser, moi aussi, derrière moi.

C'était vital.

Je mentirais en disant qu'il n'y a pas eu quelques « rechutes », j'ai tenté d'avoir de tes nouvelles. J'ai plusieurs fois tapé ton nom sur Internet ou les réseaux sociaux, mais aucune actualité depuis des années. Je suis même allé jusqu'à chercher des infos sur Josh, mais lors des seules apparitions publiques qu'il a faites, tu n'es jamais à son bras… Les rares fois où je vois ta mère — et son copain (l'as-tu rencontré ? Il est vraiment fait pour elle) —, elle continue de me dire les trois mêmes mots depuis bientôt quatre ans :

Elle va bien.

Alors, j'espère que c'est le cas, Dawn, que tu vas bien et que tu profites de ta vie sans un regret. Pour ma part, quand je fais le bilan, il ne m'en reste qu'un : tu ne seras pas à mes côtés le jour de mon mariage.

Tu devais être là pour me voir épouser Claire, tu manques à ton devoir de témoin, ce n'est pas bien. Une promesse est une promesse même quand on a 9 ans…

Je vais devoir te laisser, le devoir m'appelle — ouais, Claire m'appelle —, on a la répétition du mariage.

Je t'interdis de lever les yeux au ciel, elle veut un mariage de princesse et elle l'aura.

Je lui dois bien ça…

Merci, Dawn, ça m'a fait du bien de te parler une dernière fois. Je ne reprendrai pas l'écriture dans ce carnet, la boucle est bouclée. Une dernière chose : *sois heureuse, vraiment, tu le mérites.*

Da-Re d'être heureuse ?

Garrett

38. Encore

30 ans

Je pose mon stylo.

J'aimerais avoir le temps de me relire pour conclure correctement cet adieu à cette partie de ma vie. Mais je sais que si je fais trop attendre Claire, je risquerais de déclencher une nouvelle crise. Ce que je veux à tout prix éviter.

Je me dépêche de ranger le carnet où je l'ai trouvé et repose le carton au même endroit dans le garage. Cela me réconforte de savoir qu'il sera toujours là quand je rentrerai, il me reste encore du chemin à parcourir avant de pouvoir définitivement le jeter.

Si je dois être honnête, aussi dur que ça ait été de le relire, c'est aussi une preuve que Dawn a fait partie de ma vie, voire qu'elle a tout simplement existé.

Lorsque je rejoins Claire dans le salon, elle me tourne le dos. Je peux voir rien qu'à la tension dans ses épaules que quelque chose ne va pas. Je m'approche d'elle et l'entoure de mes bras avant de déposer un baiser dans son cou. Elle se détend un peu, mais pas totalement.

C'est comme ça depuis que nous avons fixé la date du mariage. Je conçois qu'elle puisse faire de ce jour l'apothéose de notre relation, j'aimerais juste qu'elle apprécie davantage le chemin. Je m'investis à deux cents pour cent sur toutes les étapes, le choix des fleurs, du gâteau, des musiques, les nombreuses visites des lieux potentiels... Rien n'y a fait, plus la date approche, plus elle se renferme.

Elle rompt mon étreinte pour me faire face.

– Même si c'est agréable, on va être en retard et j'aimerais ne pas faire attendre tout le monde, dit-elle en me contournant en vitesse pour attraper son sac.

– OK, je réponds sans me formaliser.

– Tu prendras le carton à l'entrée, j'en ai besoin pour faire un dernier point avec l'organisatrice de la réception.

Je ne réponds pas, car ça ne sert à rien, elle sait parfaitement que je la soutiens quant aux choix pour le mariage. Preuve en est, elle sort déjà de la maison sans m'attendre.

Je souffle un grand coup pour me donner un peu de courage.

– Allez, c'est parti, mec, je m'encourage.

Je charge le carton dans le coffre de notre voiture et m'installe côté conducteur. Je démarre en écoutant ma future femme me raconter en détail à quoi nous allons passer l'après-midi : la répétition du repas de notre mariage.

Pour être honnête, je ne savais pas que cela était possible. Je pensais que c'était quelque chose d'un peu plus spontané, mais Claire ne laisse rien au hasard. Pas même les discours de nos familles et témoins. On a droit à une sorte de répétition générale et on devra jouer les surpris le jour J.

Je risque d'être nul à ce jeu, mais je veux bien m'y essayer.

On arrive rapidement au domaine où se déroulera la cérémonie, Le lieu est magnifique, avec une vue panoramique sur l'océan. C'est à couper le souffle et c'est pour ça qu'on s'est battus pour l'avoir.

Je nous imagine sans peine danser, le soir venu, au rythme des vagues. Je me gare à côté des nombreuses voitures déjà présentes et n'ai pas le temps de couper le moteur que Claire est déjà dehors en train de donner des ordres.

Je sors plus lentement en faisant attention quand je déplie ma jambe gauche. Même si elle ne me fait souffrir qu'en de rares occasions, je veille toujours à en prendre soin.

Je contemple l'endroit qui accueillera bientôt ma famille et souris, apaisé. Ce sera un beau mariage, je n'en doute pas un instant. Même si moi, tout ce qui m'importe vraiment, c'est de réunir mes proches pour fêter notre union.

– Garrett ! m'appelle Claire depuis le haut des marches avant de s'engouffrer dans le bâtiment.

– Oui, M'dame, je murmure en suivant le même chemin qu'elle.

En rentrant dans la salle de réception, je me rends compte qu'il y a déjà beaucoup de monde. Les tables et une partie de la décoration ont déjà été installées. La couleur dominante, choisie par Claire, est un vert très léger, censé rappeler la couleur de mes yeux. De prime abord, je n'étais pas convaincu, puis comme le reste, j'ai fini par me ranger à son avis.

Je remarque Derek au fond de la salle, en train de parler avec Grace, sa compagne. Si mon accident a eu quelque chose de positif, c'est bien la rencontre de mon frère et de ma psy, Grace. Au début, j'ai eu beaucoup de mal à accepter cette relation. Jusqu'à ce que je comprenne que ma belle-sœur ne dirait jamais rien de nos séances à Derek. Je dois reconnaître qu'ils sont faits l'un pour l'autre, ils se complètent en tout point. J'en veux pour preuve son ventre arrondi qui pointe sous sa robe… Je n'en reviens toujours pas, mon jumeau va être papa dans quelques semaines.

Un peu plus loin, mes parents sont en grande discussion avec Jessie qui, à ma grande surprise, a une nouvelle couleur de cheveux : rose. Je grimace légèrement, car je sais que cela n'ira pas avec la robe de demoiselle d'honneur qu'a choisie Claire et que ça doit faire jazzer à la fac de droit de New York dans laquelle elle étudie. Qui aurait cru que notre électron libre, finirait par faire les mêmes études que mon jumeau… En tout cas, ce qui est sûr, c'est que malgré les années, ma sœur n'a jamais pu se faire au couple que je forme avec « la traîtresse ».

Elle ne rate jamais une occasion de le faire savoir, il semblerait que mon mariage ne fasse pas exception à la règle. Jessie pourrait convertir son animosité envers ma future femme en sport national.

J'adresse un signe de tête aux autres invités, amis ou proches de Claire, puis rejoins mes parents pour entendre ce que dit Jessie.

– … changerai rien, pas pour elle !

– Et pour moi ? je demande en m'incrustant dans la conversation au grand soulagement de ma mère.

Ma sœur se retourne vivement pour m'adresser un sourire angélique, avant de me serrer dans ses bras.

– Même pour toi, frérot, je ne changerai pas ma couleur de cheveux ! C'est mon ultime doigt d'honneur, tu sais que j'irai au bout.

Nous poussons le même soupir dépité, avant de rire tous les quatre.

– Tu es suffisamment grande pour faire ce que tu veux, conclut mon père en lui souriant.

Et il n'a pas tort.

Mon frère et Grace se rapprochent de nous pour partager les dernières nouvelles, quand Claire nous interrompt.

– Merci à tous d'être là. On va commencer par les répétitions des discours des témoins, si vous le voulez bien. Dans l'ordre, ça sera Mathy et Ava, puis Derek. Ensuite, on passera aux discours des parents.

Personne n'ayant rien à répondre, nous nous dirigeons vers les places qui nous sont attribuées. Le fait que je n'ai qu'un témoin a entraîné une grosse dispute entre Claire et moi. Elle ne voulait pas comprendre pourquoi je m'opposais à l'idée d'avoir quelqu'un en plus de Derek.

Je n'ai pas eu le cœur à lui avouer que ce rôle a toujours été réservé à une personne qui ne pourra pas être présente. Du moins, physiquement, car elle l'est dans mon cœur.

En laissant cette place vacante, je nourris un espoir vain qu'elle apparaisse comme par magie le jour de mon mariage.

Je m'assieds à côté de Claire, qui ne cesse de remuer sur sa chaise, et lui attrape la main pour essayer de la calmer.

– Tu es magnifique dans cette robe, je lui dis en souriant.

– C'est ma mère qui me l'a achetée, répond-elle, distraite.

Durant les discours des meilleurs amis et témoins de Claire, je souris poliment. Néanmoins, mon attention est attirée par Derek, qui discute vivement avec Grace. Je suis trop loin pour entendre leur conversation, mais on dirait qu'elle tente de le dissuader de faire quelque chose.

Le regard déterminé que lui renvoie mon frère fait battre mon cœur plus vite. Grace et Derek ne se disputent pratiquement jamais… Qu'est-ce qui pourrait les contrarier maintenant, à la répétition de mon mariage ?

Je ne sais pas ce qu'a prévu mon jumeau, mais j'espère qu'il aura suivi la seule consigne de Claire : ne pas mentionner Dawn.

Des applaudissements détournent mon attention et je me focalise de nouveau sur Ava qui sourit en rangeant une feuille dans son sac à main.

– Merci, ma chérie, c'était très émouvant, commente Claire en tapotant ses yeux d'un mouchoir.

– Oui, merci beaucoup, je répète alors que je n'ai rien écouté.

Du coin de l'œil, je surveille mon frère qui s'approche de l'ordinateur, relié à un vidéoprojecteur. Un sentiment de malaise grandit en moi, autant que le besoin de lui parler avant qu'il entame son discours. Je commence à me lever, mais Claire m'arrête d'une main ferme.

– Qu'est-ce que tu fais ?

– Je… vais aider Derek avec le vidéoprojecteur, je mens.

– Ne sois pas stupide, Garrett, il sait très bien comment ça fonctionne. Dans le pire des cas, Cynthia est là pour ça, on la paie pour gérer ce genre de chose ! Donc, reste assis et écoute ton frère.

Si son ton n'avait pas suffi à me faire obéir, son regard m'aurait convaincu. Je comprends pourquoi certains couples ne survivent pas aux préparatifs du plus « beau jour de leur vie ». Les tensions qu'il peut générer chez les futurs mariés sont intenses. Notre couple ne fait pas exception à la règle.

N'ayant pas envie de causer une scène devant tout le monde, je m'enfonce dans ma chaise et braque les yeux sur mon jumeau.

Il attrape le micro que lui tend Ava et doit sentir mon regard insistant, car il plonge le sien dedans. Je n'arrive pas à déchiffrer son expression, mais on dirait qu'il essaie de s'excuser silencieusement.

Bordel, qu'est-ce qu'il s'apprête à faire ?

Ma bouche s'assèche et un tic nerveux fait tressauter ma jambe. Il doit voir que je suis sur le point de craquer et de l'interrompre, car il se lance rapidement.

– Pour ceux qui ne l'auraient pas encore remarqué grâce à notre ressemblance physique, je suis Derek, le frère jumeau du marié. Je suis donc bien placé pour entamer mon discours en disant que je l'ai connu toute ma vie. Il est donc de mon devoir de lui mettre un peu la honte le jour où il est le centre de l'attention. Après toi, Claire, bien sûr…

Dès lors, la séquence émotion-humiliation commence et les premières photos apparaissent. La plupart sont loin d'être flatteuses, ce qui fait rire beaucoup de monde. Même Claire esquisse un sourire. Et petit à petit, le tressaillement de ma jambe se calme.

J'ai imaginé le pire des scénarios une fois de plus, alors qu'il n'en est rien.

– … Mais je tenais aussi à dire à mon frère à quel point je suis fier de lui, de ce qu'il a accompli depuis bientôt quatre ans. Tu as su te relever et continuer à te battre, là où j'ignore si j'aurais eu la force de le faire !

Ma gorge se serre sous le coup de l'émotion.

En fin de compte, c'est une bonne chose, cette répétition, elle m'évitera de pleurer devant tous nos invités le jour J !

– Au final, la seule mauvaise décision que tu aies prise est de te laisser pousser cette horrible barbe. On se demande si un être humain existe bien là-dessous ! Mais en même temps, ça fait de moi le plus beau de nous deux… Tu as raison, garde-la, frangin !

Je ris en même temps que les autres tout en caressant ma longue barbe, légèrement hipster comme dirait Jessie. Elle me permet de ne plus voir ma cicatrice. Rien que pour ça, il est hors de question que je m'en sépare.

Je recule ma chaise pour me lever et le remercier, pensant qu'il a terminé son discours, mais Derek reprend la parole et me coupe l'herbe sous le pied.

– En tant que frère, qui plus est *jumeau*, je me dois aussi d'être sûr et certain de ton bonheur. Garrett, je t'ai fait une promesse il y a quatre ans, quand tu as rouvert les yeux… et je peux aujourd'hui t'annoncer que je l'ai tenue.

Le silence qui tombe sur la salle est presque glaçant. Mes oreilles bourdonnent sans que je comprenne pourquoi tandis que mon rythme cardiaque s'accélère dangereusement.

– De quoi tu parles, Derek ? demande Claire en regardant la feuille du déroulé des discours devant elle. Tu n'avais pas dit qu'il y avait quelque chose après ! Qu'est-ce que tu fais ?

Sa voix part dans les aigus quand elle voit Derek se pencher sur l'ordinateur.

– De quelle promesse il parle, au juste ? insiste-t-elle en se tournant vers moi.

Je me contente de hausser les épaules, comme si je ne savais rien, alors que je me rappelle très bien la promesse faite par Derek. C'était mission impossible, il a tout essayé pendant des années.

Mais surtout, j'ai tourné la page depuis, je suis passé à autre chose ! Tout le monde a avancé, je suis…

Toute pensée cohérente quitte mon cerveau lorsque Derek lance la vidéo. *Sa* voix s'élève dans la salle, puis je la vois. *Dawn.*

J'entends une chaise qui tombe sur le sol et me rends compte que c'est la mienne. En seulement quelques enjambées, je suis devant le grand écran, en train de contempler *son* visage. Tête baissée, les sourcils froncés, elle continue de parler avec ce petit sourire crispé comme quand elle est stressée.

Je bois ses paroles et m'imprègne de son nouveau « elle ». Elle fait une sorte de discours devant une petite foule. J'en déduis qu'il s'agit d'un vernissage.

Je n'arrive pas à me concentrer sur ce qu'elle dit, pour l'instant, je savoure le fait de la contempler enfin. Puis elle descend de la scène pour avancer parmi les gens qui la saluent. On la perd de vue et j'aimerais pouvoir pousser les personnes moi-même.

Derek, qui filme toujours, se décale et elle apparaît de nouveau. Je remarque le moment précis où elle croise son regard : le choc, la peur et la confusion se mélangent sur son visage, puis les larmes s'amoncellent. Un homme la tient par les hanches tandis que mon frère s'avance vers elle.

La vidéo se coupe au même moment.

Je ne suis capable que d'une seule chose : respirer. Je me concentre là-dessus tout en fixant l'écran noir sans pouvoir bouger. Je note d'ailleurs que personne ne réagit.

Puis je trouve la force de dire quelque chose.

– Encore.

Et Derek relance la vidéo.

Dawn

39. Seattle

30 ans

Respire, Dawn, respire…

S'il y a bien quelque chose que je déteste faire, c'est parler en public. Généralement, j'essaie d'esquiver cet exercice, mais ce soir je suis à l'honneur, je ne peux donc pas envoyer quelqu'un à ma place. Puis, Misha m'a tellement aidée à tout organiser que je ne peux pas lui faire ça, non pas parce qu'il serait triste, oh que non… mais parce qu'il me le ferait payer tous les jours. Pour les mois à venir. Je n'ai pas la force d'endurer sa vengeance.

Je lui jette un regard en coin, attrape sa main que je serre fort pour y puiser un peu de courage.

– Dawn… commence-t-il.

– Pas de sermon, s'il te plaît, je lui réponds dans un souffle.

– Je pensais que tu me connaissais mieux que ça, chérie.

D'un même mouvement il se dégage, se place devant moi et m'attrape par les épaules pour me regarder dans les yeux. Ses cheveux roux foncé capturent le peu de lumière qu'il y a en coulisses.

– Tu mérites d'être exposée ici ce soir, reprend-il. Tes peintures sont magnifiques, ce serait *un crime* de les laisser enfermées à la maison.

– Un crime, il ne faut pas pousser, je bougonne, mal à l'aise.

– Tututut, on se tait et on écoute. Tu vas me faire disparaître ce regard apeuré de ton visage, monter sur scène et leur en mettre plein la vue. Tu es Dawn Warren, une sublime jeune femme et un génie de la peinture ! Ce sont eux qui devraient se sentir petits, pas toi.

Misha ou l'exagération personnifiée…

Mais je mentirais en disant que ses mots ne me font pas du bien, il sait exactement comment me remonter le moral ou me redonner du courage. Je me réfugie dans ses bras pour une étreinte réconfortante dont lui seul a le secret.

Sans Misha, je ne sais pas ce que je serais devenue. Il a été mon roc et il l'est toujours. Je remercie tous les jours ma bonne étoile de l'avoir mis sur ma route quand j'ai débarqué du jour au lendemain à Seattle.

Il m'a ramenée vers la lumière, même si ça a pris du temps. C'est à lui que je dois d'être là ce soir. Je peux donc faire ce dernier effort pour Misha.

J'ai l'impression qu'il me garde dans ses bras pendant des heures, mais je ne m'en plains pas, je me sens protégée.

– … Alors, je vais vous demander d'applaudir chaleureusement notre artiste de ce soir : Dawn Warren ! annonce enfin monsieur Jones, le propriétaire de la galerie où j'expose.

J'inspire longuement une dernière fois tandis que les encouragements fusent dans la salle et je me détache enfin de Misha. Il m'embrasse sur le front, puis je le contourne pour ouvrir le rideau et monter les deux marches afin d'atteindre l'estrade.

Au moment où j'entrouvre le tissu pour passer, les lumières censées m'éclairer m'aveuglent violemment et une douleur irradie dans ma fesse droite, me faisant pousser un petit cri.

Je me retourne pour fusiller du regard Misha, qui secoue encore sa main, fier de lui.

– Tu vas me le payer, je le menace d'un doigt accusateur.

– Oh allez, il n'y a rien qu'une claque sur une fesse ne puisse détendre !

J'espère, le temps d'un battement de cils, que son geste est passé inaperçu, mais les rires de la foule me confirment qu'il n'en est rien. Je suis mortifiée.

Quelle entrée en matière…

Malgré mes joues rouges de honte, je me dirige au milieu de la scène, le cœur au bord des lèvres. Les applaudissements se tarissent peu à peu pour laisser place à un silence curieux. Toutes ces personnes attendent quelque chose de moi, c'est à la fois gratifiant et paralysant.

– Hum… Je ne vais pas être très originale pour commencer ce discours, en vous remerciant d'abord tous d'être là, je dis d'une voix tremblante de stress.

Je perds mes moyens.

Et ce n'est ni le moment, ni le lieu.

D'un geste nerveux, je lisse la robe vert bouteille achetée pour l'occasion, afin de tenter de me donner une certaine contenance. Je me repasse les dernières paroles de Misha comme un mantra : *Je mérite d'être là ce soir.*

Je fixe mes chaussures pour trouver les bons mots et me lance enfin.

– Il y a bientôt quatre ans, j'ai subitement dû changer de vie. Je pensais pouvoir rester forte, parce que c'était la seule solution aux problèmes que j'avais causés. Mais la vérité est tout autre, ça m'a détruite. Littéralement. J'ai mis des mois à pouvoir retrouver en partie celle que j'étais, et aujourd'hui, je ne suis pas sûre d'être toujours la même personne. Je pensais que ça serait le plus dur, avoir l'impression d'être une inconnue pour moi-même. Mais là encore, je me trompais, le plus difficile dans cette situation, c'est qu'il n'y avait personne à blâmer ou sur qui déverser ma bile quand ça devenait trop douloureux. J'étais la seule responsable.

Dire que je suis nerveuse à l'idée de me confier à une foule est un euphémisme, mais je sais que je dois passer par là pour expliquer mes œuvres.

Par réflexe, j'essaie de me toucher les cheveux avant de me rappeler que je porte un chignon pour l'occasion. Je serre donc mes mains, les empêchant de trembler du mieux que je peux.

– Je n'arrivais plus à y voir clair, j'étais entourée de ténèbres et je luttais pour me lever chaque matin. Je n'avais qu'un objectif : tenir bon, une journée à la fois. Des fois, je n'avais pas la force de mettre un pied en dehors de mon lit, et d'autres, je rentrais le plus tard possible chez moi. Dans ces moments-là, j'errais dans les rues de Seattle à la recherche de quelque chose à quoi me raccrocher. Parce que j'avais pour unique but l'idée de ne pas céder et repartir vers ce que j'avais fui. Alors, dès que je le pouvais, j'étais toujours en mouvement.

Ma gorge se noue tandis que je revis cette période sombre de mon existence. Il n'y a rien d'évident à y repenser encore aujourd'hui. Je me reprends avant de ne plus avoir le courage.

– Après plusieurs mois d'errance, je suis passée devant cette galerie par je ne sais quel miracle. Avec sa simple devanture, elle a fait remonter en moi tellement de souvenirs, que je n'ai pas résisté, j'ai poussé la porte. J'ai à peine eu le temps de franchir le seuil que je me suis écroulée en pleurs. Vous imaginez la surprise de monsieur Jones, je dis en rigolant.

Je regarde tendrement dans la direction du concerné et de sa femme. Ils forment un couple de septuagénaires absolument adorables. Ils m'ont ouvert leur galerie et leur cœur au passage.

– Mais au lieu de me jeter dehors, il m'a proposé un thé et des gâteaux. Subtilement, il a su débloquer mes verrous et je lui ai tout raconté. Les mots sortaient d'eux-mêmes et je n'arrivais plus à les arrêter. Je n'en avais pas envie. Il m'a écoutée, sans jamais intervenir, il m'apportait l'absolution que je cherchais tant. Je crois que c'est à ce moment-là que j'aurais dû avoir la puce à l'oreille concernant son passé de thérapeute.

Mon trait d'humour fait aussitôt redescendre la tension. Mon discours n'est pas des plus légers, alors j'essaie d'y apporter des touches plus douces.

– Une fois que j'ai fini de pleurer et de lui raconter mon histoire, vous savez ce qu'il m'a dit ? « La vie, c'est des étapes. La plus douce, c'est l'amour. La plus dure, c'est la séparation. La plus pénible, c'est les adieux. La plus belle, c'est les retrouvailles[1]. »

Je prends une pause pour ressentir l'impact qu'ont toujours ces mots sur moi. La chair de poule sur mes bras est le témoin qu'aujourd'hui encore, j'ai besoin de les entendre.

– Ses paroles m'ont enveloppée et je pense pouvoir dire que ce sont elles qui m'ont remise sur les rails. À partir de là, j'ai élevé monsieur Jones au rang de dieu. Il détient ma gratitude éternelle. Ce n'est que plus tard que j'ai appris qu'il avait lu cette citation dans un livre et qu'elle n'était pas de lui, je pouffe doucement.

Je caresse mes côtes où ces mots sont gravés à jamais sur ma peau. Ainsi, si un jour le courage me manque, je pourrai les relire et retrouver la force d'avancer.

– Dès lors, j'ai repris ma vie en main et surtout, *surtout*, j'ai rencontré l'assistant de monsieur Jones, Misha, je déclare en le désignant directement dans la foule.

Les gens se tournent dans sa direction et il les salue, tel le prince d'Angleterre.

– Si vous êtes présents ce soir, vous avez certainement eu affaire à lui et vous comprendrez aisément mon envie de l'enfermer dans un placard et d'en oublier la clé.

1. Citation de La Tristesse de l'éléphant de Nicolas Antona.

Sa soudaine expression choquée, me tire un petit rire ainsi qu'aux autres.

– Mais derrière son franc-parler se cache l'être le plus généreux que j'ai eu la chance de rencontrer. Il est devenu un pilier essentiel à ma vie et je n'aurais jamais repris un pinceau sans lui. Donc, Misha, mon emmerdeur préféré, merci pour tout. Je vais m'arrêter là pour ne pas vous endormir, mais sachez que dans les toiles que vous pourrez admirer ce soir, vous verrez mon âme, mes doutes, mes peurs mais aussi ma joie et mes espoirs. J'espère que cela vous plaira, je conclus sous les applaudissements.

Misha allume les lumières savamment placées pour dévoiler enfin mes tableaux restés dans la pénombre jusque-là.

Je quitte la scène, descends rapidement les marches qui mènent à la galerie. Je suis aussitôt happée par les invités, puis serre quelques mains, jusqu'à ce que des bras m'entourent par-derrière et me fassent tourner dans les airs. J'explose de rire, soulagée que cette épreuve soit finie et que Misha soit là pour me soutenir dans tous les sens du terme. Lorsqu'il me repose, je me stabilise sur mes talons vertigineux et lève les yeux vers la foule présente.

Tout en moi se fige.

Je n'arrive plus à cligner des yeux ou à respirer.

Même mon cœur manque un battement.

J'entends Misha me parler dans mon dos, mais je ne peux plus bouger. J'ai la sensation que toute ma vie ne tient plus qu'à un fil dès l'instant où mes yeux se sont posés sur ces iris vert glauque.

Je reste focalisée sur ce visage que je n'ai pas vu depuis de trop nombreuses années. Il m'observe comme si j'étais un fantôme, ce que, d'une certaine façon, je suis : un fantôme de son passé.

Il fait un premier pas dans ma direction et sans que je puisse le contrôler je commence à trembler.

– Dawn, ça va ? me demande Misha, une inquiétude marquée dans la voix.

Un autre pas.

Je me mets à pleurer.

– Bordel, qu'est-ce qu'il se passe ?

Au troisième pas, j'ai des étoiles devant les yeux et je me demande si je ne vais pas m'évanouir. Finalement, il se tient devant moi et je suis toujours debout.

Nous nous dévisageons en silence, immobiles, alors que les clients bougent autour de nous. Il s'apprête à parler, mais Misha, à présent à mes côtés, prêt à me défendre, hausse le ton.

– Putain, mais t'es qui, toi ?

– Derek, nous répondons d'une même voix.

– Der… Oh. *Oh !* réagit Misha qui comprend enfin de qui il s'agit.

D'un seul coup, il est lui aussi réduit au silence.

Mon passé et mon présent se percutent violemment et je ne peux rien faire pour l'éviter.

– Est-ce qu'on pourrait parler ? demande Derek, la voix chargée d'émotion.

– Oui, je chuchote. Misha…

– Le bureau est disponible, va. Je m'occupe de faire l'animation pour qu'on ne remarque pas ton absence.

Je ne sais vraiment pas ce que j'ai fait pour le mériter. Cependant, ça ne m'évitera pas de devoir affronter mes décisions passées et, surtout, d'encaisser ce que Derek risque de me dire.

Je le guide vers le petit bureau de monsieur Jones au fond de la galerie. En passant devant ce dernier, qui me jette un regard plein d'inquiétude, je tente de lui sourire comme je peux.

Lorsque je referme enfin la porte derrière Derek, un silence pesant s'abat entre nous. Je ne sais pas quoi dire, alors je préfère rester immobile pour me préparer au pire. Ce qui est sûr, c'est que je ne m'attendais pas à ce qu'il m'attire brusquement contre son torse pour me serrer contre lui au point d'avoir le souffle coupé. Son odeur si familière et pourtant étrangère me fait monter les larmes aux yeux, mais je n'ai pas le temps de réagir à son étreinte qu'il me repousse avant de reculer de plusieurs pas.

Comme si j'étais contagieuse, une pestiférée.

C'est alors que sa colère s'abat sur moi.

– Putain ! Je n'en reviens pas que de tous les endroits *au monde*, tu sois à Seattle ! Ville dans laquelle je viens une semaine par mois depuis plus de *deux ans* ! s'emporte-t-il.

J'ouvre la bouche, mais aucun mot n'en sort. Le hasard aurait pu faire que nos routes se croisent plus tôt. Mais quand je repense à celle que j'étais il y a deux ans, c'est peut-être mieux ainsi.

– Est-ce que tu te rends compte du bordel que tu as foutu en te barrant comme une voleuse ? Du mal que tu nous as fait ?

Je savais que ses mots me blesseraient, mais pas autant. J'ai essayé de me préparer à ce que ressemblerait une confrontation avec quelqu'un de mon passé, mais rien n'équivaut à la réalité.

– C'est comme si on n'était rien pour toi ! hurle-t-il sans prendre le temps de s'arrêter. Imagine la culpabilité que j'ai ressentie pendant *des années* à penser que c'était *ma faute* si tu étais partie.

– Quoi ? je hoquette.

– C'est moi ! Moi qui t'ai avoué ce que tu avais oublié et soudain, pouf, tu disparais !

Je fronce les sourcils, parce que je n'avais jamais vu les choses sous cet angle. Derek n'est pas la raison de mon départ, il n'aurait pas dû vivre avec ce poids sur les épaules. Claire n'a donc rien dit ?

– Tu nous as brisés. Tous à des niveaux différents, mais tu as laissé une blessure ouverte qui n'arrive pas à cicatriser. Oh, on sait très bien faire semblant. On a avancé comme on a pu, mais si mon jumeau dépérit à petit feu, c'est mon cas aussi. Il a tellement souffert…

Une soudaine nausée me gagne à la mention de Garrett tandis que Derek continue à déverser sa colère. Mon cœur se serre au point que ça en devient douloureux, je ne suis pas prête à parler de lui. Peut-être que je ne le serai jamais…

Je reste figée en le regardant droit dans les yeux, acceptant chacun de ses coups, les uns après les autres, même s'ils me blessent jusqu'au plus profond de mon âme.

À court de mots, il respire plus fort, mais la colère déborde toujours de ses yeux.

– Tu n'avais pas le droit de partir comme ça. Tu aurais au moins pu laisser un mot. On a tous cru à un moment que tu étais morte. D'autant que Garrett était déjà dans un état critique.

J'avale difficilement ma salive tant la culpabilité m'empêche de déglutir. C'est effectivement mon seul regret : ne pas avoir pris le temps de lui dire adieu. Même pas par écrit.

Sur le moment, je n'en avais pas la force. Un seul mot de Garrett ou même Derek et j'aurais rebroussé chemin.

– Je suis désolée, je dis pour seule excuse. Ma mère…

– A cédé plus d'une semaine après ton départ.

Ça, je le savais. C'est uniquement parce qu'elle m'a suppliée d'avoir le droit de leur dire que j'allais bien. Mike et Anna traversaient déjà une épreuve terrible, elle voulait les rassurer.

– Oui, une fois que je suis arrivée ici.

Soudain, il passe une main lasse sur son visage.

– Pourquoi Seattle ? m'interroge-t-il.

– Je ne pouvais pas faire beaucoup plus loin de Wilmington sans changer de pays.

– Tu voulais nous fuir à ce point ?

La douleur qui transparaît dans ses mots est plus violente que jamais. Je m'efforce de ne pas m'effondrer en pleurs, alors je reste muette.

– Putain, mais pourquoi ? Garrett t'a traitée de monstre plus d'une fois, j'ai toujours pris ta défense, mais…

Il s'arrête, soudain conscient de ce qu'il vient de m'avouer. S'il pense m'apprendre quelque chose, il se trompe, Garrett a déjà dit la même chose à ma mère.

– Merde… Dawn, je suis désolé, tu ne mérites pas…

– Si, je le coupe sèchement. Je le mérite. Mais sache que tu ne m'as pas dit une seule chose que je n'ai pas déjà pensée cent fois. Même si ça n'a pas été évident pour moi de parler de tout ça, je suis heureuse de te voir. Et avec un peu de chance, d'avoir des nouvelles de tout le monde.

Il soupire, hésitant entre l'agacement et la tristesse.

– Tu ne changeras pas d'avis, pas vrai ?

La question à cent mille dollars.

– Non, je souffle. C'est mieux ainsi, tu sais qu'on se détruisait à petit feu. Ça aurait mal fini.

– Pire que ce qu'on a vécu ? C'est là que je vois la différence entre toi et nous. On a dû subir vague après vague sa rage, son désespoir, sa détresse.

Je ne peux empêcher ma lèvre inférieure de trembler. Ses mots, jamais je n'aimerai les entendre parce qu'ils sont trop destructeurs, j'imagine sans peine l'état de Garrett.

– Tu savais que ton prénom a été son premier mot à son réveil ? Que tu es la première personne qu'il a demandé à voir, alors qu'il avait tous ses proches autour de lui ?

Je porte une main à ma bouche pour m'empêcher de crier, mais ça n'arrête pas Derek.

– Les jours passaient et il a fini par *supplier* de te voir. On ne pouvait même pas lui dire où tu étais, bordel ! Je t'ai cherchée pendant *des mois*, parce que je lui avais promis que je te retrouverais. Mais tu t'étais envolée, je tombais toujours sur ton répondeur jusqu'à ce qu'il soit désactivé…

Ses yeux animés par la rancœur me jugent tout autant que ses mots. Il ne me laisse pas d'autre option que d'avouer la vérité.

– J'ai quitté Wilmington quelques heures après l'avoir vu… J'ai dû supplier ma mère de me ramener à la galerie pour récupérer mes vêtements et quelques affaires. Après seulement quelques jours à Davidson, j'ai conduit jusqu'à l'aéroport, de là, j'ai pris le premier avion pour Seattle. Une fois dedans, j'ai voulu faire demi-tour, mais je savais que c'était impossible. Je savais qu'il s'était réveillé et qu'il m'en voulait. Puis, le temps a passé et, connaissant Garrett, je me suis dit qu'il ne me pardonnerait pas de l'avoir laissé. Alors, j'ai bâti une vie ici, elle n'est pas parfaite, mais j'y suis bien…

Il semble méditer mes paroles, les décortiquer, chercher ce que je pourrais lui cacher. Mais je ne lui cache rien, j'attends au contraire ma sentence.

– Et Josh dans tout ça ?

Je sursaute à ce prénom tout droit sorti de mon passé.

– On a rompu le soir de l'accident, j'avoue péniblement.

– Pardon ? répond-il en haussant les sourcils. Pourquoi tu n'en as pas parlé ?

– Parce que tu crois que c'était le moment avec Garrett sur un lit d'hôpital ! je rétorque, agacée.

– Peut-être que ç'aurait pu changer quelque chose ! Vous auriez pu…

– Non ! je l'interromps vivement. Les « si » ont failli me tuer, je ne m'aventurerai plus sur cette voie.

Il lit quelque chose sur mon visage, puisque son expression se radoucit subitement.

– Tu me manques, tu nous manques à tous, souffle-t-il en passant la main dans ses cheveux. Tu as raté tellement de choses dans nos vies : la remise de diplôme de Jessie, la première fois que Garrett a marché sans assistance, et le fait que je vais devenir papa dans quelques semaines… Tu aurais dû être là pour tout ça ! Nous tenir la main à chaque étape de nos vies comme tu l'as toujours fait.

Je tente d'avaler ma salive, mais une boule comprime ma gorge, à tel point que j'ai du mal à respirer. Imaginer tout ce que j'ai pu manquer au fil des années est ce qui me maintient éveillée la nuit.

Être face à certaines réalités me frappe de plein fouet. Je ne le laisse pourtant rien voir, et m'approche de lui prudemment, lui donnant l'occasion de me repousser. Voyant qu'il n'en fait rien, je le prends dans mes bras. Le soupir qu'il pousse avant de me rendre mon étreinte me fend le cœur.

Je me demande sincèrement comment cet organe peut encore battre dans ma poitrine. Il est tellement rafistolé que je m'attends à ce qu'il tombe en morceaux à tout instant. J'ai tellement de choses à expliquer à Derek, alors je les lui chuchote à l'oreille, à bout de forces.

– Je suis tellement désolée de vous avoir blessés, mais si c'était à refaire, je n'hésiterais pas, je lui confesse alors qu'il se crispe. Je sais que j'ai raté des étapes importantes, mais vous vous êtes aussi rendu compte que vous n'aviez pas besoin de moi. Tu seras un merveilleux papa, n'en doute pas. Son oncle et sa tante seront là pour lui faire faire les bêtises les plus absurdes et tu leur en voudras durant dix secondes avant d'en rire. J'aurais adoré vivre ça à vos côtés, mais je ne peux pas revenir, Derek. Pas après autant d'années.

– Tu sais qu'il se marie dans une semaine. Avec Claire.

J'accuse le coup de cette nouvelle, mais au fond de moi, je ne suis pas vraiment surprise. C'est un homme de principes, bien sûr qu'il va l'épouser, je suis même étonnée qu'il ne l'ait pas fait plus tôt.

Soudain, on frappe à la porte et nous sursautons.

– Dawn, chérie jolie ? Il faut vraiment que tu reviennes, nous prévient la voix étouffée de Misha derrière le battant.

Je le relâche et, après un ultime sourire, me retourne. Une dernière fois.

– Je me réjouis pour lui, il mérite d'être heureux et d'avoir la vie qu'il désire…

– Et toi, Dawn, tu es heureuse ? me lance-t-il.

Je me fige, la main sur la poignée.

Est-ce que je suis heureuse ?

Pas totalement, mais je sais que j'y arriverai un jour. Je respire déjà un peu mieux chaque matin. Misha, monsieur Jones et maman m'aident à me reconstruire. Toutefois, je lui dois la vérité, je ne veux plus lui mentir. Pas ce soir.

– Je n'ai pas été pleinement heureuse depuis le jour où Claire m'a ouvert les yeux sur le mal que je causais autour de moi. Quand elle m'a dit que la seule chose positive que je pouvais faire pour Garrett était de partir loin de lui, qu'il n'avait pas besoin de moi dans sa vie, tout a fait sens. Ç'a été un crève-cœur de vous laisser, mais savoir qu'elle avait raison m'a aidée à tourner la page.

J'ose lui jeter un coup d'œil par-dessus mon épaule. Ses lèvres sont entrouvertes, comme s'il n'en revenait pas.

– Pitié, ne lui dis rien. Il ne doit pas savoir où je suis.

Je n'ai pas besoin de préciser de qui je parle, nous le savons tous les deux. Sur ces mots, j'ouvre la porte et, sans un regard en arrière, je reviens à mon présent.

À ma nouvelle vie.

Garrett

40. Claire

Je ne sais pas combien de fois j'ai regardé cette vidéo.

Elle se termine, mais je ne demande pas qu'on la relance. J'ai l'impression que la salle entière retient son souffle, tout comme moi. Mon cerveau tourne au ralenti, car c'est une chose de savoir « qu'elle va bien », c'en est une autre de la voir heureuse, entourée de gens que je ne connais pas.

Ça rend le tout trop vif, trop réel. Ça accentue le vide qu'elle a laissé dans ma vie, celui-là même que je me persuade d'avoir réussi à combler… Je trouve la force de rompre le silence et il ne me suffit que d'un mot.

– Quand ?

– Samedi dernier. Pendant mon voyage à Seattle, me répond immédiatement Derek.

J'analyse ses mots.

Cela fait trois jours que mon frère me cache qu'il a revu Dawn. *Trois putains de jours.* Pourquoi ? Ce n'est pas une discussion que je peux avoir avec lui devant tout le monde, mais je me promets de lui soutirer la moindre information dès qu'on sera seuls.

Je comprends un peu mieux pourquoi il se disputait avec Grace tout à l'heure. Elle ne voulait certainement pas qu'il foute en l'air tous mes progrès. Et d'un côté, je peux la comprendre.

Même moi, je n'arrive pas à savoir si je suis heureux ou non d'avoir vu ces images. Réfléchir ou parler m'est devenu tout simplement impossible. Mes oreilles bourdonnent légèrement sous l'afflux sanguin qui pulse dans mon crâne. Je sais qu'il faut que je me concentre sur quelque chose de mécanique. Ma respiration. Inspirer, expirer. Ça, je sais faire.

– Je ne m'attendais pas à la trouver là-bas, continue Derek comme si tout d'un coup, il ne pouvait plus garder ça pour lui. Je buvais un verre dans le bar d'à côté, avec mes collègues. En sortant, on est passés devant une galerie et un tableau en vitrine a attiré mon attention. Ça ressemblait à ce que peignait Dawn, mais je n'en étais pas sûr… Après tout, tu connais son style mieux que moi.

Je connais tout mieux que toi, je me retiens de lui répondre.

En ce qui concerne Dawn, je suis incollable. Ou du moins, je l'étais…

– Du coup, j'ai sorti mon téléphone pour t'envoyer une photo et te demander confirmation, poursuit-il, un peu paniqué. Mais avant que je puisse le faire, j'ai regardé dans la salle d'exposition. Elle était là. Sur scène. Sans que je sache exactement comment, je me suis retrouvé à l'intérieur en train de la filmer parce que je voulais être sûr de ne pas rêver, que c'était bien réel…

Je serre si fort les mâchoires que je ne serais pas surpris de me casser quelques dents au passage. Malgré ses explications, la tension dans mon corps ne faiblit pas, j'ai envie de frapper dans quelque chose. Je résiste à cette envie en enfouissant les mains dans les poches de mon jean.

– Tout est arrivé si vite, je n'arrive pas à y croire, encore aujourd'hui ! La voir devant moi en chair et en os… Ça m'a fait un tel choc. J'avais arrêté de la chercher depuis tellement longtemps…

Quand je trouve enfin la force nécessaire pour me tourner vers mon jumeau, je peux lire la sincérité dans ses yeux. Il a été bouleversé par cette rencontre. Voir qu'il partage une partie de mon désarroi relâche un peu l'étau qui comprime ma poitrine.

– Tu étais vraiment obligé de faire ça aujourd'hui, Derek ? lâche Claire en me faisant sursauter.

J'ai oublié le temps d'un instant qu'elle était là, ainsi que le reste de l'assemblée. Claire a les poings serrés et est blanche comme un linge. J'observe toutes les personnes présentes, sa famille, notamment, des airs de reproches plaqués sur le visage. Tellement obnubilé par cet écran, je n'ai pas pensé à ce que cette vidéo pouvait signifier pour eux. Légèrement paniqué, je me tourne vers mes proches. Ma mère et mon père sont collés l'un à l'autre, attendant visiblement que je fasse quelque chose. La seule personne qui montre une joie sans équivoque est Jessie. Elle sourit, confortablement installée dans son fauteuil.

Était-elle au courant de ce qu'allait faire Derek ?

De son côté, Grace n'ose pas me regarder, ce qui en dit long sur ce qu'elle pense de la situation. J'en reviens à Derek, focalisé sur moi. J'ai l'impression qu'il est à la barre pour un procès et que je suis le juge qu'il doit convaincre.

Mais pourquoi ?

– Cette discussion est entre mon frère et moi, lui répond-il sans prendre la peine de lui jeter un coup d'œil.

– Je te demande pardon ? fulmine ma fiancée.

– Mec… je dis au même moment.

Tout ça va trop loin et je ne suis clairement pas en état de gérer ça maintenant.

– Tu comptes dire autre chose que « mec » ? me lance-t-elle, en colère.

Je lève les mains en signe de paix.

– Tu as raison…

– Si j'étais toi, Claire, je me ferais toute petite vu ta part de responsabilité dans tout ça, me coupe Derek avec hargne.

J'ai rarement vu mon frère s'énerver ainsi, mais là… C'est de la rage qui couve dans sa voix.

Qu'est-ce que c'est que ce bordel ? Et qu'est-ce que Claire a à voir là-dedans ?

Je secoue la tête, complètement paumé. J'ai la désagréable impression d'être au milieu d'une pièce de théâtre, sauf que je ne connais pas mes répliques.

– Derek ? je l'interroge.

– Non. Ce n'est pas à moi d'avouer quoi que ce soit. Par contre, toi, dit-il en désignant ma future femme, je sais ce que tu as fait.

Si mon frère avait voulu en dire plus, il l'aurait fait et je n'ai clairement pas l'énergie de m'attaquer à lui, autant aller à la source.

– Claire ?

Lorsque je prononce son prénom, elle me dévisage, toujours aussi en colère, mais je peux voir sa lèvre inférieure trembler. Va-t-elle pleurer ? Non.

Elle triture sa bague de fiançailles et je l'ai suffisamment vue faire ce geste pour reconnaître les signes : elle me cache quelque chose.

– Ce n'est rien, on pourrait en discuter plus tard à la maison. Ce n'est pas le lieu.

– Peut-être que mon frère peut en décider par lui-même, qu'est-ce que t'en dit ? lance Jessie en se rapprochant de Derek.

Putain ! Il y a clairement deux camps en train de se dessiner et je n'aime pas ça.

– Claire, je répète avec un semblant de supplique dans la voix.

Je ne sais pas si c'est l'attention de Jessie et Derek ou la pression du moment, mais c'est trop pour elle : elle craque.

– Elle nous empêchait de vivre, Garrett ! Elle était tout le temps *entre* nous, même quand elle n'était pas là. Tu crois que je ne voyais pas la façon dont tu la regardais dès qu'elle entrait dans une pièce ? On aurait dit un aveugle qui retrouvait la vue… Ça me tuait un peu plus chaque jour, alors j'ai préféré arrêter les frais et partir. Mais *tu* es revenu me chercher, *tu* m'as proposé d'emménager avec toi et quand je vous ai entendus vous disputer le soir de l'accident…

Son ricanement amer ne me rassure pas. Je ne m'autorise même pas à penser au fait qu'elle ait entendu le pire moment entre Dawn et moi.

– Ça m'a fait tellement mal, Garrett. Parce que ce soir-là, j'ai compris que tu avais fait tout ça pour la blesser, *elle*. Et non par amour pour moi !

Je tressaille à ses mots. Parce qu'il y a une part de vérité.

– Alors oui, poursuit-elle en fusillant du regard Derek, quand elle est venue à l'hôpital, je lui ai dit de foutre le camp, de nous laisser tranquilles une bonne fois pour toutes ! Il fallait que quelqu'un s'en charge puisque vous étiez trop ensorcelés par la parfaite petite Dawn.

Le hoquet de stupeur de ma mère ne me fait même pas réagir, je suis sous le choc. Anesthésié.

Elle s'approche de moi et prend mon visage en coupe.

– Et j'avais raison, regarde, en quatre ans, comme on a été heureux sans elle. On est sur le point de se marier, de penser à notre futur !

Pitié, faites que ce soit un cauchemar et que je me réveille.

Je ferme les yeux en espérant que tout ça disparaisse, mais ce n'est pas le cas. Au contraire, mon cerveau ressasse ses mots : « Je lui ai dit de foutre le camp. »

– Dawn est partie à cause de toi ? je souffle en retirant de force ses mains de mes joues.

Ma voix est sans émotion, mais Claire tressaille quand même sous l'accusation.

– Elle est partie de son propre chef, se défend-elle, rejoindre son prince charmant de Chicago ! Je n'ai fait que pointer l'évidence et lui montrer la sortie. Enfin, Garrett, tu ne vas pas me dire que tu ne vois pas aujourd'hui à quel point elle était néfaste pour toi !

– C'est faux ! intervient mon frère. Elle n'est jamais partie avec Josh, ils se sont séparés avant l'accident. Elle a fui seule.

La dernière fois que j'ai vu Dawn, elle venait de se séparer de Josh…

Qu'est-ce que j'ai fait ?

J'attrape mes cheveux à pleines mains et ferme les yeux une nouvelle fois. J'essaie de respirer profondément pour éviter une crise d'angoisse.

Pourtant, les faits sont là, Dawn est partie à cause de Claire.

Dawn, que j'ai détestée pendant tous ces mois, m'a quitté en pensant au meilleur pour moi. Je la connais tellement bien que je l'imagine parfaitement se sacrifier de la sorte, persuadée que c'est la meilleure chose possible.

Qu'est-ce qui a pu lui faire croire ça, elle qui me connaît depuis toujours ?

Soudain, les derniers mots que je lui ai dits me frappent de plein fouet, ceux-là mêmes que j'ai tenté d'oublier.

« Égoïste. »

« Si tu pars à Chicago, évite de nous donner des nouvelles de ta parfaite petite vie. On sera passés à autre chose ici, crois-moi. Tu n'es pas indispensable à nos vies… ».

Une colère sourde monte en moi ; elle n'est pas dirigée vers Claire. Mais contre moi. J'ai repoussé Dawn de la plus cruelle des manières avant même que Claire achève le travail. Si je n'avais pas voulu la blesser à ce point, elle n'aurait pas cru les mensonges qu'elle lui a servis.

Tout est ma faute.

Comme toujours.

Le temps que je reprenne conscience du monde qui m'entoure, tous nos proches sont en train de se disputer, chacun défendant son camp. Je me sens trahi depuis près de quatre ans, alors que je suis à l'origine de tout ça. J'ai poussé tout le monde à bout, à commencer par Claire.

Même si elle m'a poignardé dans le dos en me cachant la vérité, comment pourrais-je la blâmer ? N'aurais-je pas fait pareil à sa place ? Elle a fait en sorte d'effacer Dawn de ma vie et elle a presque réussi.

Je l'ai laissée faire.

– Ça suffit, arrêtez, c'est stupide ! j'interviens en haussant la voix. Comme l'a dit Claire, on ne va pas faire ça maintenant. Merci, Derek, pour ce que tu as fait, mais… tout ça, c'est derrière moi.

Les yeux de mon frère sont empreints d'incompréhension, alors que Jessie lève les bras au ciel, désespérée.

– Si vous voulez bien, on va reprendre la répétition du mariage.

– Tu es sérieux ? lâche mon jumeau, sidéré.

– Très.

Sans lui prêter attention, je prends la main de Claire pour nous diriger vers notre table. Je croise plusieurs regards ébahis, mais personne n'ose s'opposer à moi. Certes, nous devrons parler de tout ça, faire table rase du passé, mais pas maintenant.

Malgré la boule dans mon ventre qui me fait un mal de chien, j'arrive à me convaincre que j'ai pris la bonne décision.

Je tire la chaise pour que Claire puisse se rasseoir. Elle me sourit, puis me chuchote :

– Je suis heureuse que tu aies choisi la voie de la raison. Après tout ça, elle ne pouvait pas gagner.

Ses paroles me figent, elle aurait pu les hurler, elles auraient eu le même effet. Je n'en reviens pas qu'elle puisse dire ça aussi naturellement après ce qu'il vient de se passer.

Je rive mon regard dans le sien, persuadé d'avoir mal entendu, mais non. Elle ose même me faire un clin d'œil.

Un clin d'œil !

Qu'est-ce qui ne va pas chez elle ?

– « Gagner » ? je gronde. Tout ça n'est qu'un putain de jeu pour toi, c'est ça ?

Elle sursaute face à ma colère soudaine.

Dans quel monde a-t-elle cru vivre pour lâcher un truc aussi dégueulasse et que je ne dise rien ?

Puis ça m'apparaît comme une évidence.

J'ai tout fait pour que mon monde tourne autour d'elle, me pliant à ses désirs et caprices. Je pensais que c'était légitime et normal après qu'elle m'ait choisi, moi. Elle est restée durant la pire période de ma vie… Je me suis plié en quatre pour elle, je lui ai tout donné ces dernières années.

Au plus profond de mon corps, je ressens un tremblement dangereux, un mélange de colère et de soulagement. J'ai l'impression qu'en seulement une heure, j'ai éprouvé plus d'émotions qu'en deux ans !

Étrangement, je me sens revivre au milieu de ce chaos.

– Garrett, se reprend-elle avec un sourire crispé, tu as mal compris ce que je voulais dire… Dawn est la raison de toute ta souffrance, de ton accident, de ta convalescence qui a été plus longue que prévue… Je pourrais poursuivre cette liste encore et encore. Moi, j'étais là, j'ai pris soin de toi. J'ai tout fait, alors qu'elle, elle brillait par son absence !

– La faute à qui ? ricane Jessie qui s'est rapprochée.

– Oh, toi, ça va, personne ne t'a sonnée ! l'agresse Claire. Tout le monde sait que tu ne m'aimes pas et que tu as tout fait pour que ma relation avec ton frère échoue ! C'était quoi, la vie idéale que tu voulais pour ton frère, hein ? Tu souhaitais qu'il coure après sa « meilleure amie » toute sa vie, en espérant qu'un jour elle finisse par comprendre que *peut-être* elle avait des sentiments pour lui ?

Jessie reste muette, ce qui est une première. Une lueur de victoire brille dans les yeux de Claire.

– *Je* lui ai tout apporté, moi ! C'est fou que personne de votre famille ne le voie !

Claire perd de plus en plus son sang-froid, ses joues sont rouges de colère, des mèches s'échappent de sa tresse et elle bouge les mains dans tous les sens.

En revanche, je n'ai plus envie de la calmer, depuis ce qui me semble une éternité. Je la fixe comme si c'était une étrangère qui n'était pas ma responsabilité.

Est-ce que tout ça n'a été qu'une compétition malsaine pour elle ? Est-elle restée à mes côtés après mon accident pour recevoir une médaille ? Ma famille a également été à mes côtés et ils n'attendent rien en retour, seulement mon amour.

Bien entendu que je leur en suis à tous reconnaissant, mais est-ce que je leur dois ma vie pour autant ?

– Je ne remettrai jamais en cause ton soutien après l'accident, j'ai tenu bon certains jours grâce à toi, je reprends, la voix rauque. Mais ça ne serait jamais arrivé si Dawn n'était pas partie.

– Tu lui as dit toi-même de foutre le camp ! s'agace-t-elle.

– Je me déteste pour ça depuis quatre ans. Ce que j'ai besoin de savoir, Claire, c'est pourquoi toi, tu es restée ?

– Co… comment ça ? bafouille-t-elle.

– Est-ce que tu es restée par devoir ? Par culpabilité ? Par amour ? j'insiste, implacable.

– Ce n'est pas aussi simple.

Putain !

Si, ça devrait l'être !

C'est alors que ça me frappe.

– Est-ce que tu m'aimes ? je lui demande.

La réponse à cette question est déterminante. Mais la réaction de son corps parle pour elle. Elle recule d'un pas, choquée que j'ose lui demander ça en public. Je sais pourquoi. Elle ne m'a que très rarement dit ces mots et à chaque fois c'était du bout des lèvres.

Je m'attends à la voir se justifier avec véhémence, mais elle reste silencieuse et se contente de me dévisager.

– Claire, la question est simple, est-ce que tu m'aimes ?

– Je… Hum… Tu me connais, j'ai du mal avec ces trois mots, comme s'ils pouvaient résumer une relation ! Tu *sais* très bien que tu comptes beaucoup pour moi. J'ai envie de devenir ta femme, de continuer à tes côtés.

Un rire hystérique s'échappe de ma gorge avant que je puisse le contenir.

Épouser quelqu'un qui est en partie responsable du fait que ma vie est un enfer pouvait passer, mais épouser celle qui n'est pas capable d'avouer devant nos familles qu'elle m'aime… C'est trop.

Je la contourne pour partir d'ici, il faut que je sorte avant de dire des choses que je pourrais regretter. Je n'ai jamais été aussi proche de tout laisser exploser.

– Si tu sors d'ici, Garrett, c'est fini ! m'interpelle-t-elle. Il n'y aura pas de mariage et ça ne servira à rien de revenir pleurnicher quand elle t'aura une fois de plus rejeté.

Le venin dans ses mots ne me blesse pas. Il semblerait qu'en l'espace de quelques secondes, elle ait perdu ce pouvoir. Néanmoins, je reviens sur mes pas et m'arrête juste devant elle. Du regard, elle me défie de la quitter et de tout perdre, encore une fois.

Comment ai-je pu être aussi aveugle sur celle qui partageait ma vie ?

J'aperçois du coin de l'œil son meilleur ami et son père se rapprocher de nous, mais je m'en fiche.

– Je ne suis pas un chien, tu sais. Mais je vais quand même te dire quelque chose, histoire que tout soit bien clair entre nous. Tu as essayé par tous les moyens de remplacer

Dawn dans ma vie, sache que tu as échoué. Personne ne lui arrive à la cheville, parce que c'est… c'est Dawn.

Claire perd son air de défi et l'inquiétude brille soudain dans ses yeux.

– Jamais tu n'as égalé ce qu'elle représente pour moi ou mes proches. Je vais même t'avouer un petit secret, il ne s'est pas passé un jour sans que je pense à elle. Donc, si ce n'est pas assez évident pour toi, je te confirme qu'il n'y aura pas de mariage, je n'aurais jamais dû pousser les choses jusque-là. Je me suis persuadé que si je t'aimais de toutes mes forces, tout irait bien pour nous. Mais ce n'est pas le cas, une relation fonctionne si on est deux dedans, mais toi, tu n'as jamais été là. Tu visais un prix, c'est pire que tout. J'ai mes responsabilités dans cet échec, mais je crois que le premier domino est tombé le jour où tu as frappé chez moi alors que je t'avais dit « non ».

– Tais-toi ! siffle-t-elle avec un regard inquiet vers ses proches.

Oh ! Il semblerait qu'ils ne soient pas réellement au courant de la manière dont nous nous sommes « rapprochés. »

Malgré la rage qui bout en moi, je me penche un peu plus vers elle, pour coller ma bouche à son oreille. Elle seule doit entendre ce que j'ai à lui dire.

– Te céder ce soir-là a été une erreur monumentale. Peut-être la pire de ma vie.

Sur ces dernières paroles, je m'éloigne d'elle sans une once de regret.

Garrett

41. Petite Démone

Je n'aime pas Seattle.

Je n'y suis allé qu'une fois auparavant, pour un projet photo, ça remonte à des années. Déjà à cette époque, la ville ne m'a pas emballé plus que ça. Il y pleut encore plus qu'à Wilmington, c'est dire… Mais savoir que c'est ici que se cache Dawn a renforcé mon désamour.

Cela fait vingt minutes que Derek et moi sommes garés en bas de l'immeuble où elle habite. Du moins, c'est l'information qu'a obtenue mon frère, grâce à un certain monsieur Jones, propriétaire de la galerie où elle expose. Le lieu de la vidéo.

Lorsque j'ai quitté la répétition, je voulais prendre le premier avion pour la retrouver. Mais ma mère m'a vite ramené sur Terre. Annuler un mariage ne peut pas se faire sans conséquences. Il a fallu prévenir les invités et déménager toutes mes affaires de ce qui est, maintenant, la maison de Claire.

Mais bizarrement, mon plus gros choc a été de retourner vivre chez mes parents. À 30 ans, ce n'était pas forcément dans mes projets. Je me rassure en me disant que c'est temporaire. Bientôt, je commencerai un nouveau chapitre et si cela doit se faire à des milliers de kilomètres de ma famille, qu'il en soit ainsi.

Même s'il me faut supporter Seattle et sa pluie…

Au moins, je serai avec Dawn. Peu importe si je dois rester un ami pour elle alors que je désire plus.

Pour la millième fois, mon frère pousse un soupir de frustration. Il s'agace de me voir m'agiter sur mon siège, mal à l'aise. Je n'ai pas le courage de sortir de cette voiture et ça l'insupporte.

– Sérieux, Garrett, craque-t-il, si tu n'y vas pas, je vais t'expulser à coups de pied de cette voiture, puis te tirer par la peau du cou jusqu'à son appartement !

Je balaie ses menaces d'un geste de la main tout en triturant ma barbe. Mon cerveau tourne à plein régime alors que je réfléchis aux différentes possibilités.

– Et si elle ne voulait pas me voir ? Et s'il n'y a pas de place pour moi dans sa vie ? Et si elle ne me reconnaissait pas ? Quatre ans, c'est long, très long.

Il roule des yeux.

– Ose me dire que je suis exactement le même qu'avant son départ ? je m'agace.

Certes, ma cicatrice est masquée par ma barbe, mais je sais qu'elle est là. Et mon corps porte encore les traces de l'accident, de fines lignes blanches qui ne partiront jamais. Même si ce sont juste des changements physiques, je sais que cette séparation a aussi eu un impact sur mon être.

– Tu es ridicule, Garrett, écoute-toi un peu. Comment Dawn pourrait-elle ne pas te reconnaître ? Elle n'a pas eu de mal me concernant, et je te rappelle qu'on est jumeaux, dugland.

Bon, il marque un point…

– En revanche, je sais que tu t'en voudras toute ta vie de ne pas sonner chez elle, reprend-il plus sérieusement. Et si toutes tes craintes se révèlent vraies… au moins tu auras essayé et tu pourras avancer.

Je déteste quand il a raison comme ça. Ça n'en reste pas moins difficile de réussir à faire le premier pas.

– Dans tous les cas, frérot, va falloir te bouger, car j'aimerais être rentré chez moi pour la naissance de ma fille et le timing est serré, rigole-t-il.

À la mention de ma nièce, il me tire un sourire, comme à chaque fois. J'ai tellement hâte de la voir grandir… J'espère seulement que j'en aurai l'opportunité. Être aussi incertain quant à mon avenir n'est pas évident pour quelqu'un comme moi qui adore planifier.

Pourtant, je dois suivre mon cœur. Je ne serai heureux que si je suis avec Dawn. Alors, par la vitre, je jette un dernier regard à l'immeuble, puis j'ouvre ma portière avant de me remettre à cogiter.

L'air frais me fait frissonner lorsque je sors de l'habitacle.

– Au cas où elle m'enverrait bouler, cherche déjà un bar pas trop loin. J'en aurais certainement besoin pour noyer mon chagrin, je lui dis avant de partir.

Pour seule réponse, je le vois lever les yeux au ciel et allumer la radio. Au moins, il y en a un de nous deux qui croit que tout se passera bien.

Je m'approche de la porte d'entrée du bâtiment en espérant presque qu'elle soit fermée, mais elle s'ouvre aussitôt. Je m'engouffre dans le hall et me dirige vers les boîtes aux lettres. Je repère son nom tout de suite, comme s'il était écrit en grosses lettres rouges.

« Warren – 4C »

Je passe un doigt dessus. Elle vit ici. Quelques étages au-dessus de moi.

Mon cœur se met à battre un peu plus vite, je vais enfin la revoir. Peu importe l'issue de ces retrouvailles, je vais revoir ses yeux ambrés pour de vrai.

Les mains moites, j'appuie sur le bouton de l'ascenseur et patiente durant la montée. J'ai l'impression qu'il met une éternité pour atteindre le quatrième étage.

Est-ce que je dois le voir comme un signe que c'est une mauvaise idée ?

– Arrête ! je me sermonne en secouant la tête. Tout va bien se passer.

Ouais, peut-être que si je me le répète suffisamment, je finirai par réellement y croire.

Enfin, les portes s'ouvrent dans un « ding » bruyant. Les jambes flageolantes, je m'avance dans le couloir. Au fur et à mesure que je me rapproche de mon objectif, j'entends de la musique provenant de son appartement. Un sourire timide apparaît sur mes lèvres, il y a des choses qui ne changent pas, comme le fait qu'elle écoute la musique bien trop fort.

Ça y est, je n'ai jamais été aussi proche d'elle en quatre ans. Une simple porte nous sépare.

Par acquit de conscience, je vérifie que je suis au bon endroit, il ne manquerait plus que je me plante pour anéantir mon courage.

Je suis bien au 4C.

Plus de retour en arrière possible. Derek va s'assurer que je vais jusqu'au bout, donc autant le faire moi-même. J'approche mon doigt afin d'appuyer sur la sonnette, mais je me ravise.

Une angoisse soudaine m'étreint la poitrine et je me sens nauséeux. Ma vision se floute légèrement.

Non, hors de question de paniquer maintenant.

Pourtant, je sais que j'ai toutes les raisons du monde d'avoir peur. Parce que même si j'ai beau essayer de donner l'impression à mon frère que ça ne me blessera pas si Dawn me rejette, je sais en mon for intérieur que ça m'anéantirait.

J'ai conscience qu'il n'est pas dupe, Grace a dû lui exposer en long, en large et en travers les risques de cette expédition. J'ai fait beaucoup trop d'efforts pour sortir la tête de l'eau. Et soyons honnêtes, je flotte tout juste pour pouvoir respirer sans me noyer.

Si elle me rejette, je coulerai aussitôt, sans même tenter de lutter.

– Allez, Garrett, calme-toi, je murmure en essayant de me calmer pour endiguer la nervosité qui gagne du terrain.

Je pose le front contre sa porte et me concentre sur la musique que j'entends. Je ne reconnais pas la chanson, mais elle m'apaise quand même, ça me distrait.

Soudain, une question surgit au plus profond de moi : est-ce que je suis prêt à passer le reste de ma vie en sachant qu'elle est ici en sécurité, heureuse, mais sans en être le témoin direct ?

Oui.

Je n'ai pas besoin de réfléchir trop longtemps, si c'est son souhait, je ne pourrai que le respecter. Je serai prêt à faire ce sacrifice comme elle l'a fait pour moi il y a quatre ans.

Cette révélation apaise mon cœur et je trouve la force de me redresser. Peut-être que je suis plus fort que je l'imagine et qu'il serait enfin temps que je fasse passer ses besoins avant les miens.

Est-ce que débarquer ici, dans sa vie, à l'improviste, est la meilleure chose à faire ?

Cette pensée a à peine le temps de m'effleurer qu'un son qui a accompagné mes rêves et mes cauchemars, retentit.

Un rire.

Son rire.

Avant de partir, j'ai besoin de la voir sourire et rire une dernière fois. Qu'elle me dise elle-même qu'elle va bien, c'est seulement là que je pourrais partir l'esprit serein. Si c'est son souhait.

Alors, je sonne, mais suis dans l'incapacité d'entendre la sonnette, mon cœur tambourine trop fort dans mes oreilles. Je compte mes battements pour me concentrer sur quelque chose et ne pas prendre mes jambes à mon cou. Malgré les nombres qui défilent dans mon esprit, la porte reste fermée.

Hors de question de baisser les bras, alors je sonne encore, une fois, deux fois, trois fois. Au bout de la quatrième, la porte s'ouvre.

Mais ce n'est pas Dawn.

C'est un homme.

Nous avons le même réflexe de reculer d'un pas pour nous toiser en fronçant les sourcils. Son visage me dit vaguement quelque chose et je me rends compte un peu tardivement qu'il s'agit de celui qui tenait Dawn dans ses bras sur la vidéo de Derek.

Ouais. J'ai tenté d'occulter cette information parce que je n'avais pas prévu qu'il soit là, mais la possibilité qu'elle puisse avoir trouvé l'amour durant tout ce temps est mon angoisse numéro un. S'il assiste à mes retrouvailles avec Dawn, ça risque d'être sacrément gênant.

– Soit tu as le pouvoir de te faire pousser une barbe de hipster en quinze jours, soit tu es le jumeau : Celui-Dont-On-Ne-Doit-Pas-Prononcer-Le-Nom.

Voilà une entrée en la matière qui me déstabilise. Il sait qui je suis.

– Je... Euh... Ouais, je suppose que c'est moi, Garrett, je le salue en lui tendant la main.

– Misha, répond-il en la serrant.

Un silence pesant s'abat sur nous et je me dandine, mal à l'aise. Je ne sais pas quoi penser de ce mec, il pourrait représenter la fin de tous mes espoirs. Un élan de jalousie que j'essaie de refréner me fait serrer les dents.

– Est-ce que Dawn est là ? je parviens à demander.

– Oui.

Je m'attends à ce qu'il se décale ou l'appelle, mais au contraire, il croise les bras sur son torse pour montrer ses muscles.

Je le détaille afin d'estimer mes chances si jamais les choses devaient dégénérer. Il est un peu plus grand que moi, mais moins musclé. Ses cheveux roux foncé sont légèrement bouclés et retombent sur son front. Mais ce que je remarque directement chez lui, ce sont ses yeux noirs, je n'arrive pas à distinguer ses pupilles et c'est très perturbant, car je ne parviens pas à discerner son état émotionnel.

Sa bouche, qui jusqu'à présent ne formait qu'une ligne sévère, se tord en un demi-sourire puis il abandonne sa posture défensive.

– Je pensais que tu aurais ramené ton cul plus tôt, dit-il avec une moue déçue.

Ne voyant plus aucune animosité chez lui, je finis par desserrer légèrement mes poings.

– Ce n'est pas faute d'avoir essayé, j'avoue. Mais j'avais des choses à régler avant de pouvoir venir.

Il acquiesce comme si ça lui paraissait logique, qu'il était au courant. *Qui est ce type, bordel ?*

– Je suppose que tu es là pour parler avec Dawn, mais avant de te laisser entrer je vais te dire un truc. Blesse-la et on ne retrouvera jamais ton corps. Compris ?

Je le regarde en clignant des yeux, complètement abasourdi par sa menace et par l'instinct de protection qu'il semble avoir envers Dawn.

– Compris, je réponds d'une voix rauque. Est-ce que je peux la voir, du coup ?

– Tant que tu gardes en tête ce que je viens de te dire, oui.

Il se décale enfin et j'entre dans l'appartement. Il n'est pas aussi coloré que l'ancien, mais il est encore plus en désordre. Des vêtements féminins et masculins traînent un peu partout.

Il habite donc bien ici, plus aucun doute…

Le fameux Misha baisse le volume de la musique, néanmoins, il ne me quitte jamais des yeux.

Je représente une menace pour lui. En même temps, je ne sais pas ce que Dawn lui a raconté sur moi, mais je ne dois pas avoir le beau rôle. Ce qui est la pure vérité.

– Vous êtes tous aussi craquants dans la famille ? lâche-t-il en s'appuyant contre le mur en face de moi.

– Quoi ?

– Dawn ne parle jamais de vous, explique-t-il en haussant les épaules, désinvolte. J'ai rencontré ton frère jumeau, qui est hétéro, mais peut-être que dans la fratrie, il y en aurait un autre aussi sexy, et gay de préférence. Même si le défi ne me fait pas peur.

Voilà qui est inattendu.

La tension que j'ai accumulée depuis que je suis sorti de la voiture s'atténue et un poids disparaît de mes épaules.

Je prends une grande respiration, qui finit de chasser les dernières traces de tension.

– Non, je n'ai qu'une sœur, je précise en souriant. Par contre, je connais…

Je suis incapable de poursuivre à l'instant où j'entends un bruit un peu plus loin. Puis je la vois entrer dans la pièce, le nez plongé dans un livre. Elle ne me remarque pas immédiatement, ce qui me laisse le temps d'encaisser le choc. J'avais oublié à quel point sa présence pouvait m'impacter, tout mon corps tend instinctivement vers elle. Mes doigts rêvent de remettre en place la mèche de cheveux qui lui tombe devant les yeux. Mais je n'ai plus ce privilège, je l'ai perdu dès que je l'ai laissée quitter son appartement cette nuit-là, il y a quatre ans.

En revanche, en cet instant, je me nourris de sa présence, comme doit le faire une plante des rayons du soleil après un hiver particulièrement rigoureux. Je reprends enfin vie.

Je remarque le moindre de ses changements. Le plus flagrant est qu'elle a coupé ses cheveux en un joli carré long. Elle a aussi perdu beaucoup de poids, ce qui ne concorde plus avec l'image qu'il me restait d'elle. Dawn a toujours été synonyme de courbes et de douceur. Pour autant, cela ne m'empêche pas de la trouver sublime, elle pourrait avoir complètement changé qu'elle serait toujours l'unique femme que je veux voir à mon réveil, pour le restant de mes jours.

– Alors, c'était qui ? demande-t-elle sans relever la tête.

– Repose la question en levant le museau, tu auras la réponse, ironise Misha.

Elle quitte son livre des yeux à contrecœur en regardant d'abord vers lui, puis ils sont aimantés vers moi presque automatiquement. Je le devine aussitôt, elle me reconnaît sur-le-champ, malgré la barbe.

Sa bouche s'ouvre sous le choc de me découvrir planté au milieu de son salon et ne prononce qu'un mot dans un chuchotement :

– Garrett.

Dawn

42. Enfin !

Garrett. Garrett. Garrett. Garrett.

Son prénom tourne en boucle dans ma tête et je suis presque sûre de le répéter une ou deux fois à haute voix.

Tout comme Derek, il a changé, le plus évident étant cette barbe qui lui mange la moitié du visage. Il me donne l'impression de s'être beaucoup musclé, ou alors le souvenir que j'ai de lui s'est un peu terni avec le temps… Mais par-dessus tout, je suis soulagée de le voir sur ses deux jambes.

Sur la dernière image que j'ai gardée de lui, il était allongé dans un lit d'hôpital relié à une multitude de machines. Le mélange du passé et du présent me fait vaciller sous le maelström d'émotions. Je me rattrape au fauteuil à côté de moi, mais mon livre tombe sur le sol dans un bruit sourd, brisant comme par magie le silence qui s'était installé.

Comme s'il avait reçu un signal, Misha attrape sa veste et se dirige droit sur moi.

– Un SMS et je suis de retour. D'accord ?

– Oui, je souffle, totalement bouleversée.

Il me scrute avant de déposer un baiser sur ma joue et de sortir de l'appartement sans rien ajouter.

Juste comme ça, nous nous retrouvons que tous les deux.

Garrett et moi.

Moi et Garrett.

Dire que je pensais que ça ne pouvait plus arriver…

Pour retarder au maximum l'inévitable, je garde les yeux rivés sur la porte d'entrée en espérant que Misha réapparaisse. Peut-être que si je ne regarde pas Garrett, il ne disparaîtra pas. Je me suis trop souvent torturée avec des fantasmes de lui ici, le réveil n'en était que plus douloureux…

– Dawn ?

Je ferme les yeux à ce timbre de voix légèrement éraillé venu tout droit d'un passé que j'ai tenté d'oublier. Mais à la différence de mes rêves, je l'entends s'approcher de moi, le parquet grinçant sous ses pas.

D'instinct, je serre un peu plus le fauteuil entre mes mains.

Que fait-il ici ? Ne devrait-il pas être en pleine lune de miel ou je ne sais quoi ?

Je rouvre les yeux, mais prends soin d'éviter son regard. Je ne vois que son jean. Il est juste devant le fauteuil, laissant un dernier rempart entre nous. Je le remercie silencieusement de m'octroyer cet espace pour reprendre mes esprits.

– Dawn, regarde-moi… S'il te plaît.

J'ai rêvé de l'entendre prononcer ces mots.

– Allez, Petite Démone.

Ce surnom. Je crois que c'est ce qui me donne la force de planter mes yeux dans les siens. Nous sommes si proches que je peux voir les différentes teintes de vert de ses iris. À mon grand soulagement, je ne trouve aucune colère sur son visage, seulement un bon millier d'interrogations.

Mon rythme cardiaque devient erratique, je ne suis pas sûre d'avoir envie de répondre à ses questions, surtout maintenant qu'il est marié… D'ailleurs, mes yeux se portent aussitôt sur sa main gauche.

Qu'est-ce que…

– Si c'est une alliance que tu cherches, tu n'en trouveras pas à mon doigt, dit-il doucement. Pour simplifier, on va dire que Derek est intervenu à temps, il m'a avoué t'avoir vue et j'ai appris ce que Claire t'avait dit.

L'impression de plonger dans un lac glacé me coupe la respiration.

– Non !

L'effroi qui me saisit d'avoir, malgré moi, fait échouer son mariage manque de me terrasser. Claire a raison, je suis véritablement un aimant à problèmes en ce qui le concerne.

Une larme solitaire coule sur ma joue sans que je puisse la retenir, la culpabilité m'étouffe.

– Je suis tellement, tellement, désolée, Garrett. J'avais demandé à Derek de ne pas te dire qu'il m'avait vue ! je m'agace. Je suis partie pour ça, pour que tu puisses être heureux, avoir la vie que tu mérites. Pas pour faire annuler ton mariage sans même y être !

En quelques pas, Garrett contourne le fauteuil, attrape mon visage entre ses mains et efface de son pouce ma larme. Son geste est inutile, puisque d'autres tracent de nouveaux sillons, mais je n'ose pas le lui dire, de peur qu'il s'éloigne. Toutefois, il ne semble pas vouloir s'interrompre, au contraire, il recommence. Encore et encore.

– Tu n'as pas à t'excuser, c'était mon choix de tout arrêter, me corrige-t-il. Je n'avais pas toutes les cartes en main ni toute ma lucidité quand j'ai pris certaines décisions.

– Mais…

– Dawn, pour une fois dans ta vie, tais-toi et écoute-moi, rigole-t-il.

Le rouge me monte aux joues, mais je m'exécute. De toute façon, mon cerveau s'est déconnecté dès l'instant où il m'a touchée et que son odeur boisée a empli mes narines.

– Le soir de l'accident, je t'ai dit des choses horribles, que je ne pensais absolument pas. J'étais blessé, mais surtout j'avais peur de te perdre, j'étais sûr que tu le choisirais, lui. Si seulement j'avais su que c'étaient mes mots et mes actes qui te pousseraient loin de moi…

Il s'arrête pour respirer, comme si sa confession lui coûtait. Ma gorge se noue d'émotions, je nous revois comme si c'était hier, dans mon appartement en train de nous arracher le cœur.

– Je sais que Derek t'a tout raconté et le fait que tu m'as avoué m'aimer sans t'en souvenir. Garder ce secret m'a rongé de l'intérieur et ça a envenimé une situation déjà chaotique, poursuit-il. Je n'ai pas su gérer mes sentiments, du coup, j'ai agi comme un abruti et j'ai fait la seule chose que je sais faire : attaquer en premier.

Ses yeux se voilent légèrement et je n'ai rien besoin de lui demander pour savoir qu'il revit cette nuit-là, lui aussi.

Lorsqu'il reprend, sa voix est légèrement tremblante, loin d'être aussi assurée qu'au début.

– J'ai regretté tout ce que j'ai dit à l'instant où tu es partie, mais j'étais trop en colère contre Josh, contre sa proposition, contre toi. Mais surtout contre moi-même. Je t'avais menti, je me détestais… c'était vraiment la merde.

– Tu m'as menti ? je murmure, perplexe.

– Ouais.

Une rougeur apparaît sur son cou. Je crois que je peux compter sur une seule main, les fois où Garrett a eu honte devant moi. On a tellement tout vécu ensemble qu'on ne s'embarrassait plus de ce genre de détails.

– Tu veux bien me raconter ? je demande.

Il inspire longuement, sans jamais rompre notre contact visuel.

– Je n'avais pas demandé Claire en mariage.

Voilà qui me laisse sans voix, et je fronce les sourcils. Si je n'étais pas aussi choquée, je pense que je lâcherais une ou deux insultes.

– Je lui avais juste proposé d'emménager avec moi.

Cela fait beaucoup d'un coup. Un flot intense de regrets s'abat sur moi. Si seulement on avait su communiquer et passer outre nos peurs ou rancœurs de l'époque.

Les souvenirs de cette maudite nuit essaient de prendre le dessus sur ce moment entre nous. Dans un ultime espoir que tout n'est pas terminé, je me concentre sur ses mains sur mes joues, ses yeux rivés aux miens et à son corps solide qui irradie de chaleur.

– Merci d'avoir été honnête avec moi, je réponds, ne sachant pas ce qu'il attend de moi. Mais tout ça est loin maintenant, je ne vais pas minimiser l'impact que ça a eu, simplement, ce n'est pas comme si on pouvait réécrire le passé.

– C'est vrai, mais je voulais que tu saches tout, ne plus rien te cacher.

J'acquiesce tout en essayant de sourire.

– OK.

– OK, répète-t-il. Avant… Avant que je poursuive, je tenais à te dire que je suis désolé que ma rage de l'époque ne m'ait pas permis de voir ta souffrance. Derek m'a dit que tu t'étais séparée de Josh le soir même… Quand j'y pense, ça me fait tellement mal.

Mon cœur se serre à ce prénom et je baisse les yeux. Je m'en voudrai toute ma vie pour la façon dont j'ai géré les choses avec Josh. Enfin, gérer est un bien grand mot. En réalité, je n'ai rien fait d'autre que le laisser tel un déchet sur le bord de la route. Cet homme si bon et si doux qui m'a tant apporté.

Il ne méritait vraiment pas ça.

Pas un jour ne passe sans que je souhaite revenir en arrière afin de changer la manière dont je l'ai traité. Je sais maintenant que je n'aurais pas pu faire ma vie avec lui, mais j'aurais pu lui dire cela autrement… J'espère de tout mon cœur qu'il a trouvé quelqu'un qui l'aime autant que Josh aime les gens. Totalement. Passionnément.

Garrett m'oblige à le regarder de nouveau, mais il attend patiemment ma réponse.

– Ouais, j'ai essayé de te le dire sur le moment, mais tout est allé trop vite.

– Je te demande pardon.

Ses excuses, auxquelles je ne m'attendais pas, sont comme une caresse sur mon cœur meurtri. Ce n'est tellement pas le genre de Garrett d'être comme ça, que je suis réellement surprise. Il peut s'en passer, des changements en quatre ans. Je suis bien placée pour le savoir, la Dawn qu'il connaissait n'est plus tout à fait la même.

Alors je lui souris plus franchement que tout à l'heure. Je vois ses épaules se détendre et un petit sourire naître au coin de ses lèvres. Je n'avais pas pris conscience d'à quel point ça m'avait manqué avant de le revoir.

– Est-ce que tu veux boire quelque chose ? je lui demande pour reprendre contenance en reculant d'un pas, quittant son toucher.

Il secoue la tête gentiment pour refuser puis reprend :

– Est-ce que tu as quelqu'un dans ta vie ? Du genre une relation amoureuse ?

Bordel, j'avais oublié combien sa façon d'aller droit au but est déroutante. Il est bien le seul qui puisse passer du coq à l'âne sans se départir de son sérieux.

– Non, j'avoue du bout des lèvres en détournant le regard.

Il sourit avant de prendre une grande inspiration.

– Je t'aime. Je crois que je t'ai aimée dès que j'ai su ce qu'était l'amour. Même si je n'ai pas toujours compris ce que je ressentais pour toi, je savais au fond de moi que tu étais ce dont j'avais besoin.

Il prononce les mots qui font éclater mon monde.

Respire, Dawn, respire.

C'est la seule chose sur laquelle j'arrive à me concentrer pendant que ses mains attrapent les miennes.

– Je me suis perdu en cours de route, alors que ces trois mots ont failli franchir mes lèvres un nombre incalculable de fois. Mais ce n'était jamais le bon moment, on n'a jamais été au bon croisement ensemble. Puis Josh est arrivé, suivi de Claire, et tout s'est précipité… Tu n'éprouves peut-être pas la même chose que moi, et ce n'est pas grave, je me suis préparé à ce que mes sentiments ne soient pas réciproques. Mais après avoir vécu sans toi si longtemps, je préfère faire partie de ta vie comme ami plutôt que d'en être exclu.

Respire, Dawn, respire.

Je n'arrive pas à me concentrer sur autre chose que sur ces trois petits mots : « Je t'aime. » Ceux-là mêmes qui m'ont paralysée lorsque Josh les a prononcés. Pourtant aujourd'hui, je ne panique pas, je suis carrément en état de choc.

Revoir Garrett est une épreuve, mais l'entendre m'avouer ses sentiments, c'en est trop pour mon cœur. Je suis incapable de parler, je reste bêtement à le dévisager, mes mains accrochées aux siennes.

Je comprends qu'il se méprend sur mon silence à cause de la pointe de déception qui passe rapidement dans son regard avant qu'il se reprenne.

– Je vais te laisser pour que tu puisses digérer tout ça. J'ai eu le temps de me faire à l'idée de te revoir depuis deux semaines, je sais que ça peut être intense. En revanche, si tu es d'accord, peut-être que je pourrais passer te voir dans les prochains jours ?

La gêne remplace toute autre émotion sur son visage et, ne prenant même pas la peine d'attendre ma réponse, il me contourne et se dirige vers la sortie. Sans sa chaleur près de moi, le froid me saisit et je m'entoure de mes bras.

Il fuit, encore une fois. Et quand ce n'était pas lui, c'était moi.

Hors de question de reproduire les erreurs qui nous ont détruits, même si j'ai peur de me jeter à l'eau.

– Ce soir-là, je venais chez toi pour te dire que je ne partirais pas à Chicago. Que je ne pouvais pas partir, pas sans toi, je lui avoue dans un souffle.

Il se fige, la main sur la poignée, mais ne se retourne pas. Alors, je m'approche jusqu'à ce que je puisse toucher son dos. Je le sens respirer un peu plus vite lorsque je pose ma main sur lui, mais je continue de parler. Il le faut.

– Je n'arrivais pas à admettre que ce que je ressentais pour toi était plus que de l'amitié. Les seules fois où j'ai cru que toi et moi, c'était possible, j'ai été blessée, alors je n'espérais plus. Mais quand j'ai laissé Josh devant ce restaurant pour venir te retrouver, j'ai été obligée de voir la vérité en face. Tu n'as *jamais* été que mon meilleur ami, tu as toujours été plus. Tellement plus…

Il se retourne lentement vers moi, des larmes contenues dans ses magnifiques yeux verts.

– Donc, tu m'avais choisi ?

– Oui.

Un seul mot, mais si lourd de sens pour nous.

Il bascule légèrement la tête en arrière et ferme les yeux. Les larmes tombent pour se perdre dans sa barbe, mais il se reprend.

– Da-Re de faire table rase du passé et de nous laisser une vraie chance ?

L'espoir brûle tel un feu dangereux dans ses yeux. Un bûcher dans lequel j'ai envie de me jeter.

– Tu ne m'as pas dit la contrepartie, je le torture.

– Parce que pour la toute première fois du Da-Re, il n'y en a pas.

– Il me semble surtout que c'était à moi de proposer le prochain Da-Re…

– Dawn, grogne-t-il presque.

Jouer avec ses nerfs était mon passe-temps préféré, je vois que je suis toujours douée pour ça.

– Dans ce cas, je crois qu'il ne me reste plus qu'à dire un mot…

– Lequel ?

– Da…

Je n'ai pas le temps de finir de prononcer le mot « Da-Re » que ses lèvres fondent sur les miennes. Comparé à la seule fois où j'ai embrassé Garrett, ce baiser n'a rien à voir. Tout est amplifié par notre urgence, le goût salé de nos larmes et la sensation de sa barbe sur ma peau.

Ses bras m'entourent et me serrent fort tandis que je passe mes mains dans ses cheveux. On ne se sépare que pour respirer.

Ses doigts semblent soudés à mes hanches, mais rapidement, il les descend sous mes fesses pour me soulever. J'enroule aussitôt mes jambes autour de lui, pour nous rapprocher encore plus.

– Où est ta chambre ? me demande-t-il entre deux baisers langoureux.

– Au fond du couloir, deuxième porte à droite, je réponds en lui mordillant le cou.

Il nous y conduit maladroitement. On s'arrête plusieurs fois en chemin tant l'attraction entre nous est intense. Tandis que ma bouche joue avec sa langue, il lâche un grognement sexy qui se répercute directement dans mon bas-ventre.

J'ai envie de lui, comme je n'ai jamais eu envie d'un homme. Et si j'en crois son érection, il est tout aussi excité que moi.

Dès qu'on franchit le seuil, il me plaque au mur et m'embrasse fougueusement. Maintenue par Garrett tout contre moi, je me sens enfin chez moi…

Garrett

43. Je t'aime

Je cueille ses soupirs avec mes lèvres.

Je ne sais pas depuis combien de temps je l'embrasse contre ce foutu mur et je m'en fous. Je ne pensais pas un jour pouvoir sentir sa bouche sur la mienne, alors je profite de chaque instant qui nous est accordé.

Lorsque la friction de nos corps touche un point sensible, je pousse un nouveau grognement.

Délicieux.

Mon être s'imprègne de tout, sa douceur, son parfum et ses frissons. Je suis au Nirvana. Mais il me faut plus, non, j'ai *besoin* de plus. Je veux sentir sa peau nue contre la mienne.

Nous bougeons puis je la jette sur le lit, où elle rebondit avant d'exploser de rire.

Putain, ce son se répercute directement dans mon érection, j'en veux encore. Je prends le temps de faire glisser mon regard sur elle, en passant de son jean à son pull noir pour terminer sur son visage. Elle me dévisage elle aussi, ses yeux ambrés brillant d'une lueur malicieuse, le souffle court et les joues rougies.

– On a trop de vêtements entre nous, je murmure tout en retirant mon manteau.

D'un autre mouvement, je fais passer par-dessus ma tête mon pull et mon T-shirt.

Dawn, de son côté, ne bouge pas, elle observe mon torse comme si c'était la première fois, et d'une certaine façon, c'est le cas. Le sport est devenu l'une de mes échappatoires favorites, raison pour laquelle ma musculature s'est développée ces dernières années.

Il y a surtout plusieurs cicatrices liées à mon accident. Soudain, la peur vicieuse qui se cache en moi que cela puisse la déranger se réveille. Pourtant, je ne trouve aucune trace de dégoût sur son visage, simplement un désir brut, sauvage. Mes dernières craintes s'envolent lorsqu'elle passe sa langue sur ses lèvres.

Lui dévoiler ce corps qu'elle ne connaît pas et constater qu'elle aime ce qu'elle voit fait enfler mon désir encore retenu dans mon jean. Mais bientôt, je serai en elle.

Cette idée manque de me faire défaillir, alors je m'allonge sur elle en prenant possession de sa bouche déjà gonflée de nos précédents baisers.

J'ai du mal à maîtriser mes gestes, je suis nerveux, excité et définitivement amoureux. C'est fou à quel point c'est différent de faire l'amour avec quelqu'un qu'on aime, c'est autant avec ses émotions qu'avec son corps. Rien à voir avec une partie de baise.

Quand sa langue caresse délicatement mes lèvres, je perds le peu de contrôle qui me restait. J'attrape ses cuisses pour la plaquer davantage contre mon érection, créant ainsi un semblant de pénétration qui m'envoie des décharges à chacun de mes mouvements.

Je ne lui laisse aucun répit, sentant également l'excitation monter en elle de plus en plus vite. Elle essaie de s'accrocher à moi, ses mains parcourent mon dos, mes cheveux.

Elle est partout en même temps.

Comme j'en ai toujours rêvé.

Le grognement de frustration qu'elle pousse quand je m'éloigne d'elle est vite remplacé par un soupir de bien-être lorsque mes doigts remontent son pull qui dévoile ses côtes. Je suis étonné d'y découvrir un tatouage. J'aurai le temps de l'étudier plus tard. Une fois que le feu dans mes reins se sera calmé, là, je lui accorderai toute mon attention.

Ma bouche suit de près le tracé de mes doigts et rapidement je repousse son soutien-gorge afin de refermer mes lèvres sur son sein. Elle pousse un petit cri étouffé qui ne manque pas de me faire rire. Les mains de Dawn me forcent à relever la tête.

– Quelque chose te paraît drôle ?

– Je ne te savais pas si sensible, voilà tout.

– Tu préférerais que je cache ce que tu provoques en moi ?

Son sourire mutin m'indique qu'elle pourrait relever ce défi si je le lui demandais. Je retiens donc l'idée.

– Je préférerais que les voisins se plaignent du bruit et que tu enregistres chaque délicieuse chose que je prévois pour toi.

– Crois-moi, je suis en train de marquer au fer rouge dans ma mémoire tous les endroits que tu touches avec tes doigts ou ta bouche.

L'entendre dire ces choses, les joues roses d'excitation et la respiration hachée, fait grimper en flèche mon excitation.

Après un sourire ravageur qui lui coupe le souffle, je reprends mon travail minutieux : goûter chaque partie de son corps.

Durant mon exploration de ses courbes, un constat déroutant me frappe. Je pourrais faire ça toute ma vie, jamais je ne m'en lasserai.

Comme pour me ramener au moment présent, les mains de Dawn, au début timides, n'hésitent plus à me guider, à caresser ma peau ou à y enfoncer ses ongles lorsque le plaisir la submerge.

Quand elle me repousse sur le côté, je me laisse faire.

Dès que je m'écroule sur le dos, elle en profite pour sortir du lit. Je me redresse sur les coudes pour profiter pleinement du spectacle. Mon cœur défaille quand je la vois retirer complètement son pull, puis son soutien-gorge. Sa poitrine ainsi libérée me donne envie de la ramener contre moi dans ce lit pour l'honorer comme il se doit. Mais son petit regard presque intimidé m'en empêche. Je dois la laisser aller à son rythme.

Je fais bien, parce qu'après une œillade insistante, elle fait glisser son jean le long de ses jambes.

Cependant, je suis surpris qu'elle se mette à rire. Je fronce les sourcils, perdu, mais je ne comprends son hilarité que lorsqu'elle se redresse. Dawn se tient pratiquement nue face à moi, elle ne porte plus qu'une magnifique culotte. À l'effigie de Bob l'éponge.

J'explose de rire à mon tour avant de la rejoindre pour attraper son visage entre mes mains.

– C'est parfait, tout est absolument parfait ! je lui avoue avant de lui voler un baiser et de caresser de mes doigts les mots inscrits sur une partie de ses côtes.

Elle n'a pas besoin de me dire que c'est pour moi, pour nous, car c'est une évidence. Alors, je me mets à genoux devant elle pour en caresser chaque mot, chaque lettre de mes lèvres et je m'attarde sur un endroit particulier. Celui où est tatoué : « retrouvailles ».

J'ignore qui de nous deux embrasse l'autre en premier. Nous ne sommes pas doux, nous sommes affamés et nos dents s'entrechoquent. Nous nous dévorons.

En se recouchant tous les deux sur le lit, entièrement nus, je longe doucement son ventre en y imprimant une multitude de baisers humides. Elle frissonne à chacun d'eux. Elle est tellement sensible que je prends un malin plaisir à faire durer ce supplice.

Je dépose non loin de son oreiller le préservatif que j'ai pris dans mon portefeuille et l'embrasse jusqu'à en perdre notre souffle.

Lorsqu'elle m'entoure de ses jambes, j'attrape sa cuisse pour me permettre de me coller encore un peu plus à elle. Nos corps se moulent à la perfection, j'ignore où je commence et où elle finit, mais nos regards restent soudés. Elle appuie sur ma nuque pour guider ma bouche vers la sienne, je la laisse faire avec bonheur.

Nos corps bougent de manière incontrôlée et pourtant aucun de nous ne fait quoi que ce soit pour y remédier. Quand je déplace ma main entre nous, nous retenons simultanément notre respiration. Je joue avec elle, mais elle est déjà tellement prête que mon sexe palpite d'anticipation. J'ai envie de prendre mon temps, de la dévorer pour graver dans ma mémoire chaque seconde de ce moment.

Alors que je mords son sein, j'entends le bruit caractéristique d'un emballage de préservatif qu'on ouvre. Je libère son téton pour la regarder.

– Redresse-toi.

– À vos ordres, M'dame, je réponds en m'exécutant.

Quand ses doigts se posent sur moi pour me caresser et me mettre le préservatif, j'ai peur de jouir dans l'instant. J'ai trop attendu pour que ça soit fini avant même d'avoir commencé.

Elle se rallonge sans quitter mes lèvres. Une fois installé entre ses jambes, je sais que plus rien ne pourra nous arrêter. Je me recule un peu pour trouver le meilleur angle et la pénètre enfin. Millimètre après millimètre, je m'enfonce en elle, découvrant la sensation incroyable de faire l'amour à la femme que j'aime.

Le soupir de bien-être qui nous échappe en même temps lorsque je l'emplis entièrement me tire un sourire puis je m'immobilise. Je savoure les sensations de nos corps enfin enlacés.

Mais je la sens bouger sous moi, perdant rapidement patience, alors nous commençons la plus vieille danse du monde. Je nous impose un rythme bien plus lent que celui que j'aimerais pour faire durer le plaisir. Je veux qu'elle ressente que ce n'est pas juste du sexe, que c'est bien plus pour moi. En revanche, Dawn n'a pas les mêmes projets puisqu'elle plante ses ongles dans mes fesses, me guidant pour accélérer. Je m'exécute sans me faire prier.

Nous laissons libre cours à notre passion retenue depuis tout ce temps. Chaque coup de reins, chaque baiser, chaque soupir me rapproche un peu plus de ma libération.

Je sais que je ne tiendrai plus longtemps alors je caresse son clitoris de mon pouce, ses gémissements se transforment en cris d'extase et rapidement je la sens se resserrer autour de moi. Quand elle explose, m'emprisonnant en elle, je laisse ma propre jouissance me ravager. Les vagues qui me submergent sont d'une puissance inégalée.

Je m'effondre, en veillant à ne pas peser de tout mon poids sur elle le temps que l'on reprenne nos esprits. Mon cœur se calme peu à peu tandis que je pose mes lèvres sur son épaule. En reprenant conscience du monde qui m'entoure, j'entends sa voix murmurer à mon oreille :

– Je t'aime.

Et elle le répète.

Encore.

Indéfiniment.

Je caresse paresseusement son dos pendant qu'elle m'embrasse dans le cou. Ça doit faire une heure que nous sommes dans cette position, Dawn dans mes bras, la tête sur ma poitrine.

Nous avons beaucoup parlé, rattrapant ce que nous avions manqué durant ces dernières années. Nous n'abordons pas encore les sujets sensibles, aucun de nous n'a envie de gâcher ces retrouvailles.

Il faudra tôt ou tard qu'on en parle, mais on a le temps. Je ne suis pas inquiet, ce qui est une première.

Soudain, la sonnerie de mon téléphone fait éclater notre petite bulle et je m'en veux de ne pas l'avoir éteint ou mis sur silencieux.

– Celui ou celle qui ose m'appeler va le regretter, je bougonne en me levant pour chercher mon jean.

Je le récupère aux pieds d'un fauteuil.

– Quoi ? je lâche en décrochant in extremis.

– Alléluia, il est vivant, ricane mon frère. J'appelais pour prendre des nouvelles, savoir si elle t'avait assassiné ou au contraire avalé tout entier ! Misha a parié sur la seconde option, mais j'avoue que j'étais sceptique...

Je regarde Dawn en train de s'étirer, dans son lit, tel un chat ensommeillé.

– Tout va bien, tout va plus que bien même...

J'entends Derek dire à Misha qu'il avait raison et le cri que pousse ce dernier me fait éloigner le téléphone de mon oreille.

– On est dans un bar pas loin, le Trip, vous venez nous rejoindre ? On aimerait fêter ces retrouvailles avec vous.

Mes yeux sont toujours posés sur Dawn qui rougit petit à petit. Je sais que mon érection naissante ne passe pas inaperçue, et pour preuve, ses yeux descendent aussitôt dessus. Ce qui me fait beaucoup trop d'effet pour la santé de mon cœur.

– Garrett ? T'es là ? insiste Derek.

– Donnez-nous une heure... je lui réponds d'une voix rauque.

La langue de Dawn passe sur ses lèvres. Un geste tout à fait innocent pour elle, mais terriblement excitant pour moi. L'envie de me retrouver prisonnier entre ses jambes est trop forte, alors je me dépêche d'en finir avec mon frère.

– Non deux, deux heures et on vous rejoint.

Je raccroche, jette mon téléphone et me dirige rapidement vers le seul endroit où je veux être sur cette terre : avec elle.

Garrett

44. Six mois plus tard

Aujourd'hui est un grand jour.

Et je suis mort de trouille.

Pourtant, nous sommes le 24 décembre, une superbe journée que l'on passe, entourés de ceux qu'on aime, à bien manger et à rire.

Mais ce n'est pas que ça pour moi cette année. Non, ça représente bien plus.

Parce que ce soir je compte demander à la femme de ma vie de m'épouser.

Malgré notre séparation de quatre ans, malgré le fait que nous ne sommes officiellement ensemble que depuis six mois. Tout ça ne compte pas, ce ne sont que des chiffres. Je sais, *je sens*, au plus profond de mon être que Dawn est la femme qui sera toujours à mes côtés dans vingt ans.

Il suffit de voir notre quotidien depuis que je l'ai retrouvée à Seattle. On ne peut pas passer plus de quelques heures sans se parler ou s'embrasser. Bien entendu, comme tout couple, on a nos hauts et nos bas et je ne doute pas que l'on en aura encore beaucoup.

En revanche, tout se passe dans le calme, on discute énormément et surtout, plus de secrets ou de malentendus. Pour ça, on a appris de nos erreurs, hors de question de les répéter.

Dawn m'est aussi essentielle que l'air que je respire. C'est aussi simple que ça. Je la suivrai au bout du monde si c'est ce qu'elle désire, même si j'ai horreur de l'avion.

Heureusement pour moi, la seule chose qu'elle ait souhaité, c'est revenir vivre à Wilmington. C'est donc ce qu'on a fait, en réemménageant dans son appartement au-dessus du Black Market. Beaucoup de ses meubles étaient encore là.

En revenant vivre ici, c'est comme si nos vies n'avaient jamais été séparées, nous avons juste repris les choses où elles s'étaient arrêtées. Bien que la réalité ne soit pas aussi simple, ça aide.

La seule grande nouveauté est que Misha nous a suivis et a emménagé dans mon ancien appartement. On peut dire qu'il met une nouvelle agitation dans mon quotidien et je ne sais pas encore si j'apprécie ça ou non. Toutefois, il tient une place très importante dans la vie de Dawn et lorsqu'elle lui a annoncé vouloir rentrer à Wilmington, il a simplement dit : « Y a de la place pour moi là-bas ? »

Dawn a repris la gestion de la galerie en compagnie de madame Deyes. Je réexpose aussi là-bas et Misha la seconde de temps en temps.

Tout est parfait, pour tout le monde.

Alors pourquoi est-ce que j'ai l'impression de me tenir en haut d'une falaise ?

– Tu crois qu'il a perdu sa faculté de parler ? ricane Jessie, me ramenant au moment présent.

– Nan, je pense qu'il a des séquelles de sa commotion cérébrale suite à l'accident, répond mon jumeau.

– Eh ! je m'agace. Ça va, je vous dérange pas ?

– Ben quoi ? Tu nous demandes d'accourir le plus vite possible chez toi et une fois qu'on est là, tu es muet comme une carpe, se défend ma sœur.

Elle marque un point.

Je frotte mes mains contre mon jean, la nervosité me gagnant de plus en plus.

– Je… J'ai… je bafouille misérablement.

– Je parie mes maigres économies que Brooke se débrouille mieux que toi !

Le rire de Derek emplit mon appartement, tandis que j'adresse un doigt d'honneur à la concernée. La mention de la fille de mon frère, m'adoucit automatiquement. Tout le monde est tombé sous le charme de sa petite bouille dès l'instant où on l'a rencontrée. Même si son arrivée a été rocambolesque, il lui a suffi d'un sourire pour nous faire tout oublier.

Je passe la main dans mes cheveux et souffle un grand coup.

– Vous voyez les cartons là-bas ? je lance en désignant les deux grosses boîtes au milieu du salon.

– Ouais, difficile de les manquer, répond Derek.

– Dedans, il y a de quoi décorer le toit-terrasse au-dessus de la galerie.

– En plein mois de décembre ? s'étonne Jessie avec une grimace.

– Oui.

Ils me dévisagent comme si mon idée était la plus pourrie du monde, et peut-être qu'elle l'est au fond. À ce stade, je ne suis sûr de rien.

– Allez, je mords à l'hameçon, lâche mon frère, pourquoi tu vas faire ça ?

– Parce que je compte demander la main de Dawn ce soir.

Voilà, c'est dit.

L'expression de Jessie et Derek vaut son pesant d'or. Je regrette de ne pas avoir mon appareil photo sous la main. Le cliché aurait été mémorable. Puis ma sœur cligne des yeux et lâche un cri.

Elle se rue vers moi, me faisant basculer contre le dossier du canapé.

– T'en as mis, du temps ! Je m'attendais à ce que tu mettes un genou à terre quand tu es allé la retrouver à Seattle ! avoue-t-elle.

Je ris, il n'y a que Jessie pour imaginer des scénarios pareils.

Notre rêveuse attitrée.

Mon jumeau s'approche à son tour, de manière plus mesurée, mais son regard ému exprime tout ce que j'ai besoin de savoir. Il me serre rapidement dans ses bras puis reprend :

– Quand est-ce qu'on commence ?

– Tout de suite, je réponds, Dawn est partie avec Misha faire des courses de dernière minute, ça devrait nous laisser suffisamment de temps.

– Alors, c'est parti ! s'emballe Jessie en sautillant partout.

– Calme-toi, sinon je ne te confierai pas ta deuxième mission.

Elle s'arrête aussitôt.

– Voilà qui m'intéresse.

Quand Dawn et Misha rentrent à l'appartement, nous sommes tous les trois sagement assis dans le salon en train de refaire le monde. Comme si de rien n'était.

Nous avons réussi avec brio notre mission, il ne me reste plus que quelques détails à peaufiner, mais je pourrai m'en occuper seul.

– Oh ! Salut, vous ! s'exclame Dawn avec un immense sourire. Je ne pensais pas vous voir avant le réveillon ce soir !

– Tu sais ce que c'est, lance Jessie d'un mouvement de la main, on est inséparables tous les trois.

Je grimace discrètement tant son mensonge est peu crédible, mais Dawn rigole en entendant le sarcasme dans la voix de ma sœur, puis elle s'approche de moi pour déposer un baiser sur mes lèvres.

Et juste comme ça, je sais que je suis à la maison, à ma place.

Son odeur sucrée et fleurie envahit tous mes sens, je suis au paradis.

– Tu m'as manqué, je souffle contre ses lèvres.

– Toi aussi, admet-elle avec un clin d'œil avant de se redresser. Vous voulez rester un peu ?

Dawn se tourne vers les autres, me laissant derrière elle. J'en profite pour secouer vivement la tête afin qu'ils comprennent le message.

– Non, répond immédiatement Derek, il faut qu'on aille se préparer. Tu viens Jessie, je te ramène ?

– Oui ! À tout à l'heure tout le monde !

Je me lève à mon tour en frappant mes cuisses, ce qui attire l'attention de Dawn.

– Moi aussi je vais y aller.

– Quoi ? lâche-t-elle, surprise. Je croyais qu'on devait se préparer ensemble.

– Il y a eu un changement de dernière minute, je dois faire un truc avec Misha avant.

– Ah bon ? lance ce dernier en haussant les sourcils.

Je lui fais les gros yeux.

– Mais oui, rappelle-toi, *ce truc*.

La lumière jaillit enfin dans son cerveau et il rentre dans mon jeu.

– Ah oui, *ça* ! Comment ai-je pu oublier…

– On se retrouve ici dans une heure ? je dis à Dawn en l'embrassant rapidement.

– OK, murmure-t-elle, dubitative.

J'entraîne Misha derrière moi et claque la porte. Derek et Jessie sont encore sur le palier.

– Bon et maintenant, chuchote ma sœur.

– On fonce chez Misha, je réponds sur le même ton.

– Ah bon ? répète-t-il. Pourquoi je ne suis pas au courant ?

– Dépêchons-nous, Dawn pourrait sortir, intervient Derek.

Nous sommes désormais tous à l'intérieur de ce qui fut mon appartement un jour. Misha s'est très bien approprié les lieux, il y a du bordel partout…

– Quelqu'un m'explique de quoi il en retourne ? s'agace gentiment ce dernier en jetant son blouson sur la première surface disponible.

– Pas le temps ! On réquisitionne ta salle de bains, crie Jessie en me tirant par la main pour me faire monter l'escalier.

Mon cœur bat la chamade, parce que ce que je m'apprête à faire me terrifie autant que cela me remplit d'espoir.

Dawn

45. Courage

Qu'est-ce qu'il vient de se passer ?

Je fixe la porte par laquelle tous mes proches viennent de partir, dépassée par les événements. Bizarrement, je ne suis pas inquiète, l'amour dans le regard de Garrett brillait de mille feux.

Alors pourquoi changer nos plans à la dernière minute ?

Il sait à quel point ce premier Noël depuis nos retrouvailles me stresse. On n'a pas réuni tous nos proches sous le même toit depuis… eh bien, plus de quatre ans. Je me mets donc une pression folle pour que tout soit parfait, des cadeaux à ma tenue en passant par mon parfum ou mon apparence.

J'espère tellement que tout sera magique, même si trouver les présents parfaits m'a semblé sans fin. J'ai l'impression de ne plus connaître les gens qui font partie de ma vie depuis plus de vingt ans. Le pire ayant été Garrett.

Je n'ai eu mon idée qu'hier, durant une promenade du désespoir au centre commercial. J'ai travaillé dessus toute la nuit, j'espère vraiment que ça lui plaira. Il s'agit d'un cadre rempli de photos de nous, enfants, adolescents, adultes. Certaines datent même de notre séparation.

Ce cadeau représente notre vie.

L'espoir qu'il l'aime autant que moi me noue le ventre. Cette année est si importante pour nous. Ça sera le premier Noël de Brooke, mon Petit Lardon adoré ! Je passerais tout mon temps libre avec cette enfant si Garrett ne me calmait pas par moments.

Mais comment lui résister ? C'est l'être le plus adorable du monde.

– Bon, je m'encourage. Tu as une heure pour te transformer en beauté fatale, alors go, ma grande !

Je monte pour prendre une douche bien chaude et laisser l'ambiance survoltée des commerces bondés derrière moi.

Il me faut plus de temps que je l'imaginais pour m'apprêter, mais lorsque je sors, j'ai retrouvé confiance en moi pour affronter cette soirée.

Avec ma robe crayon rouge, mes talons aiguilles noirs, mon brushing ainsi qu'un délicat maquillage, je me sens armée pour encaisser de potentiels reproches.

Ma mère avec un coup dans le nez peut être vraiment… surprenante. À défaut d'un autre mot.

Mieux vaut être prête à tout.

Je descends prudemment les marches et tandis que je m'apprête à revêtir mon manteau noir, je remarque un Post-it collé sur la porte d'entrée. Je suis persuadée qu'il n'y était pas lorsque je suis montée tout à l'heure.

Garrett est donc revenu entre-temps. Je m'en approche doucement pour déchiffrer les quelques mots écrits dessus.

Mon cœur tambourine lourdement contre ma cage thoracique quand je lis :

Da-Re de me retrouver sur le toit ?

Le toit ? Pourquoi le toit ?

On n'y va jamais, même si on avait eu pour projet il y a des années d'en faire un espace terrasse. Malheureusement, on a toujours reporté par flemme.

– À quoi tu joues, Garrett ? je souffle en caressant la phrase.

Pour me rassurer, je ferme les yeux afin de revoir son amour jaillir de son regard quand il est parti, il y avait même un éclat rieur à l'intérieur.

Tout va bien.

C'est avec cette image de l'homme que j'aime éperdument que j'enfile une écharpe et mon manteau. Je gagne un peu de temps en prenant soin d'éteindre toutes les lumières, puis attrape mon sac à main. Je referme la porte derrière moi et me dirige vers une autre, un peu plus loin que l'appartement de Misha.

J'hésite une fois devant, mais dès l'instant où je la franchis et que je pose le pied sur la première marche, je ne m'arrête plus. Pour ne pas perdre mon courage, je cours presque jusqu'à celle du haut qui mène au toit et la pousse avec un élan à peine contenu.

La bourrasque glaciale qui m'accueille me fait pousser un petit cri. Mais c'est en apercevant Garrett que j'ai le souffle coupé.

Mon entrée fracassante le fait bondir, comme s'il avait reçu une décharge électrique. Il entrouvre la bouche, d'où s'échappe de la buée, pour me dire quelque chose, mais il se fige quand je lève une main pour l'arrêter.

Mes yeux ne savent plus où regarder tellement je suis émue. Le toit semble tout droit sorti d'un rêve. Des guirlandes l'illuminent de toutes parts, des fauteuils ont été installés et une large toile blanche est tirée au-dessus de nos têtes, nous gardant à l'abri de la neige qui s'est remise à tomber. Les lumières nous enveloppent dans une ambiance dorée féerique et je savoure à cet instant cette image.

Je la grave dans mon esprit pour pouvoir la repeindre un jour.

Cependant, je suis particulièrement subjuguée par Garrett. Il n'a jamais été aussi beau. Il semble avoir enfilé un costume noir, caché sous son manteau. Je remarque surtout qu'il a rasé cette foutue barbe.

Je le vois enfin, lui, sa cicatrice, son être tout entier.

Il est magnifique.

Encore plus que je ne peux le décrire.

Je m'approche prudemment de lui, comme s'il pouvait disparaître d'un coup. Lorsque je suis suffisamment près, je pose une main sur sa joue. Elle est douce et je découvre cette sensation nouvelle de faire glisser mes doigts dessus.

Sa respiration s'accélère, mais il ne dit rien, il se laisse faire, les yeux mi-clos et les mâchoires serrées. Alors, j'en profite pour regarder de plus près sa cicatrice qu'il déteste tant. Je la détaille à la douce lumière orangée des lampions. Puis je dépose un baiser dessus, puis deux, et continue jusqu'à ce que chaque centimètre ait été couvert de mes lèvres. Il en a tellement fait un monstre dans son imaginaire qu'il m'avait légèrement inquiétée. La réalité est tout autre, oui, elle est visible, mais pas autant qu'il le pensait et, surtout, il n'en reste pas moins beau. Il reste l'homme qui fait battre mon cœur.

Garrett tremble de tous ses membres, mais je ne m'arrête pas en si bon chemin, ma bouche passe de sa cicatrice à ses lèvres. Je m'en empare comme si ma vie en dépendait. Très sincèrement, j'ai l'impression que c'est le cas.

Il a fait cela pour moi, il se montre à tous avec son vrai visage, et je ne l'en aime que davantage d'avoir osé franchir le cap.

Je recule seulement pour reprendre mon souffle puis pose ma tête contre son torse et reste là, à savourer ses bras qui m'entourent et les battements anarchiques de son cœur.

– Permets-moi de te regarder, me demande-t-il en me repoussant doucement par les épaules.

Je me laisse faire, ouvrant même mon manteau. Tant pis si je dois attraper une pneumonie, ça en aura valu la peine. Ses pupilles se dilatent lorsqu'il découvre ma tenue, sa langue lèche ses lèvres de manière inconsciente et je souris.

– Dawn… grogne-t-il, tu es sublime.

– Tu es plutôt canon, toi aussi, et je ne parle pas du costume. Ton visage… Je n'avais pas pris conscience d'à quel point il m'avait manqué avant de le revoir ce soir.

Ma gorge se serre et une larme solitaire coule le long de ma joue, peu importe si mon maquillage en prend un coup. La joie qui m'envahit est si intense que je dois la laisser sortir.

Un sourire en coin illumine son visage et je suis comblée. Il a l'air en paix avec cette décision.

– Nos nombreuses discussions sur le sujet m'ont fait comprendre qu'il était temps que j'arrête de me cacher derrière elles, que je devais pleinement redevenir celui que j'étais pour pouvoir avancer avec toi. Nous sommes les deux faces d'une même pièce et pourtant, il me manquait quelque chose. En rasant ma barbe et en voyant ma cicatrice réapparaître, j'ai senti que j'étais enfin complet, m'explique-t-il avant de grimacer légèrement. Expliqué comme ça, c'est bizarre, ça faisait plus sens dans ma tête !

– Je comprends ce que tu veux dire, je le rassure.

– Ça me rassure, plaisante-t-il, mais pour que l'on soit véritablement sur la même longueur d'onde, j'ai besoin que tu lises quelque chose. Je te préviens d'avance, ça ne sera pas facile et tu m'en voudras peut-être même, à un certain point. Mais si tu acceptes de le lire, il faudra me promettre d'aller jusqu'au bout. Est-ce que tu t'en sens capable ?

Sans réfléchir davantage, j'acquiesce.

Je pourrais aller au bout du monde pour lui, alors lire ce qu'il semble tellement pressé de me partager me paraît comme une évidence. Il me jette un ultime regard avant de sortir de la poche de son manteau un petit carnet blanc qui a connu des jours meilleurs. Il le roule entre ses doigts, hésitant à me le tendre.

Alors je l'aide et pose mes mains sur les siennes. Je prends le cahier et avant que je puisse l'ouvrir, il me prévient :

– Lorsque j'étais à l'hôpital, au début, je refusais de parler à Grace, du temps où elle était ma psy. Elle m'a donc demandé de tout mettre par écrit. Je ne l'ai pas souvent fait, mais par moments c'était la seule solution que j'avais pour ne pas perdre complètement la tête.

Maintenant que je sais ce qu'il contient, j'ai l'impression que ce carnet me brûle les doigts. Un peu fébrile, j'attrape la couverture et tombe sur la première lettre.

Je relève les yeux pour regarder droit dans les siens et y puiser un peu de courage, puis découvre les pensées de mon meilleur ami d'il y a quatre ans.

Garrett

46. Nous y voilà

Oh bordel ! Oh bordel ! Oh bordel !

Alors que je vois Dawn prendre une grande inspiration et s'asseoir sur un des fauteuils, j'essaie de ne pas perdre mon calme. Quand elle commence la lecture de la première lettre, mes jambes ne sont plus aussi solides que je l'aimerais.

Il faut dire qu'elle ne m'a pas facilité les choses, j'avais tout planifié, mon discours, la façon dont je souhaitais l'accueillir, mais comme toujours, rien ne s'est passé comme prévu.

Je voulais lui demander de fermer les yeux pour qu'elle découvre le décor avec moi, et me « révéler » ensuite. Mais elle a mis tellement de temps pour me rejoindre que je me suis assis et ne l'ai pas entendue arriver, perdu dans mes pensées.

Finalement, ça n'a plus d'importance puisqu'elle m'a accepté tel que je suis, du moins physiquement. Il reste à vérifier ce qu'elle pensera de moi après avoir refermé ce carnet.

J'en connais chaque mot et je sais que certains la blesseront cruellement. Pourtant, nous avons besoin de traverser ça, à deux et de repartir avec un regard éclairé sur notre relation.

J'observe sa façon de tenir mon cahier. Elle s'arrête par moments pour relire un passage et caresser certaines phrases. De la même manière qu'elle l'a fait avec ma joue un peu plus tôt.

Par réflexe, je me passe la main sur le menton, mais ma longue barbe n'est plus là pour me dissimuler. J'effleure à peine ma cicatrice, il me faudra du temps pour être totalement à l'aise avec ce traumatisme. Mais avec Dawn à mes côtés, qui ne semble pas troublée, je sais que j'y arriverai. Ma famille sera aussi un réel soutien, il me suffit de penser à la réaction de Jessie pour que le poids qui me compresse la poitrine d'appréhension s'estompe peu à peu.

Garrett & Jessie – quelques heures plus tôt

– C'est ta dernière chance de faire marche arrière, après, ce ne sera plus de mon ressort si tu paniques, je devrai aller jusqu'au bout !

– Dans le genre soutien infaillible, tu te poses là, quand même, je marmonne.

Cela fait moins de deux minutes que je suis dans la salle de bains de Misha et que je repousse le moment d'entamer « le chantier », comme ils l'ont surnommé.

Jessie patiente à côté de moi, sans me presser. Elle me laisse faire les choses à mon rythme, je pense qu'elle a compris que si elle me forçait je me ferais la malle.

– Tu sais que Dawn te demande de sauter le pas depuis le premier jour de votre réconciliation. Elle va t'adorer encore plus, même si je sais pas comment ça serait possible, vu qu'à ses yeux on dirait que tu es un dieu vivant…

Je lui lance mon plus beau sourire de tombeur, à travers le miroir, et elle me renvoie son air très sérieux.

– Tu sais que j'ai raison ! Tous les deux, si vous pouviez fusionner, vous le feriez… Des fois, c'en est légèrement agaçant, voire écœurant, pour ne rien te cacher.

Cette fois-ci, je lève les yeux au ciel, je vois très bien ce qu'elle cherche à obtenir. Et ça fonctionne. Je me détends peu à peu en pensant à Dawn et au fait que j'agis pour moi avant tout. Me retrouver, faire la paix avec mon passé, avec mon accident et son absence durant ma convalescence.

Le bruit de la tondeuse que Jessie enclenche me fait sursauter et un sourire sadique lui tord le visage.

– Si tu veux avoir le temps de tout faire avant que Dawn soit prête, on va devoir se décider. Le tic-tac est en marche, frérot…

Je me regarde une dernière fois dans le miroir, me détaille soigneusement, enregistrant la moindre broutille. Il y a peu de chances que je revoie ce visage avant des années, Dawn y veillera.

– Garrett ?

Je me tourne vers ma sœur et elle me surprend en me prenant en photo avec son portable.

C'est moi le photographe, d'habitude.

– Voilà, comme ça, tu es figé dans le temps. On s'y met ? s'impatiente-t-elle.

– Vas-y avant que je change encore d'avis, je lâche d'une voix rauque.

Elle ne perd pas de temps, relance la tondeuse puis s'approche de moi. Elle me force à m'asseoir sur le tabouret prévu à cet effet, dos au miroir et me tend mes écouteurs. Je les mets et sélectionne ma playlist de footing pour couvrir le bruit de la machine. Je ferme les yeux et me coupe de tout.

Au début, je tressaille dès qu'elle me touche, mais petit à petit, je me détends. Je laisse mes pensées divaguer vers les événements de ce soir, en imaginant la réaction de Dawn lorsqu'elle me verra.

Je peux déjà voir son immense sourire après le choc de la surprise.

Soudain, deux petites tapes sur l'épaule me ramènent au présent, j'ouvre les yeux et Jessie m'observe, au bord des larmes, mais un merveilleux sourire est accroché à ses lèvres.

J'ôte mes écouteurs, le ventre serré d'anticipation, lève la main vers ma figure, mais ma sœur me coupe dans mon élan.

– Non, regarde-toi avant de toucher, s'il te plaît.

Je hoche la tête, me relève, puis doucement, me tourne vers le miroir. J'écarquille les yeux en voyant mon visage métamorphosé. Il me reste encore un peu de barbe, car je préfère finir au rasoir. Mais le changement est radical, j'ai l'impression de me retrouver, même s'il y a une différence notable.

Une balafre de précisément 11,8 centimètres a élu domicile sur ma joue et mâchoire droite avant de descendre dans mon cou. Elle ressort énormément, puisque les poils n'ont pas repoussé dessus, mais c'est moins affreux que dans mes souvenirs. Le temps a fait son œuvre, elle est fine et blanche, même si c'est certainement la première chose que les gens regarderont au début. Il faudra que je m'y fasse.

– Je te laisse finir, on t'attend dans le salon, chuchote Jessie.

Elle sort sans un bruit.

Je reste un moment à appréhender le « nouveau moi » puis me mets au travail. Je sors mon matériel et me rase pour la première fois depuis des années, prenant le temps de me redécouvrir au passage.

Quand je rejoins mes proches, toutes les discussions cessent, et les regards convergent vers moi. La surprise me prend de court, lorsque je remarque ma belle-sœur et ma nièce au milieu des autres. Je suis gêné de tant d'attention, mais je marche la tête haute, prêt à subir leur examen.

Leur expression pourrait me faire rire si je n'étais pas aussi stressé. Grace est la première à se ressaisir, et vient vers moi, Brooke calée sur la hanche. Elle me serre maladroitement dans ses bras, puis me détaille de haut en bas.

– Bon retour parmi nous, Garrett. Il était temps. Je voulais voir cette progression de mes propres yeux avant de partir.

Devant mon air surpris, elle s'explique :

– La clinique m'a appelée, je dois aller y faire un saut, mais je serai rentrée pour 19 heures, c'est promis.

Un coup d'œil vers mon frère m'apprend qu'il est contre cette idée, mais s'il ne s'y oppose pas, je ne vais pas le faire à sa place. Je lui prends donc ma nièce des bras pour la libérer. Elle nous embrasse tous avant de partir dans un courant d'air.

Brooke n'a d'yeux que pour moi, complètement perdue, la lèvre inférieure légèrement tremblotante.

– Tu vas perturber ma fille, elle va te confondre avec moi maintenant, me lance Derek sur un ton de reproche.

– Tu parles, barbe ou pas, je reste le plus beau, et cette gamine le sait…

Il n'en faut pas plus pour relancer le débat dans la fratrie Allen. Je me sens plus comblé que jamais.

Un sanglot me ramène à Dawn, je n'en reviens pas d'avoir pu me perdre dans mes pensées pendant ce moment si important pour moi. Il faut croire que le cerveau nous protège comme il peut, selon les circonstances.

Elle me jette un regard torturé et rempli de larmes. Je devine quelle lettre elle lit, je savais qu'elle me détesterait à ce moment-là…

Mais elle doit aller jusqu'au bout.

– Tu m'as promis de tout lire, je lui rappelle, l'implorant presque.

– Je sais, j'ai seulement besoin de souffler quelques instants, me répond-elle en s'adossant au fauteuil. Alors comme ça, tu me souhaites de marcher sur un Lego tous les jours, hein ?

Je grimace, gêné à ce souvenir.

– Ouais, ce n'est pas mon meilleur moment… Je ne te ferais pas lire tout ça, s'il n'y avait pas une raison essentielle pour nous. Je me déteste, là, tout de suite, de t'infliger ça, pourtant, je suis sûr qu'il en ressortira quelque chose de positif.

Je m'accroupis devant le fauteuil pour être à sa hauteur afin qu'elle puisse voir tout l'amour que j'éprouve pour elle aujourd'hui. Que je ne suis plus cet homme brisé. Mais elle doit savoir qu'il a existé, parce qu'une part de lui fera toujours partie de moi.

– Ça va aller, Garrett, me rassure-t-elle, je sais très bien que tu ne cherches pas à me blesser. Même s'il me tarde que tu m'expliques tout ça.

Son regard s'égare sur la décoration du lieu comme pour y puiser de la force.

– Allez, c'est reparti, souhaite-moi bonne chance.

Je lui souris pour l'encourager, mon appréhension grimpant un peu plus à chaque page qu'elle tourne.

Enfin, elle arrive à la lettre que j'ai écrite il y a six mois, celle où je lui annonce mon mariage. Elle se relève pour faire les cent pas tout en continuant de lire. Je me mets à mon tour debout, tout en restant à côté du fauteuil.

J'aimerais tellement être dans sa tête afin de connaître ses pensées…

Le temps semble s'écouler si lentement, alors je me concentre sur les flocons qui tombent autour de nous dans un ballet incessant et magnifique. Lorsqu'enfin elle referme le cahier, son visage est plus apaisé que tout à l'heure. En revanche, des centaines de questions tanguent dans ses yeux ambrés.

– Je sais que tu dois te demander pourquoi je t'ai fait lire ces lettres. La seule réponse que je peux te donner est que je ressentais le besoin viscéral de ne plus rien te dissimuler. J'avais tellement honte des mots que j'ai pu y écrire que j'ai littéralement forcé Derek à le garder chez lui. J'étais terrorisé qu'un jour tu tombes dessus, mais depuis peu j'ai compris que je ne devais pas te cacher l'homme que j'ai été durant cette période. C'est ce mélange entre le passé et le présent, qui fait de moi celui que je suis aujourd'hui et j'ai besoin que tu m'aimes entièrement. Tu comprends ?

Elle se contente de hocher la tête, les larmes dévalant de nouveau ses joues. Je ne résiste pas à l'envie de les récupérer avec mes lèvres. Un frisson la parcourt tandis que je poursuis sur l'autre joue. Après une hésitation, je l'embrasse. Nos bouches ont un goût salé qui, étrangement, me réconforte, car elles sont annonciatrices de pardon, d'acceptation et d'amour. Avant de me laisser submerger par la passion, je recule malgré ses protestations.

Je prends le temps de refermer son manteau, pour éviter qu'elle attrape froid et glisse une main dans la poche du mien. Je suis terrifié à l'idée qu'elle lise cette nouvelle lettre, car elle changera tout. Il y aura un avant et un après. Pour ma part j'y suis préparé, mais Dawn… je n'en suis pas sûr.

Ce soir, elle a été totalement prise au dépourvu et pourtant, elle est allée au bout de la lecture de mon carnet et elle est toujours là. Si elle avait dû prendre ses jambes à son cou, elle l'aurait déjà fait.

Enfin… je l'espère.

Sans un mot, je sors délicatement les pages et les yeux de Dawn les observent, comme aimantés. Un trait soucieux se forme entre ses sourcils, l'inquiétude se lit sur son beau visage. Je ne peux pas la blâmer, si j'étais à sa place, je serais en train de me liquéfier. Mais elle, non, elle redresse la tête comme pour se préparer à une nouvelle bataille.

Elle accroche mon regard pour ne plus le lâcher même lorsque je déplie cette ultime lettre. J'y jette un coup d'œil puis me racle la gorge pour réussir à articuler quelques mots avant de la lui tendre.

– Je sais que tu dois te demander ce que je peux bien avoir encore à te raconter. Je ne t'apprends pourtant rien en te disant que je suis un grand bavard, si tu n'étais pas là pour m'avertir de me taire lorsque je suis inquiet, je pourrais tenir des heures sans problème ! C'est quelque chose que me fait souvent remarquer ma famille d'ailleurs, surtout Derek, il en profite pour…

– Garrett…

– Oui, pardon.

Nerveux, je me passe les doigts sur le menton avant de bifurquer dans mes cheveux. Je sens que ce vieux tic va refaire surface d'ici peu.

– Il y a tellement de choses que je voulais te dire ce soir, mais je n'y arrive pas. Le stress me fait perdre mes moyens et avant de commencer à raconter n'importe quoi, je crois que je vais m'arrêter là.

– Je peux ? demande-t-elle en désignant les pages toujours entre mes mains.

Sans plus attendre, je les lui confie et elle s'en empare délicatement, comme si elles étaient particulièrement fragiles. Je comprends qu'elle sait que j'ai mis mon âme dans cette lettre et qu'il ne tient qu'à elle d'en prendre soin.

Mon inquiétude reflue légèrement, malgré le tambour dans ma poitrine qui continue sa course folle. Mon cœur sent que la ligne d'arrivée est proche et il donne tout pour le dernier sprint.

– Je dois me préparer à des descriptions de torture sur ma personne ? me questionne-t-elle en une tentative d'humour pour détendre l'atmosphère.

– Tu sais comment je suis… Je déteste les *spoilers*, donc tu n'auras ta réponse qu'en lisant. Je resterai silencieux comme une tombe.

– Avant de lire cette lettre, je tenais à te remercier d'avoir partagé ça avec moi. J'ai l'impression qu'un vide en moi s'est comblé, d'avoir pu rattraper le temps perdu. Et surtout, ça me donne l'impression d'avoir un peu été à tes côtés durant cette période… sombre.

Elle se mordille la lèvre, signe qu'elle est concentrée. Elle se penche ensuite pour saisir ma main et la serrer.

– J'ai également des journaux datant de ces années, il y a de tout : des écrits, des croquis, des dessins, des photos. Bref, un vrai bordel ! Mais si tu veux t'y aventurer, je serai heureuse de te les montrer. Ça sera juste à tes risques et périls…

Cette femme ne cessera jamais de me surprendre. Jamais je ne me serais attendu à ce qu'elle me propose quelque chose du genre, je ne savais même pas qu'elle avait conservé des cahiers durant notre séparation.

– J'en serai honoré, si on le fait ensemble, comme ce soir.

D'une petite pression, elle acquiesce.

Sa main me lâche pour tenir les pages qui remuent dans le vent glacial de décembre. Après un dernier sourire, elle se met à lire.

Garrett

47. Lettre à Dawn 8

24 décembre 2026

Temps depuis que l'on s'est retrouvés : 16 297 200 secondes, soit 271 620 minutes, soit 189 jours, soit 6 mois et 6 jours.

Femme, Petite Démone, ou plus communément Dawn,

Trois.

C'est le nombre de fois où j'ai dû recommencer le début de cette lettre, parce que j'avais oublié à quel point l'exercice pouvait être difficile quand il n'est pas spontané. Non pas que je sois forcé d'écrire aujourd'hui, mais disons qu'il y a beaucoup d'enjeux qui reposent sur ces feuilles. Je ne sais pas si c'est mon côté perfectionniste qui prend le dessus, mais j'ai besoin que tout soit structuré et clair. Pourtant, je m'égare une fois de plus…

Pour commencer, je voulais te dire merci. Si tu lis cette lettre, c'est que tu as consulté mon carnet. Tu n'avais pas connaissance de son existence, il a dû t'exploser au visage, sans prévenir. Derek a essayé de me décourager de te le faire lire, mais j'ai confiance en toi, en nous. Je sais que tu me laisseras aller au bout, même si c'est pour mieux m'étriper après ! Tu auras besoin de tout comprendre.

Et pour ça, je t'aime.

Ensuite, je voulais également te demander pardon, mon comportement n'a pas été exemplaire ces six derniers mois. Cependant, tu es toujours là, à me sourire et m'encourager. Donc je sais que lorsque je te demanderai de monter sur ce toit en plein mois de décembre tu le feras, les yeux fermés.

Et pour ça, je t'aime.

16 297 200 secondes, soit 271 620 minutes, soit 189 jours, soit 6 mois et 6 jours.

Il est temps d'aborder un sujet que je tente d'éviter depuis plusieurs années : Josh. Te dire que je ne suis pas mort de trouille à l'idée qu'un jour tu changes d'avis et que tu le choisisses serait un putain de mensonge. Mon cœur se tord rien que de vous imaginer de nouveau ensemble. Les « si » prennent le pas sur ma logique — soit dit en passant, je déteste mon cerveau pour ça — et le manque de confiance en moi fait le reste...

Voilà une vérité qu'il n'est pas facile d'écrire. Je mettrais ma vie entre tes mains, mais je n'ai pas confiance en moi, triste réalité, hein ? Petit à petit, j'apprends à tes côtés. Alors je vais tenter de laisser cette partie de ton passé à sa place et faire la paix avec. Parce que depuis ton retour dans ma vie, tu me pousses à devenir un homme meilleur.

Et pour ça, je t'aime.

Car si j'ai vécu une bonne partie de mon existence à tes côtés, en pensant te connaître sur le bout des doigts et en t'aimant follement pour celle que tu étais déjà, je dois avouer que cette nouvelle Dawn me met à genoux. Ne pas savoir qu'elles seront tes réactions, découvrir ton corps... Je suis sous le charme et admire la femme que tu es devenue loin de moi, même si je regrette de ne pas avoir pu assister à la métamorphose de mes propres yeux. Ça devait être un spectacle magnifique à contempler.

Quand je me sens pris au dépourvu par tes nouvelles facettes, tu ne t'agaces pas, au contraire, un doux sourire se dessine sur tes lèvres et tu me laisses le temps de t'apprivoiser.

Et pour ça, je t'aime.

Tout ça m'a fait prendre conscience que pour que tu puisses me comprendre, avec mes failles encore très présentes, il m'a semblé important que tu saisisses par quoi je suis passé. Mes insécurités ne se résoudront pas d'un claquement de doigts, je l'ai accepté, mais j'ai envie que tu sois à mes côtés pour m'aider à les surmonter lorsque je flancherai.

Il n'est pas nécessaire de te mentir ou de prendre des pincettes, tu me connais trop bien pour ça. Je flancherai, c'est une certitude, j'aurai des hauts et des bas et il ne faudra pas trop m'en vouloir. Si je chute, je sais que tu seras là pour m'aider à me relever si je n'ai pas la force de le faire seul.

Et pour ça, je t'aime.

16 297 200 secondes, soit 271 620 minutes, soit 189 jours, soit 6 mois et 6 jours.

S'il y a bien une chose dont je suis sûr, c'est que je ne veux plus jamais être séparé de toi. Il me manquait une si grande partie de moi durant ces quatre années. Je sentais un vide malgré mes efforts pour tenter de le combler. J'avais beau être entouré, j'étais aussi seul qu'adolescent, lorsque tu m'as coupé les cheveux pour la première fois.

J'aurais dû apprendre de mes erreurs déjà à l'époque, mais il faut croire que je devais moi aussi grandir de mon côté pour en prendre pleinement conscience. C'est la nouvelle Dawn qui me permet de te montrer le joyeux bordel que je suis aujourd'hui, parce que je vois bien que tu n'as pas peur.

Et pour ça, je t'aime.

Dans ma dernière lettre, je te souhaitais d'être heureuse, car tu le méritais. Et tu sais quoi, j'en pensais chaque mot. Tu fais partie de ces gens qui ne se reposent jamais, qui vont toujours chercher ce qu'ils veulent. On a été trop immatures pour s'avouer nos sentiments plus tôt, mais avec le recul, je me rends compte que ton départ, même s'il a été déchirant, nous a protégés. Je ne dis pas que j'aurais fait la même chose, je pense que je serais resté, quitte à nous faire souffrir, au lieu d'avoir le courage de m'éloigner pour mieux nous retrouver. Mais toi, du haut de ton mètre soixante-cinq, tu as relevé la tête, serré les poings et fait le premier pas pour nous permettre d'être ici aujourd'hui.

Et pour ça, je t'aime.

Tu sais que j'ai imaginé ce qu'aurait pu être notre vie si tu n'étais pas partie. Et je dois être honnête… Je suis convaincu que je nous aurais fait vivre un enfer. Pourquoi ? Tout simplement, car j'étais enfermé dans ma douleur, je n'aurais pas su faire face à ton célibat et l'engagement que j'avais pris envers Claire.

Quel petit con j'étais ! Repenser à cette période me donne envie de me gifler. Toutefois, je me persuade que c'est ainsi que va la vie, on apprend de nos erreurs et l'on essaie de ne plus les reproduire. Je trébuche encore quelquefois, j'en veux pour preuve mes réactions à propos de ma barbe, je n'étais pas prêt.

Je ne sais pas si tu t'en souviens, mais une fois, je suis parti me promener parce que j'étais perdu, agacé et blessé que l'on s'embrouille à ce sujet. Mais lorsque je suis rentré, tout penaud, à la maison, je t'ai trouvée allongée dans notre lit, apaisée, comme si de rien n'était. Alors, j'ai levé les yeux au ciel pour demander ce que j'avais fait pour que tu sois mienne. Ton silence réconfortant m'a permis de retrouver ma sérénité.

Et pour ça, je t'aime.

16 297 200 secondes, soit 271 620 minutes, soit 189 jours, soit 6 mois et 6 jours.

Ces quelques mois passés à Wilmington à tes côtés, m'auront fait comprendre une chose sur moi ; je ne nous visualise pas vivre ici. Habiter à quelques pas de là où ma vie a basculé me ronge de plus en plus, bien que tes yeux s'éclairent à chaque fois que tu regardes quelque part. Lorsque tu es entourée de nos proches, c'est presque un véritable feu d'artifice. Alors mes angoisses refluent, mais pour un temps seulement.

Tu m'as dit que tu étais prête à partir si j'en ressentais le besoin, l'es-tu vraiment ? Je comprendrais si ta réponse était « non », mais peut-être pourrions-nous envisager de changer de quartier, de trouver un « chez-nous » qui nous correspondrait plus ?

J'avais tellement peur de te poser ces questions de vive voix, mais ta force face aux récents événements m'a poussé à dépasser mes craintes.

Et pour ça, je t'aime.

Lorsque je nous imagine, vieux, tout ridés, mais heureux en train de regarder nos petits-enfants jouer, tu sais ce qui me gonfle de bonheur ? C'est de savoir que je serai à tes côtés. Je ne veux plus passer une seule journée sans avoir la possibilité de voir ton magnifique visage ou de te dire à quel point je t'aime.

Je désire ardemment que *nos* Petits Lardons te ressemblent, que l'on continue à se lancer des Da-Re stupides.

À ce moment précis, tu dois te demander quelle mouche m'a piqué, moi, Garrett Jamie Allen, pour te parler d'engagement ! On sait tous les deux à quel point ça t'angoisse de penser à toutes ces choses, ou du moins, c'était le cas avant. Ton joli cerveau est toujours en train d'anticiper le moindre événement, sauf cet aspect de ta vie. Dès que ça devient trop sérieux, tu te fermes et te laisses porter comme une feuille au gré du vent.

Et pour ça, je t'aime.

Pourtant, j'aimerais que tu y réfléchisses, car je compte bien rester avec toi jusqu'à la fin. Je suis enfin prêt à affronter tout ce que le destin nous réserve, tant que tu es à mes côtés. Une certitude que je n'avais pas avant de pouvoir enfin poser mes lèvres sur les tiennes et t'entendre me dire que tu m'aimais aussi. Ces trois mots ont révolutionné ma vie, tu ne sauras jamais réellement à quel point, mais j'essaierai tous les jours de te le montrer. Et si j'échoue, n'hésite pas à me rappeler à l'ordre, car on sait tous les deux qu'on est tombés amoureux l'un de l'autre, il y a vingt-sept ans. De tels sentiments ne partiront jamais, c'est grâce à toi que j'ai pu ouvrir les yeux sur ça.

Et pour ça, je t'aime.

16 297 200 secondes, soit 271 620 minutes, soit 189 jours, soit 6 mois et 6 jours.

Dire que je pensais ne pas avoir grand-chose à te raconter, il faut croire que mon côté bavard n'est plus à prouver. Cependant, je suis mort de trouille en t'écrivant cette nuit, car je ne sais pas comment tu réagiras face à tout ça : mon nouveau visage, mon carnet, cette lettre.

Il va m'en falloir, du courage, pour parvenir à mener à bien cette journée, mais il paraît que Noël est aussi la période des miracles… Je vais donc espérer que la magie des fêtes soit de mon côté. Car du plus profond de mon âme, je sais qu'on mérite notre *happy end*, reste à savoir comment nous y parviendrons. Sans doute par le chemin qui aura le plus de détours, car tu apprécies de nous compliquer la tâche, mais devine quoi, pour ça aussi, je t'aime.

Alors, Dawn, je vais te demander de faire un dernier effort, le plus important : ne pas flipper en lisant cette lettre. Prendre le temps de respirer un grand coup, d'éteindre ton cerveau et de nous faire confiance. On avancera pas à pas, ensemble, à ton rythme parfois, mais au mien aussi de temps en temps.

On a toujours fonctionné ainsi, se poussant l'un l'autre pour devenir les meilleures versions de nous-mêmes. On est arrivés trop loin, on a vécu trop de choses pour ne pas continuer sur cette route. Tu tenteras probablement de freiner mon excitation, mais j'y suis préparé, car maintenant, je sais que tu m'aimes certainement autant que je t'aime.

Alors je n'ai plus peur.

Avant de finir cette lettre, je vais te le redire une dernière fois : je t'aime. Tu m'as redonné ce souffle de vie qu'il me manquait pour vivre pleinement. Sans toi, je n'étais que l'ombre de moi-même et j'ai hâte de voir où nous en serons dans dix, vingt ou quarante ans. Mais avant de le découvrir, j'ai une fois de plus un défi à te proposer :

Alors, Petite Démone, *Da-Re de lever les yeux ?*

Dawn

48. Joyeux Noël

Alors, Petite Démone, Da-Re de lever les yeux ?

Je relis pour la troisième fois cette phrase, n'étant pas sûre de bien comprendre. En une seule soirée, je suis passée par un tel ascenseur émotionnel que je me demande s'il y a encore une signification cachée derrière ces mots. Et cette lettre m'a fait chavirer le cœur plus d'une fois, j'ai même eu du mal à la lire d'une seule traite. J'aurais voulu la jeter et me réfugier dans ses bras pour lui dire à quel point je l'aime aussi. Mais je lui ai promis d'aller jusqu'au bout, pour tenter de comprendre le but caché de ce rendez-vous.

Je suis sur le point de lui parler quand mes yeux quittent enfin le papier pour regarder en direction de Garrett.

Ma respiration se coupe et mon corps se fige. Les feuilles que je tenais d'une main tremblante m'échappent et tombent délicatement à mes pieds où se trouve déjà Garrett. Il est à genoux, sa jambe gauche, plus fragile, est pliée de sorte à lui permettre de tenir en équilibre.

Mon regard remonte doucement jusqu'à l'écrin qu'il me tend, la magnifique bague qui y est nichée me fait hoqueter de stupeur.

Je plaque une main sur ma bouche et recule d'un pas, les larmes déjà prêtes à couler.

– Dawn, respire, m'encourage Garrett.

J'essaie de l'écouter, mais j'ai l'impression de ne plus savoir comment faire. Mes yeux naviguent entre les siens et la bague, et mille sensations parcourent mon corps. C'est trop, et en même temps, c'est ce dont j'ai besoin pour sortir de ma torpeur. L'inquiétude que je lis sur ce visage que j'aime tant, me blesse.

Alors que je m'apprête à avancer vers lui, il me devance en reprenant la parole.

– Je sais que ça doit faire beaucoup pour toi et que tu ne t'attendais certainement pas à ça. Mais je pensais chaque mot que j'ai écrit dans cette lettre. Je t'aime du plus profond de mon âme et je veux vivre à tes côtés pour le restant de ma vie, déballe-t-il dans un souffle. Une vie sans toi n'en est pas une, c'est une mascarade fade et sans intérêt… Tu dois aussi te dire que c'est précipité, puisque ça ne fait que six mois, mais je crois réellement qu'une part de moi attend depuis *tellement d'années* de te faire mienne. Que tu portes mon nom ou que je porte le tien, ça m'est égal, mais je souhaite par-dessus tout que l'on ne fasse plus qu'un aux yeux du reste du monde.

Il s'arrête pour me sourire tendrement, prend une grande inspiration avant de se lancer. Mais je ne lui en laisse pas le temps, je m'agenouille à mon tour, le froid du sol sur mon corps me fait frissonner, mais c'est superflu.

Je plante mes yeux ambrés dans les siens, vert glauque, cette teinte si particulière que j'aime tant, et le fais taire d'un baiser. Je le sens sourire contre mes lèvres, pourtant je prolonge quand même le moment. Il s'écarte néanmoins, une lueur amusée dansant dans son regard.

– Seriez-vous en train de repousser l'échéance, Miss Warren ?

D'un mouvement de tête, je conteste, incapable de parler. Ma gorge est bien trop serrée par l'émotion et si j'ouvre les lèvres, j'ai peur de ne plus savoir m'arrêter, alors qu'il n'a toujours pas posé *la* question.

– Je crois que le moment est enfin venu de réaliser un vieux rêve : Dawn…

– Oui, je le coupe précipitamment.

On se regarde surpris. Il se reprend avant moi et explose de rire. Je ne mets pas longtemps à le suivre, le stress et la pression m'ayant poussée à parler trop vite. Je vois à son expression tout le soulagement que cette réponse lui apporte. Je pourrais presque sentir notre amour vibrer entre nous, nous rapprochant petit à petit.

Il se penche jusqu'à ce que nos bouches se touchent presque.

– Tu sais que normalement tu dois attendre que j'aie posé la question avant de répondre, me sermonne-t-il gentiment d'une voix rendue plus rauque par l'émotion. Je recommence donc : Dawn Warren, *alias* Petite Démone de ma vie, Da-Re de m'épouser et de m'aimer pour le restant de nos vies ?

Les larmes dévalent enfin mes joues et je hoche la tête. Quel spectacle entre mon maquillage qui a certainement dû couler et le bout de mon nez rouge, à cause du froid ! Ça ne l'empêche pas de me dévisager comme si j'étais la plus belle femme du monde.

– J'ai besoin que tu me le dises à haute voix, requiert-il, ses lèvres effleurant les miennes.

– Oui, je chuchote avant de reprendre plus fort. Oui, Garrett Jamie Allen, je relève ce Da-Re et tu as intérêt à faire de même ! Je rêve de devenir ta femme, par contre ça veut dire que tu devras me supporter de longues années. Mais je te promets de te rendre aussi heureux que possible, et…

Il ne me permet pas de finir, sa bouche cueillant la fin de ma phrase. Il m'embrasse comme si nous avions été séparés des mois, il ne nous laisse aucun répit, mais ce n'est pas grave. Si je dois mourir ainsi, je partirai comblée de joie et d'amour.

Nous nous éloignons, à bout de souffle, et après un dernier regard dans ma direction, il sort la bague de son écrin. Je lui tends la main gauche et il l'y glisse délicatement. Il l'embrasse tendrement sur mon annulaire, avant que je puisse la détailler de plus près.

Elle est magnifique, fine, discrète, en or blanc, un entrelacs avec en son centre ce que je suppose être un saphir en forme de goutte.

– Elle te plaît ? me questionne-t-il, nerveux.

– Elle est parfaite.

Alors qu'il se rapproche pour m'embrasser je l'en empêche en posant mes doigts sur sa bouche.

– Je t'aime, de toute mon âme. Tu viens de faire de moi une femme comblée et même si j'adore ce que tu as fait de cet endroit, si l'on ne rentre pas dans les cinq prochaines minutes je vais me transformer en glaçon ! je plaisante à moitié.

Il dépose un baiser sur mes doigts puis se redresse et m'aide à en faire de même. Il m'ouvre la porte avant de s'arrêter pour débrancher les lumières. Soudain, nous sommes plongés dans le noir, juste entourés par la nuit et la neige qui continue de tomber.

Je le serre dans mes bras, le froid oublié, et lorsqu'il m'enlace à son tour, je me sens complète, à ma place.

– Cinquante-quatre minutes de retard, nous accueille Derek en nous ouvrant. Si vous n'étiez pas si joyeux, je pourrais franchement vous engueuler. Je me demande bien ce qui a pu vous retenir comme ça…

Alors que je suis sur le point de répondre, un bruit de vaisselle brisée nous fait sursauter.

– Maman est là ? rigole Garrett.

– Ouais, maman est là, confirme son jumeau en levant les yeux au ciel.

Nous nous réfugions à l'intérieur, où la chaleur nous enveloppe délicatement. Nous n'avons pas le temps de réellement nous débarrasser de nos manteaux que nous sommes entourés par nos proches. Des petits cris de surprise retentissent quand ils voient le visage de mon futur époux et je prends conscience au même moment que son frère n'a pas semblé surpris.

Étaient-ils de mèche ?

Leurs parents sont tellement émus que des larmes embuent leurs yeux. Ils se tiennent l'un l'autre en le dévisageant. Garrett me jette un regard m'avertissant de ne surtout pas dire le « Je te l'avais bien dit » qui pourtant me titille le bout de la langue.

Après le choc du changement physique de Garrett, nous embrassons tout le monde, en commençant par ma mère qui nous étouffe presque, puis c'est au tour de Mike, Anna et Jessie. Nous finissons par Victor, mon « presque beau-père » comme je m'amuse à l'appeler. Il est avec ma mère depuis quelques années maintenant et je dois admettre qu'il est juste parfait pour elle. À tous les niveaux.

Je cherche à repérer les deux personnes qui brillent par leur absence, mais ne les vois nulle part. Alors, je me dirige vers Derek qui porte Brooke pour avoir des explications, puisqu'il s'agit de notre hôte pour la soirée.

– Où se cachent Misha et Grace ?

Son visage perd toute trace de sourire suite à ma question. Je fronce les sourcils, ne comprenant pas ce que j'ai pu dire d'aussi maladroit. Deux mains m'attrapent par les épaules et m'attirent contre un torse que je connais par cœur. Spontanément, je pose mes doigts sur les siens, la lumière joue sur ma bague et le regard de Derek s'attarde dessus. La joie que je lis sur ses traits confirme mes soupçons, il est au courant de tout.

Comment aurait-il pu en être autrement ? Garrett dit tout à Derek. Je suppose que c'est également le cas de Jessie, cette adelphie est tellement soudée. De plus, elle non plus n'a pas semblé si surprise par le changement physique de son frère tout à l'heure.

Derek m'attrape la main et alors qu'il ouvre la bouche pour dire quelque chose, il est interrompu par une entrée triomphante.

– Faites place, faites place ! Sa Majesté Misha Noël est arrivée !

Je me retourne pour admirer mon ami qui s'avance depuis le couloir menant aux chambres et suis la première à exploser de rire. Le pull qu'il porte cette année bat en effet tous les records. Il est rose fluo, et on y devine des bonshommes de neige jaunes dans des positions sexuelles dans lesquelles ils ne devraient jamais se retrouver. Victor me regarde, mi-amusé, mi-désemparé. Il n'est pas encore habitué à ce genre de spectacle, mais ça viendra avec le temps, je n'ai aucun doute. Toutefois, sa réaction nous provoque un nouveau fou rire collectif.

– Prête ? me murmure Garrett à mes côtés en me ramenant tout contre lui.

– Pas vraiment, j'avoue sur le même ton. Mais on n'a pas trop le choix, je crois.

Le sourire en coin qu'il me renvoie fait s'envoler des milliers de papillons dans mon ventre. Cet homme m'aime et on va se marier. Je n'en reviens toujours pas !

– Si je peux avoir votre attention quelques secondes, Dawn et moi aimerions vous dire quelque chose… se lance-t-il.

– Vous déménagez en banlieue ? l'interrompt Anna, pleine d'espoir.

– Mais non, ils vont enfin prendre un chien, rétorque ma mère.

– De mémoire, Garrett n'aime pas les chiens, non ? intervient Victor. Un chat, à la limite peut-être…

Devant nos yeux ébahis, nos familles se lancent dans des spéculations. Ils ont tout faux.

Garrett se racle la gorge une fois, puis deux, avant de perdre patience.

– Si vous étiez capables de la *boucler* plus de deux secondes, on vous expliquerait.

Mon futur beau-père, Mike, fronce les sourcils.

– En voilà, des façons de parler à ta mère, fils.

– Tiens, c'est nouveau, renchérit Jessie. D'habitude, « saint Garrett » peut dire ce qu'il veut sans qu'on le reprenne, alors que moi, un simple « merde » et c'est la fin du monde…

– Surveille ton langage, jeune fille ! gronde Anna.

– Vous voyez ! se plaint la cadette.

Derek nous regarde, se mordant les lèvres pour ne pas rire, tandis que Brooke lui bave allègrement sur l'avant-bras. Garrett se passe une main dans les cheveux, perdant patience. Je décide de m'en mêler et de m'approcher du cercle formé par nos familles. Je tends simplement la main gauche au milieu. Ma mère est la première à remarquer la bague et elle lâche un cri que les voisins doivent entendre.

Aussitôt, je suis assaillie par les félicitations tandis que les questions fusent dans tous les sens. Je me sens totalement dépassée, ce que Garrett doit sentir car il vient à ma rescousse et nos proches se pressent vers lui sans attendre.

Essoufflée, je me rapproche de Misha et Derek qui se tiennent à l'écart. Ils m'étreignent à tour de rôle pour me féliciter. J'attrape Brooke dans les bras de son père pour la serrer contre moi.

– Tu sais que je l'ai aidé à choisir cette bague, si elle est aussi canon c'est en partie grâce à moi, se vante Misha.

– Je n'en doute pas.

Après une rapide bise à celui-ci, je reporte mon attention sur mon beau-frère.

– Maintenant que je sais où est Misha, où se trouve Grace ?

Derek contracte les mâchoires plusieurs fois avant de me répondre.

– Elle a été appelée en urgence à la clinique plus tôt dans la journée. Le patient avec lequel elle rencontre des difficultés est rentré en pleine crise, d'après ce que j'ai compris. Et vu qu'elle avait laissé pour consigne de la contacter si c'était le cas… Mais j'ai bon espoir qu'elle ne tarde pas trop.

Une telle lassitude transpire de ses mots que j'en ai mal au ventre pour lui et Grace. Je sais que ces derniers mois, l'arrivée de Brooke leur a demandé beaucoup d'ajustements. Il faut dire qu'ils ont tous les deux des carrières prenantes et n'ont pas pu autant lever le pied qu'ils l'auraient aimé.

Ce nouveau travail dans une clinique privée est vraiment une belle opportunité pour ma belle-sœur, je comprends qu'elle s'y donne à cent pour cent. J'espère simplement qu'ils vont réussir à trouver un équilibre pour ne pas se perdre en cours de route.

– Voilà une magnifique nouvelle à célébrer, lance Victor. Et si on allait boire un verre en l'honneur de nos futurs mariés ?

Des exclamations enthousiastes lui répondent et on le suit en file indienne dans le salon. Cependant, une sonnerie de téléphone, celle de Derek, retentit dans le vestibule. Il y jette un coup d'œil hésitant.

– Je…

– Vas-y, je l'encourage en redressant Brooke dans mes bras, c'est peut-être Grace.

Il s'éloigne avec un sourire tandis que je rejoins Garrett en train d'ouvrir une bouteille de vin blanc. Lorsqu'il me voit avec notre nièce dans les bras, ses yeux s'illuminent et je sais à quoi il pense, il me l'a déjà dit.

« Je veux que nos Petits Lardons te ressemblent. »

Et même si c'est bien trop tôt pour parler enfants, je suis persuadée qu'il fera un excellent père, du moins, je n'ai pas peur de découvrir la parentalité à ses côtés.

– À Dawn et Garrett, lance Misha en levant son verre. Cette année a été riche en émotions à bien des niveaux et je pense pouvoir parler au nom de tout le monde en disant à quel point nous sommes heureux. Longue vie à votre couple !

Les larmes me montent aux yeux quand tous l'imitent.

Après ce début d'apéritif, je me rends compte que Derek ne nous a toujours pas rejoints. J'espère pour lui que ce n'était pas un appel professionnel, c'est Noël, tout peut attendre demain.

– Anna, tu peux surveiller Brooke quelques minutes ?

– Avec grand plaisir. Viens voir Mamie, ma chérie, dit-elle en récupérant sur ses genoux sa petite fille.

– Tout va bien ? me demande Garrett en se rapprochant de moi.

– Oui, je vais juste vérifier quelque chose, je reviens, j'annonce en l'embrassant.

J'ouvre toutes les portes afin de retrouver Derek, mais je ne le vois nulle part. Il ne reste qu'une option ; sa chambre. En entrant dans la pièce, je le découvre assis, à même le sol devant son lit, le regard dans le vide. Sa pâleur m'alerte aussitôt, cependant je préfère tenter une approche plus douce de peur de crier « au feu » pour rien.

– Tu te caches de nous ? je lance d'une voix faussement enjouée.

Aucune réaction.

Je referme derrière moi pour nous donner un peu plus d'intimité.

– Derek ? je l'interpelle mais il ne bouge toujours pas.

Je recommence sans plus de résultat. Mon inquiétude passe de minime à maximale. Mon pouls s'accélère brutalement et j'ai du mal à avancer vers lui tant mes jambes me paraissent lourdes. Quand j'atteins mon beau-frère, je m'agenouille à ses côtés et pose ma main sur la sienne.

Dans celle-ci se trouve toujours son portable qu'il serre tellement que ses jointures sont presque blanches. Le sursaut qu'il a à mon contact est si soudain que je l'imite. Son regard perdu et désemparé se rive sur moi, mais il ne semble pas me reconnaître tout de suite. Il secoue la tête comme pour s'éclaircir les idées.

– Dawn ? croasse-t-il.

– Oui, c'est moi, je murmure. Derek, qu'est-ce qu'il se passe ?

– Je… hum…

– Tu as besoin de quelque chose ?

Ma question semble allumer une petite étincelle en lui et son regard n'est plus hanté mais angoissé. Il m'attrape par le poignet et me tire vers lui, je suis obligée de me retenir au lit pour ne pas m'affaler sur lui.

– Qu'est-ce que tu as fait de Brooke ? Où est-elle, elle va bien ?

Je retiens une grimace de douleur, tant sa poigne me fait mal mais j'essaie de ne rien laisser paraître.

– Elle est avec ta mère, dans le salon, j'explique tranquillement pour le rassurer.

– Bien… C'est bien, avec ma mère, souffle-t-il. Oui, c'est bien.

Il semble en état de choc et je ne sais pas quoi faire. La musique est trop forte pour que j'appelle quelqu'un. Mais surtout, j'ai peur de l'effrayer encore plus en criant le prénom de Garrett.

Le fait qu'il ne me lâche pas, comme si cette seule prise le reliait à moi, ne me rassure pas le moins du monde.

– Derek, tu me fais peur. Qui t'a appelé ? je lui demande en désignant le téléphone toujours dans sa main.

Mais il a l'air de nouveau absent, prisonnier de ses pensées. J'arrive par je ne sais quel miracle à extraire l'objet de son poing pour appeler Garrett. Mais lorsque je vois que le dernier numéro entrant n'est pas répertorié dans ses contacts, un mauvais pressentiment me coupe dans mon élan. À la place, j'appuie sur « rappeler ». Il ne faut que deux sonneries pour que la personne décroche.

– Wilson à l'appareil, m'accueille sèchement une voix d'homme.

– Bonsoir… hum… veuillez m'excuser de vous déranger, je bafouille, ne sachant pas quoi dire. Je suis la belle-sœur de Derek Allen, il semblerait que vous veniez de le contacter.

– Veuillez patienter.

Je hausse les sourcils, étonnée, et entends en fond, une discussion animée, puis le calme revient.

– Pardonnez-moi, je préférais m'isoler pour vous parler.

– J'ai besoin de savoir ce que vous avec dit à Derek. Qui êtes-vous ? Il n'est plus lui-même depuis votre conversation, j'explique fermement.

L'inquiétude prend petit à petit possession de moi et ma main qui tient le portable se met à trembler. Je dois m'y reprendre à deux fois pour le stabiliser.

– … directeur de la clinique Saint-James. Il y a eu un tragique accident et mademoiselle Scott a été impliquée.

Il continue à parler, mais mon cerveau semble en décalage et ne parvient pas à tout saisir.

– Grace a été blessée ? je répète, complètement abasourdie.

– Oui. Comme je l'ai expliqué à monsieur Allen, son patient s'était calmé, mais quelque chose l'a bouleversé quand elle s'apprêtait à le quitter. Il s'est jeté sur elle, la faisant tomber contre un meuble… Tout s'est passé si vite, les aides-soignants n'ont pas pu intervenir assez rapidement.

– Est-ce qu'elle va bien ? Dans quel hôpital a-t-elle été transférée ?

J'ai mal à la gorge tant l'angoisse me comprime d'une poigne ferme. Parce qu'au vu de l'état de Derek, je ne doute pas que ce soit sérieux. Je me sens complètement désemparée, inutile, et je déteste ça.

Le silence éloquent de mon interlocuteur me plonge dans un trou noir où je suis presque sûre d'y retrouver mon beau-frère, recroquevillé tout au fond.

– Je suis désolé de devoir vous l'annoncer de cette manière à vous aussi… La mauvaise chute qu'a faite Grace lui a été fatale. Le médecin de garde ici, a tout tenté pour…

Le téléphone s'écrase au sol quand un sanglot incontrôlé franchit mes lèvres. La prise de Derek se raffermie et ses yeux plongent dans les miens, réveillés et meurtris.

Ce soir devait être une fête magnifique, nous devions célébrer nos fiançailles, le premier Noël de Brooke, les retrouvailles avec tout le monde !

Pourquoi fallait-il qu'une chose pareille se produise ? Derek ne mérite pas de vivre un tel supplice. Soudain, la réalité me frappe de plein fouet quand l'adorable visage de Brooke me traverse l'esprit.

J'attrape brusquement Derek, le plaque contre moi et le serre de toutes mes forces.

– Je te tiens, Derek. Je suis là, je lui murmure.

Et c'est suffisant.

Il semblerait qu'il attendait tout ce temps que quelqu'un le trouve pour le maintenir afin qu'il n'éclate pas en un million de morceaux devant tout le monde. Le son déchirant qui sort de sa gorge, me marquera à vie. Jamais je ne pourrai oublier ce cri de douleur.

Au même moment la porte de la chambre s'ouvre, laissant apparaître Garrett, comme s'il avait senti la détresse de son jumeau. Son beau visage perd son sourire, et en quelques pas il est à côté de nous, me posant les mêmes questions que moi à Derek il y a seulement cinq minutes.

Tandis que je m'apprête à lui annoncer la terrible nouvelle, je me rends compte qu'on ne sait jamais lorsque notre vie est sur le point de basculer.

En bien ou en mal.

Découvrez la suite de l'histoire
de Derek, Dawn et Garrett
dans le tome 2
de Mechanism of the Heart :
The Void.
Disponible en librairie
le 24 septembre 2025.

Remerciements

Si on m'avait dit un jour que je réécrirai ces lignes, je n'y aurais pas cru… Parce que oui, ce texte est mon tout premier jamais écrit et a déjà eu une vie avant de se refaire une beauté !

L'histoire de Dawn et Garrett a une place particulière dans mon cœur, parce que ce sont les premiers personnages à m'avoir habitée. Ou du moins, Ce sont eux qui ont parlé le plus fort, au point où j'ai eu envie d'aller au bout de leurs péripéties.

Revenir dans cette histoire, 7 ans après avoir mis le mot fin à la première version, m'a donné quelques cheveux blancs, mais j'espère de tout cœur que cette nouvelle version vous aura plu. Parce que oui, retravailler sur mon tout premier texte a été un vrai challenge et j'espère avoir su vous surprendre que vous ayez ou non déjà lu cette histoire avant.

Allez, maintenant entrons dans le vif du sujet, parce que ces remerciements ne porteraient pas ce nom sans un petit tour des personnes qui m'ont aidée avec ce manuscrit.

Je tiens à remercier la team du Bourbier, pour m'avoir supportée et encouragée durant cette réécriture. J'ai bien cru ne pas en voir le bout et nos sessions travail ont clairement été mon moteur. Merci les filles !

Alfreda, tu es toujours là pour me donner un coup de boots supplémentaire lorsque j'en ai besoin. On se sait <3

Angie, je crois que sans toi, je n'aurais pas réussi à trouver comment m'en sortir avec ces réécritures ! Nos longues sessions téléphoniques pour démêler tous les problèmes m'ont apporté plus que je ne pourrais le dire. Ne change jamais !

Un immense merci à mon conjoint, ma fille et ma famille pour supporter les moments où je dois m'enfermer dans mon bureau pour « finir un chapitre » qui se transforme rapidement en « finir une partie ou le livre ». Vous avez une patience à toute épreuve.

Merci aux équipes chez Hugo qui ont participé à rendre *The Dare* aussi beau, que ça soit au niveau de la couverture, la maquette ou le texte.

Et enfin, merci à vous qui lisez ces lignes. Sans vous et votre soutien, je ne pourrais pas faire ce métier que j'aime tant. C'est inestimable pour moi. Alors merci, merci, merci et encore merci. Et puisqu'on vient tout juste de quitter Dawn et Garrett, laissez-moi poser un petit Da-Re par ici :

Da-Re de vous jeter sur le tome 2 ?

Je vous embrasse,
Alicia

Composition et mise en pages
Nord Compo à Villeneuve-d'Ascq